destino: final feliz

Sarah Morgan

*destino:
final feliz*

Cualquier forma de reproducción, distribución, comunicación pública o transformación de esta obra solo puede ser realizada con la autorización de sus titulares, salvo excepción prevista por la ley. Diríjase a CEDRO si necesita reproducir algún fragmento de esta obra. www.conlicencia.com - Tels.: 91 702 19 70 / 93 272 04 47

Editado por HarperCollins Ibérica, S. A.
Avenida de Burgos, 8B - Planta 18
28036 Madrid

Destino: final feliz
Título original: The Summer Seekers
© 2021 Sarah Morgan
© 2022, para esta edición HarperCollins Ibérica, S. A.
Publicada originalmente por HQN Books
© Traducción del inglés: Ángeles Aragón

Todos los derechos están reservados, incluidos los de reproducción total o parcial en cualquier formato o soporte.
Esta edición ha sido publicada con autorización de Harlequin Books S. A.
Esta es una obra de ficción. Nombres, caracteres, lugares y situaciones son producto de la imaginación del autor o son utilizados ficticiamente, y cualquier parecido con personas, vivas o muertas, establecimientos comerciales, hechos o situaciones son pura coincidencia.

Director de arte: Erin Craig
Imagen de cubierta: Olga Grlic

ISBN: 978-84-18976-30-8
Depósito legal: M-14296-2022

Para Susan Ginsburg, la mejor de lo mejor,
en agradecimiento por su apoyo, guía y amistad.

Nunca es demasiado tarde para la aventura.

Capítulo 1

KATHLEEN

La salvó la taza de leche. Eso y el beicon salado que había freído para la cena muchas horas antes y le había dejado la boca seca.

Si no hubiera tenido sed, si hubiera seguido arriba, dormida en el colchón extravagantemente caro que se había regalado por su 80 cumpleaños, nada la habría alertado del peligro.

De hecho, se encontraba de pie delante del frigorífico con el cartón de leche en una mano y la taza en la otra cuando oyó un golpe sordo fuerte. Un ruido que estaba fuera de lugar en la frondosa oscuridad del campo inglés, donde los únicos sonidos deberían ser el ulular de un búho y el balido ocasional de alguna oveja.

Dejó la taza y volvió la cabeza, intentando localizar el sonido. La puerta de atrás. ¿Había olvidado cerrarla otra vez?

La luna bañaba la cocina con un brillo fantasmal y ella se alegró de no haber sentido la necesidad de encender la luz. Eso le daba alguna ventaja. ¿O no?

Devolvió la leche a su sitio y cerró la puerta del frigorífico sin ruido, segura ya de que no estaba sola en la casa.

Momentos antes estaba dormida. No profundamente dormida, pues eso ya le sucedía pocas veces, pero sí a la deriva sobre una ola de sueños. Si alguien le hubiera dicho cuando era más joven que seguiría soñando y disfrutando de sus aventuras a los ochenta años, habría tenido menos miedo a envejecer. Y era imposible olvidar que envejecía.

La gente decía que estaba fantástica para su edad, pero la mayor parte del tiempo no se sentía fantástica. Las respuestas a sus amados crucigramas flotaban fuera de su alcance. Nombres y caras rehusaban alinearse en el momento apropiado. Se esforzaba por recordar lo que había hecho el día anterior, aunque, si retrocedía veinte años o más, su mente estaba clara. Y estaban también los cambios físicos. Por suerte, seguía teniendo bien la vista y el oído, pero le dolían las articulaciones y los huesos. Inclinarse a dar de comer al gato era un reto. Subir las escaleras suponía más esfuerzo del que le habría gustado y siempre lo hacía agarrada a la barandilla, por si acaso.

Y ella nunca había sido una mujer que viviera agarrada «por si acaso».

Liza, su hija, quería que llevara una alarma, uno de esos sistemas médicos con un botón que se puede pulsar en una urgencia, pero Kathleen se negaba. En su juventud había viajado por el mundo, mucho antes de que se pusiera de moda hacerlo. Había sacrificado la seguridad por la aventura sin pensarlo dos veces. Ahora, la mayoría de los días se sentía una persona distinta.

Perder amigos no ayudaba. Uno a uno se iban quedando por el camino, llevándose consigo los recuerdos compartidos del pasado. Una pequeña parte de ella se evaporaba con cada pérdida. Le había costado décadas entender que la soledad no era falta de gente en su vida sino falta de gente que la conociera y comprendiera.

Luchaba con fiereza por retener alguna versión de su antiguo ser, por eso se resistía a las súplicas de Liza para que quitara la alfombra de la sala de estar, no se subiera a una escalera para alcanzar los libros de los estantes más altos o dejara la luz encendida por la noche. Cada concesión era una capa arrancada a su independencia, y su mayor miedo era perder la independencia.

Kathleen había sido siempre la rebelde de la familia y seguía siéndolo, aunque no estaba segura de que se pudiera ser rebelde con unas manos temblorosas y un corazón galopante.

Oyó el sonido de pasos pesados. Alguien estaba registrando la casa. ¿Qué buscaban? ¿Qué tesoros esperaban encontrar? ¿Y por qué no se molestaban en intentar ocultar su presencia?

Después de no haber hecho caso a todas las insinuaciones de que podía ser vulnerable, se veía obligada a admitir esa posibilidad. Tal vez no debería haber sido tan terca. ¿Cuánto tiempo habría tardado en llegar la caballería si hubiera apretado un botón de alarma?

En realidad, la caballería era Finn Cool, que vivía tres campos más allá. Finn era músico y había comprado esa propiedad precisamente porque no tenía vecinos inmediatos. Sus excentricidades provocaban murmuraciones en el pueblo. Hacía fiestas ruidosas hasta altas horas a las que asistían personas glamurosas de Londres, que aterrorizaban a los del pueblo conduciendo sus despampanantes coches deportivos a toda velocidad por las estrechas calles. Alguien había colgado una petición en la oficina de Correos para prohibir las fiestas. Se había hablado de drogas y de mujeres medio desnudas, y todo ello sonaba tan divertido, que Kathleen había sentido tentaciones de autoinvitarse. Era mejor aquello que un aburrido grupo de mujeres donde se esperaba que hicieras repostería o punto e intercambiaras recetas de bizcocho de plátano.

Finn no le sería de ninguna utilidad en aquel momento de crisis. Muy probablemente estaría con auriculares en su estudio o estaría borracho. De un modo u otro, no oiría un grito de socorro.

Llamar a la policía implicaría cruzar la cocina y el pasillo hasta la sala de estar, donde estaba el teléfono, y ella no quería anunciar su presencia. Su familia le había comprado un teléfono móvil, pero seguía en la caja sin usar. Su espíritu aventurero no se extendía a la tecnología. No le gustaba la idea de que una persona sin rostro ni nombre rastreara todos sus movimientos.

Se oyó otro golpe sordo, esa vez más alto, y Kathleen se llevó una mano al pecho. Sentía el golpeteo rápido del corazón. Al menos latía todavía. Probablemente debería sentirse agradecida por ello.

No era aquello lo que tenía en mente cuando se había quejado de querer más aventura. ¿Qué podía hacer? No tenía botones que pulsar ni teléfono con el que pedir ayuda. Tendría que arreglárselas sola.

Ya podía oír en su cabeza la voz de Liza: «Mamá, te lo advertí».

Si sobrevivía, tendría que oír eso y más cosas.

La rabia reemplazó al miedo. Por culpa de aquel intruso, la catalogarían como «vieja» y «vulnerable» y se vería obligada a pasar el resto de sus días en una sola habitación, con cuidadores que le cortarían la comida, le hablarían en voz más alta de lo necesario y la ayudarían a ir al baño. La vida que conocía se acabaría.

Eso no iba a pasar.

Preferiría morir a manos de un intruso. Al menos su necrológica sería interesante.

O mejor aún, seguiría viva y demostraría ser capaz de vivir de forma independiente.

Echó un vistazo rápido alrededor de la cocina en busca de un arma apropiada y divisó la pesada sartén negra que había usado antes para freír el beicon.

La levantó en silencio, agarrando el mango con fuerza, y se acercó a la puerta que llevaba de la cocina al pasillo. Las baldosas estaban frías bajo sus pies, que, desgraciadamente, iban descalzos. No hizo ruido. No hubo nada que traicionara su presencia. Tenía esa ventaja.

Podía hacerlo. ¿No había luchado en una ocasión con un atracador en las afueras de París? Cierto que entonces era mucho más joven, pero esa vez tenía la ventaja de la sorpresa.

¿Cuántas personas serían?

Si hubiera más de una, estaría en apuros.

¿Era un trabajo profesional? Seguramente ningún profesional sería tan ruidoso y torpe. Si eran críos que querían robarle la tele, se llevarían una decepción. Sus nietas habían intentado convencerla de que se comprara una tele «inteligente», pero ¿para qué necesitaba ella eso? Estaba más que satisfecha con el cociente intelectual de la actual, muchas gracias. La tecnología casi siempre conseguía hacerla sentirse tonta. No necesitaba que esta fuera aún más inteligente de lo que ya era.

Quizá no entrarían en la cocina. Y podría quedarse escondida hasta que se apropiaran de lo que quisieran y se marcharan.

Jamás sabrían que estaba allí.

Y no...

El suelo de tarima crujió cerca de ella. En esa casa no había ni una grieta ni un chirrido que ella no conociera. Fuera de la puerta había alguien.

Le temblaron las rodillas.

«¡Oh, Kathleen, Kathleen!»

Apretó el mango de la sartén con fuerza con las dos manos.

¿Por qué no había ido a clases de defensa personal en vez de a yoga para mayores? ¿De qué le servía el perro invertido cuando necesitaba un perro guardián?

Una sombra entró en la estancia y, sin darle tiempo a pensar lo que iba a hacer, Kathleen levantó la sartén y la dejó caer con una fuerza que se debía tanto al miedo como al peso del objeto. Se oyó un golpe y una vibración cuando la sartén conectó con la cabeza del hombre.

—Lo siento mucho... Es decir...

¿Por qué se disculpaba? Era ridículo.

El hombre alzó un brazo al caer, un movimiento reflejo, y el gesto mandó la sartén a la cabeza de Kathleen. El dolor casi la dejó ciega y se preparó para terminar sus días allí, dándole a su hija la oportunidad de tener razón, pero oyó un golpe fuerte. El hombre había caído al suelo y se oyó un crujido cuando la cabeza golpeó las baldosas.

Kathleen se quedó inmóvil. ¿Iba a seguir allí o se levantaría de pronto y la asesinaría?

No. Contra todo pronóstico, ella seguía de pie y el intruso estaba inmóvil a sus pies. De él subía olor a alcohol y Kathleen arrugó la nariz.

Estaba borracho.

El corazón le latía con tanta fuerza, que tenía miedo de que explotara en cualquier momento.

Tenía la sartén sujeta con fuerza.

¿Habría algún cómplice?

Contuvo el aliento, esperando que alguien cruzara la puerta corriendo para investigar el ruido, pero solo hubo silencio.

Se acercó a la puerta con cuidado y asomó la cabeza al pasillo. Estaba vacío.

Parecía que el hombre estaba solo.

Por fin se arriesgó a mirarlo.

Yacía inmóvil a sus pies, voluminoso y vestido completamente de negro. El barro en el borde de los pantalones sugería que había cruzado los campos de la parte de atrás de la casa. No podía ver sus rasgos porque había caído de frente, pero de una herida que tenía en la cabeza salía sangre que estaba oscureciendo el suelo de la cocina.

Kathleen se llevó la mano a la cabeza, un poco mareada.

«¿Y ahora qué?», pensó. ¿Tenía que administrar primeros auxilios cuando era la causante de la herida? ¿Eso era magnánimo o hipócrita? ¿O él ya no necesitaba ni primeros auxilios ni ningún otro tipo de ayuda?

Tocó el cuerpo con su pie descalzo, pero no hubo ningún movimiento.

¿Lo había matado?

Esa idea la dejó en shock.

Si estaba muerto, ella sería una asesina.

Cuando Liza había expresado el deseo de ver a su madre viviendo segura en algún lugar donde pudiera visitarla fácilmente, presumiblemente no pensaba en la cárcel.

¿Quién era él? ¿Tenía familia? ¿Con qué intención había entrado así en su casa?

Kathleen dejó la sartén y obligó a sus piernas temblorosas a llevarla a la sala de estar. Algo le cosquilleaba en la mejilla. Era sangre, la suya.

Levantó el teléfono y marcó por primera vez en su vida el número de los servicios de emergencia.

Además de pánico y shock, sentía algo que se parecía mucho a orgullo. Era un alivio descubrir que no era tan débil e indefensa como todos parecían pensar.

Cuando contestó una mujer, Kathleen habló con claridad y sin vacilar.

—Hay un cuerpo en mi cocina —dijo—. Asumo que querrán venir a llevárselo.

Capítulo 2

LIZA

—Te lo dije. ¿No te lo dije? Te dije que pasaría esto.

Liza arrojó el bolso en la parte de atrás del coche y se sentó al volante. Le ardía el estómago. Se había saltado el almuerzo, pues estaba demasiado ocupada para comer. Se acercaban los exámenes finales en el instituto donde daba clase y cuando una enfermera la llamó desde el hospital, estaba ayudando a dos alumnos a completar su trabajo final de arte.

Era la llamada que tanto temía.

Había buscado a alguien que cubriera el resto de sus clases y había conducido la corta distancia hasta su casa con el corazón en un puño y las manos sudorosas. ¿Alguien había atacado a su madre de madrugada y ella no se había enterado hasta ese momento? Estaba mitad frenética y mitad furiosa.

¡Su madre era tan despreocupada! Según la policía, se había dejado abierta la puerta de atrás. A Liza no le habría sorprendido que hubiera invitado al hombre a casa y le hubiera hecho té.

«Deme un golpe en la cabeza, ¿quiere?»

Sean se inclinó a través de la ventanilla. Había ido directamente desde una reunión y llevaba una camisa azul del mismo tono que sus ojos.

—¿Tengo tiempo de cambiarme? —preguntó.

—Te he preparado una bolsa.

—Gracias —dijo desabrochándose un botón—. ¿Por qué no dejas que conduzca yo?

—Puedo hacerlo yo —aseguró ella. La tensión se acumulaba en su interior, mezclada con la preocupación por su madre—. Estoy ansiosa, eso es todo, y frustrada. He perdido la cuenta de la cantidad de veces que le he dicho que esa casa es demasiado grande y está demasiado aislada, que debería mudarse a algún lugar más protegido o a una residencia. Pero ¿crees que me escucha?

Sean lanzó la chaqueta al asiento de atrás.

—Es independiente. Eso es algo bueno, Liza.

¿Lo era? ¿También cuando la independencia se convertía en irresponsabilidad?

—Dejó la puerta de atrás abierta.

—¿Por el gato?

—¡Quién sabe! Tendría que haberme esforzado más en convencerla de que se mude.

La verdad era que en el fondo no quería que su madre se mudara. Oakwood Cottage había jugado un papel central en su vida. La casa era espectacular, rodeada de hectáreas de campos y tierras de cultivo que se extendían hasta el mar. En primavera se oían los balidos de los corderos recién nacidos y en verano el aire estaba impregnado de floración, trinos de pájaros y el leve sonido del mar.

Costaba imaginarse a su madre viviendo en otra parte, aunque la casa era demasiado grande para una persona y muy poco práctica, en particular para alguien que tendía a creer que un tejado con goteras era una cualidad encantadora en una propiedad vieja y no algo que hubiera que arreglar.

—No eres responsable de todo lo que le pasa a la gente, Liza.

—La quiero, Sean.

—Lo sé.

Sean se acomodó en el asiento del acompañante como si tuviera todo el tiempo del mundo. A Liza, que corría por la vida como si la persiguiera la policía por un delito grave, a veces la enloquecían su carácter relajado y su calma imperturbable.

Pensó en el artículo de la revista que llevaba doblado en el bolso: *Ocho señales de que tu matrimonio puede estar en peligro.*

Había hojeado la revista la semana anterior en la sala de espera del dentista y ese artículo le había llamado la atención. Había empezado a leerlo, buscando confirmación.

No era que Sean y ella discutieran. No había nada concreto que fuera mal. Solo una vaga incomodidad en su interior que le recordaba constantemente que la vida estable que tanto valoraba quizá no fuera tan estable como pensaba. Igual que un millón de cosas pequeñas podían unir a una pareja, también un millón de cosas pequeñas podían separarla.

Había leído el artículo sintiéndose cada vez peor. Al llegar a la sexta señal estaba tan histérica que había arrancado las páginas de la revista, tosiendo con fuerza para tapar el ruido. No estaba bien robar revistas en salas de espera.

Y desde entonces llevaba esas páginas en el bolso, como un recuerdo constante de que había algo profundo e importante a lo que no prestaba atención. Sabía que tenía que afrontarlo, pero tenía miedo de tocar la fibra de su matrimonio por si todo se caía a pedazos... como la casa de su madre.

Sean se abrochó el cinturón.

—No debes echarte la culpa.

Liza sintió pánico por un momento, hasta que se dio cuenta de que él estaba refiriéndose a su madre. ¿Qué clase de persona era ella que podía olvidar tan fácilmente a su madre herida?

Una persona que estaba preocupada por su matrimonio.

—Tendría que haberme esforzado más en hacerla entrar en razón —se lamentó.

Tendrían que vender la casa, de eso no había duda. Liza confiaba en que pudieran esperar hasta el final del verano. Solo faltaban unas semanas para que terminara el curso y después las chicas tenían varios compromisos hasta que fueran todos juntos en sus vacaciones familiares anuales al sur de Francia.

Francia.

La cubrió una ola de calma.

En Francia tendría tiempo de examinar mejor su matrimonio. Estarían los dos relajados y lejos de las exigencias interminables de la vida diaria. Hasta entonces se daba permiso para olvidarse del tema y centrarse en el problema inmediato: su madre y Oakwood Cottage.

La invadió la tristeza. Por ridículo que fuera, aquella le seguía pareciendo su casa. Se había aferrado a aquel último retazo de su infancia, incapaz de imaginar un tiempo en el que ya no se sentaría en el jardín ni pasearía por los campos hasta el mar.

—Papá me hizo prometer que no la llevaría a una residencia —dijo.

—Lo cual fue injusto. Nadie puede hacer promesas sobre un futuro que no puede anticipar. Y tú no la «llevas» a ninguna parte —Sean era tan razonable como siempre—. Es un ser humano, no un gnomo de jardín. Y hay muchas residencias muy buenas.

—Lo sé. En el asiento de atrás llevo una carpeta llena de folletos. Las pintan tan bien que quiero irme yo. Desgraciadamente, dudo mucho que mi madre opine igual.

Sean iba leyendo los *e-mails* en el teléfono.

—Al final es su elección. No tiene nada que ver con nosotros.

—Tiene mucho que ver con nosotros. No es práctico ir allí todos los fines de semana, y aunque no estuvieran en plenos exámenes, las mellizas no se vendrían sin protestar. «Allí no hay nada, mamá.»

—Y por eso las dejamos este fin de semana.

—Eso también me aterroriza. ¿Y si hacen una fiesta?

—¿Por qué siempre tienes que imaginar lo peor? Trátalas como a seres humanos responsables y se comportarán como tales.

¿De verdad era tan sencillo o la confianza de Sean se basaba en un optimismo mal entendido?

—No me gustan las amigas con las que va Caitlin ahora. No les interesa estudiar y se pasan los fines de semana matando el tiempo en el centro comercial.

Él no alzó la vista.

—¿Eso no es normal en las adolescentes?

—Desde que conoció a Jane ha cambiado. Es más insolente y antes era muy amable.

—Son las hormonas. Se le pasará.

El estilo de paternidad de Sean consistía en no intervenir. Para él eso era ser relajado, para ella era abdicación.

Cuando las mellizas eran pequeñas jugaban juntas. Cuando empezaron a ir al colegio, invitaban a amigos y amigas a ir a su casa a jugar. A Liza le gustaba aquello, pero todo eso había cambiado cuando habían pasado al instituto. Alice y Caitlin se habían hecho amigas de otras chicas un año mayores, que ya conducían y muchas, según creía Liza, también bebían.

El hecho de que no le gustaran las amigas de sus hijas era algo que no le había ocurrido hasta el año anterior.

Se esforzó por concentrarse en el problema de su madre.

—Estaría genial que pudieras arreglar el tejado del cuarto del jardín este fin de semana. Deberíamos dedicar más tiempo al mantenimiento de la casa. Me siento culpable por no haber hecho bastante.

Sean por fin levantó la vista.

—De lo que te sientes culpable es de que tu madre y tú no estéis muy unidas —dijo—, pero eso no es culpa tuya y lo sabes.

Liza lo sabía, pero aun así era incómodo oír la verdad. Eso era algo que no le gustaba reconocer. No estar muy unida a su madre le parecía un defecto. Era como tener un secreto sucio, algo por lo que debería disculparse.

Se había esforzado mucho, pero su madre no era una mujer fácil. Kathleen, muy encerrada en su mundo interior, compartía poco sus pensamientos. Siempre había sido igual. Incluso cuando había muerto el padre de Liza, Kathleen se había concentrado en lo práctico. Cualquier intento de conversar con ella sobre sentimientos o emociones resultaba inútil. Había días en los que Liza pensaba que en verdad no conocía a su madre. Sabía lo que hacía y cómo pasaba el tiempo, pero no sabía lo que sentía sobre las cosas, ni siquiera lo que sentía por ella.

No recordaba que su madre le hubiera dicho nunca que la quería.

¿Estaba orgullosa de ella? Tal vez, pero Liza tampoco estaba segura.

—La quiero mucho, pero es cierto que me gustaría que se abriera más —comentó.

Apretó los dientes, sabiendo que había cosas que ella tampoco contaba.

¿Se estaba volviendo como su madre? Seguramente debería contarle a Sean que se sentía sobrecargada, como si fuera su responsabilidad que sus vidas marcharan sin contratiempos. Y en cierto modo lo era. Sean tenía un estudio de arquitectura en Londres y, cuando no estaba trabajando, estaba en el gimnasio, corriendo en el parque o jugando al golf con los clientes. Ella, fuera del trabajo, dedicaba su tiempo a ocuparse de la casa y de las chicas.

¿El matrimonio era eso? Cuando se terminaban los años de concentrarse en la pareja, ¿se convertía en aquello?

Ocho señales de que tu matrimonio puede estar en peligro.

Solo era un artículo estúpido. Había conocido a Sean en la adolescencia y habían vivido muchos años felices. Cierto que en ese momento parecía que no había otra cosa en sus vidas que trabajos y responsabilidades, pero eso formaba parte de ser adulto, ¿no?

—Sé que quieres a tu madre. Por eso estamos en el coche un viernes por la tarde —dijo él—. Y superaremos esta crisis igual que hemos superado las demás: paso a paso.

Pero ¿por qué la vida siempre tenía que ser una crisis?

Liza casi lo preguntó en alto, pero Sean ya había pasado a otra cosa y estaba contestando la llamada de un colega.

Liza escuchó a medias cómo lidiaba con una ristra de problemas. Desde que su estudio había despegado, no era raro verlo pegado al teléfono.

—Mmm —dijo él—, pero se trata de crear un espacio artístico sencillo... No, eso no funcionará... Sí, los llamaré.

Cuando terminó de hablar, Liza lo miró.

—¿Y si las chicas invitan a Jane a casa?

—No puedes impedirles que vean a sus amigas.

—No me preocupan sus amigas en general, solo Jane. ¿Sabes que fuma? Me preocupan las drogas. Sean, ¿me escuchas? Deja de leer *e-mails*.

—Perdona. No esperaba tomarme la tarde libre y tengo muchas cosas en marcha en este momento —Sean pulsó *Enviar* y alzó la vista—. ¿Qué decías? Ah, sí, tabaco y drogas. Aunque Jane haga eso, no significa que lo vaya a hacer Caitlin.

—Se deja influenciar fácilmente. Desea desesperadamente caer bien.

—Y eso es normal a su edad. Muchos otros adolescentes son así. A las gemelas les vendrá bien desenvolverse solas un fin de semana.

No lo harían solas exactamente. Liza había llenado el frigorífico de comida. Había retirado todo el alcohol del armario de la cocina, lo había guardado en el garaje y había quitado la llave, pero sabía que eso no les impediría comprar más si querían.

Repasó mentalmente todas las posibilidades.

—¿Y si hacen una fiesta salvaje?

—Serían chicas normales. Todos los adolescentes hacen fiestas salvajes.

—Yo no las hice.

—Lo sé. Tú eras muy buena e inocente —Sean apartó el teléfono—. Hasta que te conocí y cambié eso. ¿Recuerdas el día que fuiste a dar un paseo por la playa? Tenías dieciséis años. Yo estaba con un grupo.

—Lo recuerdo.

Eran el grupo guay y ella casi había dado media vuelta al verlos, pero al final se había unido a ellos.

—Te subí la mano por el vestido —recordó, y ajustó el asiento para tener más espacio para las piernas—. Admito que mi técnica necesitaba mejorar.

El primer beso. Liza lo recordaba claramente. el titubeo excitado, la naturaleza prohibida del encuentro, la música de fondo, el delicioso temblor de la anticipación.

Aquel verano se había enamorado locamente de Sean. Sabía que no estaba en sintonía con sus compañeras, que habían pasado de una relación a otra como mariposas en busca de néctar. Liza no quería eso. No había sentido la necesidad de vivir aventuras románticas. Eso implicaba incertidumbre, y ella había tenido ya bastante en la vida. Ella solo quería a Sean, con sus hombros anchos, su sonrisa fácil y su naturaleza tranquila.

Echaba de menos la sencillez de aquella época.

—¿Eres feliz? —preguntó. Las palabras salieron de su boca antes de que pudiera detenerlas.

—¿Qué clase de pregunta es esa? —por fin ella tenía toda su atención—. El negocio va de maravilla. Las chicas van bien en sus estudios... Por supuesto que soy feliz. ¿Tú no?

El negocio, las chicas...

Ocho señales de que tu matrimonio puede estar en peligro.

—Yo me siento un poco abrumada a veces, eso es todo —repuso ella, entrando de puntillas y con cautela en un territorio que no había pisado nunca.

—Eso es porque te lo tomas todo demasiado en serio. Te preocupas por cada pequeño detalle, de las gemelas, de tu madre. Tienes que relajarte.

Sus palabras atravesaron la piel de Liza como una cuchilla. Antes le gustaba que él fuera tan tranquilo, pero en ese momento le pareció que criticaba su modo de lidiar con las cosas. No solo lo hacía ella todo, sino que además se lo tomaba demasiado en serio.

—¿Sugieres que me tome con calma que hayan atacado a mi madre de ochenta años en su propia casa?

—Parecía más un accidente que una agresión, pero hablaba en general. Te preocupas por cosas que no han pasado e intentas controlar cada detalle. La mayoría de las cosas acaban bien si dejas que sigan su curso.

—Acaban bien porque yo anticipo problemas antes de que ocurran.

Y anticipar cosas era agotador, como intentar mantenerse a flote con pesos atados a las piernas.

Por un momento extraño se preguntó cómo sería estar sola. No tener que preocuparse por nadie excepto por sí misma.

«Sin responsabilidades. Con tiempo libre.»

Apartó aquel pensamiento.

Sean reclinó la cabeza en el asiento.

—Dejemos esta discusión para cuando volvamos a casa. Vamos a pasar el fin de semana juntos al lado del mar. Disfrutémoslo. Todo va a ir bien.

Su capacidad de concentrarse en el presente era una virtud, pero también un defecto que a veces la irritaba. Él podía vivir el momento porque ella se ocupaba de todo lo demás.

Él alargó el brazo para apretarle la pierna y Liza pensó en una ocasión, veinte años atrás, en la que habían hecho el amor en el coche. Habían aparcado en una carretera tranquila del campo y habían empañado los cristales hasta que ninguno de los dos podía ver a través de ellos.

¿Qué había sido de esa parte de sus vidas? ¿Qué había pasado con la espontaneidad, con la alegría?

Parecía que hacía tanto tiempo de aquello que apenas lo recordaba.

En la actualidad su vida estaba llena de deberes y preocupaciones. Se iba dejando aplastar lentamente por el peso creciente de la responsabilidad.

—¿Cuánto hace que no vamos juntos a algún sitio? —preguntó.

—Vamos ahora.

—Esto no es un descanso, Sean. A mi madre le han dado puntos en la cabeza. Tiene una conmoción leve.

Se abría paso entre el fuerte tráfico de Londres y le palpitaban las sienes al pensar en el viaje. El viernes por la tarde era el peor momento posible para ir, pero no tenían más remedio.

Cuando las gemelas eran pequeñas, solían viajar de noche. Llegaban a Oakwood Cottage de madrugada y Sean metía a las niñas en brazos en la casa y las dejaba en las camas gemelas de la habitación del ático, debajo de los edredones que Kathleen había comprado en alguno de sus muchos viajes al extranjero.

—La verdad es que no sé lo que hacer, pero creo que es hora de vender Oakwood Cottage. Si mi madre se va a una residencia, no podemos permitirnos conservarlo.

Otras personas jugarían al escondite en los descuidados jardines, subirían al ático polvoriento y llenarían las interminables estanterías de libros. Otras personas dormirían en su antiguo dormitorio y disfrutarían de las espectaculares vistas de los campos y el mar.

Algo se rompió en el interior de Liza.

El hecho de que no pudiera recordar la última vez que había pasado un fin de semana relajante en Cornwall no disminuía la sensación de pérdida. En todo caso, intensificaba el sentimiento, porque en ese momento deseaba haber aprovechado mejor la casa. Había asumido que siempre estaría allí.

Desde la muerte de su padre, sus visitas a la casa siempre estaban asociadas a tareas: despejar el jardín, llenar el congelador, comprobar que su madre lidiaba con una casa que era demasiado grande para una persona, especialmente si esa persona era de edad avanzada y no tenía interés en mantenerla.

Había pensado que la muerte de su padre la uniría más a su madre, pero eso no había ocurrido.

La invadió la pena y contuvo el aliento. Habían pasado cinco años y seguía echando de menos a su padre todos los días.

—No me imagino a tu madre vendiéndola —comentó Sean—. Y creo que es importante no exagerar. Este accidente no ha sido por su culpa. Ella se arreglaba perfectamente antes de esto.

—¿Tú crees? Aparte del hecho de que dejó la puerta abierta, no creo que coma bien. Su cena es un tazón de cereales o beicon. Come demasiado beicon.

—¿Es posible comer demasiado beicon? —Sean la miró y sonrió avergonzado—. Es broma. Tienes razón. El beicon es malo. Aunque a la edad de tu madre, uno tiene que preguntarse si eso importa mucho.

—Si deja el beicon a lo mejor puede vivir hasta los noventa.

—Pero ¿disfrutaría esos años extra desgraciados sin beicon?

—¿Puedes hablar en serio?

—Hablo en serio. Importa la calidad de la vida, no solo la cantidad. Tú intentas mantener a raya todas las cosas malas, pero, en el proceso, también dejas fuera las buenas. Quizá ella pueda seguir en la casa si buscamos a alguien que le eche un vistazo.

—Se le da fatal aceptar ayuda de nadie. Ya sabes lo independiente que es —Liza pisó el freno cuando el coche de delante se detuvo y el cinturón de seguridad le apretó el cuerpo con fuerza. Le dolían los ojos por el cansancio y el corazón le latía acelerado. La noche anterior no había dormido bien, preocupada por el tema de Caitlin y sus amigas—. ¿Crees que debería haber cerrado nuestro dormitorio con llave? —preguntó.

—¿Por qué? Si alguien entra en nuestra casa, solo tiene que dar una patada a las puertas que estén cerradas. Eso causará más daños.

—No estaba pensando en ladrones. Pensaba en las chicas.

—¿Por qué van a entrar las chicas en nuestro dormitorio? Sus habitaciones son estupendas.

¿Era normal que ella no confiara plenamente en sus hijas? Se habían mostrado horrorizadas al enterarse de que habían atacado a la abuela, pero se habían negado rotundamente a ir con ellos.

—En casa de la abuela no hay nada —había dicho Alice, intercambiando una mirada con su hermana.

—Además, tenemos que estudiar —había dicho Caitlin señalando un montón de libros de texto—. Examen de Historia el lunes. Estaremos estudiando, seguramente ni siquiera tengamos tiempo de pedir pizza.

La respuesta era razonable. ¿Por qué estaba nerviosa entonces Liza?

Más tarde haría una videollamada para intentar ver cómo iba todo realmente.

El tráfico se aclaró por fin y enfilaron en dirección oeste, hacia Cornwall.

Cuando llegaron a la carretera angosta que llevaba hasta la casa de su madre, el sol se ponía ya sobre los campos y los setos.

Liza se permitió un raro momento de disfrutar de las vistas, que terminó cuando un deportivo rojo dobló la curva a toda velocidad y casi la lanzó a una zanja.

—Por todos los... —tocó el claxon y captó un breve vistazo de unos ojos azules alegres cuando el coche pasó rugiendo a su lado—. ¿Has visto eso?

—Sí. Un coche espectacular. Motor V8.

Sean volvió la cabeza, casi babeando, pero el coche había desaparecido ya.

—¡Por poco nos mata!

—No lo ha hecho. Eso es bueno.

—Es el puñetero roquero famoso ese que se mudó aquí el año pasado.

—Ah, sí. En uno de los periódicos del domingo leí un artículo sobre sus seis coches deportivos.

—Iba a decir que no comprendo por qué necesita un hombre seis coches, pero supongo que, si conduce así, eso lo explica. Probablemente destroce uno al día.

Liza giró el volante y Sean frunció el ceño cuando las ramas arañaron el vehículo.

—Vas muy pegada a mi lado, Liza.

—Había que elegir entre el seto o chocar de frente —se disculpó. Estaba nerviosa por lo que había sido una escapada por los pelos, y lo poco que había visto de Finn Cool lo acentuaba—. Se ha reído. ¿Lo has visto? Nos ha pasado sonriendo. ¿Se habría reído si hubiera tenido que sacar mi cuerpo destrozado de los restos de este coche?

—Parece un conductor bastante hábil.

—No nos ha salvado su habilidad, sino que yo me he metido en el seto. No es seguro conducir así por estas carreteras.

Liza respiró despacio y condujo con cautela, temiendo que apareciera otro roquero irresponsable en otra curva. Llegó a casa de su madre sin más contratiempos y su pulso se serenó poco a poco en cuanto giró hacia el camino de entrada.

El muro bajo que bordeaba la propiedad estaba cubierto de aubretia y al lado de la puerta principal colgaban lobelias y geranios en brillantes tonos púrpura y rosa. Aunque su madre descuidaba la casa, adoraba el jardín y pasaba horas al sol cuidando las plantas.

—Este sitio es una joya. Si alguna vez decide venderlo, le darán una fortuna aunque el tejado tenga goteras. ¿Crees que habrá hecho tarta de chocolate? —preguntó Sean esperanzado.

Liza aparcó delante de la casa. Seguramente ella debería haber hecho un pastel, pero había decidido que era prioritario ponerse en marcha lo antes posible.

—¿Quieres llamar a las chicas? —preguntó.

—¿Por qué? —Sean salió del asiento y se desperezó—. Hace cuatro horas que las dejamos.

—Quiero ver cómo están.

Él sacó el equipaje.

—Relájate un poco, ¿de acuerdo? Nunca te había visto así. Eres fantástica, Liza. Eres resolutiva como nadie. Sé que lo ocurrido te ha puesto nerviosa, pero superaremos esto.

Liza se sentía como un trozo de goma elástica tensado hasta el límite. Era resolutiva porque, si no lo hacía ella, ¿qué sería de ellos? Sabía, aunque no lo supiera su familia, que no podrían arreglarse sin ella. Las mellizas morirían de desnutrición o enterradas bajo su propio desorden porque eran incapaces de recoger nada ni de cocinar algo que no fuera calentar pizza. Nadie lavaría la ropa y no habría comida en los armarios. Caitlin gritaría: «¿Alguien ha visto mi top azul de tirantes?» y nadie contestaría porque nadie sabría nada.

Se abrió la puerta principal y Liza se olvidó de las chicas porque allí estaba su madre, con la mano apretando con fuerza la jamba de la puerta en busca de apoyo. Llevaba la parte superior de la cabeza vendada y a Liza le dio un vuelco el corazón. Siempre había considerado a su madre invencible y en aquel momento la veía frágil, cansada y demasiado humana. A pesar de sus diferencias, que eran bastantes, la quería con locura.

—¡Mamá! —dejó que Sean se ocupara del equipaje y corrió hacia ella—. Estaba preocupada. ¿Cómo estás? No puedo creer que haya pasado esto. Lo siento mucho.

—¿Por qué? No fuiste tú la que se coló en mi casa.

Como siempre, su madre era brusca y directa, tratando las debilidades como una mosca irritante a la que había que espantar. Si había pasado miedo, y tenía que haberlo pasado, jamás lo admitiría delante de su hija.

Aun así, era un alivio verla de una pieza y con un aspecto sorprendentemente bueno, dadas las circunstancias.

Si tuviera que describir a su madre con una palabra, esta sería *enérgica*. A Liza le recordaba a un colibrí delicado, de colores brillantes y siempre atareado. Ese día llevaba un vestido largo estampado en tonos azul y turquesa, con un chal azul más oscuro en torno a los hombros. Múltiples pulseras tintineaban en sus muñecas. El estilo de vestir de su madre, ecléctico y poco convencional, había hecho que Liza de niña sintiera vergüenza en ocasiones y en aquel momento los colores alegres de su ropa parecían chocar con la gravedad de la situación. Parecía ir vestida para pasear por una playa de Corfú.

Liza la abrazó con gentileza, horrorizada por lo frágil que la veía.

—Tendrías que haber tenido una alarma o haber llevado el móvil en el bolsillo —dijo.

Miró instintivamente la cabeza de su madre, pero no había nada que ver, excepto la venda y el principio de un moratón alrededor de la cuenca del ojo. Aunque Kathleen había intentado animar su aspecto con colorete, la piel se veía pálida y cerosa. El pelo, blanco y muy corto, parecía incrementar su aire de fragilidad.

—No empieces —repuso Kathleen apartándose de ella—. No habría cambiado nada. Cuando hubiera llegado ayuda, ya habría acabado todo. Mi viejo teléfono fijo resultó muy eficaz.

—¿Y si te hubiera dejado inconsciente? No habrías podido llamar para pedir ayuda.

—Si hubiera estado inconsciente, tampoco habría podido pulsar un botón. La policía tenía un coche en la zona y llegó en cuestión de minutos, lo cual fue reconfortante, porque el hombre se recuperó deprisa y en ese momento yo no sabía cuáles eran sus intenciones. La mujer policía se mostró encantadora, aunque no parecía mucho mayor que las mellizas. Luego llegó una ambulancia y la policía me tomó declaración. Casi esperaba que me encerraran esa noche, pero no sucedió nada tan dramático. Aun así, todo fue bastante emocionante.

—¿Emocionante? —el comentario era típico de su madre—. Podría haberte matado. Te pegó.

—No, le pegué yo a él, con la sartén en la que había freído beicon antes —en la voz de su madre había una mezcla de orgullo y satisfacción—. Al caer alzó el brazo, por puro reflejo, supongo, y empujó la sartén, que me dio en la cabeza. Esa parte fue mala suerte, pero es gracioso pensar que el beicon pudo haberme salvado la vida. Así que no me vuelvas a hablar de presión arterial y colesterol.

—Mamá...

—Si hubiera hecho pasta, habría usado una cazuela mucho menos pesada. Si hubiera hecho un sándwich de jamón, no habría tenido nada con lo que golpearlo como no fuera una corteza de pan. A partir de ahora, llenaré el frigorífico de beicon.

—El beicon puede ser un salvavidas, siempre lo he dicho —Sean se inclinó y besó a su suegra en la mejilla con gentileza—. Eres una adversaria formidable, Kathleen. Me alegro de verte en pie.

Liza se sentía la única adulta del grupo. ¿Nadie más comprendía lo serio de la situación? Era como tratar con las gemelas.

—¿Cómo podéis bromear con esto?

—Yo hablo muy en serio. Es bueno saber que ahora puedo comer beicon con la conciencia tranquila —comentó Kathleen sonriendo con afecto a su yerno—. No hacía falta que vinierais a toda prisa un viernes por la tarde, estoy perfectamente. ¿No habéis traído a las chicas?

—Exámenes, estrés adolescente y melodrama. Ya sabes lo que es eso —explicó Sean metiendo las bolsas en la casa—. ¿Está la pava puesta, Kathleen? Mataría por una taza de té.

¿Era necesario que usara la palabra *matar*? Liza no dejaba de imaginar un resultado distinto. Uno en el que su madre yacía inerte en el suelo de la cocina. Estaba un poco mareada, y eso que no era a ella a la que habían golpeado en la cabeza.

Por supuesto, sabía que a veces entraba gente en la casa de alguien. Era un hecho, pero una cosa era saberlo y otra vivirlo.

Miró con nerviosismo en dirección a la puerta de atrás.

—¿La dejaste abierta?

—Eso parece. Y llovía tanto que el pobre hombre se refugió.

—¿El pobre hombre?

—Estaba bebido y se mostró muy pesaroso, tanto con la policía como conmigo. Admitió que todo era culpa suya.

Pesaroso.

—Estás pálida —dijo Kathleen dándole una palmadita en el hombro—. Te estresas por cosas pequeñas. Entra, querida. Ese viaje es matador. Debes de estar agotada.

Matador. Matar.

—¿Podéis dejar de usar los dos esa palabra?

Su madre enarcó las cejas.

—Es un modo de hablar, nada más.

—Pues os agradecería que buscarais otro —Liza la siguió hasta el vestíbulo—. ¿Cómo te encuentras, mamá? La verdad. Un intruso no es moco de pavo.

—Cierto. Y era bastante grande. Y el ruido que hizo cuando se golpeó la cabeza contra el suelo de la cocina… horrible. No debí pedirle a tu padre que pusiera esas baldosas italianas caras. He roto muchas tazas y platos en ese maldito suelo, y ahora la cabeza de un hombre. He tardado siglos en limpiar la sangre. Y menos mal que no acabó malherido.

Su madre no podía decir lo que de verdad sentía ni siquiera entonces. Prefería hablar del beicon, los platos rotos y el suelo de baldosas. Parecía más preocupada por el intruso que por sí misma.

Liza estaba agotada.

—Deberías haber dejado que lo limpiara yo.

—Tonterías. Nunca he sido una gran limpiadora, pero puedo pasar la fregona. Y prefiero no tener que almorzar en la escena de un crimen, gracias.

Kathleen se dirigió directamente a la cocina. Liza no sabía si sentirse aliviada o exasperada al ver que se comportaba como si no hubiera ocurrido nada fuera de lo normal. En todo caso, parecía más llena de energía y quizá un poco triunfante, como si hubiera logrado algo importante.

—¿Dónde está el hombre ahora? ¿Qué ha dicho la policía?

—El hombre, que creo que se llama Lawrence, está muy bien, aunque no le envidio el dolor de cabeza que tendrá después de beber así. Recuerdo una noche que estaba en París celebrando...

—¡Mamá!

—¿Qué? Oh, la policía. Han vuelto esta mañana a tomarme declaración. Un hombre muy agradable, pero no es amante del té, lo cual siempre me hace recelar un poco.

A Liza no le interesaba lo que bebiera el policía.

—¿Lo van a acusar de allanamiento de morada?

—No allanó la morada. Se apoyó en la puerta y esta se abrió. Y se disculpó muchísimo y admitió su culpabilidad. Tenía unos modales impecables.

Liza resistió el impulso de enterrarse la cabeza en las manos.

—¿Y tendrás que ir a declarar o algo de eso? —preguntó.

—Espero que sí. Sería emocionante declarar en un tribunal, pero parece improbable que me necesiten puesto que él lo admitió todo y se mostró muy arrepentido. Pensé que una aparición dramática en un tribunal me animaría la vida considerablemente, pero parece que tendré que contentarme con la ficción.

Kathleen se movía por la cocina y echó agua hirviendo en la misma tetera enorme que había usado desde que Liza era niña. El té era Earl Grey, por supuesto. Su madre jamás bebía ningún otro. Resultaba tan familiar como la casa.

La cocina, con sus viejos fogones y su larga mesa de pino, siempre había sido su estancia favorita. Todas las tardes después de clase,

Liza había hecho los deberes en aquella mesa, porque quería estar cerca de su madre cuando esta estaba en casa.

Su madre había trabajado en uno de los programas de viajes pioneros de la televisión, donde sus animadas aventuras por todo el mundo habían abierto los ojos de la gente a la atracción de las vacaciones en el extranjero, desde la Riviera Italiana hasta el lejano Oeste. *Destino: final feliz* había estado en antena durante casi veinte años, y gran parte de esa longevidad se había debido a la popularidad de su madre. Cada pocas semanas, Kathleen hacía la maleta y desaparecía en un viaje a un destino lejano. A las amigas de Liza aquello les parecía de un glamour increíble. A ella le resultaba terriblemente solitario. El primer recuerdo que tenía, de los cuatro años, era agarrar con fuerza el fular de su madre para impedir que se fuera hasta casi hacerla caer.

Para aliviar el dolor de sus continuas marchas, su padre había pegado un mapa grande del mundo en la pared del dormitorio de Liza. Cada vez que su madre partía a otro viaje, la niña y su padre ponían una chincheta en el mapa e investigaban el lugar. Recortaban fotos de folletos y hacían álbumes de recortes. Eso la hacía sentirse más cera de su madre. Y la habitación de Liza estaba llena de objetos variados: una jirafa tallada a mano de África, una alfombra de La India…

Luego Kathleen regresaba, con la ropa arrugada y polvorienta del viaje. Llevaba consigo una energía que la hacía parecer una extraña. Los primeros momentos en que Liza y ella volvían a reunirse siempre eran incómodos y forzados, pero luego la ropa del viaje se veía reemplazada por otra más informal y Kathleen la viajera y estrella de la tele volvía a ser Kathleen la madre. Hasta la siguiente vez en que volvía a consultar el mapa y empezaba la planificación.

Liza le había preguntado una vez a su padre por qué su madre siempre se marchaba y él había contestado: «Tu madre necesita eso».

Liza, muy niña todavía, se había preguntado por qué las necesidades de su madre tenían prioridad sobre las de todos los demás, y también qué era exactamente lo que «necesitaba» su madre, pero no se había sentido capaz de preguntárselo. Había notado que su padre bebía y fumaba más cuando Kathleen estaba fuera. Como padre, había sido pragmático, pero ahorrativo. Se aseguraba de que ella estuviera bien, pero pasaba largos días en su estudio o en el instituto en el que dirigía el Departamento de Lengua y Literatura.

Ella nunca había entendido la relación de sus padres y nunca había buscado respuestas. Parecían felices juntos y eso era lo único que importaba.

Liza pensaba en su madre explorando el desierto de Túnez a lomos de un camello y se preguntaba por qué necesitaba que su mundo fuera tan grande y por qué eso tenía que excluir a su familia.

¿Esas ausencias constantes eran lo que había hecho que ella fuera tan amante del hogar? Había elegido trabajar en la enseñanza porque el horario y las vacaciones facilitaban tener una familia. Cuando sus hijas eran pequeñas, se había quedado en casa y tomado un respiro en su carrera. Cuando habían empezado el colegio, había encajado sus horarios con los de ellas, y había disfrutado y se había enorgullecido de llevarlas al colegio y recogerlas a la salida. Había tenido claro que no quería que sus hijas tuvieran que soportar las interminables despedidas que había vivido ella de niña. Se alegraba de su conexión con ellas y alentaba conversaciones sobre sentimientos, aunque últimamente estas conversaciones estaban teniendo menos éxito. «Tú no puedes entenderlo, mamá.» Como si ella no hubiera sido joven también.

Aun así, nadie podía acusarla de no estar atenta, otra razón por la que se ponía nerviosa en este momento.

Sean estaba charlando con su madre mientras los dos hacían té juntos como si aquella fuera una visita normal.

Liza miró a su alrededor y se dio cuenta de que vaciar aquella casa sería una tarea descomunal. A lo largo de los años, su madre la había ido llenando de recuerdos de sus viajes, desde caracolas marinas a máscaras tribales. Había mapas por todas partes, en las paredes y apilados en todas las habitaciones. Los diarios de su madre y otros escritos llenaban dos cajas grandes en la habitación pequeña que había usado como despacho, y sus álbumes de fotografías estaban apretujados en las estanterías de la sala de estar.

Tras la muerte de su padre, cinco años atrás, Liza había sugerido retirar algunas cosas del despacho, pero su madre se había negado. «Quiero que todo siga como está. Una casa tiene que ser una aventura. Nunca se sabe con qué tesoro olvidado te puedes tropezar.»

«Tropezar y romperte un tobillo», había pensado Liza con desesperación. Lo de su madre era un modo interesante de redefinir el desorden.

Antes de vender la casa habría que vaciarla, y sin duda le tocaría a ella hacerlo.

¿Cuál era el momento apropiado de abordar el tema? Todavía no. Acababan de entrar por la puerta. Tenía que mantener la conversación a un nivel neutral.

—El jardín está bonito —dijo.

Las puertas correderas de cristal de la cocina se abrían a un patio cuyos bordes estaban llenos de flores colgantes. Macetas llenas de hierbas se amontonaban alrededor de la puerta de atrás. Las varitas aromáticas del romero se mezclaban con las variedades de salvia que su madre echaba los domingos sobre el asado de cerdo, el único plato que preparaba con entusiasmo. El camino de piedra estaba bañado por el sol y llevaba a un huerto bien provisto y después a un estanque guardado por juncos. Más allá del jardín había campos y después el mar.

Era tan tranquilo y pacífico que por un momento Liza anheló una vida distinta, una vida que no implicara correr ni tachar anotaciones de una lista interminable de cosas que hacer. Solo quería estar sentada.

Su fantasía secreta de vivir un día cerca del mar prácticamente había muerto. Había habido un tiempo, al principio de su relación, en el que Sean y ella hablaban de eso, pero luego la vida real había aplastado aquellos sueños juveniles. Vivir en la costa no era práctico. El trabajo de Sean estaba en Londres y el suyo también. Aunque la enseñanza era más flexible, claro.

Sean metió la comida que había en el coche y Liza la guardó en el frigorífico.

—Tenía un asado en el frigorífico y me lo he traído —dijo—. Y algunas verduras.

—Soy capaz de cocinar —repuso su madre.

—Tu idea de una comida es beicon y cereales. No comes bien —comentó Liza llenando un frutero con fruta—. Y he supuesto que no habías previsto una invasión de gente.

—¿Dos personas son una invasión? —dijo su madre hablando con ligereza, pero se agarró al borde de la mesa de la cocina y se sentó con cuidado en una silla.

Liza se acercó a ella al instante.

—Creo que deberían verte la cabeza.

—Nadie me va a tocar la cabeza, gracias. Ya duele bastante así. La doctora joven que dio los puntos me advirtió de que dejaría cicatriz. Como si a mí me preocupara eso a mi edad.

Edad.

¿Sería el momento de mencionar que ya era hora de considerar un cambio?

Sean estaba sirviendo el té al otro lado de la cocina.

Liza esperó unos minutos, nerviosa por estar a punto de alterar la atmósfera.

Después volvió a probar un modo de iniciar una conversación más profunda.

—Tuviste que pasar miedo —comentó.

—Estaba más preocupada por Popeye. Ya sabes que no le gustan los extraños. Debió de escapar por la puerta abierta y no lo he visto desde entonces.

Liza se rindió. Si su madre quería hablar del gato, hablarían del gato.

—Siempre ha sido un poco vagabundo.

—Probablemente por eso nos llevamos tan bien. Nos entendemos mutuamente.

¿Era una locura estar celosa de un gato?

Su madre parecía anhelante y Liza decidió hacer todo lo que pudiera por encontrar a Popeye.

—Si no ha vuelto mañana por la mañana lo buscaremos. Y ahora creo que tú deberías echarte un rato.

—¿A las cuatro de la tarde? No soy una inválida, Liza —replicó Kathleen al tiempo que echaba azúcar en el té, otro hábito poco sano que se negaba a abandonar—. No quiero aspavientos.

—No son aspavientos. Estamos aquí para cuidarte y para...

«Hacerte pensar en el futuro». Liza se detuvo.

—¿Y para qué? ¿Vas a convencerme de que lleve un timbre de urgencias? No lo voy a hacer, Liza.

—Mamá —Liza captó la mirada de aviso de Sean, pero la ignoró. Quizá lo mejor sería sacar ya el tema y así tendrían todo el fin de semana para comentar los detalles—. Esto ha sido un shock para todos y ya es hora de afrontar algunas verdades difíciles. Las cosas tienen que cambiar.

Sean se volvió moviendo la cabeza, pero su madre asintió.

—Hay que cambiar cosas. El golpe en la cabeza me ha hecho entrar en razón.

Liza sintió una oleada de alivio. Su madre iba a ser razonable. Resultaba que ella no era la única persona sensata en la estancia.

—Me alegro de que pienses así —dijo—. Tengo folletos en el coche, así que solo tenemos que planear. Y tenemos todo el fin de semana para ello.

—¿Folletos? ¿Te refieres a folletos de viaje?

—De residencias. Podemos...

—¿Por qué has traído eso?

—Porque no puedes seguir aquí, mamá. Acabas de admitir que las cosas tienen que cambiar.

—Es verdad. Y ahora mismo estoy formulando un plan que compartiré contigo cuando esté segura de los detalles, pero no me iré a una residencia. Eso no es lo que quiero.

¿Su madre decía que quería ir a vivir con ellos a Londres?

Liza tragó saliva y se obligó a hacer la pregunta.

—¿Qué es lo que quieres?

—Aventura —afirmó Kathleen golpeando la mesa con la mano y haciendo tintinear las tazas—. Quiero otra aventura. Fui una auténtica buscadora de destinos y echo terriblemente de menos aquellos días. ¡Quién sabe cuántos veranos me quedan! Pienso aprovechar al máximo este.

—Pero mamá… —aquello era ridículo—. A finales de este año vas a cumplir ochenta y uno.

Su madre se sentó un poco más recta y le brillaron los ojos.

—Razón de más para no perder ni un solo momento.

Capítulo 3

KATHLEEN

Kathleen se despertó con un dolor de cabeza terrible. Por un momento, a la deriva entre el sueño y la vigilia, pensó que estaba de vuelta en África y sufría de malaria. Esa había sido una experiencia desgraciada que no tenía ninguna prisa en repetir.

Luchando por despertar, se sentó en la cama, se tocó la venda de la cabeza y lo recordó todo: el hombre borracho vestido de negro, la policía, la desaparición de Popeye, su cabeza.

El dolor de cabeza no era malaria, sino el resultado de una herida autoinfligida, lo cual, bien pensado, resultaba mucho más emocionante.

Desde la muerte de Brian, tenía la sensación de que su vida había quedado en pausa. Había vivido allí, en su pequeño mundo seguro, atracada en un puerto en lugar de navegar osadamente por el mar.

Liza no la quería en el puerto, la quería en muelle seco. La quería segura, encerrada en un lugar donde no pudiera sufrir ningún daño.

Las intenciones de su hija eran buenas, pero la idea de vender la casa que amaba colocaba a Kathleen al borde del pánico. La idea la había horrorizado de tal modo, que había soltado aquel comentario absurdo de que quería aventura.

Ninguna de las dos olvidaría tan fácilmente la expresión de shock de su hija.

Seguro que había pensado que el golpe en la cabeza le había afectado a la mente.

«Mamá, ¿seguro que estás bien? ¿Estás mareada? ¿Sabes qué día es hoy?»

Sí, ella sabía qué día era. Era el día de tomar unas cuantas decisiones.

Salió de la cama, ignorando el dolor de las extremidades, y tomó analgésicos para el dolor de cabeza. Desde la ventana de su dormitorio se veía el mar en la distancia y sintió el anhelo repentino de estar surcando las olas en un catamarán con el aire salado picándole en la cara. Una vez había pasado un mes navegando por el Mediterráneo como parte de una flotilla. Había estado casi todo el tiempo descalza, con la piel quemada por el sol caliente y el pelo tieso por el agua del mar. Lo que más recordaba de todo era sentirse viva y libre.

Quería volver a sentir eso. No era una mujer dependiente. ¿O sí?

¿Tenía razón Liza? ¿Era una mujer terca y poco realista? ¿Qué esperaba a los ochenta años? ¿De verdad creía que iba a bailar descalza por la arena y arriar una vela? ¿Beber tequila en México?

Esos días habían quedado atrás, aunque seguía teniendo los recuerdos y las pruebas de la vida que había vivido en otro tiempo.

La casa estaba en silencio y entró en el cuarto que había sido su estudio todos los años que había vivido allí. Las paredes estaban cubiertas de mapas. África. Australia. Oriente Medio. América. El mundo entero estaba ante ella, tentándola.

¡Cómo echaba de menos explorar! Echaba de menos el ajetreo de los aeropuertos, los olores y sonidos de un país nuevo, la emoción del descubrimiento. Echaba de menos compartirlo con gente. «Ve allí, ve esto, haz lo otro.» *Destino: final feliz* había sido su hijito, su programa.

¿De qué le servía ahora su experiencia a nadie? Pensó en escribir un libro sobre sus viajes, pero había resultado que escribirlo no era ni la cuarta parte de emocionante que hacerlo. Había garabateado un par de capítulos y luego los había abandonado, aburrida de estar sentada ahogándose en un mar de nostalgia. No quería escribirlo, quería hacerlo.

Hacía ocho años desde la última vez que había salido del país. Fue un viaje tranquilo a Viena para celebrar su aniversario de boda. Habían comido *sachertorte* con mucho chocolate e incuestionablemente autoindulgente. Los sabores habían sido uno de los placeres de explorar países nuevos. Los sabores eran recuerdos para Kathleen. Cuando olía especias, se sentía transportada a las playas bordeadas de palmeras de Goa. El suave chisporroteo del ajo en aceite de oliva le hacía pensar en los veranos largos y lentos de la Toscana.

Siempre había sentido pasión por la aventura. Por viajar. Nunca había parado el tiempo suficiente como para dejar que se instalara la rutina.

Se quedó de pie delante del mapa de Norteamérica, marcado con la histórica Ruta 66.

Aquel viaje por carretera había estado mucho tiempo en su lista de deseos. Lo habría hecho muchos años atrás de no ser porque terminaba en California. Y California era un lugar grande, por supuesto, pero aun así le resultaba demasiado incómodo.

Pensar en California la llevaba a pensar en las cartas. Extendió el brazo para abrir el cajón de su escritorio, pero antes de hacerlo apartó la mano.

Ya era demasiado tarde. No se podía cambiar la historia. Lo único que podía hacer era mirar los mapas y las fotografías y soñar.

Miró las hileras de cajas llenas de mapas y de anotaciones.

Vender la casa no implicaría solo vender su hogar, sino también dejar su pasado. Su casa no estaba llena de objetos sin significado, estaba llena de pedazos de su vida. Todo tenía un significado y un recuerdo añadido.

Cerró con llave la puerta del estudio y regresó al dormitorio, donde escondió la llave en un cajón.

El hombre que había entrado en la casa le había hecho evaluar su vida.

Sí, era vulnerable, pero también lo eran todos los seres humanos. La mayoría no se daba cuenta, por supuesto. Casi todos creían que controlaban lo que les ocurría y quizá se necesitaban años y mucha experiencia para saber que la vida daba golpes que no podías parar con una sartén.

Nunca había permitido que el miedo le impidiera vivir. Había aprovechado al máximo cada momento, lidiando con los problemas a medida que surgían. De pecar de algo, había sido de temeraria.

Ya no era temeraria, pero no estaba preparada para pasar sus días en una habitación con un botón que podía pulsar si le ocurría algo.

La invadió una sensación de inquietud. Era excitación, anticipación, sed de aventura. Últimamente esa sensación había estado ausente y le gustaba saber que aún era capaz de sentirla. Le daba energía y un impulso que necesitaba mucho.

Fue al cuarto de baño y se quitó la venda de la cabeza. Ya era suficiente.

Frotó la sangre seca y se lavó lo mejor que pudo, tras decidir que probablemente no era buena idea lavarse el pelo en aquel momento. Intentó no mirar directamente su imagen. En su mente era joven, pero el espejo se burlaba de sus intentos de autoengaño.

Se volvió, se vistió tan deprisa como le permitía el cuerpo y fue a la cocina. La decepcionó no ver ni rastro de Popeye. Apreciaba mucho al gato, y no solo porque esperaba muy poco de ella.

Siempre había sido madrugadora y empezaba el día con un café fuerte. Brillaba el sol, así que llevó su taza a la pequeña mesa con la parte superior de mármol que se había hecho enviar desde Italia. En cuanto puso los pies fuera, se sintió mejor.

Prometía ser un día perfecto, con el aire lleno del aroma de las flores y el dulce coro de los trinos de los pájaros.

Ese momento con su café era un breve respiro de lo que sabía que sería un fin de semana difícil. Sobresalía en algunas cosas, pero la maternidad no era una. Se había casado a los cuarenta años y Liza había nacido nueve meses después. De todas las aventuras que había afrontado Kathleen, ninguna la había asustado más que la idea de ser madre y de que otra persona dependiera emocionalmente de ella.

No encajaba en la plantilla que usaban muchos para medir la actuación maternal. Se había perdido casi todos los días de deportes, no había ido a ninguna clase de ballet y había decidido que las reuniones de padres y profesores eran algo opcional. Le había leído a su hija, aunque siempre había preferido libros de viajes a ficción. Había querido que entendiera lo grande que era el mundo y se atribuía algún mérito en el hecho de que Liza sacara la máxima nota en Geografía. Pero también era cierto que la primera vez que Liza había sido capaz de formular una frase, había sido para decir: «Mami no está».

Kathleen siempre se había esforzado por equilibrar sus necesidades con las expectativas de la sociedad.

Y ahora volvía a encontrarse en esa posición. Se suponía que alguien de su edad no debía tener ganas de aventura.

¿Y qué era lo que debía hacer? ¿Vender su casa y mudarse a una residencia para complacer a su hija? ¿Protegerse y no moverse de un sillón hasta que le fallara el corazón?

En los años sesenta había fumado marihuana y bailado rock and roll.

¿Cuándo se había vuelto tan precavida?

Terminó el café y se agachó a arrancar una mala hierba que crecía entre las losas del pavimento. El jardín era su orgullo y su alegría, pero mantenerlo era una tarea interminable. Podía pagar a alguien, pero no le gustaba tener extraños en casa. Quería poder tomar el café de la mañana en camisón.

El sol calentaba ya y alzó la cara para empaparse de su calor. Los rayos del sol siempre le daban ganas de viajar.

—¿Mamá? —llegó la voz de Liza desde la puerta de la cocina—. Madrugas mucho, ¿no podías dormir?

—He dormido perfectamente —contestó Kathleen a la vez que decidía no mencionar el dolor de cabeza—. ¿Y tú?

—También.

Kathleen veía que era mentira. Su hija tenía sombras oscuras debajo de los ojos y parecía agotada. ¡Pobre Liza! Siempre había sido demasiado seria, aplastada por su sentido de la responsabilidad y entregada a mantener las vidas de todos en lo que ella consideraba un camino seguro.

Kathleen había lamentado en ocasiones que su hija pareciera no haber heredado ni una pizca de su espíritu aventurero. Cuando Liza tenía seis años, Kathleen se había preguntado si era sano que una niña fuera tan dócil. Había esperado ver al menos alguna señal de rebeldía en sus años adolescentes, pero su hija había seguido siendo muy estable y responsable, adulta antes de tiempo, y había reprochado vagamente los caprichos ligeramente anticonvencionales de su madre. No se había teñido el pelo de rosa, ni se había emborrachado en serio, ni, hasta donde sabía Kathleen, había besado a un chico que no debiera. A ella le parecía que Liza llevaba una vida que carecía de osadía, pero no había duda de que era cariñosa y altruista, más altruista de lo que nunca había sido su madre.

Kathleen se había dicho que, al vivir su pasión, daba ejemplo a su hija, pero, de haber provocado algo en Liza con sus experiencias, había sido que fuera más cautelosa, no menos.

Y allí estaba, provocándole ansiedad una vez más.

Liza dejó el café en la mesa.

—Te has quitado la venda —comentó.

—Me irritaba. Y la herida se curará mejor al aire —Kathleen se llevó las yemas de los dedos a la cabeza—. Tuvieron que afeitar parte del pelo. Parezco salida de una película de terror.

Liza negó con la cabeza.

—Estás bien. Siempre lo estás.

Kathleen se sintió culpable por desear haber podido tener unos minutos más a solas con el café y los pájaros.

Su hija lo había dejado todo para conducir hasta allí con el odioso tráfico del viernes. Ninguna madre tenía una hija más atenta.

—¿Cómo están las chicas?

—No lo sé. Es muy pronto para llamarlas. No se levantan hasta media mañana. No es una edad fácil. Asumo que están vivas o habría sabido algo.

Liza se sentó enfrente de su madre y alzó la cara al sol.

Llevaba unos pantalones de lino azul marino con una camisa sastre blanca, una ropa apropiada para ir desde el aula a una conferencia de padres y profesores. Los zapatos tenían tacón bajo y el pelo le colgaba suave y liso sobre los hombros. Todo en ella era seguro y controlado, desde su actitud hasta su ropa o el modo en que vivía.

—Te preocupas demasiado por ellas. Las cosas tienen un modo de acabar bien si las dejas.

—Yo prefiero un enfoque más activo que el tuyo —contestó Liza sonrojándose—. Perdona, no he debido decir eso.

Era tan impropio de su hija decir un comentario irreflexivo que Kathleen se animó. Allí había un espíritu, aunque se le permitiera raramente ver la luz. ¡Ojalá ella pudiera alentarla a hacerlo más a menudo!

—Nunca te disculpes por decir lo que piensas. Es cierto que no fui una madre muy activa. Te dejé a menudo, aunque estabas con tu padre. Nunca corriste peligro. Podría decir que era mi trabajo y sería verdad, pero también es cierto que necesitaba viajar.

—¿Por qué? ¿Qué te faltaba en casa?

Kathleen deseó que su hija hubiera dormido más. Las emociones, la religión y la política eran tres de los temas de conversación que evitaba. No hablaba de sus sentimientos y no hablaba del pasado. Liza lo sabía. Había cosas que era mejor guardar dentro. Kathleen había aprendido a protegerse así y era demasiado mayor para cambiar.

—Era complicado. Pero eso tenía que ver conmigo, no contigo.

Liza dejó el café en la mesa.

—No he debido preguntar.

—Tú crees que fui egoísta. Y crees que soy egoísta ahora por no querer irme a una residencia.

—Estoy preocupada, eso es todo. Te quiero, mamá.

Kathleen se avergonzó. ¿Por qué decía Liza esas cosas?

—Ya lo sé —contestó, y vio que algo titilaba en los ojos de su hija. ¿Decepción? ¿Resignación?

—Comprendo que no es fácil dejar un lugar que amas, pero quiero que estés segura.

—¿Y si no es eso lo que yo quiero para mí?

—¿No quieres estar segura? —Liza apartó con gentileza a una abeja que revoloteaba alrededor de la mesa—. Eso es lo más extraño que he oído.

—Lo que digo es que hay cosas más importantes que la seguridad.

—¿Como cuáles?

¿Cómo explicárselo?

—Felicidad. Aventura. Emociones.

—¿Y enfrentarte a un intruso no es aventura suficiente para una temporada?

—Eso no fue una aventura, fue un toque de atención.

—Exactamente. Fue un recordatorio doloroso de que vivir sola en esta casa es poco práctico, pero, por supuesto, apoyaremos lo que quieras hacer.

Liza sonaba cansada y Kathleen la imaginaba añadiendo: «Estar pendiente de mamá» a su ya larga lista de cosas que hacer.

Habría llamadas regulares, visitas dos veces al mes y una preocupación más que añadir a las muchas que impedían dormir a su hija por la noche.

Kathleen se preguntó cómo podía liberarla de la aplastante sensación de responsabilidad que sentía por los que la rodeaban.

—No soy responsabilidad tuya, Liza.

—Mamá...

—Estoy dispuesta a vivir con las consecuencias de las decisiones que tomo. Siempre he valorado la independencia, ya lo sabes. Estoy segura de que muchas personas me consideraban egoísta por viajar por el mundo cuando tenía una hija pequeña en casa, y quizá lo fuera, pero era mi trabajo y lo adoraba. *Destino: final feliz* era parte de mí. ¿Es egoísta poner a veces tus necesidades por delante de las de los demás? Creo que no. Era madre, pero no era solo madre. Era esposa, pero no solo esposa. Y, por supuesto, si hubiera sido hombre, nadie lo habría cuestionado. Las reglas siempre han sido distintas para los hombres, aunque espero que eso esté cambiando ahora. El progreso.

—Yo no lo veo igual que tú. Soy parte de una familia.

—La familia puede ser tu prioridad sin que tengas que estar sirviéndolos día y noche —repuso Kathleen.

Esperaba que su hija discutiera con ella y defendiera su modo de vivir la vida, pero Liza solo se hundió un poco en su asiento.

—Lo sé. Y no sé cómo hemos llegado a esto. Creo que es porque es más sencillo hacer las cosas yo porque así se hacen.

—¿Y qué es lo peor que puede ocurrir si las cosas no se hacen?

—Que acabo deshaciendo yo el lío, lo cual normalmente lleva más trabajo que si lo hubiera hecho yo en primer lugar —Liza se terminó el café—. Dejemos esta conversación.

Teniendo en cuenta que la conversación empezaba a virar hacia lo personal, algo que Kathleen se esforzaba por evitar, aceptó de buena gana. Hubo un silencio incómodo.

—Oigo a Sean en la cocina.

—Haré el desayuno —dijeron las dos a la vez.

Liza se levantó tan rápidamente que golpeó la mesa y arrojó el resto del café de Kathleen sobre la superficie de mármol. Se detuvo. Dio la impresión de que iba a decir algo, pero luego se giró y entró en la cocina.

Kathleen se quedó mirándola un momento con frustración y algo de arrepentimiento.

Había creído que sus viajes harían a su hija más independiente y, en cierto modo, había sido así. Liza había aprendido a cocinar y a cuidar de la casa. Había proporcionado la calidez hogareña que Kathleen no había dado. Lo que le faltaba era independencia emocional. Se había vuelto insegura y pegajosa cuando Kathleen volvía de sus viajes.

¿Era por eso por lo que se había casado tan joven? ¿Porque buscaba seguridad?

Kathleen había tenido el enfoque opuesto. No se había casado hasta los cuarenta años e, incluso entonces, solo a la tercera vez que se lo habían pedido. Sintió una extraña presión en el pecho y comprendió que era pena. Hacía cinco años de la muerte de Brian, pero todavía lo echaba terriblemente de menos.

Se levantó, con los huesos doloridos. Los que decían que los ochenta eran los nuevos sesenta nunca habían tenido ochenta años. A su edad solo había una cosa segura y era que nada se iba a volver más fácil.

Esperó a que pasara la rigidez y se reunió con los demás en la cocina.

—Buenos días, Kathleen —la saludó Sean, e hizo una mueca cuando vio la fea herida y las huellas de sangre en el pelo—. Es una buena herida. Pero estoy seguro de que el otro está peor. Eres un ejemplo para todos nosotros.

—¡Sean! —exclamó Liza exasperada—. ¿Tienes hambre? Haré el desayuno.

Abrió el frigorífico y sacó huevos, mientras Sean se sentaba y charlaba sobre golf, pesca y los exorbitantes precios de la vivienda en Londres.

Liza se movió calladamente por la cocina, puso la mesa y cocinó.

Kathleen observó a su hija batir huevos y hacer tortillas esponjosas con cebolleta fresca cortada de las macetas con hierbas. Cuidar de la gente era algo que le salía de modo natural, pero en algún momento había olvidado incluirse a sí misma.

Sean tomó el tenedor.

—Mi comida de consuelo favorita.

Liza hizo café y colocó la cafetera en el centro de la mesa junto con tazones con frutos rojos frescos y yogur.

—Te he traído naranjas, mamá.

—Deliciosas —respondió Kathleen—. Vamos a hacer zumo. Es una maravilla.

Liza negó con la cabeza.

—Guárdalas para ti.

—¿Por qué? ¿De qué sirven las naranjas en un frutero? El frutero es decorativo, pero las naranjas no —Kathleen observó a su hija—. Tienes que exprimirles hasta la última gota de jugo y disfrutarlo mientras puedas. Cuando se terminan, se han terminado.

—¿Eso es una metáfora? ¿Lo de que la vida te da limones y demás? —dijo Liza, pero exprimió las naranjas y puso la jarra y los vasos en la mesa.

—¿Cuál es el plan para hoy? —preguntó Sean cuando se terminó el plato—. ¿Damos luego un paseo hasta la playa?

—Esto no son unas minivacaciones —repuso Liza poniéndole dos tostadas delante—. Hay que ayudar a mamá con la casa.

—Lo sé, pero entre ayuda y ayuda, nos podemos divertir un poco —Sean untó mantequilla en la tostada—. Voy a ver si la tabla de surf sigue en el garaje.

Kathleen alzó la vista.

—Sigue ahí.

Liza pinchaba los huevos como si estuviera demasiado cansada para llevarse el tenedor a la boca.

Después de desayunar, se trasladaron a la sala de estar. Sean parecía un poco perdido.

—¿Queréis que corte el césped o qué? ¿Que llame a un agente inmobiliario? Dadme órdenes.

Kathleen respiró con fuerza.

—No llamarás a ningún agente inmobiliario. No voy a vender la casa, así que, por favor, no perdáis tiempo intentando convencerme.

¿Aquello iba a ser siempre así? ¿Todas las conversaciones con su familia iban a girar en torno a ellos intentando convencerla de que se mudara y ella negándose? ¡Qué aburrido y frustrante sería eso para todos! ¿Qué necesitaban para entender que no tenía ninguna intención de vender? ¿No comprendían lo que sentía por aquella casa?

Ignoró la vocecita interior que le decía que ellos no podían saber lo que sentía por la casa porque nunca se lo había dicho.

—Bien —Sean miró a Liza, que estaba limpiando el polvo de los muebles—. Otra opción sería que tú sigas aquí y organicemos algún tipo de ayuda.

—¿Qué ayuda necesito? ¿Un guardaespaldas?

Liza movió la cabeza.

—Ese hombre probablemente sabía que estabas sola y eres vulnerable, mamá.

—Estaba demasiado borracho para saber nada.

Sean se echó a reír.

—Iba a sugerir que te compraras un perro fiero con dientes afilados, pero nada podría dar más miedo que verte a ti en camisón blandiendo una sartén. Si se entera la prensa, será un buen titular.

Liza apretó con tanta fuerza el paño que tenía en la mano que la sangre huyó de sus dedos.

—Podía haber muerto, Sean.

—Pero no fue así —repuso Kathleen tranquila—. Y si hubiera terminado así, pues muy bien. No venderé esta casa. Si de verdad queréis hacer algo útil, buscad a Popeye. Ha desaparecido.

—Yo lo hago —dijo Sean, y se levantó, aparentemente agradecido por tener una excusa para salir de la casa.

—Me pasaré la mañana revisando esta habitación —anunció Liza—. Despejando las estanterías. Hace décadas que no se tocan.

Kathleen se encrespó.

—Prefiero luchar con otro intruso a tirar ni un solo libro.

—Pero aquí tiene que haber muchos que no volverás a leer.

—Es posible. Pero si los tiramos, cerramos esa opción. Y no hay ninguna razón para despejar nada. Ya te he dicho…

—Que no vendes la casa. Lo sé. Pero eso no significa que no sea buena idea eliminar cosas de vez en cuando. No tenemos que tomar decisiones precipitadas —comentó Liza.

Era evidente que no se iba a rendir y Kathleen decidió que la solución más sencilla era permitir a su hija meter unas cuantas cosas en cajas. Eso le daría sensación de control y Kathleen siempre podía volver a sacarlas cuando se quedara sola.

—En ese caso, puedes empezar por las estanterías del rincón.

La mañana pasó más envuelta en tensión que en un silencio cómodo.

De vez en cuando Liza mostraba un libro.

—¿Este?

—Déjalo —contestaba Kathleen, o bien—: Ponlo en la caja.

Sean volvió con la noticia de que Popeye no estaba por ninguna parte.

—Seguramente estará explorando.

Kathleen nunca había pensado que encontraría una razón para envidiar a su gato.

Por otra parte, si un gato con un ojo y tres patas podía irse a explorar, ¿por qué ella no? No había reglas que exigieran que una persona estuviera en perfectas condiciones para viajar más allá de las paredes de su casa.

Liza estaba examinando los álbumes de fotos, pasando las páginas.

—Aquí hay una preciosa de papá contigo —dijo. La dejó a un lado y tomó el siguiente álbum—. Este debe ser uno de los primeros —volvió una página y sonrió—. Aquí está tu foto de graduación. Mira qué pelo. ¿Por qué no he visto yo antes esto?

—Porque tiendo a concentrarme más en el presente que en el pasado —repuso Kathleen.

Había sido Brian el que había colocado las fotos en los álbumes. Y también el que había convertido su casa en un hogar y al trío en una familia. Kathleen había hecho miles de fotos en sus viajes, pero estaban guardadas en cajas en su estudio.

—¿Quiénes son estos dos? —Liza señaló con el dedo y Kathleen se acercó y miró por encima de su hombro.

La emoción le cerró la garganta.

Tendría que haber destruido esa foto.

—¿Mamá?

—¿Sí?

—Las otras dos personas de la foto, ¿quiénes son?

—Amigos. Estábamos en la misma clase en la universidad. Los tres éramos inseparables. Esa foto se hizo en Oxford.

—El chico es muy guapo. ¿Cómo se llamaba?

—Adam —dijo Kathleen. ¿Su voz sonaba normal?—. Se llamaba Adam.

—¿Y la chica?

—Ruth —definitivamente, su voz no sonaba normal—. Era mi compañera de cuarto. «Mi amiga más íntima.»

—Nunca me has hablado de ella. ¿Qué pasó? —Liza volvió la página—. ¿Perdisteis el contacto?

—Pues… sí —a Kathleen le temblaron las piernas y se sentó en la silla más próxima. Pensó en las cartas, que estaban reunidas en un montón, atadas y escondida en la parte de atrás de uno de sus cajones. Sin abrir—. No todas las amistades duran.

—¿Y Adam? ¿Seguiste en contacto con él?

—No.

—Pero aquí estáis otra vez los tres. ¿Sabes dónde está Ruth ahora?

—Lo último que supe fue que vivía en California —contestó Kathleen sintiendo un dolor agudo.

Le quitó el álbum a Liza. Allí estaba Ruth, sonriendo a la cámara, con el pelo largo cayéndole sobre un hombro. Y allí estaba Adam, con aquellos ojos azules y aquel aspecto de estrella de cine.

Recordó las noches en las que Ruth y ella se tumbaban en la orilla del río en Oxford y charlaban hasta el amanecer. Kathleen era hija única y por una temporada, con Ruth, había intuido lo que podía haber sido la vida si hubiera tenido una hermana. No había nada que no supiera de Ruth ni nada que Ruth no supiera de ella. Había estado segura de que nada se interpondría jamás en esa amistad.

Colocó el dedo en la fotografía, tocando la sonrisa de Ruth y recordando el sonido de su risa.

Brian la había alentado a viajar a California, pero ella se había negado.

Había sido una cobarde.

Sintió que algo se movía en su interior.

Alzó la vista y vio a Popeye, de pie en el umbral de la sala de estar, con el ángulo de la cabeza sugiriendo que no le gustaba mucho la cantidad de gente que invadía en ese momento su territorio. Se acercó a Kathleen moviendo la cola.

Esta dejó el álbum y tomó al gato, que toleró unos momentos de caricias antes de escapar de sus brazos y dirigirse a la cocina.

Querido Popeye. Si él podía tener una aventura, ¿por qué ella no? En lugar de estar allí sentada reviviendo cosas del pasado, debería estar viviendo el presente.

Liza tomó el álbum de fotos.

—Lo siento si te ha entristecido ver esto.

—No me ha entristecido, me ha hecho pensar —repuso. Se sentía más fuerte—. Me ha hecho darme cuenta de que es hora de hacer algo que debería haber hecho hace mucho.

—¿Te refieres a seleccionar las fotos?

—No —repuso. ¿El valor era una de esas cosas que decaían con la edad, como la memoria y el tono muscular?—. Siéntate, Liza.

Liza se reunió con ella en el sofá sin rechistar y frunció el ceño con ansiedad.

—¿Mamá?

—Soy afortunada de tener una hija que se preocupa por mi bienestar. Has conducido hasta aquí en fin de semana para estar conmigo cuando tienes una vida propia muy ajetreada. Te agradezco toda la investigación que has hecho sobre residencias —aseguró, y miró a Liza—. Pero no necesito es información todavía.

«Nunca», pensó, pero no lo dijo porque sospechaba que debía dejar pensar a su hija y que podría entrar en razón en algún momento.

—Mamá...

—Sé que lo haces porque me quieres, pero estoy en mi sano juicio y soy capaz de tomar mis propias decisiones sobre lo que más me conviene.

La expresión de Liza era de pura frustración.

«Terca, como su padre.» Después de lo ocurrido, Kathleen había perdido todo interés en el matrimonio. Por suerte para ella, Brian se había negado a aceptar eso. Si no hubiera sido tan perseverante como para declararse tres veces, ella se habría perdido la vida feliz que había vivido. No habría tenido a Liza, que en ese momento la miraba nerviosa, preocupada por lo que iba a decir.

—No puedes seguir aquí, mamá.

—No es mi intención, pero tampoco pienso mudarme a una residencia y esperar pacientemente la muerte.

—La muerte no, pero...

—Voy a hacer un viaje a California.

Era un lugar grande, no era probable que se encontrara con alguien a quien no quisiera ver.

—Cali... —Liza se atragantó—. ¿Es broma? Es un vuelo de doce horas.

—No iré volando hasta allí. Voy a hacer un viaje por carretera por Norteamérica. La Ruta 66 —musitó Kathleen.

En cuanto lo hubo dicho, sintió una mezcla de ilusión y nervios en las entrañas. ¿Aquello era osado o estúpido?

No importaba. Había esperado ya suficiente. Demasiado. No iba a permitir que el pasado le impidiera hacer algo que siempre había querido hacer,

pero incluso sin la presión emocional, era un viaje ambicioso. Había días en los que los huesos le dolían tanto que apenas podía salir de la cama, y estaba pensando en conducir tres mil ochocientos kilómetros como si se tratara de ir hasta el pueblo.

Sean fue el primero en hablar.

—Emocionante. ¿Cómo podemos ayudar?

«Querido muchacho.»

Liza abrió la boca, pero Kathleen se le adelantó.

—Agradecería un traslado al aeropuerto cuando haya hecho todos los planes.

Casi pidió ayuda para reservar el vuelo, pero sabía que tenía que encontrar confianza en sí misma para hacerlo personalmente. Era ridículo que la idea de reservar un vuelo le asustara más que un viaje por carretera. Le resultaba imposible pensar que pulsar una tecla e insertar un número de tarjeta de crédito bastara para asegurarle un asiento en un avión.

Liza al fin fue capaz de hablar.

—¿La Ruta 66? No puedes hablar en serio.

—Nunca en mi vida he hablado tan en serio. Ya tengo toda la investigación hecha —afirmó Kathleen pensando en la caja que había debajo del escritorio de su estudio, rebosante de mapas y guías.

—Pero ¿por qué California? Si quieres sol, vente al sur de Francia con nosotros. ¿O es porque quieres ver a Ruth después de tantos años?

—No sé si Ruth sigue allí. Puede que se haya mudado o…

Podría estar muerta. A su edad, había muchas probabilidades de eso. Pero aquel viaje no era por Ruth. Kathleen no deseaba verla y estaba segura de que Ruth pensaría igual.

El pasado nunca se podía deshacer.

—No quiero sol, quiero aventura. Y hace muchos años que quiero hacer la Ruta 66.

—¿Y por qué no la has hecho?

—Porque nunca parecía el momento oportuno —Kathleen dio adrede una respuesta vaga—. Sin embargo ahora sí.

Liza daba la impresión de estar buscando qué decir.

—Ignoras un problema importante —musitó.

Había un millón de problemas. Kathleen se mareaba si pensaba en todos, pero estaba decidida a lidiar con cada uno de ellos.

Había golpeado a un intruso con una sartén. Tenía confianza en que podía lidiar con todo lo que se cruzara en su camino, incluidos los recuerdos incómodos.

—Tengo pasaporte, si eso es lo que te preocupa. Está aquí, en mi bolso.

Kathleen cerró los dedos rodeando el asa y tiró del bolso hacia sí.

Liza miró el bolso.

—¿Llevas el pasaporte encima?

—Sí.

—¿A la tienda del pueblo? ¿A la oficina de Correos?

—Lo llevo encima siempre.

Aunque no había viajado en años, llevar el pasaporte le hacía pensar que podía hacerlo.

Liza parecía horrorizada.

—¿Y si te roban el bolso?

—¿Qué van a hacer? ¿Robarme la identidad? Francamente, pueden quedársela, siempre que yo pueda quedarme con la suya y que no les chirríen los huesos —respondió Kathleen.

Su hija movió la cabeza.

—No solo necesitas un pasaporte, mamá. Necesitas un carné de conducir. Un viaje por carretera a través de América requiere que tengas coche y lo conduzcas. Tú ya no conduces.

Kathleen se sentó un poco más erguida.

—Pues entonces tengo que buscar a alguien que lo haga.

Capítulo 4

MARTHA

—¿Quieres escucharme al menos?
—No —Martha iba andando por el camino de entrada a su casa, con la bolsa de libros de la biblioteca golpeándole las piernas. Estaba deseando perderse en un mundo de ficción, lo cual era en este momento su única vía de escape del mundo real. La ansiedad la corroía—. No puedes decir nada que yo quiera oír.
—Sé que principalmente es culpa mía, pero todos nos equivocamos, ¿verdad? —Steven tropezó en su esfuerzo por seguirle el paso—. Y tienes que admitir que tú te has abandonado un poco. Aunque esos vaqueros te hacen un culo estupendo.
—No quiero volver a verte.
Martha alargó el cuerpo para parecer más delgada y se odió por hacerlo. Aquellos vaqueros eran demasiado estrechos. Tenía que haber comprado otros, pero si había algo más ajustado que sus vaqueros era su economía.
¿Cómo se había convertido su vida en aquello? ¿Y cómo iba a salir de aquel lío?
Empezaba a odiar salir de casa, y no porque esta fuera un santuario precisamente, pues las cosas eran casi tan malas dentro como fuera.
Quería escapar de allí, pero para huir hacía falta dinero.

Steven se metió las manos en los bolsillos.

—¿Sabes cuál es tu problema, Martha?

—No —contestó.

Ella no necesitaba ayuda para identificar sus problemas. Podía fácilmente hacer una lista, gracias a la gente que la rodeaba y que no le permitía olvidar sus defectos.

—Esperas demasiado. Las personas somos humanas. No todos somos condenadamente perfectos.

Ella hurgó en el bolso en busca de las llaves.

—Martha, ¿me escuchas?

—Ya he escuchado todo lo que pienso escuchar. Adiós, Steven. No me llames.

Orgullosa de su autocontrol, cerró la puerta de un portazo y oyó a su madre llamar desde la cocina.

—¿Ese es Steven? Dile que pase. Puede echar un vistazo a la tubería de la cocina. Se está saliendo el agua.

Solo su madre podía colocar el estado de las tuberías por encima de la felicidad de su hija.

—Dile a papá que lo haga.

Había muchas desventajas en vivir con sus padres a los veinticuatro años, pero la mayor era estar atrapada con personas que no la comprendían. La falta de intimidad era la segunda. No había espacio para lamerse las heridas ni para llorar con una almohada sobre la cabeza. No se podía buscar consuelo emocional con la televisión y una caja de bombones porque alguien cambiaría de canal y se comería la mitad del que tuviera en la mano.

Y no había ningún modo humano de evitar una inquisición.

—Tu padre ha salido —comentó su madre surgiendo de la cocina con un paño de limpiar en la mano y el ceño fruncido—. Y Steven es fontanero. Entiende de tuberías.

«Pero de casi nada más.»

Lo último que quería Martha era una conversación con su madre, pero su casa era pequeña y lo que ella quisiera contaba poco.

—Se ha ido.

Su madre pasó el paño por el espejo.

—Eres muy dura. Como mínimo deberías hablar con él.

—Ya he dicho todo lo que había que decir.

—¡Ay, Martha! —exclamó su madre lanzándole una mirada de desesperación.

—¿Qué? —repuso. Ella no necesitaba eso—. ¿Qué pasa ahora?

—Es bastante amable y muy manitas en la casa. No deberías despreciar tan fácilmente a alguien que tiene un trabajo estable.

—Conformarse con alguien porque sabe arreglar un váter es tener un listón muy bajo. Espero algo más que eso.

—Eres demasiado exigente, ese es tu problema. La vida real no es como la de esos libros que lees, ¿sabes? Nunca te entenderé, Martha.

En eso al menos estaban de acuerdo.

Cuando Martha tenía diez años, había preguntado a sus padres si era adoptada porque no veía nada de sí misma en ninguno de ellos. Había soñado en secreto que una mujer encantadora llamaría un día a la puerta para reclamarla, pero eso no había ocurrido.

Siempre que su madre la criticaba, le arrancaba una esquirla más, de modo que Martha se sentía cada vez menos ella misma.

—Hemos terminado —dijo.

Su madre se tensó visiblemente.

—Todos los hombres tienen defectos. Y necesidades. A veces hay que hacer la vista gorda. Si hubieras…

—No quiero hablar de eso.

—Solo digo que la culpa nunca está por completo en un lado.

—En este caso sí.

—¿Ah, sí? Tú has engordado mucho desde que perdiste el trabajo, demasiadas horas sentada lamentándote. A lo mejor esto te parece duro, pero soy tu madre y me corresponde decir la verdad —afirmó la mujer frotando una marca terca en el espejo—. Yo a tu edad cabía en la misma ropa de cuando tenía dieciséis años. No había engordado ni una onza.

Una esquirla tras otra y tras otra.

¿Cómo sabían los escultores famosos cuándo dejar de cincelar? ¿En qué punto convertían una obra maestra en un desastre?

—Ahora son kilos, mamá.

—En tu caso, puede. Has pasado el punto en que se puede pesar en onzas, eso seguro. Comes porque estás aburrida y te sientes desgraciada y eso es culpa tuya por rendirte tan fácilmente. Primero con la universidad y ahora con Steven. Tendrías que haber seguido y haberte graduado como tu hermana en vez de tirarlo todo por la borda. Al menos así tendrías más probabilidades de encontrar trabajo. Estás pagando el precio de tus malas decisiones.

Su madre, cuya vida había sido una decepción, había esperado algo mejor para sus dos hijas. Había querido vivir a través de ellas almuerzos de trabajo, viajes internacionales y ascensos interminables. Pippa, la hermana mayor de Martha, se había ganado su favor graduándose como fisioterapeuta y consiguiendo un trabajo muy glamuroso en un gimnasio privado pijo donde entrenaban algunos famosos, lo cual daba a su madre bastante material del que presumir con las vecinas.

Martha, desgraciadamente, solo la había avergonzado.

—No me gradué porque quería cuidar de la abuela —repuso. Todavía la echaba de menos, tanto como al principio. Había un rincón de su corazón que seguía dormido y solitario—. Después de su ataque cerebral, no quería perderme ni un momento de estar con ella. No podía concentrarme en exámenes o trabajos pensando en ella allí sola. Lo demás no me parecía importante.

—Pero ahora te das cuenta de que era importante.

—No hay nada más importante que la gente a la que quieres.

No había dicho «familia». Su familia la volvía loca. Hiciera lo que hiciera, nunca podía ganarse su aprobación. Sus opiniones parecían no valer nada y sus deseos menos aún. No estaba segura de que hubiera renunciado a graduarse para cuidar a alguno de ellos. Si embargo su abuela...

—Jamás me arrepentiré del tiempo que pasé con ella.

Siempre había tenido una relación especial con su abuela. Cuando tenía ocho años y se metían con ella en el colegio, iba corriendo a su casa. Ella la abrazaba y la escuchaba, algo que nunca hacía su madre. Su madre le aconsejaba que no les hiciera caso, pero eso no era tan fácil cuando te ataban la correa de la mochila alrededor del cuello e intentaban colgarte de una valla.

Martha empezó a ir a merendar a casa de su abuela todos los días después del colegio. Encontraba allí mucho consuelo, en la tetera alegre cubierta de cerezas rojas, en las delicadas tazas que habían pertenecido a su bisabuela... Y el mayor consuelo era estar con alguien que se interesaba por ella. Aquella rutina había continuado hasta que se había ido a la universidad a estudiar Lengua y Literatura.

Estaba en su último año cuando la llamó su madre para decirle que su abuela había sufrido un ictus. Martha hizo las maletas y regresó a casa a cuidarla. ¿Cómo se iba a concentrar en Tolstói o en Hardy con su abuela tan enferma? Su madre se había quedado horrorizada, pero Martha ignoró su desaprobación y durmió en el sofá de la sala de estar. Su abuela se recuperó sorprendentemente bien. Martha y ella jugaban a las cartas, hablaban de libros y reían con los programas picantes de la tele. Incluso habían conseguido dar paseos cortos por el jardín. Había sido un tiempo valioso que Martha nunca olvidaría.

Luego, una noche, su abuela tuvo otro ataque cerebral y murió.

Martha, inmersa en la pena, había ignorado el consejo de su madre de volver a la universidad y había encontrado trabajo en una cafetería a poca distancia andando desde casa.

Había algo reconfortante en preparar un buen capuchino creando dibujos en la espuma. Podía hacerlo incluso embargada de tristeza. Le gustaba ver a la misma gente todos los días. Había una mujer con un ordenador portátil que hacía durar un café todo el día mientras escribía una novela, y un hombre mayor cuya esposa había muerto y que no soportaba estar todo el día solo en casa.

Disfrutaba conversando con la gente y le gustaba el hecho de que, cuando salía de allí, no tenía que llevarse el trabajo a casa con ella.

Pero luego la cafetería había cerrado, igual que muchas otras, y de pronto daba la impresión de que había miles de aspirantes para los pocos trabajos que se ofrecían. Había trabajado seis meses en un albergue de animales de la zona, hasta que se habían quedado sin fondos y habían dejado de pagarle.

Su madre nunca perdía ocasión de recordarle que no tenía que culpar a nadie excepto a sí misma. Su padre, que quería una vida tranquila, solía estar de acuerdo con su esposa en todos los temas.

—Si no lo hubieras tirado todo por la borda, ahora no estarías en esta situación.

—Graduarse no lo es todo, ¿sabes? Hay miles de graduados que no tienen trabajo.

—Exactamente. Así que, ¿por qué van a elegir a alguien como tú para un empleo? Tienes que ofrecer algo especial, Martha, y tú no tienes mucho a tu favor.

Ella no tenía nada especial.

Eso se parecía asombrosamente al insulto que acababa de dirigirle Steven.

—El trabajo que tenía me gustaba.

—No puedes estar toda la vida trabajando en cafeterías o albergues de animales. Tendrías que haber estudiado para una profesión, como tu hermana, aunque ya eres demasiado mayor para eso, incluso para decidir terminar de graduarte.

—No quiero volver a la universidad y solo tengo veinticuatro años.

—La hija de Ellen tiene veinticuatro años y ya es doctora. Salva vidas. ¿Y qué haces tú con tu vida?

—En los últimos meses he solicitado más de cien trabajos, pero hay miles de personas para cada puesto. La mayoría de las veces ni siquiera te contestan. Es terrible.

—Razón de más para haber hecho un entrenamiento apropiado como tu hermana, pero tú ya has perdido ese barco.

A Martha se le pasó por la cabeza la imagen de una flotilla de barcos navegando en la distancia. Deseaba mucho estar en uno de ellos.

A ser posible tomando el sol mientras alguien le servía una bebida con hielo.

—Gracias por hacer que me sienta mejor —musitó.

—Si tu propia madre no puede decirte la verdad, ¿quién lo va a hacer? Aun así no tiene sentido que te quedes aquí lamentando las malas decisiones que has tomado. Deberías ir a correr con tu hermana.

Correr con su hermana sería otra decisión equivocada. No solo porque implicaría salir de casa, lo que conllevaría toparse con Steven, sino también porque Martha se quedaría atrás, lo cual era básicamente la historia de su vida. Siempre había ido diez pasos por detrás de su hermana y no había ninguna posibilidad de que olvidara eso.

Martha sabía que no era tan guapa como su hermana. No era tan delgada como su hermana. No tomaba tan buenas decisiones como su hermana.

Sabía todas las cosas que no era, pero no estaba segura de las que sí era, aparte de regordeta.

Hacía unos capuchinos excelentes y se le daba bien hablar, pero eso era más un fallo que una habilidad. «Martha habla por los codos», solía decir su madre, casi siempre alzando los ojos al cielo. «Si hubiera un premio a la más habladora, lo ganaría Martha.»

Quizá no fuera tan lista como su hermana, pero sabía lo bastante como para comprender que vivir con gente que le hacía sentirse mal consigo misma no era bueno para el alma. Necesitaba un empleo y un lugar propio, pero eso era muy improbable en Londres.

Después de todo lo que había ocurrido, no había tenido más remedio que volver con sus padres y confiar en que no llegaran al punto de matarse.

—Hola, Martha —Pippa bajó las escaleras saltando, con el pelo recogido en una coleta—. ¿Cómo está Steven? ¿Sigue portándose como un mierda?

Martha pensó que ni siquiera podía perder en el amor sin que se enterara su hermana. Miró con aire sombrío su brillante coleta. Pippa hasta ganaba en el pelo.

—¡Pippa! Estás preciosa —le dijo su madre sonriendo—. ¿Vas a trabajar? ¿Vas a tratar a alguien famoso hoy?

—Día libre. Tengo clase de yoga en media hora. Necesito comer algo antes de irme.

Pippa se dirigió a la cocina y Martha la siguió.

Había hecho magdalenas el día anterior según la receta favorita de la abuela y quedaban aún un par de ellas. Ofreció una a su hermana, que negó con la cabeza.

—No, gracias. Me voy a preparar un batido verde.

«También gana en dieta sana», pensó Martha. La observó mezclar manzana, espinacas, pepino y varios ingredientes más en una batidora y proceder a batirlos todos juntos hasta conseguir una mezcla verde pálida poco apetitosa. Si Martha hubiera encontrado una mancha de eso en la superficie de la cocina, la habría cubierto con espray antibacteriano.

Su madre entró en ese momento.

—No olvides limpiar el suelo de la cocina, Martha.

Pensó en que casi no podía soportar lo emocionante que era su vida. Se terminó una magdalena y abrió la puerta de atrás. Al otro lado de la valla vio a su vecina mayor, Abigail Hartley, esforzándose por tender las sábanas en la cuerda. Los bordes colgaban peligrosamente cerca del suelo.

—Ya lo hago yo, señora Hartley —Martha corrió al lateral de la casa y de allí al jardín contiguo—. No debería hacer eso con su artritis.

—Eres una chica amable, Martha.

—No me cuesta nada —respondió.

Al menos Abigail le daba las gracias por ayudarla con la colada. En su propia casa, eso lo daban por sentado.

—Me cuesta levantar los brazos por encima de la cabeza —dijo Abigail.

—Lo sé. Debe de ser muy difícil para usted —Martha sujetó las sábanas con pinzas—. Volveré luego y se las meteré en casa, no se preocupe por eso.

—Eres muy flexible y fuerte.

Flexible y fuerte.

Nadie colgaba sábanas como ella. Era una ganadora de la colada.

La señora Hartley intentó ponerle dinero en la mano y Martha tuvo tal shock que por un instante sintió tentaciones de aceptarlo. En aquel momento no podía permitirse ni comprar una horquilla nueva y todo ayudaba.

«De eso nada.» Tal vez no le gustara mucho a su familia, pero si empezaba a aceptar dinero por ayudar a amigas y vecinas, no se gustaría a sí misma.

—No tiene que pagarme —concluyó. Estuvo a punto de añadir que era un placer hacer algo por alguien que agradecía el esfuerzo, pero eso habría resultado desleal. La familia era la familia, aunque la volviera loca—. Encantada de ayudar.

—Creo que he visto a Steven hace un momento.

—Sí. No consigo que me deje en paz.

Martha comprobó que las sábanas no saldrían volando.

—Estás triste —dijo la señora Hartley dándole una palmadita en el brazo—. No te preocupes. Hay muchos más peces en el mar.

Martha no tenía ningún interés en pescar.

¿Por qué se comprometían las personas con otras personas? No tenía ni idea. Había podido observar a sus padres juntos durante años y, francamente, no había nada inspirador en su relación. Su madre siempre le gritaba a su padre, quien tenía un oído muy selectivo. No se veían muestras de afecto.

Pero ¿qué sabía ella de relaciones?

Al parecer, nada.

—Mi madre quiere que sea una mujer profesional, pero para eso necesitaría una carrera y ahora mismo no parece factible. Hay más personas que trabajos.

—Pero alguien consigue el trabajo y ese alguien puedes ser tú. Una chica como tú puede hacer todo lo que quiera.

Su abuela habría dicho lo mismo y aunque sonaba genial, aquello no logró alentar a Martha.

—Es muy amable, señora Hartley, pero no es cierto del todo.

—No puedes esperar que te caiga un trabajo del cielo. Tienes que ponerte en situación —aseguró la señora Hartley adelantando la barbilla—. ¿Cuál es tu sueño?

Su sueño era ser feliz y esperar cada día con impaciencia, pero eso no iba a ocurrir mientras viviera con sus padres. Necesitaba ser independiente. Necesitaba no sentirse una fracasada. Necesitaba sacar a Steven de su vida.

Y para todo eso, necesitaba una cosa.

—Mi sueño es encontrar un trabajo —dijo tomando la cesta de la colada—. Cualquier trabajo.

—Tonterías —contestó la señora Hartley agitando un dedo en el aire—. Tienes que encontrar algo que te vaya a gustar.

—¿Qué hizo usted?

—Trabajé en Bletchley Park durante la guerra con los descifradores de códigos. No puedo contarte más o tendría que matarte y ocultar el cuerpo —dijo la señora Hartley guiñándole el ojo de un modo exagerado—. En aquellos días era todo muy secreto y no cotilleábamos como ahora hace la gente.

Martha intentó imaginar a su madre en Bletchley Park. No habría habido un solo secreto del que no se hubiera enterado el enemigo.

—Apuesto a que usted era una fuerza de la naturaleza.

—Mi esposo decía lo mismo.

—¿Cuánto tiempo estuvieron casados, señora Hartley?

—Sesenta años. Y en cualquier momento de ese tiempo, lo habría vuelto a elegir. No porque no quisiera matarlo algunas veces, pero eso es normal, por supuesto.

Martha abrazó la cesta vacía.

—Tuvieron suerte.

—Tú has pasado una fase difícil, pero todo se arreglará —la señora Hartley le dio una palmadita en el brazo—. Eres una buena oyente y muy animosa.

Con su familia no. La alegría de Martha desaparecía con ellos.

—Tengo que irme —dijo—. El trabajo de mis sueños no se va a presentar si no lo busco.

Volvió a la cocina de la casa de sus padres y encontró a su madre mirando el frigorífico con el ceño fruncido.

—No hay mucho que comer. Iré a la tienda, pero tú tienes que fregar el suelo de la cocina.

—Más tarde, estoy ocupada.

—¿Con qué?

—Buscando trabajo. Intentando encontrar un barco que no haya perdido aún.

Incubando un plan de huida. Había llegado a un punto en el que haría cualquier cosa.

—Lo olvidaba —dijo su madre sacándose un sobre del bolsillo—. Ha llegado esto para ti. Lo he guardado porque sabía que tu padre se enfadaría si lo veía en el felpudo.

Martha tomó la carta, confiando en que su madre no notara que le temblaba la mano.

—Gracias.

Ya estaba, pues. Se había acabado.

Ya no había vuela atrás.

Se metió la carta en el bolsillo, se lavó las manos, se preparó una taza de té y desapareció en su dormitorio.

Tenía la habitación más pequeña de la casa, lo que implicaba que cabía la cama y poco más. Había un pequeño recoveco donde colgaba la ropa y un escritorio que plegaba cuando no lo usaba.

La pared de enfrente de la cama estaba cubierta con un mapa del mundo. A veces, por la noche, yacía en la cama, soñando con todos los lugares que nunca vería.

Sacó la carta del bolsillo y la miró un momento. Luego la abrió sintiendo náuseas, aunque ya sabía lo que diría.

La leyó y sus ojos se llenaron de lágrimas.

Su madre tenía razón. Había tomado decisiones equivocadas. ¿Qué había logrado en la vida?

Dobló la carta con cuidado y la metió en el bolso.

La guardaría para que le recordara que tenía que tomar mejores decisiones en el futuro.

A su lado, en la cama, vibró su teléfono. Steven.

Rechazó la llamada.

El verano se extendía ante ella como una carretera larga y plomiza. Revisó las redes sociales y vio que una amiga estaba en Ibiza, colgando *selfies* envidiables en la playa, mientras que otra estaba pasando una semana en un barco del canal con su familia y no dejaba de colgar fotos de ondas en el agua, atardeceres y vasos de vino en equilibrio en la cubierta. Martha arrojó el teléfono sobre la cama. No le importaban mucho las redes sociales, pero el hecho de no tener nada que compartir decía mucho sobre su vida.

Miró por la ventana. Lo más próximo a una aventura que había vivido en las últimas semanas fue cuando un zorro escaló la pared del jardín de la señora Hartley y escarbó sus lechos de flores. Martha había pasado la mañana limpiando caca de zorro para que el perrito de la señora Hartley no se revolcara en ella.

Se quitó los zapatos, dejó la taza de té en el estante de encima de la cama y abrió su viejo y temperamental portátil.

Sus manos vacilaron sobre las teclas. Ya no sabía qué trabajo buscar.

Saber tender ropa y limpiar caca de zorro no eran habilidades muy solicitadas.

Lo que necesitaba era un trabajo que incluyera alojamiento para poder irse de casa.

Fue desplazándose por la página web.

Alguien buscaba compañía en su casa, incluyendo cuidados completos. ¿Qué entrañaba eso exactamente? Martha, que era bastante aprensiva, decidió que no quería averiguarlo.

Una pareja profesional ofrecía alojamiento gratuito a cambio de cuidar al gato, pero no había paga adicional. ¿Cómo iba a comer? Se imaginó yendo de visita a casa de sus padres tan esbelta y delgada que no la reconocían.

Estaba a punto de rendirse cuando otro trabajo le llamó la atención.

¿Le gusta conducir?

Martha cerró el portátil y tomó la taza de té. No, no le gustaba conducir. De hecho, no era una exageración decir que detestaba conducir, y los coches la detestaban a ella. Había suspendido el examen cinco veces y solo había conseguido aprobarlo porque el examinador estaba preocupado por su esposa embarazada, quien le había puesto un mensaje en mitad del examen de Martha para decir que tenía contracciones. El hombre estaba tan distraído que no había visto que Martha se había acercado a una glorieta por el carril equivocado ni había reaccionado cuando ella no había sido capaz de dar marcha atrás. Estaba acostumbrada a provocar un miedo cerval a los pasajeros, incluido el profesor de clases de conducir, y había sido un gran alivio ver que el examinador se limitaba a asentir con la cabeza mientras miraba discretamente el teléfono. Cuando le dijo que había aprobado, ella tuvo que morderse la lengua para no preguntar: «¿Está seguro?».

Aun así, se había alegrado mucho y jurado justificar la fe que tenía en ella, pero cada vez que se sentaba al volante, empezaba a sudar. Se sentía un fraude, una impostora. Temía que la policía le parara para decirle que tenían vídeos de cámaras de tráfico que demostraban que en realidad no había aprobado ningún examen.

A Martha le asustaba conducir. No habría estado mal si ella hubiera sido la única persona en la carretera, pero todos parecían o estar pegados a su parachoques o adelantarla como un piloto de carreras que compitiera por un trofeo. Sabía que necesitaba practicar más, pero desde que había metido el coche de su padre en una zanja en una de sus sesiones de aprendizaje, él se había negado a volver a prestárselo, sin pararse a pensar en que él era un profesor terrible.

«Espera hasta que puedas permitirte un coche propio.»

Como si eso fuera a ocurrir alguna vez.

Martha se terminó el té y miró por la ventana. Desde la cama tenía una vista perfecta de los jardines de las casas de enfrente. La señora Pettifer, que tenía ochenta y cinco años y se recuperaba bien de un implante de cadera, estaba regando las plantas.

¿Qué historias podría contar ella cuando tuviera ochenta y cinco años? A menos que hubiera un cambio radical en su vida, ninguna que pudiera interesar a nadie.

Oyó a su madre haciendo ruido en la cocina, abajo.

—¡Martha! —gritó desde el pie de las escaleras—. ¡El suelo de la cocina!

—¡Estoy buscando trabajo!

Martha volvió a abrir el portátil. Estaba dispuesta a hacer lo que fuera. Mejor hacer algo que no debía que no hacer nada.

El trabajo de conducir seguía en la pantalla.

¿Está preparada para la aventura de su vida?

Sí, definitivamente estaba preparada para eso.

Con curiosidad, siguió leyendo.

Necesito una conductora entusiasta y competente para un viaje por carretera a través de Norteamérica, conduciendo desde Chicago hasta Santa Mónica. Sueldo generoso. Todos los gastos pagados. Tiene que tener buen humor y ser flexible y amable. Carné de conducir impecable.

Martha miró fijamente el anuncio.

Desde luego no era una conductora entusiasta y no se podía decir que fuera competente, pero era amable y también flexible, asumiendo, claro, que se refirieran a su actitud ante la vida y no a su habilidad para tocarse los dedos de los pies sin provocarse una tendinitis, porque eso entraba más en el campo de su hermana.

Volvió a leer los detalles.

Un viaje por carretera a través de América.

¿Por qué tenía que ser un viaje por carretera? Sin embargo ¿no había leído en algún sitio que en Norteamérica había pocas rotondas? Si se trataba de conducir por carreteras rectas sin glorietas, probablemente lo haría bien. Siempre que no tuviera que dar marcha atrás.

Su carné de conducir estaba limpio, aunque fuera porque ninguna persona de uniforme había visto una de sus faltas. Y además, había pasado tres veces por la lavadora, antes de que ella se percatara de que lo llevaba en el bolsillo.

¿Cuánta distancia había de Chicago a Santa Mónica?

Escribió la pregunta en el navegador y miró la respuesta.

Tres mil ochocientos kilómetros.

No era capaz de imaginar una distancia así.

Había tres kilómetros desde su casa hasta el supermercado más próximo. Tres mil ochocientos kilómetros suponían más de mil doscientos viajes al supermercado.

Tragó saliva y estudió el mapa. Luego miró el mapa que tenía colgado en la pared. La Ruta 66. La carretera atravesaba múltiples estados y terminaba en la costa del Pacífico. Había estudiado a Steinbeck en el colegio y *Las uvas de la ira* no habían hecho que la Carretera Madre resultara muy atrayente.

Por otra parte, era una de las carreteras más emblemáticas del mundo.

Buscó imágenes de Santa Mónica y se encontró mirando playas de arena, palmeras, a una chica en bicicleta con el cabello al viento y sonrisa en el rostro, a una pareja mirándose a los ojos en un restaurante. Casi podía oír el chocar de las olas al fondo.

El lugar parecía lleno de vida.

Volvió a mirar por la ventana y vio que la señora Pettifer arrancaba las hojas secas de los geranios.

California.

Parecía otro mundo, y en aquel momento eso era exactamente lo que quería: cualquier otro mundo que no fuera el que habitaba. Y mejor si estaba a miles de kilómetros de su vida de mierda actual.

Volvió a leer las palabras, buscando el modo de encajar en el puesto. Decididamente, tenía buen humor, no había dejado de sonreír durante todo el incidente de la caca de zorro, y no solo porque su hermana hubiera pisado una de camino al trabajo. Si las personas para las que tenía que conducir tenían también buen humor, quizá pudieran llevarse bien.

¿Por qué no conducían ellas?

Presumiblemente no sabían o no querían. Ambas opciones jugaban a su favor. Si no sabían, no se darían cuenta cuando cometiera errores, y si no querían, empatizarían con el hecho de que ella por lo general tampoco quería.

Si podía fingirlo al principio, después de conducir más de tres mil kilómetros había muchas probabilidades de que acabara siendo competente. Siempre que consiguiera salir de Chicago sin chocar con algo, todo iría bien. Estaría eufórica. No había logrado nada en la vida, como su madre le recordaba siempre, pero cruzar Estados Unidos conduciendo… eso sí sería un logro. Y la alejaría de su familia durante el verano. Lo mejor de todo era que también la alejaría de Steven. No tendría que mirar por encima del hombro cada vez que salía de casa.

Y un viaje por carretera le daría la oportunidad de pensar en lo que quería hacer con su vida.

Quizá incluso le llevara a otro trabajo.

«Martha Jackson, camionera de larga distancia.»

Se imaginó parando en un motel con luces de neón brillantes y entrando en un restaurante tradicional para pedir una jugosa hamburguesa.

Estados Unidos.

Sonaba increíblemente glamuroso comparado con su pequeña zona de las afueras de Londres.

—¡Martha! ¡El suelo de la cocina!

Martha se vio expulsada de una fantasía en la que introducía monedas en una máquina de discos anticuada y bailaba alrededor de un bar al son de música *country*.

Se sentía como la hermana fea. Se esperaba que fregara el suelo mientras a su hermana le pagaban por exhibirse en mallas de yoga con dibujos de leopardo.

Embargada por una determinación desconocida, tomó el teléfono y marcó el número.

No sabía quiénes eran la persona o las personas que querían que las condujeran a través de Estados Unidos, pero no podían ser más irritantes que su familia. Y ella tenía que parecer la candidata perfecta.

«Martha Jackson, chófer personal. Tranquila (excepto cuando hay una glorieta), segura de sí misma y muy fiable.»

Esperó hasta que oyó una voz al otro lado del teléfono y entonces sonrió, intentando proyectar con la voz una sensación de amabilidad y flexibilidad.

—Mi nombre es Martha y llamo por el trabajo…

Flexible, amable y posiblemente la peor conductora del planeta.

Capítulo 5

LIZA

—¿Quién es esa chica? No sabemos nada de ella.

Liza estaba paseando por la cocina de su madre. Era su tercer viaje a Cornwall en un mes y cada visita resultaba más frustrante que la anterior, y no solo porque el tráfico empezara a intensificarse a medida que mejoraba el tiempo. Era como si lidiar con un intruso hubiera hecho que su madre renunciara a cualquier idea de seguridad personal o quizá el incidente le había dado demasiada seguridad en su habilidad para sobrevivir a lo peor.

Fuera lo que fuera, nada de lo que le decía Liza le hacía entrar en razón.

—Si estás decidida a hacer ese viaje, apúntate a un viaje organizado. Hazlo con un grupo y un guía.

—No quiero ir con un grupo. Soy demasiado mayor para tolerar la compañía de personas a las que no he elegido y que estoy segura de que me resultarán irritantes. Iré a donde quiera y me quedaré el tiempo que me plazca. Después de todo, a mi edad no tengo que estar en un sitio concreto.

—Mamá...

—Tú no querías que estuviera sola en casa y así no lo estaré.

Había días en los que Liza tenía la sensación de estar golpeándose la cabeza contra la pared.

—¿Y si ocurre algo?

—Espero que ocurra algo. Sería una gran decepción recorrer más de tres mil ochocientos kilómetros y no encontrar ni un solo momento de aventura.

—¿No crees que deberías empezar con un viaje menos ambicioso? —sugirió Liza mientras metía las cosas del desayuno en el lavavajillas y lo ponía en marcha—. Desde que murió papá no has ido a ninguna parte.

—Eso ha sido un error —Kathleen dejó una caja con mapas en la mesa de la cocina—. La seguridad en ti misma y el valor se pueden perder si no los usas. He pasado demasiado tiempo en casa.

—No puedes recorrer Estados Unidos con una extraña.

—¿Por qué no?

Kathleen sacó un mapa y lo extendió sobre la mesa. A continuación tomó una libreta grande.

—No es seguro —repuso Liza.

¿Por qué era ella la única que pensaba que aquello era una mala idea? Sean se negaba a mezclarse en el asunto. «Es su vida, Liza. Su elección.»

Su madre la miró por encima de las gafas de leer.

—¿Me pasas la guía, por favor?

Liza pensó que todas las personas de su vida parecían decididas a hacer locuras. Antes de que saliera por la puerta para ir a Cornwall, Caitlin le había comunicado que iba a ir a una fiesta con Jane y si ella, Liza, intentaba impedírselo, se escaparía de casa. Liza se había puesto muy nerviosa y no había querido marcharse, pero Sean había intervenido, había persuadido a Caitlin de que era mejor que invitara a unos cuantos amigos allí y todo se había calmado. Hasta la próxima vez. ¿Qué le había pasado a su adorable hija, a la que le encantaba disfrazarse y jugar al «colegio»? ¿Qué había sido de los abrazos y el cariño? Últimamente Liza solo veía ceños fruncidos y malos humores.

Tenía la intención de pasar las vacaciones de verano reconstruyendo su relación con sus hijas, y también con Sean, porque gran parte del tiempo parecía que su relación giraba alrededor de la gente a la que cuidaban.

Ocho señales de que tu matrimonio puede estar en peligro.

El artículo seguía aplastado en el fondo del bolso. Allí estaba enterrado, pero no olvidado.

Observó a su madre estudiando el mapa.

Era un viaje gigantesco para cualquiera, y más para una mujer que en su próximo cumpleaños cumpliría ochenta y uno.

El fuerte sentido del deber de Liza no la dejaba en paz.

Había empezado a soñar con sus dos semanas en el sur de Francia. Sus lecturas para las vacaciones estaban ya guardadas en la maleta junto con la crema de sol.

Y ahora su madre necesitaba a alguien que le hiciera de chófer en aquel viaje ridículo.

Entonces se le ocurrió una idea. ¿No sería la oportunidad perfecta para que su madre y ella intimaran más? Si estuvieran encerradas juntas en un coche, su madre tendría que abrirse un poco, ¿no?

Sintió algo parecido a excitación.

—Yo conduciré —se ofreció—. Me gustaría mucho ir.

Le resultó difícil saber a quién le sorprendió más su anuncio, si a su madre o a su marido.

—¡Ah! ¿Liza? —Sean se rascó la cabeza—. ¿Y Francia?

—Este año podéis ir sin mí.

Cuanto más lo pensaba, más le gustaba la idea. De niña había anhelado ir a los viajes de su madre. Esa era la oportunidad perfecta. Con las aventuras crearían vínculos, una intimidad nueva.

—No será lo mismo sin ti.

La expresión consternada de Sean hizo que ella se sintiera mejor con la vida.

Había empezado a creer que la gente la veía solo como una aguafiestas o alguien que ponía freno a las decisiones más impulsivas de los demás, pero Sean quería que fuera a Francia.

Quizá lo único que le pasaba a su matrimonio era que habían dejado de sacar tiempo para sí como pareja.

—¿Me echarías de menos?

—Por supuesto —aseguró Sean, que obviamente había decidido que el café era lo único que podía ayudarle a pasar el fin de semana y se sirvió su tercera taza—. ¿Cómo nos arreglaríamos sin ti? Ni siquiera sé dónde encontrar las llaves de la casa. Siempre lidias tú con la temible *madame* Laroux. Eres la que mejor habla francés. Y luego está la comida. Probablemente moriríamos de hambre sin ti.

La excitación abandonó a Liza.

¿Quería que fuera porque le hacía la vida más fácil? ¿Solo por eso?

¿Solo quería que fuera por sus habilidades organizativas o por ella misma, por Liza, la mujer con la que se había casado?

—Estoy segura de que eres capaz de hacer una reserva en un restaurante —dijo, todavía más decidida a ir con su madre. Eso las uniría más y daría a Sean y a las chicas la oportunidad de ver todo lo que hacía por ellos.

—No tengas miedo, Sean —intervino su madre—. Agradezco la oferta, pero no quiero que Liza me haga de chófer. Sería la persona equivocada para este tipo de viaje.

El rechazo abrió una vieja cicatriz en Liza. Cuando tenía ocho años se aferraba a su madre en el momento en que salía por la puerta. «Llévame contigo.» En una ocasión incluso había metido sus cosas en la maleta de su madre y después había aullado cuando las sacaron con gentileza.

—¿Por qué sería la persona equivocada? —preguntó Liza.

—Aparte del hecho de que te encanta tu viaje anual a Francia y echarías de menos no estar allí, a ti te gusta tenerlo todo controlado y en un viaje como este no tendrás nada controlado. Te preocuparías constantemente por tu familia y pasarías la mitad del tiempo llamándolos. Y me darías la lata para que comiera como es debido y tuviera cuidado. Sería muy estresante para las dos —Kathleen alisó el mapa sobre la mesa—. Este es un viaje que haré sola.

Liza pensó que los había hecho todos sola y absorbió el dolor mientras por fuera mantenía la compostura. Ya debería estar acostumbrada al rechazo, así que, ¿por qué le dolía tanto?

Tenía que aceptar que jamás estarían unidas por mucho que ella quisiera que ocurriera. Tenía que dejar de desear eso.

Iría a Francia, aunque de pronto ya no le apetecía tanto.

Estaba procesando el hecho de que Sean la considerara una operadora turística cuando oyó el sonido de un motor a través de la ventana abierta.

Kathleen se enderezó con una mano en el mapa.

—Es ella. Martha, mi chófer. ¿Por qué no vais Sean y tú a respirar el aire del mar?

Su madre no la quería allí, pero el sentido de la responsabilidad obligó a Liza a quedarse donde estaba y conocer a la chica.

—¿Has comprobado sus referencias? ¿Cómo sabes que es buena conductora?

—Las carreteras que llevan a esta casa son estrechas y retorcidas. Si ha llegado aquí sin tener un accidente, es buena conductora. La recibiré yo —dijo Kathleen—. No quiero que la asustes ni la espantes.

Salió de la cocina y Liza se quedó allí sintiéndose poco apreciada, sola e incomprendida.

Sean le dio un apretón en el hombro.

—Nos hemos librado por los pelos, Liza. Imagínate que dice que sí. ¿Qué habríamos hecho?

Ella habría ido a viajar por Norteamérica y a pasar tiempo a solas con su madre.

Pero Kathleen no quería eso. Prefería pasar semanas con una extraña antes que con su hija. Liza no era lo bastante aventurera.

—¿Eso es todo lo que soy para ti? —preguntó—. ¿Alguien que te organiza las vacaciones?

—No —contestó Sean terminándose el café—. Aunque eso se te da bien. Gracias a ti, la vida transcurre sin complicaciones.

Las vacaciones, que ella llevaba tanto tiempo esperando, ya no le parecían tan maravillosas. Quería decirle lo que sentía, pero no podía hacerlo con una extraña a punto de entrar en la cocina.

Tomó la taza de Sean y volvió a llenarla de café.

Tenía que dejar de darle tantas vueltas a todo, en particular a su matrimonio. Sean había hecho un comentario insensible, ¿y qué? La gente decía lo que no debía continuamente. Ella también lo hacía. Era importante no exagerar. Tiraría el estúpido artículo a la basura.

Oyó risas en el pasillo y luego su madre volvió a entrar acompañada por una chica que parecía poco mayor que Caitlin.

Los rizos le bailaban sobre los hombros y los vaqueros y el top se le pegaban a sus curvas. Tenía pecas en la nariz y una sonrisa amistosa que hacía que los demás también quisieran sonreír.

Sean se adelantó.

—Encantado de conocerte. Martha, ¿verdad? ¿Has tenido un buen viaje?

—Estupendo, gracias. He venido directa desde Londres.

Liza la miró sorprendida.

—¿Has venido en tren?

—En tren y he derrochado en un taxi desde la estación. El taxista no ha dejado de gruñir en todo el camino porque la carretera era demasiado estrecha y los setos demasiado altos —comentó Martha, mostrándose más comprensiva que irritada.

Liza se sentía vieja a su lado.

—Suponía que vendrías conduciendo —dijo.

—No tengo coche y de todos modos me gusta el tren. Puedes leer y el ritmo siempre me resulta tranquilizador.

—A mí me pasa igual —comentó Kathleen—. Una vez viajé desde Moscú hasta Vladivostok en el Transiberiano.

Liza recordaba aquel viaje. Ella tuvo meningitis y estuvo tan enferma que había pasado semanas en el hospital. La gente hablaba en voz baja a su alrededor. Su padre, pálido y tenso, no se había apartado de su lado. Durante un corto periodo de tiempo, había sido el centro de atención, hasta que su madre volvió a casa con tarjetas y recuerdos del viaje y el centro de atención había variado.

¿Recordaba su madre que había estado enferma?

—Ven y siéntate, Martha —Kathleen buscó en una carpeta y sacó unas fotos—. ¿Qué sabes de la Ruta 66?

—Estudié *Las uvas de la ira* en el colegio, así que sé que la gente huía de las tormentas de polvo en los años treinta y viajaba desde el Medio Oeste hasta la costa de California. La Ruta 66, la Carretera Madre. De pequeña odié el libro, pero desde entonces lo he releído cinco veces y es uno de mis favoritos. Es extraño cómo el colegio te puede hacer odiar algunas cosas en vez de lo contrario. Aparte de eso, sé que la carretera fue reemplazada por la autopista interestatal, pero presumo que usted quiere seguir la Ruta 66 histórica siempre que podamos.

—Sí —Kathleen parecía encantada—. Mi sueño era alquilar un Ford Mustang clásico y viajar con clase, pero luego he pensado que quizá soy demasiado mayor para eso.

«Por fin», pensó Liza. «Una muestra de sentido común.»

—En su lugar he decidido que alquilemos el Mustang descapotable más moderno y lujoso que haya —prosiguió Kathleen—. Con aire acondicionado, por supuesto, porque cuando lleguemos a las agujas del río Colorado en la frontera entre Arizona y California, la temperatura será lo bastante cálida como para asar un cerdo.

«¿Un Mustang descapotable?»

Martha se inclinó sobre las fotos y sus rizos cayeron hacia delante.

—Sería genial, pero ¿no nos asaremos?

—Precisamente —musitó Kathleen, encantada—. Es un desierto subtropical, con grandes tormentas eléctricas durante el verano.

Liza no podía creer lo que oía.

—Asumía que alquilarías un todoterreno seguro y moderno —comentó.

Kathleen estaba estudiando el mapa.

—¿Qué tiene eso de divertido? —preguntó—. Leí un artículo que decía que, mientras viajes por la mañana temprano, puedes evitar el calor del día. ¿Puedes viajar ligera de equipaje, Martha? No hay mucho espacio para maletas.

—Espera —musitó Liza—. ¿Es que piensas alquiler un coche deportivo?

—Será divertido para Martha.

Liza creyó ver un destello de miedo en los ojos de la chica, pero decidió que probablemente sería un reflejo de lo que sentía ella.

—¿Y si tenéis una avería? —preguntó.

—¿Y si no la tenemos? Además la empresa de alquiler dijo que siempre podemos llamar a un número de teléfono. Con suerte, igual nos envían a un hombre sexi para Martha —afirmó Kathleen guiñando el ojo a la aludida, que se echó a reír.

—Si la avería es en el desierto, pasaremos mucho calor —comentó.

—Todo esto parece tan divertido que me dan ganas de esconderme en el asiento de atrás —comentó Sean, y Liza se preguntó por qué le tocaba a ella hacer las preguntas importantes.

—Sabes conducir, ¿verdad, Martha? La edad mínima para alquilar un coche en Estados Unidos son 25 años.

—Cumplí 25 el mes pasado.

Parecía más joven. Liza resistió la tentación de pedirle un carné.

—¿Y no te importa estar fuera la mitad del verano?

—Gracias, Liza —contestó su madre, y señaló el mapa—. Ven a echar un vistazo, Martha. Emocionante, ¿verdad?

—Mucho —Martha se acercó más—. He estudiado la ruta. Me muero de ganas de llegar al Gran Cañón.

—Yo también —Kathleen invitó a Martha a sentarse—. Correré con todos los gastos, por supuesto. Tú no tendrás que pagar nada.

«¿Y si la chica tiene gustos caros y quiere pedir un bistec gigante en todos los restaurantes?», pensó Liza.

—Mamá…

—¿Puedes ser flexible? Porque, aunque reservaremos algunos lugares por el camino, también quiero que seamos espontáneas, que nos quedemos más tiempo donde nos apetezca y no paremos si no queremos.

—Me parece bien. Vámonos donde no nos encuentre nadie —dijo Martha, y al instante se sonrojó—. Quiero decir que suena emocionante. Y puedo dormir en cualquier parte.

Liza frunció el ceño. ¿Por qué quería ir aquella chica adonde no la encontrara nadie?

—Estoy pensando en emplear dos semanas en el viaje, quizá más, y después pasar unas semanas en California. En conjunto, será un mes por lo menos —Kathleen dobló el mapa—. ¿En qué fecha tienes que volver tú a casa?

—No tengo que volver a casa para nada. Puedo quedarme fuera para siempre si a usted le viene bien.

¿Para siempre? ¿Qué clase de persona podía quedarse fuera de casa para siempre? ¿No tenía nada que hacer con su vida?

La frustración de Liza dio paso a la sospecha. Allí había algo que no encajaba.

¿Y qué pasaba con las cosas prácticas? ¿Las visas, Inmigración?

—¿Tienes familia, Martha? —preguntó.

—Sí —la chica tomó la taza de té que le ofrecía Sean y le dio las gracias con una sonrisa—. Vivo con mis padres y mi hermana porque ahora mismo estoy sin trabajo.

—¿Cuál fue tu último empleo? —preguntó Liza, sin hacer caso del suspiro exagerado de su madre.

—Trabajé en un albergue de animales. He buscado un millón de cosas distintas, pero ahora mismo no hay trabajo.

—Si pudieras darnos los datos de tus últimos jefes, estaría bien. Necesitamos referencias —comentó Liza.

Kathleen apartó el mapa.

—No necesitamos referencias —le corrigió, y se levantó de la silla—. Dime qué es lo que más te gusta de conducir, Martha.

—Lo mejor es llegar a mi destino con vida. Eso siempre es motivo de celebración. No con alcohol, evidentemente.

Martha soltó una carcajada y Sean y Kathleen rieron con ella.

Liza respiró hondo.

—¿Has tenido accidentes?

Martha tomó un sorbo de té.

—Solo uno. Sin heridos, aunque el accidente mató parte del cariño de mi padre.

—Yo tuve tres accidentes el primer año que conduje —intervino Kathleen—. Los accidentes te enseñan a conducir con más cuidado.

«Siempre que no te maten», pensó Liza, pero se obligó a sonreír.

—Supongo que querrás preguntar por sus cualificaciones —dijo.

—Ah, claro que sí —contestó Kathleen mirando a Martha a los ojos—. ¿Sabes preparar una buena taza de té? Me gusta Earl Grey.

—Hago el mejor té del mundo. Antes del albergue de animales trabajé en una cafetería.

—Entonces estás perfectamente cualificada para el trabajo —dijo Kathleen—. Intuyo que nos vamos a llevar muy bien. El empleo es tuyo, si no te importa pasar el verano con una octogenaria que se porta mal y tiene la irritante costumbre de no hacer nunca lo que le dicen.

Kathleen miró a Liza con ojos brillantes y Martha sonrió.

—Yo tampoco hago lo que me dicen. Mi madre asegura que la voy a matar a disgustos.

«Perfecto», pensó Liza. «Dos irresponsables juntas. ¿Qué puede salir mal?»

Martha probablemente había visto ya que era a Liza a quien tenía que ganarse, pues se inclinó hacia ella.

—Prometo cuidar bien de su madre.

—Gracias —Liza no tenía nada que objetar a su entusiasmo ni a sus buenas intenciones, aunque la realidad prometiera ser algo distinta—. ¿Qué pensarán tus padres de que te largues en verano a Estados Unidos?

—Estarán encantados de que tenga trabajo.

La respuesta no tranquilizó a Liza, pero Kathleen se puso de pie.

—Asunto arreglado, pues. ¿Tienes pasaporte?

—Sí —Martha asintió—. En mi último curso fuimos de viaje de estudios a Italia y todavía es válido.

Liza repasaba los datos en su mente.

¿Cuántas chicas de veinticinco años estarían dispuestas a dejarlo todo para conducir por Estados Unidos con una mujer de ochenta años? ¿Por qué no pasaba Martha el verano con sus amigos o con su novio?

Algo no encajaba, pero era demasiado tarde, pues su madre buscaba ya en un cajón el sobre en el que guardaba el dinero.

—Te voy a dar algo de dinero ahora para que puedas equiparte para el viaje —dijo—. Espero que no te importe que no te haga una transferencia. No me gusta la idea de mi dinero moviéndose por el espacio. Solo tienes que escribir mal un número y de pronto has entregado los ahorros de tu vida.

—Como usted prefiera, señora Harrison. Pero ¿qué necesita que compre? Si me hace una lista, puedo comprar lo que haga falta. ¿Té?

—El té déjalo de mi cuenta. Esto es para tus cosas personales. Necesitas ropa cómoda para conducir; una bolsa de tejido blando que se pueda apretar en un espacio pequeño; gafas de sol para que las dos parezcamos guais cuando viajemos en nuestro coche guay; un fular o una cinta para que tus encantadores rizos no te tapen los ojos cuando vayamos deprisa por la autopista. ¿Y un par de vestidos?

Martha tiró de su camiseta.

—Soy más de vaqueros, pero gracias. Eso es muy generoso. ¿Está segura?

—Si espero que conduzcas tres mil ochocientos kilómetros, lo menos que puedo hacer es procurar que lo hagas cómoda —Kathleen le pasó un rollo grueso de dinero—. No hagas caso del ceño fruncido de Liza. Mi hija es cuidadosa con todo.

¿Qué tenía de malo ser cuidadosa? ¿Desde cuándo era un pecado ser responsable?

¿Y qué tenía de bueno la irresponsabilidad de no pensar en los demás?

Liza sintió un picor caliente detrás de los ojos.

No importaba que hubiera ido un fin de semana de cada dos a Cornwall desde el «incidente» de su madre, ni que hubiera pasado poco tiempo con su propia familia, que no vivía su mejor momento.

Ninguno de sus esfuerzos la había acercado más a su madre, eso nunca ocurriría.

Dolida, sonrió brevemente y se acercó a la puerta.

—Voy a dar un paseo. Me ha alegrado conocerte, Martha. Disfruta del viaje.

Casi sintió pena de la chica, que parecía tan sonriente y optimista. Fueran cuales fueran sus razones para hacer aquello, Liza estaba segura de que no tenía ni idea de dónde se metía. Y en cuanto a la promesa de cuidar de Kathleen... buena suerte.

De pronto deseó mucho irse a casa. Podían marcharse al día siguiente después de desayunar en lugar de esperar a la comida, como estaba planeado. Prepararía un almuerzo agradable para las chicas y comerían en familia.

Al atravesar los campos hacia la playa con Sean, respiró hondo. Aquello era hermoso, pero no conseguía relajarse debidamente. Parte de la relajación era poder dejar atrás todos los trabajos y allí, en Oakwood Cottage, había demasiadas tareas esperándola. Y acechaban complicaciones futuras. Su madre podía caerse, la casa se desmoronaba...

Sean se agachó a recoger una caracola de la arena.

—Martha parece estupenda —musitó.

—Mmm.

Liza observó las olas romper en la orilla. Siempre se había sentido responsable, incluso de niña cuando cocinaba para su padre e intentaba compensar las ausencias de su madre.

Sean le pasó el brazo por los hombros e intentó besarla, pero ella se escabulló y echó a andar por la playa. Seguía enfadada y no podía pasar fácilmente de estar irritada y dolida al afecto. Las palabras desconsideradas de él habían creado una barrera entre ellos y ella no sabía cómo atravesarla. Para ella, el sexo estaba muy unido al sentimiento. Nunca había sido una persona que usara el sexo como un modo de reconciliarse después de una pelea. Tenía que sentirse querida y cuidada y en aquel momento no sentía ninguna de las dos cosas.

Sean la alcanzó.

—Sé que estás disgustada, pero ya sabes cómo es tu madre.

Su madre no era la única que la había molestado, pero aquel no era el momento para una conversación tan importante. Estaba cansada y dolida y no se fiaba de sus sentimientos.

Caminaron juntos en un silencio incómodo y cuando regresaron a la casa, Martha se había ido.

Mientras Sean llamaba a las chicas, Liza preparó una variedad de ensaladas poniendo hojas de albahaca encima de *mozzarella* y añadiendo almendras tostadas a unas judías verdes mientras escuchaba a medias la conversación.

—¿Está todo tranquilo por allí, Caitlin? —preguntó Sean extendiendo la mano y robando una oliva—. ¿La casa sigue en pie? ¿No ha habido llamadas a los servicios de emergencia...? ¿Qué...? Sí, claro que estoy de broma —lanzó a Liza una mirada que decía: «¿Lo ves? Controlo cómo están»—. No olvidéis comprobar que está todo bien cerrado antes de acostaros. Y revisa que no habéis dejado la puerta del frigorífico abierta.

Liza espolvoreó ajo picado encima de tomatitos, cebolla roja y pimientos y lo puso todo a tostarse en el horno.

—Eso huele bien —Sean colgó el teléfono—. Las chicas están bien. Están pasando la velada en casa y todo va bien.

—¿Y la fiesta?

—Les dijiste que no podían ir.

—¿Y desde cuándo me escucha alguien? —repuso Liza.

A continuación cortó una rebanada de pan de masa madre y sacó mantequilla del frigorífico.

—Es evidente que te han escuchado —dijo él.

Y ella se sintió culpable por no ser tan confiada como Sean.

—¿Has hablado con Alice?

—No. ¿Por qué?

«Porque no es tan buena mentirosa como su hermana.»

Caitlin era la dominante de las dos.

—Por nada. No me hagas caso.

¿Por qué no estaba tranquila? Era por la mirada que le había echado Caitlin antes de que saliera de casa. Por el «sí, mamá» que no significaba sí en absoluto.

Eran sus hijas. Las quería más que a nada. También debería confiar en ellas. Jamás arreglaría la relación si no había confianza. Se esforzaría por ser más como Sean y asumir siempre lo mejor y no lo peor.

—Gracias por haberlas llamado.

Besó a su esposo en la mejilla y tomó el vaso de vino que él le ofreció.

El primer sorbo fue una bendición, como probar un rayo de sol en un vaso. Parte de la tensión la abandonó.

Cenaron fuera, viendo descender el sol sobre los campos y el mar en la distancia.

Apareció Popeye, como hacía a menudo cuando había comida.

Conversaron sobre el viaje y Liza habló de los planes de verano en Francia y resistió la tentación de suplicarle a su madre que tuviera cuidado.

Cerró los ojos, saboreando el vino y la luz del sol hasta que el aire empezó a enfriarse. Cuando se oscureció el cielo, llevó los platos a la cocina y Kathleen se fue a la cama.

Liza tuvo la sensación de que se alegraba de quedarse sola.

Era obvio que sus intentos de cuidarla frustraban a su madre, pero Liza no sabía dejar de cuidar a los demás.

—Nosotros también podemos retirarnos temprano —le dijo a Sean—. Tanto aire del mar me ha cansado.

Pasó mucho tiempo en el cuarto de baño, sintiéndose sola y poco apreciada, y cuando al fin se metió en la cama, la alivió ver que Sean ya se había dormido.

A ella le costó mucho quedarse dormida, pero por fin lo consiguió. Cuando sonó el teléfono de Sean, estaba soñando con el sur de Francia.

Su marido tanteó en la oscuridad y ella encendió la luz con el corazón latiéndole con fuerza.

—¿Son las chicas? —preguntó.

Él miró la pantalla.

—No, son Margaret y Peter, de la casa de al lado. ¿Por qué demonios llaman a estas horas? —Sean se sentó en la cama y contestó al teléfono—. ¿Margaret? Sí. No te preocupes por eso... —escuchó y se pasó una mano por la cara—. ¿En serio? ¡Oh, no!

—¿Qué? —preguntó Liza moviendo los labios, pero él negó con la cabeza y levantó una mano.

—Lo único que puedo hacer es disculparme… Sí, por supuesto. Saldremos ahora, pero tardaremos cuatro horas en llegar. Pues claro que has llamado a la policía. Lo comprendo.

—¿Policía? —Liza, que no entendía nada, estaba frenética—. ¿Qué ocurre?

—Sí, Liza y yo nos ocuparemos de ellas, te lo aseguro —Sean por fin colgó el teléfono y musitó un juramento—. Tenemos que irnos.

—¿Son las mellizas? ¿Han tenido un accidente?

—No, han hecho una fiesta —Sean empezó a guardar la ropa en la bolsa con expresión sombría—. Han destrozado nuestra casa y parece que han roto los cristales del comedor de nuestros vecinos y destruido sus preciosas borduras herbáceas. Tenemos que ir a casa.

Capítulo 6

KATHLEEN

Dos semanas después, Kathleen iba sentada en el coche de Liza de camino al aeropuerto, con el bolso apretado en el regazo.

Se sentía vieja, pero dos noches con adolescentes podían tener ese efecto.

¿Estaba mal sentirse aliviada porque hubiera acabado esa parte del viaje? Empezaba a entender por qué Liza parecía siempre cansada.

Su hija sonrió débilmente.

—Lo siento. No ha sido la visita más relajante.

—Ha sido un regalo ver a las chicas —repuso Kathleen obligándose a mentir, todo un reto para alguien que creía en decir la verdad.

Le parecía lo más educado, aunque las dos sabían que las mellizas habían sido una pesadilla. Con ella se habían portado muy bien, por supuesto. «Abuela, qué alegría verte», habían dicho, y luego añadieron mirando a su madre: «Podríamos salir todos a cenar en familia, pero mamá le ha quitado toda la diversión a nuestras vidas».

Considerando el nivel de hostilidad, Kathleen admiraba a su hija por cumplir a rajatabla los castigos que había impuesto. Dudaba que ella hubiera podido ser tan decidida en la misma situación. Sin embargo Liza siempre había sido una niña fácil y no había requerido ningún tipo de disciplina.

¡Qué mundo tan horrible, conflictivo y desprovisto de alegría habitaba su hija!

—¡Ni internet ni televisión ni teléfono en un mes! —había gritado Caitlin, pisando fuerte por la cocina—. Es una violación de mis derechos humanos.

Alice, que tenía tendencia a evitar los conflictos, se había tapado los oídos y salido de la estancia.

Liza había permanecido tranquila.

—Violasteis los derechos de los vecinos cuando les impedisteis dormir, les rompisteis un cristal y destrozasteis todas las plantas del borde.

—Eso no fue culpa nuestra —había replicado Caitlin—. No somos responsable de las acciones de los demás.

—Si están de invitados en nuestra casa sí lo sois.

—No eran nuestros invitados. Ni siquiera los conocíamos. Y quitarnos todo es... es... es medieval. Abuela, dile que es medieval.

—En tu vida no hay nada que sea medieval —Kathleen había intentado mostrarse imparcial—. En la época medieval probablemente no habrías sobrevivido hasta la adolescencia. La mortalidad infantil era increíblemente alta.

—¿Intentas decir que tú nunca hiciste una fiesta cuando tenías nuestra edad?

«Oh, oh.»

—Supongo que sí.

—¿Lo ves? —había dicho Caitlin mirando a Liza con aire triunfante—. La abuela ha dicho que dio una fiesta multitudinaria a nuestra edad.

—No he dicho multitudinaria —había contestado Kathleen, pero nadie la escuchaba.

Liza se esforzó tanto por no perder la calma, que todo su cuerpo vibraba.

—Primero, esto es sobre vosotras, no sobre la abuela. Segundo, cuando la abuela era adolescente no se habían inventado las redes sociales y, aunque diera una fiesta, estoy dispuesta a apostar que conocía a todos los presentes. Tercero, sus invitados no destruyeron su casa y la del vecino.

—Nosotras no destruimos la casa —había murmurado Caitlin, pero se había mostrado avergonzada—. No invitamos a esas personas.

—Pero alguien lo hizo. Tenéis que averiguar quién fue y hacerlo responsable.

—Eso sí que no. Eso no es nada guay.

Kathleen esperaba que Liza dijera: «Mientras vivas bajo mi techo, cumplirás mis reglas», pero no lo hizo.

En lugar de eso, se había quedado sentada en la isla de la cocina con los hombros hundidos, como si el peso de la vida fuera demasiado para ella.

—Caitlin, si un extraño al que tú no has invitado entra en tu habitación y destroza las cosas que te gustan, ¿te enfadarías?

La chica había tardado un poco en contestar.

—Eso es diferente.

—No lo es. La compañía de seguros envió a alguien ayer a valorar los daños y va a costar miles de libras esterlinas arreglarlo todo.

—Eso es una locura. Es un timo.

—Es la realidad. Tus «amigos» dejaron el grifo abierto en el cuarto de baño de abajo y el agua inundó el pasillo y provocó daños irreparables en el suelo de madera. Hay quemaduras de cigarrillos en el sofá de la sala de estar y manchas de vino en la alfombra. El cristal de las puertas del patio está agrietado. Y todo esto sin tener en cuenta lo dañada que ha quedado nuestra relación con el señor y la señora Brooks. Estoy tan avergonzada que me cuesta mirarlos a la cara. Al parecer, uno de vuestros supuestos «amigos» hizo sus necesidades en su jardín frontal.

Caitlin había parecido menos segura de sí misma.

—No sabía nada de eso.

—Erais las responsables de cuidar esta propiedad.

—¡Yo no sabía que iban a invitar a un montón de gente que no conocíamos! —había exclamado Caitlin, esta vez con un deje de pánico en la voz.

—Si publicas los detalles de una fiesta en las redes sociales ocurre esto.

Caitlin había palidecido.

—Yo no hice eso.

—Alguien lo hizo y tú tienes que averiguar quién fue. Y después tienes que plantearte seriamente algunas preguntas sobre tu amistad con esa persona.

—¡Oh!, ¿por qué no lo dices? —había replicado. La culpa volvía a Caitlin más díscola que de costumbre—. Tú crees que fue Jane. Seguro que esperas que sea Jane porque así tendrás una excusa para alejarla de mi vida. Has odiado a Jane desde el principio. Solo porque es un año más mayor y muy guay, pero yo ya soy lo bastante mayor como para tomar decisiones propias sobre mis amigas.

—Tú no tomas decisiones propias —había contestado Liza—. Haces lo que dice ella. Eso es lo que me preocupa. Le sigues la corriente en todo lo que hace y dice, aunque vaya contra tus valores. Si eres bastante mayor para tomar decisiones, también lo eres para asumir la responsabilidad.

Sean había entrado en la estancia en ese momento y había vuelto a salir rápidamente. A Kathleen le había sorprendido la expresión de frustración de Liza, que había abierto la boca para llamarlo y luego lo había pensado mejor.

Le había resultado raro que no hubieran lidiado con aquello juntos, como un frente unido.

Después había recordado todas las veces que ella había estado ausente, viajando por algún lugar exótico y dejando que Brian gestionara solo todas las pequeñas crisis familiares.

Caitlin siguió en pleno apogeo.

—Tú quieres que tenga una vida aburrida, como tú, pero yo me parezco más a la abuela, aventurera y valiente. Está en mi ADN. Nací así.

En otras circunstancias, Kathleen quizá habría admirado el modo inteligente y manipulador en el que Caitlin había apartado la atención de sí misma.

ADN. Al parecer, aquel episodio había pasado a ser culpa suya.

Después se había escapado a su habitación para estudiar la guía de viaje. Viajar era el modo perfecto de salir de la vida de uno y en aquel momento estaba lista para hacerlo. Deseaba que su hija pudiera hacer lo mismo porque su vida no parecía un lugar particularmente placentero.

Por primera vez en la vida cuestionaba esa parte de sí que habría deseado que Liza hubiera sido algo más rebelde. Si Caitlin era un ejemplo de rebeldía, Kathleen se alegraba de no haber tenido que lidiar con ella.

Y en aquel momento, en el coche, no podía evitar pensar que ella huía pero Liza regresaba a aquella atmósfera tóxica.

Su hija parecía pálida y cansada, pero resuelta y decidida, como si estuviera inmersa en una batalla agotadora.

¿Qué había sido de la diversión y de la relajación?

Kathleen se sentó un poco más erguida, con el cerebro funcionando a toda máquina. No había sido la mejor madre del mundo, pero nunca era demasiado tarde para mejorar, pero ¿cómo? ¿Cómo podía persuadir a su hija de que sacara tiempo para sí misma? Odiaba que la gente le dijera cómo debía vivir su vida, así que no iba a pronunciar un sermón ni a dar consejos. Y pronto estarían en el aeropuerto, rodeadas de extraños, de ruido y de la vida en su punto más frenético. Difícilmente sería ese el mejor momento para hablar con el corazón en la mano, y menos alguien tan reacio como ella a conversaciones sentimentales.

Paradas en el tráfico, Liza tamborileó en el volante con los dedos y la miró.

—¿Te estás arrepintiendo de este viaje? —preguntó—. Sabes que, si pasa algo, puedes llamarme y te ayudaré.

Kathleen sintió un dolor en el pecho. A su hija le parecía mala idea lo que iba a hacer, pero aun así estaba dispuesta a ayudar si algo iba mal sin importarle tener una crisis en casa. Era muy típico de Liza poner las necesidades de todos los demás por delante de las suyas, pero la gente hacía sacrificios por las personas a las que amaba. Nadie lo sabía mejor que ella.

Apartó aquella idea de su mente, y no solo porque habitar en el pasado era lo que menos le gustaba, sino también porque en ese momento no se trataba de ella.

«Estaba pensando en ti.»

«Vamos, Kathleen. Di algo profundo y útil. Acepta tus sentimientos.»

—Ha sido un periodo bastante estresante —dijo Liza devolviendo la atención a la carretera—. Espero que las vacaciones lo calmen todo y pueda relajarme. Lo estoy deseando.

—No puedes pasarte la vida esperando dos semanas al año en las que disfrutas, Liza. ¿Qué hay de las otras cincuenta?

—No disfruto solo dos semanas al año —repuso Liza frunciendo el ceño—. Es cierto que el día a día resulta un poco agotador, pero así es la vida, ¿verdad? Y a todo el mundo le pasa lo mismo. Todos tenemos algo.

Sin embargo no todo el mundo afrontaba ese «algo» con la misma diligencia que su hija.

—Tienes que encontrar esa sensación del verano todo el año, no solo dos semanas en agosto —aseguró Kathleen, y se lamió los labios—. Estoy preocupada por ti.

—¿Tú estás preocupada por mí? —Liza se echó a reír—. Eres tú la que va a cruzar Estados Unidos con una persona a la que no conoces.

Aquello, sin embargo, encajaba con Kathleen. No tenía deseos de conocer a Martha. Siempre había preferido las relaciones superficiales.

—Me preocupa que tú nunca pongas límites —dijo Kathleen.

Liza apretó las manos en el volante.

—En ese aspecto somos distintas, ya lo sabes.

—Sí, pero tú dejas que la gente se aproveche de tu bondad hasta que solo te queda... polvo. ¿Has pintado últimamente?

—El dormitorio de Caitlin.

—Ya sabes a lo que me refiero.

—No, no he pintado —la voz de Liza sonaba cansada—. No tengo tiempo.

—Deberías sacar tiempo.

—No me ha apetecido. No hay placer en intentar crear algo en momentos robados cuando todo el mundo requiere algo de ti. Se convierte en una tarea más. Y me sentiría culpable por tomarme ese tiempo para mí misma cuando hay tanto que hacer.

Aquello no era bueno, no era nada bueno.

Kathleen avanzaba con cautela, como un explorador aventurándose por un territorio nuevo.

—Tú eres el pegamento que mantiene unida a tu familia, pero ¿sabes lo que le pasa al pegamento con el tiempo? Que se seca. Y entonces todo se desmorona.

—¿Tú crees que me estoy secando? —preguntó Liza con ligereza, pero agarró el volante con más fuerza—. Tengo que cambiar de crema hidratante.

—¿Usas crema hidratante?

—Cuando me acuerdo —respondió Liza respirando hondo—. Tú crees que soy débil. Crees que dejo que la gente me pise.

—No. Creo que eres generosa. Eres la persona más buena y generosa que conozco, pero, por alguna razón, olvidas extender esa bondad a ti misma. ¿Qué parte de tu vida es para ti y para nadie más? ¡Liza! —exclamó Kathleen cuando su hija estuvo a punto de chocar con el coche de delante.

Liza pisó el freno.

—Perdona. ¿Has dicho que crees que soy buena y generosa?

—Sí —repuso Kathleen.

¿Por qué un par de palabras de elogio provocaban una respuesta tan dramática? ¿Y eran lágrimas lo que había en los ojos de Liza? «No, no.»

Su hija parpadeó rápidamente.

—Tú piensas que soy aburrida y precavida —puntualizó.

—Aburrida no. Precavida quizá. Cuidadora, definitivamente —repuso Kathleen.

Quizá aquella conversación había sido un error. No estaba en posición de ayudar ni de influenciar, incluso aunque quisiera, y por lo general era de la opinión de que una persona tenía pleno derecho a arruinar su vida libre de interferencias, pero aquella era su hija.

—Te preocupas mucho por las personas próximas a ti y siempre pones su felicidad por delante. Ya eras así de niña.

—¿Y eso es algo malo?

—Puede serlo si significa que la gente se aprovecha de ti. Si hay que hacer algo, saben que lo harás tú —comentó Kathleen, y de pronto se le ocurrió la respuesta. Si se empuja a alguien con gentileza en una dirección concreta, no se podía considerar interferencia. Ese alguien todavía puede elegir—. Y como sé que harás lo que la gente necesita que hagas, te voy a pedir una cosa más.

No necesitaba ampliar aquella conversación desagradable, solo manipular la situación para lograr el resultado que quería.

—Me dices que debo empezar a decir no —le recordó Liza—, ¿y ahora me pides que haga algo más?

—Sí —respondió Kathleen—. Es egoísta por mi parte, lo sé, pero necesito que alguien me ayude con esto. Tendría que habértelo pedido antes —y lo habría hecho si se le hubiera ocurrido, pero había abordado aquello del modo incorrecto—. ¿Quieres visitar un par de veces a Popeye en mi ausencia?

—¿No dijiste que alguien le daría de comer?

—Sí, pero ya lo conoces. Es un alma independiente y nunca lo he dejado tanto tiempo. Estaría más contenta si supiera que alguien en quien confío estará un poco pendiente de él y le dará algún abrazo.

Envió una disculpa silenciosa a Popeye, quien, en general, no era amigo de abrazos. Cualquier culpabilidad que pudiera sentir por explotar la buena disposición y el sentido de la responsabilidad de Liza quedaba diluida por el hecho de que su petición era por una buena causa.

—Lo intentaré, pero las chicas están ocupadas y, después de lo que pasó la última vez, no podemos dejarlas solas.

—¿Y por qué no vas tú sola? Deja que Sean se ocupe de ellas. Puede que lo disfrutes. No hay nada como un paseo por la playa a primera hora cuando no hay nadie más. A veces yo me llevo el café y me siento en la arena.

—¿De verdad? —Liza la miró—. No lo sabía.

—Ahora me vas a decir que te parece peligroso.

—Me parece maravilloso. Yo daría mucho por tener media hora de paz en la playa sin nadie alrededor.

—Pues hazlo. Pasa un fin de semana en la casa. Saca tiempo para ti misma. ¿Por qué no?

—Pues porque… —Liza frunció el ceño—, nunca voy a ninguna parte por mí misma. Lo hacemos todo juntos.

En opinión de Kathleen, ese era el problema.

Se esforzó al máximo por resultar patética.

—No te lo pediría, pero estoy preocupada por Popeye, pobrecito.

—Sé que es muy importante para ti —el tráfico empezó a moverse y Liza hizo lo mismo—. Prometo ir a verlo. Aunque si se escapa no me haré responsable.

—Nunca se escapa. Se va a explorar, pero luego siempre vuelve a casa.

Liza sonrió.

—Hasta ahora no me había dado cuenta de lo parecidos que sois —musitó.

—Desde luego. Yo solo necesito libertad para deambular —aquello no estaba muy alejado de la verdad—. Si vas a pasar un fin de semana allí, no te molestes en comprar y cocinar. En el pueblo hay una charcutería deliciosa que ha abierto hace poco. Diles que eres mi hija. Y si caminas un kilómetro y medio por la playa, el Tide Shack hace unas hamburguesas maravillosas. Las patatas fritas son espectaculares.

—Tu dieta es terrible, mamá —dijo, pero esa vez Liza estaba riéndose, no sermoneándola. El tráfico se había aclarado por fin y ya estaban a pocos minutos del aeropuerto—. Por favor intenta comer algo de fruta y verdura en Estados Unidos.

—Prometo comer solo brócoli —respondió Kathleen. Abrió el bolso y volvió a revisar el pasaporte. Estaba un poco nerviosa, pero no pensaba confesárselo a su hija. Podía soportar una conversación emotiva siempre que las emociones no fueran las suyas—. Hace tanto tiempo que no viajo, que he olvidado mi rutina. No dejo de comprobar que llevo el pasaporte y la tarjeta de crédito, aunque ya lo he comprobado dos veces.

—Te irá bien —Liza tomó la salida para el aeropuerto—. Tienes teléfono. Martha tiene mi número. Si necesitas cualquier cosa o te metes en algún lío, llámame.

—Espero meterme en líos —replicó Kathleen dándole una palmada a su hija en la pierna—. Por eso voy.

Liza paró el coche delante de *Salidas*.

—Eres incorregible.

—Lo sé. Por favor, échale un vistazo a Popeye.

—Lo haré —Liza abrió la puerta del coche y salió a ayudar a Kathleen con las bolsas—. Tendría que haber aparcado, así podría entrar contigo.

—Odio las despedidas prolongadas.

Se miraron las dos, y ambas recordaron los adioses estresantes cuando Liza era niña. Kathleen pensó que las emociones tenían tentáculos. Envuelven y tiran de una hacia abajo. Se meten en el corazón y causan dolor.

Le dio una palmadita en el hombro a Liza.

—Gracias. Disfruta en Francia.

Una presión extraña le crecía en el pecho.

Tenía que alejarse ya, pero, por alguna razón, sus piernas no se movían.

Liza se adelantó y la abrazó.

—Diviértete. Te quiero.

Kathleen sintió que la opresión en el pecho aumentaba hasta que tuvo la sensación de que alguien la había inflado un globo allí dentro.

Se lamió los labios e intentó hablar, pero no le salieron las palabras. ¿Cómo era posible sentir tanto y decir tan poco? Y sin embargo, aquel era su mundo. Guardaba sentimientos dentro de aquel globo y confiaba en que no terminara por explotar.

Liza retrocedió, sonrió con nerviosismo y regresó al coche.

Kathleen la despidió agitando la mano, inquieta por la sensación de pérdida que la embargaba.

Permaneció inmóvil mientras Liza se metía en el flujo del tráfico y no le pareció solo una despedida; le pareció un momento que se había ido para siempre. Una oportunidad perdida.

«Yo también te quiero. Lo sabes, ¿verdad?»

Se volvió, combatiendo la sensación de decepción que se produce cuando has suspendido un examen o fallado un objetivo. La sensación que se tiene cuando sabes que deberías haberlo hecho mejor.

En cuanto entró en el edificio de la terminal, se vio envuelta por el ruido y la actividad que reinaban allí y su estado de humor mejoró. Si el presente era lo bastante ruidoso, siempre podía ahogar el pasado.

La sensación duró hasta que un joven estuvo a punto de tirarla al suelo y la miró como diciendo: «Mira por dónde andas, abuela».

En las pantallas de las salidas figuraban todos los destinos, lo que le recordaba lo grande que era el mundo y lo pequeño que había permitido ella que se volviera el suyo.

Divisó a Martha de pie al lado del *check-in* automático. Parecía perdida.

Kathleen saludó agitando la mano y arrastró la maleta por el suelo brillante, abriéndose paso entre los pasajeros. Martha se acercó a ella con el nerviosismo y el entusiasmo de un perro labrador.

—¡Kathleen! —la saludó, y le dio un gran abrazo—. Nuestro vuelo sale puntual, lo he comprobado. Chicago, allá vamos.

Parte de su energía se traspasó a Kathleen y la opresión en el pecho disminuyó. Las emociones incómodas regresaron a su sitio habitual en lo más profundo de su ser.

Durante un mes no tenía necesidad de pensar en ellas. Martha y ella harían una pareja perfecta. Su sabiduría y experiencia combinadas con la juventud y la energía de ella serían la mezcla ideal.

Su nueva compañera compensaría todas esas partes suyas que ya no parecían funcionar debidamente.

Tres zonas horarias, ocho estados, una aventura increíble.

Sería perfecto.

Capítulo 7

MARTHA

Cuarenta y ocho horas más tarde, Martha miraba fijamente el elegante coche de alta gama que tenía delante y le pedía perdón en silencio por lo que estaba a punto de hacerle. ¿Por qué narices no había sido sincera sobre el hecho de que odiaba conducir?

Su madre tenía razón. Siempre tomaba decisiones equivocadas.

Estaba muy bien fingir seguridad en sí misma. «Sí, me encanta conducir.» Pero antes o después había que afrontar las mentiras y a ella le estaba ocurriendo en ese momento. La idea de sentarse al volante de aquel deportivo le producía náuseas. Era como montar un caballo de carreras cuando solo habías subido a un caballito de feria.

«Ay, Martha, Martha.»

Aquello no acabaría bien. Antes de llegar al final de la calle estarían muertas o la habrían despedido. Sería el empleo más corto de la historia, lo cual era una lástima porque empezaba a apreciar a Kathleen y el viaje hasta el momento había sido más emocionante de lo que hubiera podido imaginar. Nunca había tenido ocasión de viajar y tenía que reprimirse para no señalarlo todo y decir: «¡Mira eso!».

Intentaba parecer una mujer sofisticada de mundo, lo cual no era fácil.

Y había llegado el momento de la verdad.

—Ford Mustang, ¿verdad? —dijo un hombre alto y desgarbado de piel estropeada que se había presentado como Cade y ahora le tendía las llaves del coche—. Tienen suerte. Están muy solicitados y no siempre tenemos uno. ¿Seguro que es esto lo que quieren? Pueden llevarse un Corvette, un Camaro o un todoterreno. Tendrían más espacio.

«Lo que quiero es algo más viejo y más lento», pensó Martha, pero Kathleen negó con la cabeza.

—Una de las ventajas de ser bajitas es que no necesitamos mucho espacio. Quiero el Mustang.

Dos días en su compañía habían enseñado a Martha que Kathleen siempre conseguía lo que quería.

Recordó el torbellino de las últimas cuarenta y ocho horas.

Después de aterrizar en Chicago, se habían registrado en un hotel elegante, donde Kathleen había reservado una suite con dos dormitorios. El de Martha era más grande que el que tenía en su propia casa.

Kathleen había abierto las puertas de la terraza y respirado hondo, como si inhalara oxígeno por primera vez en años. Se había quedado allí, mirando las vistas de Chicago y al rato había dicho: «Sí», con una voz que sugería que estaba más que satisfecha.

El viaje entero empezaba a ser también un gran «sí» para Martha.

Aparte del tema de conducir, vivía un sueño: lujo; una habitación lo bastante grande como para bailar en ella sin peligro de golpearse las extremidades con las paredes; sin familia que señalara todos sus defectos, y lo mejor de todo, sin ninguna posibilidad de que apareciera Steven en la puerta.

La suite era increíble, pero ¿cómo demonios podía permitírsela Kathleen? ¿Había robado un banco en su juventud? El brillo de malicia en sus ojos hacía pensar a Martha que todo era posible.

¿Y cuáles eran exactamente las reglas de aquel viaje? ¿Tenía que quitarse de en medio o unirse a Kathleen?

No había recibido instrucciones específicas, aparte del hecho de que se esperaba que condujera. Estaba deseando pasar una velada tranquila con una hamburguesa gigante y su ejemplar raído de *Las uvas de la ira* para ponerse en situación, aunque esperaba que en su viaje cruzando el país hubiera mucho menos dramatismo y dificultades que en el libro.

Se había reunido con Martha en la terraza, henchida de gratitud por su nueva vida.

—¿Pido algo de comer al servicio de habitaciones, Kathleen? Supongo que querrás acostarte pronto —preguntó.

Su abuela solía tumbarse un rato por la tarde. Y sabía que la señora Hartley también lo hacía porque le gritaba a cualquiera que llamara a la puerta de tres a cuatro de la tarde.

Kathleen, sin embargo, vibraba de energía.

—¿Acostarme temprano? Son las cinco de la tarde.

Tenía la piel pálida y los ojos parecían cansados, pero brillaban con una excitación que aumentó también la de Martha.

No le tocaba a ella discutir con su nueva jefa. Era su chófer y acompañante, no su cuidadora. Y si alguien no sabía lo que quería a los ochenta años, ¿cuándo lo iba a saber?

Recordó por un instante el ceño fruncido de Liza. Martha tenía la suficiente experiencia en ese tema como para darse cuenta de que a la hija de Kathleen no le había gustado. A ella, por su parte, la había intimidado un poco Liza, y no solo porque envidiaba a cualquiera con un pelo bien cuidado. El de Liza era suave y claro como la mantequilla. Estaba también su aire de competencia. Martha no había necesitado que le dijeran que era profesora. Dudaba de que hubiera un problema que Liza no pudiera resolver o una clase que no pudiera controlar.

Pero a ella no la había contratado la hija, ¿verdad? La había contratado la madre.

Aun así, no pasaba nada por probar.

—En casa ya son las diez. No, espera, hay seis horas de diferencia, así que son las once.

Su madre estaría lavándose los dientes y gritándole a su padre que comprobara que las puertas estaban cerradas. Martha se alegró de no estar allí.

—Ahora estás en la hora de Chicago. Tenemos un par de horas para ducharnos y refrescarnos y luego iremos a cenar y tomar cócteles.

—¿Cócteles?

La abuela de Martha siempre había tomado cacao caliente antes de acostarse. Se lo preparaba su nieta con la cantidad exacta de leche y azúcar. A veces había incluido una galleta digestiva.

Kathleen miró el horizonte.

—La última vez que estuve aquí bebí cócteles. Quiero repetirlo.

—¿Has estado aquí antes? ¿Cuándo?

—Mi primer viaje a Chicago fue cuando tenía treinta años.

—Estoy deseando oír todas tus historias. Puedes contármelo mientras tomamos el cóctel.

Aquello sonaba muy adulto y sofisticado. Ella, Martha, iba a beber cócteles y hablar de viajes exóticos. Su conversación solía estar restringida a lo rutinario y tedioso, pero esa noche viajaría a través de las experiencias de Kathleen. O quizá estaba siendo muy presuntuosa.

—Aunque no hace falta que vaya yo, claro. Si prefieres estar sola...

—¿Por qué voy a preferir estar sola? Tú eres parte de esta aventura —Kathleen sonrió—. Ahora eres de la *jet set*.

Martha no se sentía de la *jet set* y estaba bastante segura de que tampoco tenía ese aspecto, pero estaba dispuesta a hacer lo que hiciera falta para abrazar ese estilo de vida.

—¿Cómo me visto? —preguntó.

—Chic informal.

¿Qué era eso exactamente?

Al final se puso el único vestido que tenía. Cogió la chaqueta vaquera por si hacía frío y se calzó un par de zapatillas de correr blancas.

Kathleen llevaba uno de sus acostumbrados vestidos vaporosos con un reloj de oro estrecho en una muñeca y múltiples pulseras en la otra. Con su pelo corto blanco y su elegancia natural, resultaba muy glamurosa.

En opinión de Martha, al mirarla resaltaban más su estructura ósea y su aplomo que su edad.

—Estás guapísima, Kathleen.

Esta cogió el bolso.

—Vamos a ir a la azotea, donde beberemos Manhattans y comeremos *risotto* de langosta.

¿Aquello sería delicioso o estaría asqueroso? Martha se imaginó en el pub de su barrio a su regreso. «Tomaré un Manhattan y un *risotto* de langosta.» La respuesta probablemente sería: «¿Cómo dices?», acompañada de una mirada de confusión y seguida de un plato de palitos de pescado y media pinta de cerveza.

Desde la azotea podía verse el centro de Chicago y el lago de más allá.

—Esto es muy guay —dijo Martha sentándose en la mesa disponible más próxima, pero Kathleen hizo un gesto al camarero.

Dijo algo que la joven no pudo oír y al momento siguiente las llevaron a una mesa al lado de la barandilla, con las mejores vistas del horizonte.

Martha miró furtivamente a la gente que la rodeaba y se sintió aliviada al ver distintas prendas de vestir. Unas personas iban más elegantes y otras más informales, pero todas tenían algo en común: seguridad en sí mismas. Todas parecían estar a gusto allí.

Martha se sentó un poco más recta e intentó fingir que aquel bar glamuroso era su hábitat natural, aunque estaba segura de que no engañaba a nadie. Probablemente sobresalía como una cebra en una playa de arena.

Luego llegaron los cócteles, servidos con ademán ostentoso.

—Por la aventura —dijo Kathleen.

Alzó el vaso y Martha, semimareada por el cambio de horario, el cansancio y la sobredosis de excitación, levantó también el suyo.

—Por la aventura —brindó, y por una nueva vida, muy lejos de la vieja.

Martha, exploradora y consumidora de cócteles exóticos.

«Chúpate esa, baboso Steven.»

Tomó un sorbo del cóctel y estuvo a punto de atragantarse. Su ingesta de alcohol estaba restringida por su falta de fondos y, cuando bebía, normalmente era la cerveza que tenía su padre en el frigorífico. Seguramente tenía el paladar menos sofisticado del planeta.

Le costó tres sorbos descubrir que el cóctel era lo mejor que había probado en su vida y cuatro decidir que sería feliz si no bebía nunca ninguna otra cosa. Cuando se terminó el vaso ya se había dado cuenta de que Kathleen no se parecía nada a su abuela.

La cabeza le daba vueltas. ¿El cambio de horario? ¿El cóctel? Como era su primera experiencia con ambas cosas, le resultaba imposible saberlo.

Kathleen pidió otro y Martha estaba a punto de señalar que quizá no fuera buena idea beber tanto con el estómago vacío cuando llegó el *risotto* de langosta.

Chicago se extendía ante ellas, brillante y resplandeciente.

—¿Qué le has dicho para que nos den estas vistas? —preguntó.

—Le he dicho la verdad —contestó Kathleen tomando el tenedor—, que tengo muchos años y nunca se sabe si esta puede ser mi última cena.

Martha no estaba acostumbrada a que la gente reconociera su mortalidad tan abiertamente. ¿Qué podía decir? «No seas tonta, vas a estar bien.», pero ¿y si no era así? ¿Y si Kathleen moría en aquel viaje?

Tomó otro trago. Nunca había visto un cadáver.

¿Era egoísta confiar en que Kathleen no se muriera al menos hasta que terminara el viaje? No quería que aquella aventura terminara aún. Ni tampoco que la terrorífica Liza la culpara de conducir a su madre a la muerte.

Quizá le interesara mostrarse al menos un poco protectora.

—¿Estás bien de salud? ¿Hay algo que yo deba saber? —preguntó.

Tal vez debería haber pedido a Kathleen que se hiciera un chequeo médico o le mostrara un certificado de buena salud, pero teniendo en cuenta que a ella no le habían pedido pruebas de su experiencia como conductora, no habría resultado muy justo.

—Tengo ochenta años. Podríamos decir que soy como un coche clásico. Necesito mantenimiento. El motor renquea y tengo arañazos en la pintura, pero sigo aguantando —afirmó Kathleen, y alzó su vaso—. Por vivir el momento.

Martha levantó también el suyo.

—Por vivir el momento —repitió.

Lo cual estaba bien, siempre y cuando su momento no incluyera tener que lidiar con el cadáver de Kathleen. Iban a conducir por el Valle de la Muerte, ¿no? No sonaba auspicioso. Quizá deberían seguir otra ruta. Además, la analogía del coche no le gustaba porque no tenía un buen historial con coches. No quería ser responsable de causar otra abolladura en la chapa de Kathleen.

—¿Pido un zumo o agua? —preguntó.

—Tomaré otro cóctel para celebrar nuestra primera noche. ¿Y tú?

Un cóctel más haría que Martha se despertara con jaqueca, así que negó con la cabeza. Tenía la sensación de que iba a tener razones suficientes en el viaje para dolores de cabeza sin añadir un exceso de alcohol a la mezcla.

—Agua con gas, por favor.

Kathleen sonrió al camarero y señaló su vaso.

—Ese hombre es muy cautivador. Imagino que tu generación ya no usa mucho esta palabra, ¿verdad? Ahora decís macizo, o eso me cuenta mi nieta.

—Macizo, sí.

—Hace cincuenta años lo habría invitado a mi habitación. Tiene unos ojos maravillosos y una sonrisa traviesa —Kathleen miró a Martha pensativa—. Quizá tú...

—No, gracias, no me interesa.

Aventura, sí. Viaje por carretera, sí. Cócteles, desde luego. ¿Hombres? En absoluto. ¿Qué vida era la suya si una mujer de ochenta años intentaba emparejarla con alguien?

Kathleen se inclinó hacia ella.

—¿Eres gay?

—No, no lo soy. En este momento estoy retirada de las relaciones —explicó. Pensó en Steven y deseó haber pedido otro cóctel en vez de agua—. Debería hacer una foto y mandársela a Liza. Le prometí que lo haría. ¿No es mejor que dejes la bebida en la mesa? ¿Se preocupará?

—Probablemente se preocuparía más si no bebiera.

Kathleen posó contra el horizonte de Chicago y Martha le hizo fotos.

Al guardar el teléfono, vio que tenía dos llamadas perdidas de Steven. Eso mató parte de la magia del momento. Incluso a aquella distancia de casa, conseguía todavía arruinarle la velada.

Sintió tentaciones de enviarle una foto en la que apareciera bebiendo cócteles y con el mensaje: «No puedo hablar, estoy ocupada».

Kathleen la observaba.

—¿Va todo bien?

—Muy bien —Martha cerró la cremallera del bolso e intentó olvidar el tema—. Háblame más de ti. ¿Siempre has viajado mucho?

—Sí. Y este lugar es tan emocionante como recordaba. ¿No se te acelera el corazón solo con mirarlo?

—¿Se te ha acelerado el corazón? —Martha se irguió en la silla—. ¿Sientes dolor en el pecho?

«Tendría que haber hecho un curso de primeros auxilios antes de iniciar el viaje», se dijo, pero Kathleen parecía tranquila.

—A mi edad siempre hay dolores y molestias. Es mejor no pensar en ellos.

Martha tenía algunos dolores propios, principalmente relacionados con el corazón. Sus sentimientos y su seguridad en sí misma estaban heridos y maltrechos. Estaba a favor de no pensar mucho en ello.

—¿Venías aquí como turista? —preguntó.

Se dio cuenta de que lo único que sabía de su jefa era que vivía en una casa bonita y aislada, que parecía tener dinero suficiente como para pagar hoteles caros y que estaba decidida a vivir los años que le quedaban de un modo poco apropiado para su edad.

—Estaba trabajando —contestó Kathleen dejando el tenedor en el plato—. Presentaba un programa de viajes. Décadas antes de que tú nacieras, claro. Viajaba por todo el mundo. Durante un tiempo, mi nombre era bastante conocido.

—¿Cómo se titulaba el programa?

—*Destino: final feliz*. Eres demasiado joven para recordarlo, pero tu madre quizá sí se acuerde.

Martha no tenía intención de comunicarse con su madre. Disfrutaba de aquel respiro y no dudaba de que el sentimiento era mutuo.

—¿Eras periodista?

—Empecé a trabajar en una empresa de televisión cuando terminé la universidad. Hice distintos trabajos, pero luego resultó que se me daba bien presentar. Trabajé en distintos programas, incluido uno infantil. Y luego llegó *Destino: final feliz*. ¿Alguna vez has tenido un trabajo que te pareciera hecho especialmente para ti?

—No —Martha no veía razón para no ser sincera—. Supongo que podríamos decir que sigo... buscando mi camino. Prueba y error, ¿sabes?

Había habido más errores de los que quería recordar.

—Pues *Destino: final feliz* era perfecto para mí. Lo disfruté desde el principio. Lo que intentaba era darle a la gente una visión del lugar. Quería que decidieran si querían ir a verlo, y que los viajeros de sillón, y había muchos de esos, tuvieran la sensación de que habían estado allí aunque no hubieran salido de su casa. Cuando llegábamos a un sitio, me tocaba a mí decidir qué resaltar de él. Examinaba la cultura, la gastronomía... pero siempre cubría también algunos lugares que estaban fuera del camino trillado. Si tenía suerte, encontraba a algún habitante del lugar dispuesto a dedicarme un día y llevarme a sus lugares favoritos. Esa perspectiva interna hacía que los espectadores tuvieran la sensación de haber visto el sitio auténtico.

Martha estaba fascinada.

—¿Hay alguno de tus programas en internet?

—No tengo ni idea. No uso internet. Los tengo en DVD, pero están en casa.

—Si no usas internet, ¿cómo reservaste los billetes de avión, los hoteles y el coche?

Kathleen tardó un momento en contestar.

—Si te lo digo, tienes que prometerme no decírselo a Liza. No le gustaría.

A Martha le hacía gracia que Kathleen ocultara secretos a su hija. Quizá ella no era la única a la que le daba miedo Liza.

—Lo prometo.

—Lo hizo mi vecino.

Martha comía el *risotto* despacio, saboreando cada bocado.

—¿Y por qué es eso un secreto?

—Porque tiene cierta mala reputación.

—Mala reputación. Me encanta tu modo de hablar —dijo Martha sonriendo—. ¿Qué hace?

—Disfruta de la vida —repuso Kathleen con calma—, un rasgo que suele provocar la envidia de aquellos que observan sus excentricidades. Envidia enmascarada de desaprobación. Es una estrella de rock de mucho éxito, o eso me dice la gente que entiende más que yo de estas cosas; lo bastante como para haber comprado todo el terreno que rodea mi casa y unos cuantos coches rápidos. Su casa es espectacular y tiene vistas gloriosas del mar.

—¿Cómo se llama?

—Finn Cool.

Martha dejó caer su tenedor en el plato.

—No te creo. ¿Finn Cool? Me encanta su música. Está claro que es bastante mayor... —se dio cuenta demasiado tarde de que debía tener la mitad de la edad de Kathleen—, pero sigo pensando que es genial. ¿Él reservó los billetes?

—No personalmente. Me consultó sobre mis preferencias y llamó a su representante, que se encargó de todo. Fue muy amable y se lo agradecí mucho porque no me decidía a pedírselo a Liza. No queda bien decir que quiero aventura y luego tener miedo de internet.

Martha encontraba aquello adorable.

—¿Cómo conociste a Finn Cool? Pensaba que los famosos protegen mucho su intimidad.

—Fue muy divertido —Kathleen cogió el vaso y sus pulseras

tintinearon—. Es difícil localizar la entrada de su casa. Asumo que por eso eligió esa propiedad. A mi casa llama mucha gente para preguntar dónde vive.

—Debe de resultar irritante.

—En absoluto. Es entretenido. Una vez envié a un reportero mugriento con una cámara a cruzar dos campos en dirección contraria —Kathleen se inclinó hacia delante—. Nunca me fío de un hombre que exhibe una cámara con teleobjetivo grande, ¿tú sí? Una se pregunta qué es lo que intenta probar.

Martha casi se atragantó con el agua.

—No conozco a nadie que tenga cámara. Todo el mundo usa el teléfono.

—Pues él era uno de esos hombres que caen mal de entrada, así que lo envié a paseo. Sin embargo, no vio el cartel que avisaba de que había un toro en el campo y tuvo que rescatarlo el granjero.

Martha pensó que era la historia más graciosa que había oído en la última temporada.

—¿Finn Cool se enteró?

—Al principio no. Pero luego desvié a un grupo de chicas al pueblo de al lado creyendo ayudarle y resultó que las había invitado a una de sus escandalosas fiestas.

—¿Cómo te enteraste?

—Lo llamaron para pedirle que les indicara el camino y supongo que le mencionaron a la anciana antipática que vivía más abajo. Al día siguiente se presentó en mi puerta con un gran ramo de flores y una botella de excelente ginebra para darme las gracias por ser el dragón de sus puertas. Bebimos parte de la ginebra juntos en el jardín y se partió de risa cuando le conté lo del fotógrafo. Después de eso acordamos que todos los visitantes bienvenidos y esperados llegarían con una palabra clave que se cambiaría mensualmente. Así, si alguien llamaba a la puerta y no sabía la palabra correcta, yo los enviaría hacia una desviación larga e interesante.

Martha decidió que quería a Kathleen.

—¿Cuál es la palabra clave de este mes?

—He jurado guardar el secreto. Tenemos un acuerdo. Él no es para nada como dice la gente, aunque es cierto que hace unas fiestas de lo más envidiables. En una ocasión, algunos de sus invitados salieron a pasear a medianoche y acabaron en mi jardín. Había mujeres preciosas, aunque muy ahorrativas con la ropa.

—¿Lo dices porque su ropa era barata?

—Me refiero a la cantidad de ropa más que al precio —afirmó Kathleen tomando un sorbo de su bebida—. Una tan solo llevaba la mitad inferior de un bikini muy escaso. Puede que Finn pensara que es presuntuoso por mi parte decir esto, pero considero que tenemos una especie de amistad.

—Es una gran historia —musitó Martha.

¿Por eso las trataban tan bien en el hotel? Quizá la dirección pensaba que Kathleen estaba emparentada con Finn Cool. ¡Qué gracioso! Con un poco de suerte, las tratarían como a estrellas de rock durante todo el viaje.

—O sea que ya habías estado en Chicago —dijo—. ¿Y en California?

Kathleen dejó el vaso en la mesa.

—Nunca.

—¿Este es un viaje soñado para ti? —Martha se dio cuenta, por la expresión de Kathleen, de que había hecho la pregunta equivocada y rectificó rápidamente—. Yo nunca había estado en Estados Unidos. Estuve en Italia en un viaje de estudios y nada más.

Kathleen tenía la vista clavada en el horizonte y una expresión de lejanía en los ojos.

—¿Kathleen? —Martha sintió la tentación de chasquear los dedos para comprobar que estaba consciente—. ¿Quieres otra copa?

Kathleen parpadeó.

—Mejor no —contestó cogiendo el vaso vacío—. No es bueno beber con mis pastillas para la tensión.

Martha pensó en los tres cócteles.

—¿Qué pasa si lo haces?

—No sé. Quizá estemos a punto de averiguarlo.

«Espero que no.»

—El *risotto* estaba delicioso. Y el cóctel también. Gracias.

—Tómate otro —Kathleen hizo una seña al camarero guapo—. Si no te portas mal a los veinticinco años, no tendrás nada interesante que recordar a los ochenta. Si llega un momento en el que esté demasiado decrépita para viajar y mantener mi independencia, viajaré mediante mis recuerdos y cuando eso ocurra, me gustaría mucho que fueran interesantes. Estoy segura de que tú sentirás lo mismo.

Martha no podía imaginarse con ochenta años, pero se había dejado persuadir tanto esa noche como la noche siguiente, y eso hizo que, al llegar el momento de estar delante de un coche deportivo, sintiera todavía las secuelas de tres cócteles martilleándole en el cerebro. El sol ardiente caía a plomo sobre el deportivo rojo brillante y hacía relucir la pintura.

Había vivido dos veladas maravillosas y pasado sola el día entero explorando Chicago porque Kathleen había decidido disfrutar de un día de calma antes de empezar el viaje. Había resultado más emocionante de lo que Martha había imaginado. Su ansiedad por conducir había desaparecido, pero ahora había vuelto aumentada, y con ella la terrorífica idea de que estaba a punto de ser responsable de dos vidas, la de Kathleen y la suya, y también de la vida de cualquiera que estuviera casualmente en la carretera delante de ella.

Cade seguía esperando su respuesta e intentó concentrarse.

—¿Qué es lo que ha dicho?

—He preguntado si este es de verdad el coche que quieren —insistió Cade mirándolas a las dos como si nunca hubiera visto dos compañeras de viaje tan improbables.

Martha no lo culpaba. Abrió la boca para decir: «Por supuesto que esto no es lo que queremos», pero Kathleen se le adelantó.

—Este es perfecto —aseguró pasando la esbelta mano arrugada por la superficie brillante. Sus anillos parecían demasiado grandes para los dedos—. ¿Es rápido?

—¿Rápido? —repitió el hombre trasladando su chicle de la mejilla derecha a la izquierda—. Señora, esta belleza tiene un motor V8 de 5,0 litros y pasa de cero a cien kilómetros en menos de cuatro segundos. ¿Eso es lo bastante rápido para usted?

Kathleen ladeó la cabeza.

—Parece suficiente para nuestras necesidades.

El hombre sonrió y movió la cabeza.

—Es usted increíble —dijo.

Era obvio que pensaba que Kathleen debería alquilar una silla de ruedas y no un coche de alta gama.

Martha se sentía superada por la situación. Se suponía que una se volvía cuidadosa con la edad, ¿no? Su vecina, la señora Hartley, nunca iba a ningún sitio sin su bastón. Y no abriría la puerta sin mirar antes por la mirilla.

Empezaba a entender por qué Liza se había mostrado tan ansiosa y había hecho tantas preguntas, pero aquel era el viaje de Kathleen. ¿No tenía derecho a vivir su vida como quisiera? Aunque no conocía todos los datos, claro. Probablemente subestimaba el riesgo porque Martha le había ocultado lo mal que conducía.

—Este modelo tiene culatas de cilindros rediseñadas y cigüeñal nuevo... —Cade seguía hablando.

Martha lo miraba confusa. ¿Qué sería una válvula de escape con *quad* y por qué necesitaba ella saber eso?

Cade abrió la puerta y señaló el interior.

—Tiene nivel deportivo, nivel de pista...

Martha miró el interior, aliviada al ver transmisión automática. P de parar y C de conducir. Era todo lo que necesitaba recordar. No tenía intención de dar marcha atrás. Aquel viaje sería siempre hacia delante. De hecho, eso podía servirle de metáfora para la vida. No ir hacia atrás.

Cade se enderezó.

—¿Quieren dar una vuelta con él?

¿Y que fuera testigo de su incompetencia? Probablemente se negaría a alquilárselo.

—De momento no. Primero terminemos el papeleo. Queremos un seguro que cubra todo —dijo Martha mirándole a los ojos—. No porque vayamos a necesitarlo, sino por precaución, por si un conductor imprudente choca con nosotras.

O un árbol, o un poste. Esas cosas ocurrían.

—Claro que sí. ¿Eso es todo? Entonces hemos terminado aquí —Cade se encogió de hombros—. ¿Alguna pregunta?

—Yo tengo una —Kathleen se quitó las gafas de sol y el brillo de malicia en sus ojos puso a Martha casi tan nerviosa como la perspectiva de conducir aquel coche.

—Kathleen...

—¿Cuál es el límite de velocidad?

«Ay, Dios.»

—¿Por qué? ¿Huye de algo, señora? —contestó Cade riendo y se rascó la piel por debajo de la camiseta—. ¿Han robado un banco? ¿Las persigue la policía?

—No, aunque hace poco traté con la policía cuando vinieron a retirar un cuerpo de mi cocina.

Cade dejó de reír.

—¿Un cuerpo?

«¿Un cuerpo?» Martha pensó que en realidad no sabía gran cosa de Kathleen. Había hablado mucho de su trabajo y de sus viajes, pero no había contado nada personal. Solo sabía de la existencia de Liza porque la había conocido.

Podía estar viajando por Estados Unidos con una asesina en serie de ochenta años.

—¿Kathleen? No has mencionado...

—Se me pasó, querida. O quizá subconscientemente he intentado olvidarlo. La mente tiene tendencia a bloquear el trauma, ¿verdad?

Martha confiaba en que eso fuera cierto, porque en ese momento parecía que aquel viaje podía ser inolvidable por las razones equivocadas.

—Háblanos del cuerpo, Kathleen.

—No era un cuerpo cualquiera. Era el de un intruso que entró en mi casa en plena noche.

—¡Oh! Eso es terrible —repuso Martha poniéndole una mano en el brazo—. ¡Qué terrorífico!

—No parecía asustado. De hecho, se mostró bastante atrevido.

—Quería decir terrorífico para ti.

—Lo sé. Era broma —asintió Kathleen dándole una palmadita en la mano—. Fue lo más emocionante que me ha pasado en mucho tiempo, aunque admito que tuve suerte de que él estuviera solo y ebrio. Un consejo —dijo inclinándose hacia Cade—: Si piensa colarse en una casa, hágalo sobrio y lleve siempre un cómplice. Es mucho más difícil luchar contra dos personas.

Cade retrocedió un paso, mirándola con los ojos muy abiertos.

—Bien. ¿Y… lo mató?

—No. Está muy vivo —Kathleen frunció el ceño—. Probablemente porque usé la sartén de veinte centímetros y no la de treinta. Solo uso la de treinta si frío huevos y champiñones con el beicon.

—Me alegra saberlo —dijo Cade mirando a Martha, y esta vio lástima en sus ojos—. Los límites de velocidad y la información general sobre cómo conducir en Estados Unidos están en el Código —explicó pasándoles un libro—. En el maletero hay linterna, una manta, pinzas, luces de emergencia y un botiquín de primeros auxilios. Les aconsejamos que siempre lleven agua, en especial cuando lleguen al desierto, y que mantengan el teléfono cargado, aunque quizá no tengan cobertura. Todo lo que necesitan saber está ahí. Y si tienen problemas —advirtió con una expresión en el rostro que sugería que encontraba eso altamente probable—, pueden llamar al número que hay en la parte de atrás.

—Gracias —Kathleen tomó el libro y sonrió—. Es todo muy emocionante.

Martha no estaba de acuerdo. ¿Luces de emergencia? ¿Para qué necesitarían luces de emergencia?

Cade carraspeó.

—Bueno, ¿alguna pregunta más o hemos terminado?

Martha pensó que ella tenía una pregunta: «¿Cómo se me ocurrió aceptar este trabajo?»

Capítulo 8

LIZA

Liza miró la foto de su madre con un vaso en alto y el horizonte espectacular de Chicago titilando tras ella. Martha había añadido un titular rápido: *Viviendo el sueño*.

Enviarle la foto había sido un gesto considerado por parte de Martha, pero hizo que Liza se pusiera a pensar en su vida.

Sintió una punzada de envidia en el pecho y se sentó ante la encimera de la cocina que estaba limpiando un momento antes.

Su mundo parecía gris y aburrido en comparación con el de ella. Su madre estaba rodeada de velas titilantes y cócteles. Ella tenía delante un bol de cereales vacío.

Ese día era su aniversario de boda. No tenía grandes expectativas, pero habría estado bien una pequeña celebración. Tenían una buena excusa para ello.

Su madre no necesitaba una excusa. Celebraba cada momento.

¿Por qué había pensado ella alguna vez que eso era irresponsable? Era un buen modo de vivir.

¿Qué había hecho ella la noche anterior mientras su madre bebía, reía y veía ponerse el sol sobre el lago Michigan? Planchar y hacer algunas planificaciones de última hora para Francia.

Su madre se hospedaba en hoteles. Ni siquiera tenía que hacerse la cama. Si estaba absorta leyendo un libro, podía mirar la carta y pedir el servicio de habitaciones. Solo tenía que decidir cuándo quería comer y otra persona haría todo el trabajo.

Liza se levantó y volvió a guardar los artículos de limpieza en el armario.

Ya estaba bien de compadecerse de sí misma.

Tenía que encontrar el modo de sentir más entusiasmo por el momento en el que se hallaba, en lugar de esperar siempre que las cosas mejoraran en el futuro. Había días en los que toda su vida parecía un aplazamiento. Había esperado a que las mellizas superaran los cólicos del lactante, luego a que aprendieran a dormir toda la noche seguida y después a que se terminaran las pataletas. En este momento estaba esperando a que superaran la fase «difícil» de la adolescencia. ¿Llegaría alguna vez el momento en el que sería feliz con su vida presente?

Entró Sean. Llevaba traje e iba leyendo las noticias en el teléfono. Dejó el bol del desayuno en la encimera sin alzar la cabeza.

Aquel bol pequeño, abandonado, parecía simbolizar toda la vida de Liza.

«Feliz aniversario, querida.»

—El bol no se carga solo en el lavavajillas, ¿sabes?

Él alzó la vista del teléfono.

—Es solo un bol.

—Alguien tiene que meterlo en el lavavajillas. Ese alguien siempre soy yo.

El artículo que llevaba todavía en el bolso aconsejaba abordar cualquier tema con calma, expresar su preocupación de un modo constructivo, sin brusquedades ni comentarios sarcásticos. Sin embargo la respuesta de él la volvió sarcástica y estaba cansada de intentar ser perfecta.

Sean abrió el lavavajillas, introdujo el bol y lo cerró con un clic rotundo.

—¿Contenta?

No, no estaba contenta. Ese día era su aniversario y él lo había olvidado.

Podía haber metido una botella de algo burbujeante en el frigorífico para más tarde. Podía haberle dicho que iban a salir a cenar.

—No debería tener que pedirlo, Sean.

—Sí, cierto. Perdona —se disculpó. Las puntas de su pelo estaban todavía húmedas de la ducha—. ¿Qué te pasa?

«Mi madre está tomando cócteles en una azotea y yo estoy limpiando lo que otros ensucian.»

Su madre le exprimía a la vida hasta el último momento de alegría. Eso podía ser insensato y egoísta, o podía ser lo más sensato.

—Paso demasiado tiempo limpiando lo que ensucian otros, eso es todo.

—Todos vamos a intentar ayudar un poco más —afirmó Sean sonriendo, y se guardó el teléfono en el bolsillo.

—Cuando dices que vais a ayudar, eso sigue dejándome la responsabilidad a mí. Implica que el trabajo es mío, pero tú me ayudarás. No quiero «ayuda», quiero que otras personas asuman responsabilidades.

El libro que había comprado sugería empezar por «siento que...» y había vuelto a meter la pata.

«Siento, siento, siento.»

—Me siento utilizada, Sean.

—¿Qué? Oh, eso no es bueno. Y tendremos que hablar de ello debidamente.

Volvió hasta ella y le dio un beso rápido en la mejilla. Liza captó el olor débil del jabón de afeitar y sintió una punzada en el estómago.

Era su aniversario de boda. Debería sentirse romántica, no furiosa.

Tenían que prestarse más atención el uno al otro. Tal vez eso fuera lo único que hacía falta.

Se llevó una mano al pecho.

—Me alegro de que digas eso. Creo que tenemos que hablar.

—Y hablaremos —aseguró él, y miró el reloj—, pero tengo una reunión a las nueve en punto en la oficina con el cliente más exigente con el que he tenido la desgracia de trabajar y necesito salir ya si quiero tener alguna posibilidad de llegar.

Ella dejó caer la mano.

¿Tu matrimonio está en peligro?

Sí, definitivamente sí.

¿Era injusta? No podía esperar que él se saltara una reunión porque ella quería hablar. Tenía responsabilidades con sus socios y sus clientes. Además, cualquier conversación que tuvieran en ese momento estaría influida por el hecho de que a él le estresaba llegar tarde al trabajo.

—Salgamos a cenar esta noche —dijo.

Si no lo proponía él, lo haría ella.

—¿Está noche? —Sean pareció asustado—. Voy a ir a tomar unas copas con los socios después del trabajo. ¿No te lo había dicho?

—No.

—¿Por qué no mañana? Deberíamos celebrarlo.

Una sensación de calor invadió a Liza. Él no lo había olvidado.

—¿Celebrarlo?

—El principio de las vacaciones, al menos para las chicas y para ti —dijo sonriendo—. Podemos ir al restaurante italiano. A las mellizas les gustaría. Y mañana me viene bien porque es sábado y así no tienen que olerme el ajo en el trabajo al día siguiente.

—Yo no pensaba invitar a las chicas.

—¡Ah! Te refieres a una cena romántica. Estupendo —dijo sacando una barrita de proteínas del armario—. Cualquier noche excepto esta noche.

«Cualquier noche excepto esta noche.»

Su aniversario.

La sensación de calor se marchitó y murió.

Observó a Sean sacar la bolsa del gimnasio del cuarto de la colada y meter la barrita de frutos secos en un bolsillo lateral.

—Sean…

—Reserva donde quieras, donde más te apetezca. Estoy deseándolo.

Salió por la puerta antes de que ella pudiera decir: «Siento que sería romántico y especial si tú eligieras algún sitio».

La puerta principal se cerró tras él y Liza se encogió como si le hubiera pillado un dedo con ella.

«Feliz aniversario, Liza.»

Rellenó la taza de café. ¿Hacía mal en esperar romanticismo? ¿Todas las relaciones eran así después de dos décadas y dos hijas? En su primer aniversario pasaron un fin de semana en París. Fueron con un presupuesto ajustado, durmieron en un hotel barato de la Ribera Izquierda y disfrutaron de cada minuto. En el segundo fueron de pícnic al río y colocaron toda la comida encima de una manta a la sombra de un sauce llorón.

Sin embargo hacía años que no habían hecho nada especial.

Ocho señales de que tu matrimonio puede estar en peligro.

¿Por qué le preocupaba tanto? ¿Y por qué ocho señales? ¿Por qué no siete o nueve? Seguramente alguien se había sentado a pensar en su escritorio y el ocho le había parecido un buen número.

Caitlin bajó las escaleras corriendo.

—¿Has visto mis vaqueros?

—Es día de clase. No llevas vaqueros.

—Es el último día. Podemos llevar lo que queramos, ¿recuerdas?

No, Liza no lo había recordado.

—Los vaqueros están en la lavadora. Tendrás que ponerte otra cosa.

—¿Qué?

El grito de Caitlin hizo que su hermana apareciera corriendo en la parte superior de las escaleras.

—¿Qué pasa?

—Mamá ha lavado mis vaqueros. ¿Te lo puedes creer?

—Gracias por lavar mis vaqueros, mamá —dijo Liza, y Caitlin se sonrojó.

—Pero los necesitaba hoy.

—Si los necesitabas, ¿por qué estaban entre la ropa sucia?

—Porque había que lavarlos, pero pensaba que lo harías antes. Los dejé allí el lunes.

—Yo también he tenido una semana ajetreada. Seguro que puedes encontrar otra cosa que ponerte.

—Quería los vaqueros. Voy a salir fatal en todas las fotos y será culpa tuya. Sigues castigándome por la estúpida fiesta. Odio mi vida.

Volvió a subir las escaperas y reapareció diez minutos después con unas botas hasta el muslo, piernas desnudas y minifalda.

Liza parpadeó, sorprendida todavía porque su hija pensara que no había lavado antes los vaqueros por despecho.

—¿De dónde has sacado esas botas?

—Me las ha prestado Jane.

—Pues devuélveselas —ordenó Liza. «Mantén la calma, no aumentes la tensión»—. No vas a ir así al instituto aunque sea el último día. Es indecente.

A Caitlin le brillaron los ojos.

—Sé que te gusta controlarlo absolutamente todo en nuestras vidas, pero no puedes controlar lo que me pongo. Lo decido yo. Tengo un cerebro, ¿sabes?

—Y estaría bien que lo usaras —replicó. Aquello era agotador e ingrato—. Ve a cambiarte.

—No tengo tiempo.

Caitlin se colgó la bolsa al hombro y echó a andar hacia el coche. Alice iba justo detrás de ella.

—No empecéis a pelear —suplicó—. Hoy no puedo llegar tarde. Voy a recitar un poema, ¿recuerdas? Ya es bastante horrible tener que hacerlo como para encima llegar tarde.

¿Por qué era Liza la única que tenía que lidiar con aquellos momentos?

Daría cualquiera cosa por cambiarse por Sean. Prefería un adulto exigente a una adolescente con pataleta día sí día no.

—¿Podemos irnos? —pidió Alice tirándole de la manga—. La gente lleva de todo el último día. A nadie le importa.

—¿La gente va sin apenas ropa? Porque parece que eso es lo que quiere hacer tu hermana.

Liza miró los mulsos desnudos de su hija cuando entraba en el coche.

Sabía que debía mantenerse firme, pero Alice tenía razón. Si lo hacía y discutían, llegarían tarde todas, incluida ella. No era justo esperar que sus colegas cubrieran su clase porque su hija estaba decidida a hacerle la vida imposible.

La invadió la vergüenza.

Se estaba dejando manipular y casi había dejado de importarle. Estaba demasiado cansada como para resistirse.

Derrotada, cerró la puerta principal y condujo hasta el colegio.

Caitlin frunció el ceño debajo del flequillo durante el corto trayecto y en cuanto Liza detuvo el coche, salió corriendo hacia la verja, donde empezó a sonreír y saludar con la mano a sus amigas.

—Adiós, mamá —dijo Alice cerrando la puerta del coche tras de sí, y siguió a su hermana.

Liza permaneció sentada en silencio un instante y luego miró a sus hijas. Caitlin reía con ganas dando abrazos a sus amigas. Menos de quince minutos antes se había comportado como si su vida estuviera acabada y en ese momento parecía que no tuviera ninguna preocupación.

Liza se sintió dolida.

«Respira, respira.»

Superarían esa fase como habían superado todas las anteriores. Un día se reiría de aquello. ¿O no?

¡Deseaba tanto estar bien con ellas! Nunca había querido que tuvieran que pensar: «Ojalá estuviera más unida a mi madre», como le había ocurrido a ella tantas veces, pero a sus hijas eso no parecía interesarles.

¿Qué era para ellas? Chófer, ama de casa, chef...

¿Y quién tenía la culpa?

Tragó saliva. ¿Qué había dicho su madre? «¿Qué parte de tu vida es para ti y para nadie más?»

La respuesta era ninguna.

Se obligó a mirar la verdad con crudeza. Poco a poco, con el tiempo, habían llegado a esperar que hiciera cosas por ellos. No lo veían como un acto de amor. Se aprovechaban de ello. «¿Dónde están mis vaqueros? ¿Se ha terminado la leche?»

Las chicas no valoraban su cariño ni su interés. «Deja la inquisición, mamá.»

Lo único que podía mostrar después de dieciséis años de trabajo doméstico era a dos jóvenes que esperaban que preparara la comida, lavara su ropa y estuviera siempre a su disposición.

En ese momento sonó el teléfono.

Era Caitlin.

Liza extendió el brazo para contestar, pero cambió de idea. No. Si no estaba siempre disponible, quizá las chicas empezarían a pensar por sí mismas.

Dejó que saltara el buzón de voz e inmediatamente sintió ansiedad. ¿Y si había una emergencia? ¿O si Caitlin quería disculparse por su comportamiento maleducado y egoísta?

Odiándose por no ser más fuerte, revisó el mensaje.

—¡Mamá! —ladró la voz de Caitlin en el teléfono—. He olvidado traer el trofeo de teatro del colegio y es el último día. Perderé puntos si no lo tengo y me odiará todo el mundo. Necesito que lo dejes en recepción a la hora del almuerzo.

Se oyeron risitas de fondo y después finalizó la llamada.

«Por favor, mamá. Gracias, mamá.»

«Te quiero, mamá.»

Liza guardó el teléfono en el bolso.

Era hora de hacer cambios. Y sin duda pagaría un alto precio por ellos y la vida sería estresante durante una temporada, pero, por muy desagradables que fueran las consecuencias, no cedería.

Dolida y furiosa, condujo hasta el instituto en el que trabajaba y llegó a la sala de profesores justo antes de que sonara la campana.

—Un día más —comentó su colega Andrew. Estaba echando agua hirviendo sobre café instantáneo—. ¡Qué ganas de que se acabe! Pareces estresada. ¿Va todo bien?

Todo no iba bien, pero Liza no iba a decir nada. Estaba enfadada, pero eso no significaba que estuviera dispuesta a hablar de sus hijas adolescentes en la sala de profesores. Además, la conversación no la dejaría en buen lugar y ya se sentía bastante mala madre sin necesidad de contar con refuerzos de otros.

—Fin del curso escolar. Ya sabes cómo es eso.

Probablemente él no tenía ni idea de cómo era, pero aquello era una sala de profesores, no la sala de espera de un psiquiatra. Las confesiones no venían a cuento.

Andrew removió el azúcar en el café.

—¿Vas a hacer algo especial este verano, Liza?

Lavar. Limpiar. Cocinar. Ordenar. Cargar el lavavajillas.

—¿Liza?

Ella se sobresaltó.

—Sean tiene un trabajo importante este verano y luego iremos a Francia. ¿Y tú?

—Jen y yo vamos a ir dos semanas de ruta por las islas griegas. El primer viaje sin los chicos. Me muero de ganas.

—¿No lleváis a los chicos?

Liza decidió que no tenía tiempo de esperar a que se enfriara el café, así que tomó un vaso de agua en su lugar.

—Phoebe tiene campamento de tenis y a Rory lo han admitido en una orquesta juvenil, así que los dos estarán fuera las mismas dos semanas. Jen y yo queremos aprovecharlas al máximo. Disfrutar algo de tiempo en pareja, ¿sabes?

No, ella no lo sabía, pero le encantaría averiguarlo. Aunque, ¿solucionaría eso su problema? Quizá no. La verdad era que se sentía sola. No se sentía unida a su madre ni a sus hijas y en ese momento, tampoco a su esposo.

Andrew sopló el café.

—¿Tus hijas van a hacer algo este verano?

—Dos semanas de talleres de teatro, pero viviendo en casa.

Se mirara como se mirara, no se podía considerar que eso fueran unas vacaciones.

Andrew comió una galleta de chocolate, aunque técnicamente todavía era la hora del desayuno.

—¿Sean y tú vais a ir a alguna parte solos?

—No.

Aunque quisiera, ¿cómo se iban a fiar de las chicas después de lo que había pasado la última vez? En realidad, tendría que pasarse la vida haciendo favores a los vecinos para compensarles.

Y ya no tenía ninguna confianza en que las mellizas fueran capaces de cuidarse solas.

Planeaba ir a Oakwood Cottage en algún momento para ver a Popeye, como le había prometido a su madre, pero no sabía cómo lo iba a hacer. Tendrían que ir todos, lo cual agobiaría a Sean, que no podía permitirse tiempo libre en ese momento.

—Hasta luego Andrew.

Dio sus clases de la mañana permitiendo ciertas libertades a los alumnos porque era el último día.

A la hora de comer se reunió con sus colegas en la sala de profesores para el último almuerzo.

Tenía tres llamadas perdidas de Caitlin, las cuales ignoró. Si hubiera tenido un accidente, la habrían llamado del colegio.

Esa era su última oportunidad de charlar con adultos en una temporada y, en conjunto, prefería oír hablar del nuevo huerto de Wendy a meterse en el tráfico de la hora del almuerzo para ir a buscar el trofeo que Caitlin tendría que haber recordado llevar.

Era hora de ponerse dura. No castigándolas ni quitándoles privilegios, como había hecho hasta entonces, sino obligándolas a asumir responsabilidades. Tendría que haberlo hecho mucho antes.

—No puedo creer que no hayas traído el trofeo —fue lo primero que le dijo Caitlin cuando entró por la puerta—. Te he llamado montones de veces. ¿Por qué no has cogido el teléfono?

—Estaba dando clase.

—Pero tú siempre contestas, por si es una urgencia.

—Nunca es una urgencia —repuso Liza.

¿Sean llegaría pronto a casa? Necesitaba apoyo moral.

Entonces recordó que iba a ir de copas, lo que implicaba que ella estaba allí sola con las chicas.

«Feliz aniversario, Liza.»

Caitlin seguía con una interpretación digna del trofeo de teatro.

—Podría haber estado desangrándome.

—Pero no ha sido así —dijo Liza abriendo el frigorífico—. Se te olvidó a ti, Caitlin. Tienes que ser más organizada.

—Pero te pedí que lo trajeras. Eso es ser organizada.

Lógica adolescente.

—Estaba trabajando.

—Pero podías haber venido a casa en la hora del almuerzo.

Nadie le preguntaba cómo había ido su día ni cómo se sentía. A nadie le importaba.

Se sentía vacía por dentro. Echaba de menos a su madre. ¿No era ridículo? No estaba más unida a su madre que a sus hijas, pero en aquel momento se sentía más cerca de ella por la conversación en el coche, aquella extraña y sorprendente conversación en la que su madre se había mostrado amable y la había elogiado. Liza había pensado mucho en eso. Había estado a punto de derrumbarse y contárselo todo a su madre. No porque estuvieran muy unidas, sino porque no había nadie más con quien se sintiera capaz de hablar.

Echaba de menos tener intimidad, sentirse especial para alguien.

Cerró lentamente el frigorífico. ¿Por qué lo había abierto? No lo recordaba.

Su cabeza estaba llena de sus propios errores.

Había estado decidida a crear un hogar cálido y cómodo, a ser la madre atenta y amorosa con la que ella había soñado, pero lo que había hecho era crear el equivalente a un hotel de cinco estrellas con servicio de habitaciones.

Ella era una mujer conserje, la que arreglaba cosas.

Y lo peor de todo era que ellos ni siquiera se daban cuenta. Estaban tan habituados a que se lo hicieran todo, que no se les pasaba por la cabeza hacerlo ellos. Se quejaban del servicio. Si aquello hubiera sido un empleo pagado, Caitlin probablemente la habría despedido.

Sintió por un momento algo próximo al pánico. ¡Qué engreída! ¡Había estado segura de que era mucho mejor madre que la suya!, pero ella había salido de casa capaz de cuidar de sí misma porque lo había hecho desde joven. Jamás se le habría pasado por la cabeza exigir que su madre fuera en coche a recoger algo que se le había olvidado a ella, o no lo habría olvidado o habría buscado el modo de recogerlo personalmente.

Les había fallado a sus hijas. Los padres tenían que criar a sus vástagos para ser independientes y también para respetar el tiempo de los demás. ¿Y qué había hecho ella? Las había educado para que llamaran a gritos a su madre cuando no había pizza en el congelador o cuando faltaba un top de tirantes de la colada.

¿Qué iban a hacer cuando se fueran de casa?

¿Y qué iba a hacer ella en ese momento?

Tenía la sensación de que le iba a explotar la cabeza. Sentía un peso aplastante en el pecho y le costaba respirar.

Ante ella se extendía el verano, largamente anhelado, pero iba a ser más de lo mismo.

Se dedicaría a reconfortar y aliviar a los miembros de su familia hasta que sus vidas fueran sobre ruedas. Eso era lo que hacía.

—¿Podemos pedir pizza esta noche? —preguntó Alice metiendo su bolsa de deporte en el cuarto de la colada—. ¿Para celebrarlo?

—¿Y por qué no pedimos algo de ese maravilloso restaurante tailandés? —propuso Caitlin, quien, tras comerse un yogur del frigorífico, dejó el recipiente vacío en la encimera—. O comida india.

«¿Qué te apetece, mamá? Que elija mamá.»

«¡Basta!»

Liza ignoró el vaso de yogur vacío, salió de la cocina y estaba en la mitad de las escaleras cuando Caitlin la alcanzó.

—¿Mamá? Hemos decidido pizza. ¿De qué te apetece a ti?

Liza se dirigió al dormitorio.

—No vamos a pedir nada. Alice y tú podéis hacer algo del frigorífico.

—¿Qué? ¿Por qué? —Caitlin, alarmada, la siguió hasta el dormitorio y observó a Liza sacar una bolsa de viaje y empezar a guardar ropa en ella—. ¿Qué haces? ¿A dónde vas?

—Me marcho.

Liza sacó sus artículos de aseo del baño y los metió en la bolsa sin molestarse en seleccionarlos.

Alice apareció en el umbral.

—¿Qué ocurre?

—Mamá se marcha.

—¿Ahora mismo? No has dicho nada. ¿Papá también se va?

—No —contestó Liza metiendo un par de zapatos en la bolsa—. Papá está ocupado con un asunto del trabajo. Y alguien tiene que quedarse con vosotras.

—Pero ¿a dónde vas? Tú nunca te vas sin papá.

Una cosa más que tenía que cambiar.

Liza tomó las llaves y dinero.

—Esta noche voy a conducir hasta Oakwood.

—¿Por qué? —preguntó Alice frunciendo el ceño—. La abuela no está allí.

—Lo sé. La abuela seguramente estará bebiendo cócteles en un bar situado en una azotea de Chicago porque es sensata y sabe disfrutar de la vida —«Yo soy una novata en eso, pero voy a aprender»—. Voy a ver cómo está Popeye y a tener algo de tiempo para mí.

Vio que las chicas se miraban intentando averiguar cómo de serio era aquello. Por una vez, su madre parecía tener una agenda propia y eso les resultaba tan extraño que no sabían cómo tomárselo.

—¿Papá sabe que te vas?

—Le voy a escribir una nota ahora mismo.

Liza sacó un bolígrafo del bolso y buscó un trozo de papel.

Sean, he decidido irme a Oakwood. Quiero ver la casa y al gato y pasar algo de tiempo allí.

Estuvo a punto de añadir que cuidara de las chicas, pero recordó que iba a dejar de organizarles la vida a lo demás. Que él decidiera si necesitaba cuidarlas o no. ¿Debía desearle feliz aniversario? No, eso sería mezquino y él podía pensar que todo aquello se debía a su olvido cuando en realidad era algo mucho más profundo. En lugar de eso firmó: *Con cariño, Liza. Besos.*

Dejó la nota en la almohada, orgullosa de no haber dejado actuar a su niña interior, que quería gritar: «¡Has olvidado nuestro aniversario!».

Caitlin parecía alarmada.

—Pero ¿qué vamos a hacer?

—¿Sobre qué?

Liza traspasó el teléfono y las llaves del coche del bolso a una bolsa que no le recordaba al trabajo. ¿Tenía todo lo que necesitaba? Probablemente no, pero lo más importante era marcharse antes de que cambiara de idea. Su sentido de la responsabilidad empezaba a llamar ya a la puerta de su conciencia. «Hola, ¿te acuerdas de mí?»

Liza no le hizo caso. Que alguien llamara a la puerta no significaba que hubiera que abrirle.

—Esta semana tenemos muchas cosas —dijo Caitlin—. Actividades de verano. Siempre nos llevas tú. ¿Y qué pasa con los almuerzos?

—Haced algo. Consideradlo otra actividad de verano, solo que en vez de aprender tenis o teatro, aprenderéis autosuficiencia.

Liza tomó los libros que había reservado para Francia y los metió en la bolsa.

—Pero la diferencia es que el tenis y el teatro son divertidos.

—La vida no puede ser siempre divertida. Eso también es una lección. En una buena vida hay un equilibrio entre hacer lo que tienes que hacer y lo que quieres hacer. Estoy segura de que las dos estaréis a la altura del reto.

Y ella también. Ella iba a revisar detenidamente el equilibrio en su vida.

—Pero si no vas a cocinar y no podemos pedir pizza, ¿qué vamos a cenar hoy?

—Eso es cosa vuestra —respondió. Era la primera vez que no les daba ni el menú ni los ingredientes—. Sed creativas.

—Seguramente moriremos de desnutrición —declaró Caitlin la melodramática.

—Lo dudo.

Liza llevó su bolsa hasta la puerta. ¿Aquello era demasiado radical? ¿Estaba exagerando? Dejar que se arreglaran solos, ¿no incrementaría el trabajo a su regreso?

—Pero ¿cuándo volverás? —dijo Alice añadiendo su voz a la de su hermana—. Siempre hay mucho que hacer antes de las vacaciones.

Liza se detuvo en el umbral.

—Y yo soy la que lo hace todo. Ahora mismo no sé si tengo esa energía.

Sin prestar atención a la expresión de sorpresa de Alice, bajó las escaleras y abrió la puerta principal. El coche estaba en la puerta como un amigo, invitándola a largarse. En un impulso, abrió el garaje, sacó una caja grande y la cargó en el coche.

Liza y Caitlin la miraban desde el umbral.

—Dijiste que no confiabas en nosotras después de lo de la última vez.

No querían que se fuera, pero Liza sabía que en aquel momento eso tenía menos que ver con el cariño que con el hecho de que su ausencia era una molestia para ellas.

—Vosotras pensáis que soy controladora y queréis que os deje en paz, pues eso es lo que estoy haciendo. Considerad esto como un curso avanzado de «Cuidar de vosotras mismas». Espero que lo paséis con sobresaliente.

—Pero... —Alice parecía asustada—, volverás para Francia, ¿verdad?

¿Volvería?

Liza dejó la bolsa en el coche y se sentó al volante con una sensación de liberación. Por primera vez desde que podía recordar, solo tenía que pensar en sí misma.

Apagó el teléfono.

—¡Espera! —exclamó Caitlin golpeando la ventanilla con la mano—. No has contestado a lo de Francia.

Porque Liza no tenía la respuesta. Solo sabía que necesitaba alejarse, hacer algo para sí misma. Y hasta el momento, la sensación era buena.

Abrió un poco la ventanilla.

—Portaos bien.

Despidió a las chicas con un gesto de la mano y salió marcha atrás por el camino de entrada.

Próxima parada, Oakwood Cottage.

Su madre no era la única que iba a hacer un viaje. El suyo quizá no pudiera considerarse glamuroso en comparación con aquel, pero en este momento le parecía la mayor aventura de su vida.

«Feliz aniversario, Liza.»

Capítulo 9

KATHLEEN

CHICAGO – PONTIAC

Al mismo tiempo que Liza partía rumbo a su viaje particular, Kathleen y Martha daban comienzo al suyo.

Kathleen no sabía si atribuir las palpitaciones de su cabeza a su temeraria ingesta de alcohol o a la diferencia de seis horas. Fuera lo que fuera, se alegraba en secreto de dejar Chicago después de dos noches. Era muy grande y ruidoso y contribuía a un exceso de estímulos que no hacía nada por disminuir su dolor de cabeza.

Martha había pasado el día libre haciendo turismo mientras ella se había quedado en el hotel disfrutando de la ciudad desde la paz relativa de su terraza. El joven atractivo que la atendía con el servicio de habitaciones contribuía a su comodidad.

Su paz se había visto alterada cuando Martha había vuelto a entrar en la habitación (en su cuarto intento, porque no mostraba una afinidad natural con las tarjetas llave). Volvía burbujeante de historias y de entusiasmo por lo que había visto, dónde había estado, lo que había probado y a quién había conocido. «¿Y sabía Kathleen que…?»

Había hablado sin parar, mientras devoraba los restos de la merienda de Kathleen. Esta había encontrado su entusiasmo sorprendentemente estimulante. ¿Cómo podría nadie sentirse desinflada con Martha, quien parecía exudar no solo juventud sino también una cierta inocencia naif? Era como ver el mundo por primera vez.

Oyéndola, Kathleen no estaba segura de haber sentido alguna vez tanto entusiasmo por los rascacielos de cristal como parecía sentir Martha, pero daba lo que esperaba que fuesen respuestas debidamente alentadoras. Sí, la cantidad de cristal era increíble. No, probablemente no significaba que a todos los habitantes de la ciudad les gustara ver su imagen. Sí, era verdad que el lago se congelaba en invierno, ella lo había visto. Sí, desde luego se llamaba la Ciudad Ventosa por una razón.

El entusiasmo de Martha había seguido sin disminuir durante los cócteles previos y durante la cena. Había vuelto a pedir el *risotto* de langosta porque, según había informado a Kathleen con seriedad, «probablemente nunca tendría ocasión de volver a comerlo y, además, era imposible tener demasiado de algo bueno».

¿Eso era cierto?

Kathleen, que había rechazado un tercer cóctel bajo la sospecha de que sí se podía tener demasiado de algo bueno, no estaba tan segura.

Martha, igual que una batería de larga duración, había acabado por quedarse sin energía y se había retirado a la cama, donde sin duda habría dormido el sueño envidiable de la juventud.

Kathleen, a quien el sueño ya no le llegaba con facilidad, había dado vueltas en la cama, ahuecando a cada rato la almohada desconocida, y al final se había adormilado flotando en un sueño de recuerdos pasados.

Ese día era el primero del largamente esperado viaje por carretera y se sentía como si arrastrara consigo cada uno de sus ochenta años. Quizá había sido un error pedir los cócteles. Por otra parte, había sido una experiencia memorable y siempre había creído en vivir el presente. Cuando grababan *Destino: final feliz,* el equipo técnico y ella empezaban todos los viajes con una celebración.

Sintió una punzada de nostalgia por aquellos días.

Viajar con el programa había supuesto entrar en otra realidad. Producía la sensación de dejar la vida en suspenso y el placer era aún más intenso porque todos sabían que no duraría. Al final tendrían que salir de la burbuja y regresar a la vida real y el choque entre aquel mundo temporal cuidadosamente construido y el mundo real resultaba estremecedor. A Kathleen siempre le llevaba un tiempo adaptarse. Liza exigía tiempo y atención desde que cruzaba la puerta, mientras que una parte de ella habitaba todavía la otra mitad de su vida. Durante el cambio de una vida a la otra se sentía desconectada y desorientada y a menudo perdía el paso.

Era incómodamente consciente de que no había sido la mejor madre del mundo. Se había casado tarde, y el embarazo había llegado por sorpresa. Su primera reacción cuando la matrona le puso a Liza en los brazos había sido de terror. Una niña era algo más que una niña. Era responsabilidad, una vida de preocupaciones y un amor tan intenso que amenazaba con explotar en los momentos más inconvenientes.

Y no había marcha atrás. Daba igual que no se sintiera cualificada o que supiera que carecía de las habilidades esenciales. Hacía falta tener fiabilidad, constancia y la capacidad de estar ahí, y ella carecía de eso. Si las cosas hubieran sido distintas para ella a los veinte años, cuando era todavía romántica e idealista, quizá hubiera asumido más fácilmente ese papel, pero la vida la había forjado de un modo diferente. Había creado una vida de éxito y vivido sola durante casi cuatro décadas. El matrimonio le había parecido un gran paso, razón por la cual Brian había tenido que hincar la rodilla en tierra tres veces antes de que ella dijera que sí.

Luego había llegado Liza y Kathleen se había sentido como si su vida, lo que era en realidad, hubiera quedado secuestrada para siempre.

Segura de sí misma y con el trabajo bajo control, se había sentido como una impostora en su papel de madre. No se le daba bien expresar emociones. Brian lo había entendido. Había comprendido todo eso y le había dado el espacio que necesitaba, pero con su hija había mantenido una gran parte de sí misma encerrada.

¿Por eso permitía Liza que las exigencias de su familia consumieran su vida? ¿Estaba compensando las deficiencias de Kathleen?

Esa idea añadió intensidad a su dolor de cabeza.

No podía olvidar el momento en el aeropuerto. Liza la había abrazado con tanta fuerza que había pensado que le iba a romper las costillas. «Te quiero.»

Kathleen le había dado una palmadita, incapaz de reprimir la sensación de que volvía a fallar a su hija.

¿Qué estaría haciendo Liza en aquel momento? Casi deseaba no haberse quedado con ellos antes del viaje porque ahora no podía dejar de pensar en ella. Liza además era la que se esforzaba por mantener la relación. Cualquier deficiencia no era culpa suya.

Los cócteles la estaban volviendo sensiblera.

Presumiblemente, Martha sufría también un ataque parecido de remordimientos porque su entusiasmo y ganas de hablar del día anterior habían sido sustituidos por un silencio tenso.

Miraba la carretera delante de ella como si fuera un enemigo al que derrotar y movía ligeramente los labios, como si conversara en silencio consigo misma.

Kathleen se dio cuenta de que la chica no había dicho ni una palabra en voz alta desde que habían subido al coche.

Había revisado tres veces el cinturón de seguridad de Kathleen y lo habría hecho una cuarta vez si esta no le hubiera hecho notar con calma que iban a hacer un viaje en coche, no en un cohete espacial, y que la gran cantidad de tráfico parecía descartar cualquier tendencia a la velocidad que pudiera sentir su llamativo vehículo.

—¿Estás bien, querida? —preguntó Kathleen.

Había recibido encantada la charla burbujeante e interminable de Martha. Le había hecho volver a sentirse joven y le había dado algo en lo que centrarse que no fueran sus huesos doloridos y sus pensamientos perturbadores. Además sus conversaciones no eran profundas ni indagatorias. Aparte de la cuestión inocente sobre si Kathleen había ido a California, no había habido preguntas incómodas que eludir. En su opinión, esa era la conversación perfecta. Sin embargo desde el momento en que Martha la había ayudado a subir al coche había dejado de hablar y tenía los ojos clavados en la carretera como si se preparara para una catástrofe.

—Estoy concentrada. Hay… tráfico.

Era una ciudad, así que, por supuesto que había tráfico, pero Kathleen no era partidaria de señalar lo obvio, así que guardó silencio y se concentró en la experiencia. Los coches circulaban casi pegados y avanzaban entre gritos y sonidos de cláxones. Los conductores giraban de pronto sin avisar previamente de sus intenciones. Para colmo, establecer la ruta había resultado complejo, algo que para Kathleen añadía un cosquilleo de emoción al viaje, pero que había hecho que Martha respirara hondo varias veces y sin duda había contribuido a su estrés y a la disminución de su entusiasmo.

Y en ese momento avanzaban despacio por la orilla del lago Michigan con los rascacielos de Chicago elevándose sobre ellas.

Kathleen pensó que debía decir algo tranquilizador.

—Estoy segura de que esto se calmará cuando salgamos de Chicago.

—Eso espero o calculo que tardaremos por lo menos un año y medio en terminar este viaje. Aunque yo no tengo prisa. Y no es que no me importe conducir con mucho tráfico, es una buena práctica —Martha respiró hondo—. Aunque no digo que necesite práctica. No quiero que te pongas nerviosa. ¿Estás nerviosa?

Kathleen pensó que había una persona en el coche que estaba nerviosa y no era ella.

—¿Por qué iba a estarlo? Eres una conductora excelente.

No sabía si Martha era corriente o excelente, pero después del viaje en coche con Liza hasta el aeropuerto, había aprendido que era importante alentar a las personas.

—¿Lo crees de verdad? —Martha apretaba el volante con tanta fuerza, que si hubiera sido un ser vivo haría rato que habría muerto—. Si quieres que vaya más despacio, dímelo.

Si iban más despacio, estarían paradas.

—Conduce a la velocidad que quieras. Confío en que te resulte agradable conducir este coche.

—Ah, es… —Martha se lamió los labios—. Da la sensación de que le gustaría ir deprisa.

Como si el coche tuviera voluntad propia.

—Tú estás al mando.

Martha se sentó un poco más recta.

—Sí, es verdad.

Por fin salieron del lago Michigan, dejaron atrás la parte más congestionada de Chicago y se dirigieron al suroeste para dejar la ciudad atrás. Martha relajó poco a poco las manos en el volante. Su boca aún se movía de vez en cuando y Kathleen consiguió, con esfuerzo y determinación, leerle los labios: «Conduce por la derecha».

Se sintió reconfortada. Un recordatorio era mucho más preferible que un choque frontal.

Atravesaron las ciudades de Joliet, Elwood y Wilmington antes de cruzar el río Kankakee y seguir viaje al sur en dirección a San Luis. Cada ciudad estaba cuajada de nostalgia y atracciones excéntricas. Pasaron carteles de neón que anunciaban perritos calientes y hamburguesas, restaurantes *vintage,* edificios históricos y gasolineras restauradas, donde pararon a hacerse fotos delante de los brillantes surtidores rojos.

—Preparé una lista de reproducción —dijo Martha—, pero creo que es mejor que me acostumbre un poco al coche antes de añadir música. A menos que tú quieras ya escuchar algo. Hay gente que odia el silencio.

—El silencio está muy subestimado —contestó Kathleen. «Sobre todo después de tres cócteles»—. Pero ha sido muy amable de tu parte preparar música.

—He elegido canciones para cada lugar que vamos a visitar —dijo. La concentración de Martha en la carretera habría merecido la aprobación de un suricata. Nada escapaba a su atención—. Quizá más tarde.

Kathleen llevaba la guía abierta en el regazo y también una libreta donde anotaba pensamientos y observaciones. A pesar de los años transcurridos, todavía le salía de forma instintiva planear cómo iba a presentar un lugar al público. Parte de su mérito había sido ir directa al corazón del lugar, mostrar lo que lo hacía único y especial, saber lo que atraería a la gente.

Creó en su cabeza un trozo para la cámara:

«Cuando oyen las palabras *viaje por carretera*, ¿qué imaginan? La Ruta 66, establecida en 1926, se ha convertido en una de las carreteras más famosas en América del Norte. Hay una razón para que esté en la lista de deseos de tantas personas de todo el mundo. En las dos próximas semanas recorreremos los tres mil ochocientos kilómetros desde Chicago hasta Santa Mónica, cruzando ocho estados y tres zonas horarias. Comeremos en restaurantes históricos, admiraremos murales, nos desviaremos al Gran Cañón y atravesaremos llanuras, desiertos y montañas antes de llegar por fin a las costas del océano Pacífico. Únanse a nosotras en un viaje que les llevará, no solo por una variedad de paisajes, sino también por la historia de Norteamérica».

En ese punto, sonreiría a la cámara. Dirk gritaría: «¡Corten!» y todos lo celebrarían tomando unas copas en el bar más próximo.

Se había enorgullecido de necesitar pocas veces más de una toma. A eso ayudaba que escribiera personalmente el texto.

—¿Estás bien, Kathleen? —Martha la miró. Era la primera vez que apartaba la vista de la carretera—. Vas muy callada.

—Estaba imaginando cómo introduciría este viaje si estuviera grabando el programa.

—Me encantaría ver alguno de tus programas. Voy a ver si consigo encontrarlos en internet —dijo Martha, y volvió a mirar la carretera—. ¿Quieres que pare? ¿Te apetece un café?

Kathleen comprobó la guía.

—Más adelante hay algunas paradas recomendadas, una de las cuales incluye un restaurante histórico especialmente interesante. Presumo que lo histórico será el edificio y no el contenido del frigorífico.

Las ciudades fueron disminuyendo y la carretera se volvió más tranquila a medida que los conductores elegían la ruta más rápida. En la que seguían ellas había campos y tierras de cultivo a ambos lados.

Pararon a tomar un delicioso almuerzo de pollo frito y Martha comió estudiando la guía y trazando la ruta con el dedo.

—Cuando lleguemos a este punto, tenemos que decidir qué carretera seguir.

—La Ruta 66 —dijo Kathleen sonriendo a la camarera que les rellenó las bebidas.

—Es más complicado que eso porque la ruta se desvía de la carretera original. Según este libro, ha habido mejoras y realineamientos. Y hay rutas más rápidas si queremos seguirlas.

—No queremos —aseguró Kathleen, decidida a seguir lo más posible la histórica Ruta 66 original. Quería saborear cada momento.

—Aquí dice que hay dos opciones. Podemos seguir la carretera tal y como estaba en 1926 o elegir la ruta trazada desde 1930 —Martha dejó el libro y volvió al pollo—. Esto está delicioso. He decidido que, solo por la comida, este viaje ya valdrá la pena. El trozo de pizza que comí ayer al lado del lago era maravilloso.

—Me lo dijiste.

«Cinco veces.»

—Deberíamos seguir la ruta que tenga los mejores restaurantes —Martha devolvió la atención a la guía de viaje.

—Ese plan me parece bien. Estoy disfrutando enormemente.

Martha alzó la vista.

—¿Estás disfrutando? —repitió sonriendo con timidez—. ¿Estás segura?

—Es muy emocionante —afirmó Kathleen. A continuación se terminó el pollo y se limpió los dedos—. No te imaginas la cantidad de veces que he anhelado esto. Estoy viviendo un sueño.

—Pues espero que mi modo de conducir no lo convierta en una pesadilla —repuso Martha tendiéndole el libro—. Puede que tengas que darme indicaciones. Aquí dice que el GPS intenta llevarte a la autopista interestatal en lugar de a la ruta antigua.

Volvieron al coche y Martha salió con cautela del aparcamiento a la carretera. Se mordía el labio inferior y tenía los nudillos blancos en el volante.

Kathleen pensó en qué podía hacer para ayudarla a relajarse.

—Háblame de ti —propuso.

—¡Oh! —dio la impresión de que la pregunta aumentaba la tensión de Martha—. Soy bastante aburrida. No hay nada que contar.
—¿Vives con tus padres?
—Sí.
—¿Y es un arreglo armonioso?
—¿Armonioso? Ah, ¿quieres decir que si nos llevamos bien? Sí —dijo frenando al llegar a un cruce—. Mejor dicho, no. Para nada.

Kathleen, que había descubierto que Martha no necesitaba que la empujaran mucho para hablar, la animó desvergonzadamente.

—No debe de ser fácil. Una chica como tú necesita independencia.

—Desgraciadamente, necesitar independencia y poder permitírsela son dos cosas distintas. ¿Sigo de frente?

Kathleen estudió el mapa.

—Sí —contestó, y esperó hasta que Martha hubo hecho el giro—. ¿Te llevas bien con tu madre?

—No. ¿Y tú con Liza?

Kathleen se arrepintió de haber hecho la pregunta.

—Tenemos una relación satisfactoria —dijo. Aquello era cierto por su parte. Probablemente no por la de Liza, pero no tenía intención de comentar un tema tan íntimo con nadie—. ¿Alguna vez has estado muy unida a tu madre?

—No. Prefiere a mi hermana mayor.

Aquella humilde confesión sobresaltó a Kathleen. Sin duda había suspendido en muchos aspectos de la maternidad, pero estaba segura de que, si hubiera tenido más de una hija, les habría fallado por igual. No habría tenido una favorita.

—¿Estás segura?

—Sí. Si me dieran dinero cada vez que dice «¿Por qué no puedes ser como tu hermana?», me llegaría para pagarme una vida más interesante.

—¿Qué es exactamente lo que hace tu hermana que merece la aprobación de tu madre?

—Tomar buenas decisiones.

—Pero las decisiones son subjetivas y solo la persona que las toma puede valorar su calidad, y normalmente a posteriori, ¿no?

—En mi casa no —repuso Martha. La carretera se ensanchó y condujo un poco más deprisa—. Comentar las decisiones es algo que hacen todos, siempre que se trate de las mías, y hacerlo en tiempo real se considera normal. Seguramente mi madre tenga razón. Yo estaba estudiando Literatura en la universidad hasta que mi abuela cayó enferma.

—¿Qué le pasó?

—Volví a casa a cuidar de ella. Por supuesto, mi madre pensó que era una locura, pero la abuela había sido como una madre para mí. Yo la adoraba, y no solo porque hacía el pastel de chocolate más espectacular que he probado y siempre me animaba a ser yo misma. Era buena. No hay suficiente gente buena. Nunca me hacía sentirme mal conmigo misma y la echo terriblemente de menos, a pesar del tiempo que ha pasado —la voz de Martha se quebró y Kathleen se alarmó.

Le interesaba saber más cosas de ella, pero no si las revelaciones iban acompañadas de lágrimas. Quería conocer los hechos, no los sentimientos.

Extendió el brazo y le dio una palmadita nerviosa en la pierna.

—Tu abuela tuvo suerte de contar con alguien como tú.

—Tal vez. No lo sé —repuso. La carretera estaba ahora más tranquila y Martha parecía haberse relajado—. Supongo que, en cierto modo, mi madre no se equivoca. Me cuesta mucho encontrar trabajo, aunque no sé si terminar la universidad habría ayudado. Probablemente habría acabado con más deudas y sin un sueldo con el que pagarlas. Está todo muy difícil, hayas estudiado o no.

A Kathleen le alivió ver que la chica volvía a tener sus emociones bajo control.

—¿Qué te gustaría hacer si pudieras elegir? —preguntó.

—Me encantó trabajar en la cafetería, pero no fue tanto por el lugar como por la gente. Me gusta hablar. Supongo que, si hubiera un empleo para una habladora profesional, lo intentaría —sonrió a

Kathleen—. Vicepresidenta de Charlas. ¿Existe? —preguntó, y señaló con la cabeza—: Al lado de ese cartel de la Ruta 66 hay una gasolinera bonita. Podemos parar a hacer una foto y enviársela a Liza.

Detuvo el coche y Kathleen se bajó obedientemente para hacerse una foto.

Pensó en que Martha necesitaba un trabajo en el que ganara lo suficiente para poder vivir sola.

—¿Dónde me coloco? —preguntó.

—Justo ahí estás bien. Si estuvieras presentando un programa desde aquí, ¿qué dirías? Te haré un vídeo —propuso Martha. Después pulsó un par de botones en el teléfono y lo sostuvo en alto—. Cuando estés lista.

—¿Para qué?

—Para lo que quiera que hagas. Toma uno. Acción. Rodando, rodando, rodando.

—Pero ¿qué vas a hacer con eso?

—No sé. Enviárselo a Liza, guardarlo como recuerdo... Ya lo decidiremos luego. Lista, cuando me digas. ¡Ya!

Como la chica no parecía dispuesta a aceptar una negativa, Kathleen adoptó su mejor pose de presentadora.

—Miren más allá de los carteles de neón y las gasolineras restauradas; lo que encuentran es historia. En los años veinte... —habló durante tres minutos, repitiendo lo que había leído en la guía y, cuando terminó, Martha le lanzó una mirada extraña—. ¿Qué pasa? ¿Tengo pintalabios en los dientes?

—Has estado increíble. Muy profesional —Martha pulsó algo en el teléfono y se lo pasó—. Mira.

Kathleen tomó el teléfono y se quitó las gafas de sol.

—¿Aquella era ella? ¿Y de verdad parecía tan vieja?

Pero además de cierta vergüenza, había también orgullo. Tal vez fuera más lenta y tuviera más arrugas, pero no había perdido su habilidad.

—¿Has grabado eso con tu teléfono?

—Sí. Fue un regalo de mi abuela y tiene una cámara muy buena. Luego lo editaré y lo colgaré en internet. Es demasiado bueno como para no aprovecharlo. Apuesto a que tendremos muchas visitas —aseguró Martha guardándose el teléfono en el bolsillo—. Vámonos ya. Queda bastante hasta la parada de esta noche.

Llevaban media hora de viaje cuando Kathleen notó que el teléfono de Martha se iluminaba.

—Un tal Steven te está llamando. ¿Quieres que conteste?

—¡No! —Martha agarró el teléfono y le dio la vuelta—. Déjalo.

A Kathleen le pareció interesante que Steven fuera lo único que había conseguido que Martha soltara por un momento el volante.

El teléfono dejó de sonar, pero volvió a empezar casi inmediatamente.

—Es insistente.

—Uno de sus muchos rasgos irritantes —Martha se apartó el pelo de la cara con mano temblorosa—. Lo siento.

—No tengo nada que objetar a llamadas personales. Si quieres parar el coche y devolver la llamada…

—No quiero —dijo, pero se colocó en el lateral de la carretera y detuvo el coche. Respirando hondo, agarró el teléfono y lo desconectó—. Ya está. Se acabaron las llamadas. Al menos no puede presentarse en el motel donde nos vamos a hospedar, así que supongo que debería dar gracias.

Hacía mucho tiempo que Kathleen no presenciaba las consecuencias de una relación amorosa dañina, pero eso no significaba que hubiera olvidado cómo eran.

—¿Era un sinvergüenza? —preguntó.

—Un sinver… —Martha soltó una risita estrangulada—. Sí. Era un auténtico sinvergüenza. Un megasinvergüenza. Un supersinvergüenza.

—Sinvergüenza es una descripción adecuada. La hipérbole es innecesaria. Asumo que te rompió el corazón.

—Junto con algunas cosas más, incluida una tetera que me regaló mi abuela, lo cual es algo que no le perdonaré jamás.

Como amante del té, Kathleen podía entender su indignación.

—Describe la tetera —le pidió.

—Era blanca y estaba decorada con cerezas rojas. Me hacía pensar en el verano y sonreír —Martha respiró hondo y volvió a meter el coche en la carretera—. Me niego a dejar que se cuele en mi vida o en este viaje especial.

—¿Fue algo serio?

—¿Para mí? Sí. Para él resultó que la respuesta era no. Mi madre se lo tomó como una prueba más de mi incapacidad para tomar buenas decisiones.

—Es evidente que no comprende a los sinvergüenzas. Son encantadores y convincentes y en su momento parecen una buena elección —Kathleen lo sabía bien—. ¿Él fue la razón de que solicitaras este trabajo?

—¿Qué? —Martha frenó tan repentinamente que Kathleen se inclinó hacia delante y dio gracias por llevar el cinturón de seguridad abrochado.

Tendría que haber esperado a llegar al motel antes de hacer esa pregunta.

—He asumido que huías de algo o de alguien —explicó.

—¿Y qué te ha hecho pensar eso?

—El día que viniste a mi casa parecías un poco... desesperada. Mira la carretera, querida.

Martha apretaba el volante con fuerza.

—¿Te diste cuenta? ¿Y me diste el trabajo de todos modos?

—Eras justo lo que necesitaba: alguien joven con energía que compensara mi falta ocasional de ella y que no tuviera ningún motivo para cambiar de idea y volver a casa en mitad del viaje.

—Kathleen...

—Al principio fue solo una suposición, pero ahora estoy segura de que solo la desesperación pudo impulsarte a aceptar un trabajo que implicaba conducir cuando está claro que lo odias.

Martha se secó el sudor de la frente y musitó una disculpa al coche de atrás, que estaba tocando el claxon. Por suerte, el cartel que anunciaba el motel apareció delante de ellas. Giró hacia allí claramente aliviada y aparcó.

—¿Cómo sabes que odio conducir? —preguntó mirando a Kathleen sorprendida—. ¿Te doy miedo? ¿Lo hago mal?

Kathleen empezaba a arrepentirse de haber dicho aquello. Liza había querido comprobar el historial de conducir de Martha, pero lo que de verdad tendría que haber hecho era utilizar algún tipo de test psicológico que mostrara si su conductora en potencia era un pozo de emociones en ebullición.

—No lo haces nada mal, pero no se te nota cómoda. Cada vez que se acerca un coche, tensas la mandíbula, te echas hacia delante en el asiento y aprietas el volante hasta que casi les cortas el riego sanguíneo a los dedos. Y no entiendo por qué pues eres una conductora excelente.

Martha la miró fijamente.

—¿Excelente? ¿De verdad crees que soy excelente?

—Sí. ¿Por qué no iba a creerlo?

—No voy... muy segura.

—Yo te describiría como cuidadosa. Y teniendo en cuenta que conduces por el lado opuesto de la carretera al que se usa en Inglaterra y que estás sentada en el otro lado del coche en un país desconocido, eso es algo que te agradezco. Lo último que querría es una persona despreocupada que albergara el deseo secreto de ser piloto de carreras. ¿Quieres contarme por qué aceptaste un trabajo de conducir cuando odias conducir?

—No he dicho que odie conducir.

—Martha —dijo Kathleen con gentileza—, vamos a pasar las próximas semanas pegadas la una a la otra. Sería agotador mantener una interpretación de manera continuada. Es importante que yo te entienda.

No necesitaba ni quería que la chica la entendiera a ella.

Martha recostó la cabeza en el asiento.

—Tienes razón. Odio conducir. Me aterroriza. Y suspendí el examen cinco veces, aunque en mi defensa debo decir que la última vez no fue culpa mía. Y si me lo hubieras preguntado, te lo habría dicho, pues no soy una mentirosa, pero no preguntaste y decidí no decírtelo porque necesitaba el trabajo. Y tú parecías necesitar una persona amable. Y además, tienes razón, estaba desesperada —soltó todo de golpe y se hundió en el siento con aire triste—. ¿Me vas a despedir?

—¿Por qué te voy a despedir? ¿Y cómo seguiría el viaje por la Ruta 66 sin ti? Yo ya no puedo conducir y mi estado físico no me permite empujar el coche.

—Podrías buscar a otra persona.

—Quiero una conductora exactamente como tú.

Martha tenía los ojos brillantes por las lágrimas.

—¿Una mala conductora, quieres decir?

—No hay ningún problema con tu forma de conducir, querida, solo con tu autoestima.

Martha buscó un clínex en el bolso.

—La autoestima se consigue logrando cosas y yo no he logrado muchas. Soy un poco desastre.

Aquella confesión emotiva hizo que a Kathleen le cosquilleara la piel.

Si no le hubieran dolido las caderas, quizá habría salido corriendo del coche. Nunca había sido una de esas personas que sabían lo que tenían que decir cuando alguien estaba disgustado, así que optó por el enfoque del refuerzo.

—Tonterías. La autoestima se consigue conociendo tu valía, gustándote tal como eres. Eres amable, divertida, lista, cariñosa y claramente leal. Además de lo cual, es evidente que tuviste la buena idea de apartarte del camino de un sinvergüenza, lo cual también te convierte en una mujer con sentido común.

Martha se sonó la nariz con fuerza.

—Tendría que haber mostrado ese sentido común mucho antes.

—¿Hacía mucho tiempo que lo conocías?

—¿Al sinvergüenza? Sí, nos conocimos en el instituto. Salíamos a veces y a veces no. Tendría que haber prestado más atención a las veces que no en lugar de casarme con él —afirmó arrugando el clínex—. ¿Cómo pude ser tan estúpida?

—Tenías esperanza. Eras optimista. Ambas cosas son admirables —Kathleen podría haber estado describiéndose a sí misma—. ¿Es tu esposo el que no deja de llamar?

—Exesposo —contestó Martha mordisqueándose una uña—. Terrible, ¿verdad? Tengo veinticinco años y no tengo un título universitario, ni un lugar donde vivir sola, ni un trabajo, pero tengo un exmarido. Mi madre dice que lo único que se me da bien es rendirme.

La opinión de Kathleen sobre su propia maternidad mejoraba por momentos.

—Tienes un trabajo: este. En el futuro inmediato también tienes un lugar donde vivir —apuntó. Tal vez no fuera la mejor a la hora de ofrecer apoyo emocional, pero era excelente dando ayuda pragmática—. No consigo ver cómo te ayudaría una carrera universitaria en tu situación actual. ¿Cuánto tiempo estuviste casada?

Martha cogió su bolso de la parte de atrás y lo dejó con tanta fuerza entre los dos asientos que estuvo a punto de arrancarle la correa.

—No mucho.

Era evidente que se sentía herida y enfadada y Kathleen la comprendía perfectamente.

—¿Hablamos de meses o de años? —preguntó.

—Lo dejé cuatro días después de encontrarlo en la cama con otra. Soy un topicazo.

El dolor que sintió Kathleen llegó de forma inesperada. La atravesó, desgarrando heridas que habían tardado décadas en sanar, abriendo una parte de su vida que había intentado olvidar.

Tuvo que recordarse que aquello iba de Martha, no de ella.

—El divorcio se consumó hace unas semanas —dijo la chica.

«Di algo, Kathleen. Di algo.»

—Tuvo que ser doloroso.

—Fue terrible cuando ocurrió, pero ya hace meses y ahora estoy sobre todo furiosa, lo cual es preferible. Es más fácil estar enfadada que triste —afirmó Martha abriendo el bolso y metiendo dentro el teléfono—. Estoy enfadada con él y conmigo misma.

Kathleen tenía la boca seca.

—¿Por qué contigo misma?

Martha se encogió de hombros.

—Mi madre siempre me había dicho que no sé juzgar a la gente. Y supongo que tenía razón.

—¿Por qué te vas a culpar por algo que es evidente que no es culpa tuya?

«Sí, Kathleen, ¿por qué?»

—Tendría que haber sido menos crédula. Sinceramente, no entiendo por qué me llama. Se acostó con otra, así que, ¿por qué quiere que vuelva? —Martha alzó la voz y Kathleen vio con claridad que, aunque estuviera enfadada, también estaba profundamente herida.

Y nadie la comprendía mejor que ella.

—No soy psicóloga, pero probablemente tenga que ver con lo inalcanzable.

Kathleen se sentía un poco mareada. Una nube oscura había envuelto su mente y ya no podía ver el sol.

—¿Estás bien? ¿Te he sorprendido? —preguntó Martha.

Kathleen hizo un esfuerzo supremo por controlarse. Aquello no versaba sobre ella. Esa no era su historia.

—Una de las pocas ventajas de tener ochenta años es que ya te sorprenden pocas cosas. Aparte de tu imagen en el espejo, claro. Eso siempre asusta, especialmente a primera hora de la mañana —bromeó. «Muy bien, Kathleen»—. ¿Entramos ya? Creo que estoy lista para tumbarme un rato antes de probar los manjares locales, sean cuales sean.

—Perritos calientes con maíz —repuso Martha con aire ausente.

—Por supuesto, deberías bloquear y borrar su número —sugirió Kathleen al tiempo que pensaba en que cerraría los ojos media hora e intentaría recomponerse. Tomó la guía, sus gafas y su bolso—. Cuanto antes mejor.

—No he podido hacerlo todavía, pero probablemente debería. Eres una buena oyente. Tenía miedo de que no quisieras que fuera tu conductora si sabías la verdad.

—No me imagino por qué pensabas eso. Las mujeres tenemos que apoyarnos entre nosotras.

Martha guardó la botella de agua en el bolso.

—Probablemente pensarás que soy una cobarde por salir huyendo. ¡Tú eres tan osada! ¡Tan valiente! Le pegaste a un intruso con una sartén cuando la mayoría de la gente se habría quedado paralizada de miedo. Y mira lo que estás haciendo ahora: ochenta años y cruzando Estados Unidos. Y no estás nada atemorizada —Martha sonrió—. Eres increíblemente valiente, Kathleen.

—Ya estás otra vez con hipérboles, Martha.

—Es la verdad. Eres la persona más valiente que he conocido. No espero que entiendas la sensación de querer salir huyendo.

Kathleen apretó el bolso y miró por la ventanilla. Era un fraude. Un condenado fraude.

Martha frunció el ceño.

—¿Qué pasa?

Kathleen podía hacer algún comentario vago y cambiar de tema. Eso era lo que hacía siempre. Jamás hablaba de aquella época. Hasta Brian había sabido que era un tema tabú.

¿Por qué, entonces, por una vez le apetecía decir la verdad? ¿Qué tenía aquella chica que hacía que quisiera trasmitirle las lecciones aprendidas por experiencia?

—Me he pasado la vida huyendo —las palabras salieron sin su permiso—. Podríamos decir que soy una experta. No eres la única que tiene un sinvergüenza en su pasado, ¿sabes?

«Ay, Kathleen, ¡qué tonta!»

Ahora seguirían preguntas que no tenía intención de contestar.

—¿Tú? —Martha parecía incrédula—. Pero tú lo tienes todo controlado. Eres increíble. Ningún hombre osaría tratarte mal.

Martha no era familia suya. No tenía ninguna obligación de darle consejos ni de ofrecerle el beneficio de su experiencia.

Podía dejarla con sus ilusiones.

Kathleen miró a su compañera con intención de hacer justamente eso, hasta que vio los ojos brillantes de la chica y notó que algo tiraba de ella. Se recordó sintiendo el mismo dolor y lidiando con él sola.

—Nadie lo tiene todo controlado, Martha, lo que quiera que eso signifique. Soy una cobarde —afirmó. Ya estaba, ya lo había dicho—. Después de mi encuentro con un sinvergüenza, me aseguré de protegerme del dolor. Es una respuesta humana, por supuesto.

Tal vez la edad no diera sabiduría, pero conllevaba el beneficio de poder ver las cosas en retrospectiva.

No podía cambiar cómo había sido su vida ni deshacer lo que había hecho, pero podía hacer lo posible por procurar que Martha no recorriera el mismo camino.

—Tal vez no tuviera miedo de vivir, pero tenía miedo de amar —dijo. Teniendo en cuenta que era la primera vez que pronunciaba esas palabras, le resultó sorprendentemente fácil decirlas—. No me gustaría que tú cometieras el mismo error.

Capítulo 10

LIZA

Liza se despertó con los trinos de los pájaros y el olor a sábanas limpias. El aire fresco se colaba por la ventana abierta, llevando consigo el aroma de sal marina y madreselva. Tenía la cabeza hundida en una almohada muy blanda y se regodeó unos segundos en aquella comodidad extrema, hasta que se coló la vida.

Estaba en Oakwood Cottage.

Había conducido todo el camino sin parar, con música de su elección sonando a todo volumen en los altavoces. Había llegado de noche y se había dejado caer en la cama vestida, demasiado agotada por aquella experiencia emocional como para hacer otra cosa que quitarse los zapatos.

A pesar de todo, se había dormido pronto y profundamente, lo cual al menos significaba que estaba descansada para el momento de la verdad.

Se sentó en la cama, dispuesta a experimentar una oleada de sentimientos difíciles.

¿Qué había hecho?

Había dejado a su familia. No, «dejado» no. Eso sonaba a algo permanente y aquello no lo era. Lo mirara como lo mirara, la familia lo era todo para ella y en aquel momento tendría que sentirse fatal. Fue un shock descubrir que no era así.

La sensación de pánico de la noche anterior había disminuido, pero el dolor y la soledad seguían allí.

Ni siquiera sabía bien por qué se había marchado del modo en que lo había hecho. Había sido la culminación de la presión emocional que había ido aumentando a lo largo del día hasta llegar a tener la sensación de que podía explotar. Desde que Sean olvidó su aniversario hasta que Caitlin exigió que le llevara el trofeo al colegido en el descanso del almuerzo, el día entero había sido un recordatorio duro de todas las cosas que la hacían desgraciada en la vida.

No se había ido para probar nada. Se había marchado porque era necesario para mantener la cordura.

Necesitaba espacio y tiempo para pensar. Su cerebro no disponía del respiro del estrés imprescindible para averiguar lo que de verdad quería.

A pesar de esto, le resultaba antinatural estar allí sola.

Había elegido dormir en el cuarto que había usado de niña en lugar de en la habitación de invitados, más grande, que ocupaban Sean y ella en sus visitas. ¿Por qué lo había hecho? Quizá porque era un modo de retroceder en el tiempo hasta la vida que había llevado antes, hasta la persona que había sido antes de la que era en aquel momento.

El mapa gigante del mundo seguía pegado a la pared, con las marcas que había hecho con su padre. En los estantes, acumulando polvo, estaban sus viejos libros, los favoritos, de los que nunca se había separado. Normalmente los sujetaba un trofeo artístico que había ganado en el instituto, pero ese no estaba allí.

Seguramente su madre lo habría guardado en alguna parte.

Decepcionada porque su desorganizada madre hubiera elegido recoger precisamente aquel objeto, se acercó a la ventana y miró hacia el mar a través de los campos. Esa había sido la vista que había tenido toda su infancia y adolescencia.

Brillaba el sol y sentía el calor entrando en la habitación, aunque todavía era temprano. Iba a ser un día sofocante.

Se desvistió, dejó la ropa en la cesta de la ropa sucia y se dio una ducha larga.

Envuelta en una toalla, abrió la cremallera de la bolsa que había empaquetado. Sacó varias prendas al azar sin pensar realmente en lo que se iba a poner.

¿Por qué demonios había guardado aquella camisa? La odiaba.

Todos los artículos que sacaba de la bolsa le recordaban a su casa y a la vida que no estaba segura de que le gustara demasiado. Y no había nada apropiado para el aire libre durante una ola de calor.

Al final eligió una camisa blanca ceñida con botones de nácar y unos pantalones cortos de lino, y guardó todo lo demás en la bolsa. Cerró la cremallera y la metió debajo de la cama.

No era solo su vida lo que necesitaba renovar, su guardarropa también.

Quizá visitara más tarde la *boutique* del pueblo.

Hasta que no terminó de secarse el pelo, no conectó el teléfono. Tenía varias llamadas perdidas de Sean y, antes de que tuviera tiempo de decidir qué iba a hacer al respecto, volvió a llamar.

Liza contestó sin estar segura de lo que podía esperar de la conversación.

—Hola.

—¿Liza? Menos mal. Estaba muy preocupado por ti.

El tono de su voz y el débil chasquido indicaban que llamaba desde el coche.

—¿Por qué estabas preocupado por mí?

—Porque te fuiste sin avisar. No sabía que pensaras ir a Cornwall este fin de semana. Y siento… —no se oyó nada más.

—¿Hola? —dijo ella mirando la pantallita para comprobar si seguían conectados—. ¿Sean?

—Sí. ¿Estás ahí?

—Sí. No he oído lo que has dicho.

¿Qué sentía? ¿Se había percatado de que había olvidado su aniversario?

Esperó, decidida a relajarse y perdonar. Era una persona ocupada. Los dos lo eran. Esa era una de las muchas cosas que tenían que cambiar.

—Me siento frustrado porque has hecho esto sin hablar conmigo, sin consultar si el plan me vendría bien a mí.

Liza se obligó a respirar. Podía discutir aquello en ese momento, pero sabía lo que ocurriría. A pesar de todos sus defectos, Sean era un buen hombre. Si le confesaba lo que sentía, iría directo a Cornwall a verla y ella no quería eso. Quería tiempo para sí y por una vez en la vida iba a hacer lo que quería.

—Le prometí a mi madre que echaría un vistazo a Popeye.

—Pues no es un buen momento. Estoy hasta arriba de trabajo. Esta mañana he tenido que salir de casa antes de que se despertaran las chicas y volveré tarde, así que lo último que necesito es tener que limpiar el desastre que hagan en la cocina.

¿Nunca podían tener una conversación que no incluyera tareas o a las chicas? Al principio de su relación habían jugado a un juego, *Sueños grandes, sueños pequeños,* y compartido todo lo que esperaban, pero esos sueños ya estaban como una alfombra vieja y deshilachada: pisoteados y básicamente olvidados.

—Si montan un desastre en la cocina, que lo recojan ellas. Si tienen que ir a alguna parte, que usen el transporte público. Son bastante mayores para hacer eso.

—¿Quién eres tú y qué has hecho con Liza?

Ella se lamió los labios.

—Tú siempre me dices que tengo que confiar en ellas.

—Eso era antes de que destrozaran la casa. Por cierto, los albañiles vienen esta semana. ¿Puedes volver para el martes?

—No. Déjales una llave.

—Tú nunca dejas entrar a albañiles en casa sin supervisión.

—Si tú te fías de ellos, yo también.

A Liza no le importaban nada los albañiles.

Hubo un silencio.

—¿Seguro que estás bien?

No, pero no estaba preparada para hablar de ello.

—Estoy cansada después del viaje. Y ya sabes cómo es el final del curso —contestó. Le oyó maldecir en voz baja—. ¿Estás bien tú?

—El tráfico es horrible. Voy a llegar tarde.
—¿A dónde vas?
—A una visita a una obra.
—Es sábado.
—Este proyecto es una pesadilla. No creo que pueda reunirme contigo tal y como están las cosas ahora.

La sensación de alivio de Liza solo se vio un poco disminuida por la culpa. ¿Cómo podía alegrarse de que su esposo no pudiera reunirse con ella?

—No te preocupes.
—¿Dejarás el teléfono conectado? Así podrán llamarte si tienen algún problema.

Liza sabía que llamarían por cualquier cosa insignificante.

—No puedo garantizar que vaya a contestar. Hay mucho que hacer aquí y ya sabes que la cobertura no es perfecta.
—Liza… —murmuró. Parecía exasperado—. Yo no puedo coger llamadas en el trabajo en este momento. No podrías haber elegido un momento peor para hacer esto.

¿Hacer qué? ¿Tomarse tiempo para ella?

—No espero que cojas llamadas.
—No lo entiendo. Tú te preocupas por las chicas cada segundo del día. Compruebas si se han lavado los dientes y si se han tomado las vitaminas. ¿Y ahora te niegas a estar disponible en una urgencia?
—Lo que estoy haciendo —respondió ella con lentitud— es enseñarles a resolver problemas y también a asumir responsabilidades. Es algo que debería haber hecho hace mucho. Si recurren a mí para todo, nunca aprenderán. Espero que tu reunión vaya bien.

Finalizó la llamada y miró hacia el mar a través de los campos, debatiendo en su mente sus necesidades y las de ellos.

Sin una lista de cosas que hacer y sin nadie que le exigiera nada, el día se extendía ante ella vacío de todo excepto de posibilidades. Le resultaba tan raro tener tiempo libre que no sabía cómo quería emplearlo.

¿Andar? Podía sentarse en el patio en una de las mecedoras de su madre y leer uno de los libros que había reservado para las vacaciones de verano. Que no pudiera sorber cócteles en la azotea de un hotel de lujo de Chicago no implicaba que no pudiera mimarse de otros modos.

Tomó un libro, se preparó un café en la soleada cocina y lo llevó al jardín. Sin su madre el lugar le resultaba extrañamente vacío. Liza estaba habituada a verla inclinada sobre los lechos de flores, arrancando malas hierbas o podando las partes marchitas.

Popeye pasó por delante de ella y Liza se agachó a acariciarlo, pero él se alejó, rechazando su muestra de afecto, y se fue en dirección a la cocina y su bol de comida.

¿Es que a nadie le interesaba más que lo que podía hacer por ellos?

Le puso comida y después abrió el libro, pero le resultó difícil concentrarse.

Estaba nerviosa. Su instinto la empujaba a limpiar los armarios, quitar el polvo de las estanterías, limpiar la espuma de mar de algunos cristales.

No.

Apretó el libro con más fuerza.

Nunca hacía aquello. En su casa, la lectura estaba restringida a unas pocas páginas antes de dormir. Estar sentada al sol con un libro le parecía decadente y autoindulgente. Le hacía sentirse culpable. Tenía que aprender a relajarse.

Leyó unas cuantas páginas con esfuerzo y luego se levantó y se tiró de la camisa, que ya se le pegaba a la piel. Hacía mucho calor.

La ropa que había llevado era rasposa e incómoda, más apropiada para dar clase que para sentarse al sol.

Quizá hubiera algo más fresco en su bolsa o pudiera tomar prestado algo de su madre. Subió arriba, rebuscó entre los vestidos de su madre y se vio de inmediato transportada a la infancia. Siempre que Kathleen desaparecía en otro de sus viajes, Liza buscaba refugio entre la ropa de su madre, dejando que el olor llenara los huecos creados por su ausencia. Y allí estaba, repitiendo aquello, aunque había pasado hacía mucho la edad en la que podía echar de menos a su madre.

Tenía la cara enterrada en una falda de seda antigua cuando oyó ruido de pasos en la cocina.

Se quedó paralizada. ¿Había cerrado la puerta de atrás antes de subir? Sí. Recordaba haber girado la llave. Pero a pesar de eso, había alguien en la casa.

¿Qué iba a hacer?

¿Esconderse? ¿Allí entre la ropa? ¿Debajo de la cama? No, ese sería el primer lugar donde miraría un intruso y se sentiría atrapada.

Podía saltar desde la ventana del dormitorio de su madre, que daba al campo, pero probablemente se rompería una pierna.

El miedo bloqueó el aire en sus pulmones. Su corazón intentaba salirse del pecho a martillazos.

¿Sería el mismo hombre que se había colado allí semanas atrás? No. Aquel estaba borracho y buscaba refugio.

Se levantó despacio. Las piernas le temblaban tanto que no estaba segura de que fuera capaz de correr si se presentaba la ocasión.

Oyó el ruido de un armario de la cocina al abrirse y después cerrarse.

Quienquiera que fuera no parecía hacer ningún esfuerzo por disimular su presencia. Quizá no se había dado cuenta de que la casa no estaba vacía.

Liza sacó el teléfono del bolsillo y llamó a los servicios de emergencia. Entró de puntillas en el cuarto de baño y cerró la puerta con pestillo.

—¿Hola? —susurró, con terror a que echaran la puerta abajo en cualquier momento—. Hay un intruso en la casa. Ayúdenme.

Capítulo 11

MARTHA

SAN LUIS – DEVIL'S ELBOW – SPRINGFIELD

—¿Seguro que te apetece viajar hoy? Estás muy callada.

Martha cargó las bolsas en el maletero del coche. Había aprendido que tenía que colocarlas en el orden exacto o no entrarían. Para ser una persona cuyo cajón de la ropa interior estaba siempre hecho un lío, estaba orgullosa de su logro. El maletero ordenado parecía representar algo, aunque no sabía bien qué. ¿Organización?

—Puedo confirmar mi deseo de viajar —Kathleen apretó contra sí el pequeño bolso que en todo momento llevaba consigo en el coche—. Estamos en pleno viaje y después de las deliciosas tortitas del desayuno me siento llena de energía.

—Has comentado que no has dormido bien. Probablemente haya sido por la conversación sobre los sinvergüenzas.

Martha aún no podía creer que a Kathleen le hubiera pasado lo mismo de joven. En cierto modo, su experiencia había sido peor y oírla había hecho que la joven se sintiera un poco menos mal consigo misma. Si podía pasarle a una persona como Kathleen, podía pasarle a cualquiera.

Aunque no conocía muchos detalles. Kathleen solo le había dicho que había estado prometida con un hombre que luego había tenido una aventura con su amiga. Tras esa confesión, había esquivado astutamente las preguntas subsiguientes y, en su lugar, alentado a Martha a hablar de sí misma.

Esta lo había hecho de buen grado. Como su madre se apresuraba a señalar siempre, había muchas cosas que no sabía, pero sabía cuándo alguien no quería hablar de algo.

Kathleen le pasó la última bolsa.

—Es verdad que no he dormido bien, pero eso es algo corriente y nada que deba preocuparte.

Martha estrujó la bolsa en el hueco libre, cerró el maletero y la miró. No había signos externos de que su compañera estuviera agotada. Llevaba su ropa vaporosa y elegante habitual y se había tomado la molestia de pintarse los labios.

Martha sintió una oleada de admiración y otra aún mayor de afecto. Hacía solo unos días que conocía a Kathleen, pero no se había sentido tan cómoda con nadie desde que perdió a su abuela. Era muy fácil hablar con ella. Era cálida, divertida y deliciosamente franca, pero también comprensiva, y recibía cualquier sugerencia con tal entusiasmo que Martha notaba que iba ganando seguridad en sí misma. Eso le hizo darse cuenta de que estaba habituada a vivir a la defensiva, siempre nerviosa y dispuesta a defenderse de su madre, su hermana y Steven. Era una buena sensación no empezar el día preparada para el combate. El nudo que tenía en el estómago se había aflojado.

Y si una pequeña parte de ella le advertía que debía ser más cautelosa y no abrirse tanto a una desconocida, no le hacía caso.

¿Por eso había retrocedido Kathleen de pronto?

—¿Te arrepientes de haberme contado esas cosas personales? —preguntó al sujetarle la puerta para que subiera—. Porque no tienes por qué, soy habladora pero no cotilla. Hay una diferencia.

—Soy muy consciente de esa distinción. Y no me arrepiento.

—Sé que lo hiciste porque querías que me sintiera mejor. Y lo conseguiste —afirmó Martha, y cerró la puerta, dio la vuelta al coche y se sentó al volante.

—No soy ni tan buen ni tan altruista como pareces creer —advirtió Kathleen abrochándose el cinturón de seguridad. Sus manos seguían siendo elegantes, aunque tenía la piel arrugada y oscurecida en algunos lugares debido a la exposición al sol—. No entiendo del todo por qué te conté mi experiencia. Fue un impulso.

Martha ajustó el espejo.

—Eso mismo dijiste cuando pediste el beicon.

—Generalmente encuentro que los impulsos de comida tienen menos consecuencias inmediatas que los de tipo emocional. Espero que sigas mi consejo y no dejes que tu lamentable experiencia con el villano Steven influya en las decisiones que tomes el resto de tu vida.

Martha vaciló.

—¿Como hiciste tú?

—Ya hemos hablado bastante de mí —concluyó Kathleen, y se subió las gafas de sol en la nariz—. ¿Nos ponemos en marcha? Así quizá lleguemos a California antes de que llegue a la década de los cien.

Martha se echó a reír.

—Eres muy graciosa.

—Una de mis prioridades más importantes es divertirte, así que eso me parece una noticia excelente. Conduce, Martha.

Esta descubrió que el asiento del conductor le resultaba algo más cómodo que antes. Ya no tenía la sensación de que podía expulsarla como a una impostora en cualquier momento. Ella estaba al cargo, no el coche.

—No te gusta hablar de ti, ¿verdad?

—Ya te he hecho una relación bastante amplia de mis viajes.

—Eso sí —Martha comprobó el tráfico y salió a la carretera—. Pero me refiero a temas emocionales. No te gusta hablar de eso, se nota. Te resulta difícil.

—Eres perspicaz.

—Se me da bien entender a la gente. Y cada persona es diferente, ¿verdad? Y eso está bien. Mi abuela decía que a las personas hay que permitirles ser como quieran. Unas son habladoras y otras son calladas. No puedes cambiar eso. Yo por ejemplo… —aceleró al salir de la ciudad y cambió el foco de la conversación hacia sí misma para no agobiar a Kathleen—. Mis informes del colegio siempre decían: *Martha tiene que concentrarse más y hablar menos,* pero nadie entendía que para mí es muy difícil hablar menos.

—Yo lo estoy descubriendo.

Martha se echó a reír.

—A una persona callada nunca le dicen que haga más ruido, ¿te has dado cuenta? Nunca dicen: «Habla más» o «¿por qué no puedes ser más habladora?». Pero, por alguna razón, la gente siempre se considera con derecho a decirme cómo tengo que mejorar. Es irritante, en serio.

—Me imagino tu frustración.

—Lo raro es que en casa no hablo tanto. Casi siempre es para discutir quién hace qué tareas —dijo pensando en su madre y en su hermana—. Tengo mucho que decir y nadie a quien decírselo. Solo oigo: «Cállate, Martha». Esa es otra razón por la que tengo que mudarme. No se me permite ser yo.

—Que no puedas ser tú es una gran pérdida para el mundo.

Martha notó que se ruborizaba y miró un momento a su compañera.

—¿Lo dices en serio?

—Yo puedo en ocasiones retener información, pero no tengo por costumbre decir lo que no pienso. El objetivo de expresarse es comunicarse claramente.

Martha se concentró en la carretera.

—Pues yo sé que me comunico con más frecuencia que una persona normal, así que, si quieres que me calle, dilo. Di: «Martha, basta». No me ofenderé.

—Tu buena disposición es una cualidad admirable y es una suerte para mí viajar contigo.

Como experta identificadora del sarcasmo gracias a una larga experiencia con su familia, Martha decidió que Kathleen hablaba en serio. La embargó la satisfacción. Estaba acostumbrada a pasar el tiempo con personas que la rebajaban constantemente y aquello era un cambio bienvenido.

—Pues yo tengo suerte de viajar contigo. No te imaginas cuánta. Casi todos mis amigos están ocupados este verano con vacaciones, trabajos y demás… así que me esperaba un verano triste e infeliz, hasta que vi tu anuncio para este trabajo.

Sus amigos se habían quedado impresionados cuando se lo había contado; más que su familia, que parecía incapaz de dejarse impresionar por nada de lo que hiciera.

—No consigo imaginarte infeliz, Martha. Y estoy segura de que alguien como tú tiene más amigos que horas en el día para conectar con ellos.

¿Aquello era cierto?

—Bueno, conozco a mucha gente, pero la amistad es una cosa extraña, ¿verdad? Hay amigos que lo dejarían todo para ayudarte en una crisis, esos son oro puro. Y hay amigos con los que te ves en el pub y charlas de cómo ha ido tu semana pero no tienen ni idea de lo que pasa por tu cabeza ni por tu vida. No digo que eso no sea amistad, pero es una amistad de otro tipo, ¿verdad? Una buena amiga puede ser como familia —afirmó y, en su caso, mejor que familia, porque la suya tenía el listón muy bajo.

—Sí, una buena amiga puede ser como familia —musitó Kathleen.

Su tono anhelante dio que pensar a Martha.

Tuvo la sensación de que, a pesar de su reticencia, quería hablar de ello. Que a alguien no le resultara fácil hablar no implicaba que no quisiera hacerlo. Al igual que todo lo demás, requería práctica.

Probó a alentarla un poco, tras prometerse que retrocedería a la primera señal de retirada por parte de Kathleen.

—¿Y Ruth y tú perdisteis el contacto después de la aventura?

Kathleen se movió en el asiento.

—Ella me escribió, pero nunca abrí sus cartas.

—Eso lo entiendo. Querías dejarlo en el pasado, pasar página, no mirar atrás. Eso es humano. ¡Ojalá Steven se quedara en el pasado! —deseó Martha frunciendo el ceño—. Pero Ruth era tu amiga, así que tuvo que ser duro.

—Lo fue —la voz de Kathleen sonaba débil.

—Seguro que la echaste de menos. Pero al mismo tiempo querías matarla. Es difícil cuando hay sentimientos tan mezclados. No sabes lo que tienes que sentir. Está todo mal, como… como si alguien echa chocolate caliente en unos espaguetis a la boloñesa. ¿Qué es eso? O como cuando a la abuela se le caía la labor de punto y era difícil desenredar el lío.

—Prefiero la comparación de la labor de punto. No me gusta que me manipulen la comida.

—Y a ti te rompieron el corazón, así que resultaba todavía más duro.

—Claro que sí. Yo lo quería profundamente.

A Martha le dolía el pecho. Extendió el brazo y le apretó el brazo a Kathleen.

—Pero seguiste adelante. No te imaginas cuánto me inspira eso. El día que fui a tu casa me sentía débil y patética, como una camisa de seda que se ha metido en la lavadora a mucha temperatura en vez de lavarla a mano…

—Tus analogías son de lo más interesantes.

—Pero oír tu historia hace que me sienta mucho más segura de mí misma. Y no me extraña que quieras dejarlo todo atrás. Yo soy igual. Esa fue una de las razones por las que te llamé cuando vi el anuncio.

Y se alegraba de haberlo hecho. Si no hubiera estado desesperada, jamás habría considerado un trabajo que incluía conducir y, sin embargo, allí estaba, pasándolo de maravilla.

Kathleen apretó el bolso en su regazo.

—Yo soy la afortunada beneficiaria de esa decisión —dijo.

—Pero sé que nuestra situación no es la misma. Si te soy sincera, no sufro tanto por lo de Steven. Al principio sí, pero más que nada me sentía estúpida, tonta por creer que sería un buen marido, estúpida por tomar la decisión de casarme con él. Si no hubiera muerto mi abuela, no creo que lo hubiera hecho, pero lo conocía desde siempre y me aferraba a algo familiar.

—Tienes un autoconocimiento admirable.

—Pero nunca antes del suceso, por desgracia. Solo después, y ya es demasiado tarde.

—¡Qué bien entiendo eso!

Martha la miró.

—¿Tú eras igual? ¿Y quemaste las cartas de Ruth? ¿Las cortaste en pedazos? Si prefieres no hablar de eso, está bien.

—Las cartas están ahora mismo en un cajón en casa, junto con el anillo.

Martha pensó que, aunque no había abierto las cartas, tampoco las había tirado. Si de verdad no hubiera querido tener contacto nunca más, ¿no las habría tirado?

—¿Y no sabes si ella sigue en California ni si están juntos?

—Dudo que estén juntos. Él no era capaz de compromiso alguno. Pero las cartas siempre llevaban matasellos de California, así que parece razonable asumir que Ruth todavía reside allí.

—Por eso te noté un poco rara la primera noche cuando mencioné California. Ir allí te resulta extraño. Pero es muy grande. No te la encontrarás a menos que quieras.

Sin embargo, quizá quería. ¿Por eso había elegido Kathleen aquel viaje en particular? ¿Había dejado sus opciones abiertas consciente o inconscientemente? Martha reprimió el millón de preguntas que hervían en su cerebro e hizo solo una.

—¿Erais muy buenas amigas?

Kathleen tardó mucho rato en contestar y, cuando al fin lo hizo, su voz sonaba débil.

—Sí —dijo—. Las mejores. Éramos como hermanas.

¡Qué terrible debía de haber sido! Ya era bastante malo perder al hombre con el que estabas prometida, pero ¿perder también a tu mejor amiga?

Martha empezaba a pensar que su situación no era tan mala después de todo. Cierto, tenía veinticinco años y ya estaba divorciada, lo cual no estaba bien visto desde fuera si las personas no conocían toda la historia, pero no debería importarle lo que pensaran los demás, ¿verdad? Kathleen no había tomado sus decisiones basándose en lo que pensaban otras personas.

Alzó la barbilla. «Sé más como Kathleen.» Ese era su nuevo lema.

Podía considerar su divorcio como una experiencia de vida en vez de como un fracaso. A todo el mundo le ocurrían cosas en la vida. Necesitaba concentrarse más en el presente y menos en el pasado. Era joven, estaba sana y no tenía hijos de los que preocuparse. No tenía que mantener el contacto con Steven. Estaba en posición de pasar página, como había hecho Kathleen.

Solo que esta había perdido también a su mejor amiga. Había sido un golpe doble.

Martha tuvo el impulso repentino de ayudar. Kathleen ya la había ayudado a ella, lo menos que podía hacer era devolver el favor.

—Si quieres buscarla, podemos hacerlo —comentó.

—No quiero.

Aquel rechazo frontal hizo que Martha se preguntara por el dolor que ocultaban esas palabras.

¿Qué había ocurrido exactamente?

Decidió que había llegado el momento de buscar distracción.

—¿Qué tal si pongo música? —preguntó.

—Ya lo probamos ayer. Mis oídos están todavía recuperándose.

Martha sonrió.

—Eso es culpa mía por cantar con la música. No puedo evitarlo. Si no canto, exploto. Olvidemos la música. ¿Por qué no abrimos el techo?

Hacía calor. El sol brillaba aprobando su sugerencia.

—¿Qué techo, querida?

—El del coche. Tenemos un deportivo sexi y lujoso, podemos aprovechar algunas de sus ventajas. Seguramente el aire te despeinará.

—Eso suena portentoso. Hazlo.

«Portentoso.» ¿Cuánto tiempo hacía que no oía a alguien usar esa palabra?

Martha, sonriente, paró el coche al lado de un campo. Apretó el botón, fascinada por el modo en que se abría el techo.

—Es muy guay.

—Dudo que sea tan guay cuando lleguemos a Arizona.

Martha puso el motor en marcha y vio que un hombre las miraba desde una casa situada al otro lado de la carretera. Empezaba a entender que, lejos de ser la peor pesadilla de todo el mundo, aquel coche se consideraba un sueño. No era «su» sueño todavía, pero tal vez llegara a serlo.

Kathleen se envolvió un pañuelo alrededor del pelo y Martha cogió el teléfono e hizo unas fotos.

—Pareces una estrella de cine sofisticada. Y si no eres demasiado mayor para un viaje épico, no veo por qué vas a serlo para ponerte en contacto con una antigua amiga —dijo.

Quizá no debería presionar en eso, pero, si hacía mal, Kathleen se lo diría, si no con palabras, con una de sus miradas.

Kathleen se ajustó las gafas de sol.

—Probablemente esté muerta.

—Eso no es muy optimista. Puede estar muy viva y esperando tener noticias tuyas.

Martha salió a la carretera. Tenía el sol de frente y una brisa ligera jugaba con su cabello.

—Seguramente ya ni se acuerde de mí.

Martha enarcó las cejas.

—¿Cuándo llegó su última carta?

—El año pasado.

—O sea que entonces todavía pensaba en ti —advirtió.

Se acomodó mejor en el asiento. El coche empezaba a resultarle familiar. Ya no tenía que mirar las fotos del llavero cinco minutos para averiguar cómo abrir y cerrar las puertas. Cierto que había muchos botones que todavía no había tocado, pero en conjunto estaba orgullosa de sí misma.

—Entiendo que te mostraras tan reacia a tener otra relación después de eso, pero es curioso cómo es la vida, ¿verdad? —frenó un poco al acercarse a un cruce—. Si mi relación no hubiera terminado, probablemente no estaría aquí contigo pasando el mejor momento de mi vida.

Kathleen volvió la cabeza.

—¿Estás pasando el mejor momento de tu vida?

—¿Bromeas? Este viaje es genial. Es difícil elegir cuál ha sido el mejor momento hasta ahora. Chicago fue increíble y ayer, cruzar el Misisipi y ver el Puente de la Cadena de Rocas fue fantástico. Y me encantó conducir por los pueblos pequeños y pasar tantos campos de maíz y soja. Aunque no habría sabido de qué eran si no nos lo hubiera dicho aquella mujer. ¡Son todos tan simpáticos, tan amables! Oh, y esa hamburguesa… Y hablar con la pareja francesa. No sabía que esta ruta fuera tan internacional. Quiero quedarme más tiempo en cada lugar, pero, al mismo tiempo, estoy deseando seguir y ver qué viene después. Estoy siempre ilusionada —explicó, esforzándose por hacerse entender—. Esto ha hecho que el mundo parezca más grande, que mi vida entera parezca más grande. Es como si mi experiencia con Steven llenara mi mundo pequeño y ahora mi mundo fuera mucho más grande y estuviera lleno de posibilidades que ya no domina él. Se ha convertido en una parte pequeña de mi vida grande en vez de ser una gran parte de mi vida pequeña. Esto me ha enseñado lo importante que es salir del propio mundo normal, abrazar experiencias nuevas. ¿Esto tiene sentido?

—Pues sí. Me alegro de que encuentres todo esto tan enriquecedor.

A Martha le encantaba cómo hablaba Kathleen.

—Es todo gracias a ti —dijo—. Creo que me has salvado, aunque probablemente también me hayas costado una fortuna. Ahora tengo el gusanillo de viajar y no tengo dinero para mantener mi nueva pasión, pero ya se me ocurrirá algo. Puede que necesites una conductora para tu próximo viaje emocionante.

Ya había empezado a pensar. No tenía la menor intención de volver a la vida profundamente insatisfactoria que llevaba en su casa. Quizá pudiera trabajar para una empresa de viajes o recorrer el mundo durante un par de años sin otra cosa que una mochila y su ingenio. Podía trabajar en bares y cafeterías. No había ninguna regla que dijera que había que tener una carrera en una empresa o cualificaciones profesionales para disfrutar de la vida. Y si sus padres no lo aprobaban, pues mala suerte. Era su vida, no la de ellos.

Su opinión ya no afectaría a las decisiones de ella. Esa parte de su vida era pasado, como el sinvergüenza de Steven, como lo llamaba ya en su mente.

—Solo digo que es curioso cómo es la vida, ¿verdad? Lo bueno que puede salir de lo malo. Si tu relación no hubiera terminado, probablemente no habrías tenido la carrera que tuviste, viajando por el mundo y haciendo todos esos programas... Fuiste una superestrella.

Había conseguido encontrar videoclips de *Destino: final feliz* en internet y los habían visto juntas la noche anterior.

—Hablo demasiado —se disculpó.

—Disfruto con tu conversación. Continúa.

Kathleen disfrutaba con su conversación.

—Supongamos que te hubieras casado con él —Martha siguió el cartel de la Ruta 66 y giró a la derecha—. Podría haberte sido infiel después de casados y cuando ya tuvieras dos hijos. Eso no habría sido divertido.

—Nada divertido.

—Habría sido más difícil de superar, y tus opciones habrían sido limitadas. En vez de eso, tuviste una vida maravillosa y emocionante y después te enamoraste y tuviste una hija. Eso me parece fantástico. Es lo mejor de ambos mundos. ¿De verdad Brian tuvo que declararse tres veces?

—Sí —la voz de Kathleen sonaba débil, como si no pudiera creer que le hubiera contado eso a Martha.

—Seguramente te estabas protegiendo, como uno de esos antiguos castillos que construían en tiempos de los romanos. Una fortaleza emocional —sugirió la joven mirando a Kathleen—. No digo que te estés derrumbando ni nada de eso.

Kathleen se ajustó las gafas.

—Muchos me considerarían una especie de ruina.

—Yo creo que eres genial. Y lo comprendo. A mí tampoco me interesa otra relación, eso seguro.

—Pues eso hay que remediarlo con cierta urgencia.

—¿Cómo puedes decir eso cuando acabas de confesar que evitabas las relaciones?

—Quizá tengamos que considerar la posibilidad de que sea una hipócrita —Kathleen sacó el espejito que llevaba en el bolso y se revisó el pintalabios—. O puede que sea que no quiero que cometas los mismos errores que yo.

—Pero tú has tenido una vida plena y feliz.

Kathleen miró por la ventanilla.

—Hasta que conocí a Brian, me faltaba intimidad. Me mantenía alejada de la gente, hombres y mujeres.

El temblor de su voz hizo sospechar a Martha que le había costado mucho admitir eso.

¿Alguna vez le había dicho esas cosas a otra persona?

—Autoprotección —indicó la joven—. Es natural. Guardaste tu corazón en hielo, como en el mostrador del pescado del supermercado, donde lo conservan todo frío. Gambas en hielo.

—¿Me comparas con un pez?

—A ti no. A tu corazón. Corazón y lenguado. ¿Entiendes? No importa. Champán en hielo habría sido más apropiado —sobre todo para Kathleen, que parecía beber solo Earl Grey o burbujas—. Lo que sea. Estaba congelado.

—Era miedo. Y el miedo reduce tus opciones y tu experiencia vital. No quiero eso para ti. Necesitamos que tengas una buena relación de consolación lo antes posible para que recuperes la autoestima.

Martha frenó en seco, aliviada de que no hubiera coches ni delante ni detrás.

—¿Una relación de consolación?

Cambiar de tema era una cosa, pero aquello iba más allá de su zona de confort. Quizá sí que tuviera algunos límites después de todo.

—Sí. ¿Cómo lo dirías tú? ¿Volver a subir al caballo?

—Volver a subir... ¡Kathleen! No puedo creer que hayas dicho eso.

—Ya hemos establecido que digo lo que pienso, aunque quizá sea presuntuoso por mi parte hacer tales observaciones personales teniendo en cuenta el tiempo que hace que nos conocemos.

Martha sonrió.

—Posiblemente sea porque hemos intimado muy deprisa.

—¿Intimado?

—Tú me gustas. Y creo que yo también te gusto un poco, aunque entiendo que seguramente no lo admitirás, porque no te gusta hablar de tus sentimientos. Y eso está bien. Probablemente sea algo generacional, pero no siempre es cuestión de palabras, ¿no? A veces es cómo se comporta una persona. Tú quieres que sea feliz. Y eso es bonito.

Kathleen carraspeó.

—Es cierto que creo que he desarrollado un cierto aprecio por ti, Martha.

Esta sintió cierta presión en la garganta.

—Yo también he desarrollado aprecio por ti. Raro, ¿verdad? ¿Después de solo unos días?

—Nunca he creído que la calidad de una relación dependa de su longitud —musitó Kathleen.

¿Estaría pensando en su amiga?

—Yo tampoco —repuso Martha—. He conocido a mi madre toda la vida y me siento más unida a ti que a ella.

—Concéntrate en la carretera, Martha, o la próxima persona que nos encontremos tendrá que sacarnos de la cuneta. Vamos a buscarte a alguien. Siempre se me ha dado muy bien detectar una pareja para otras personas. Para mí misma no tanto.

—Eso no es verdad. Le dijiste que sí a Brian. Y sinceramente, Kathleen, me conmueve que pienses en mí, pero lo último que necesito ahora es un hombre. Todavía no he superado lo del último.

—Vamos a usar una analogía, que sé que te gustan —Kathleen golpeteó con los dedos en el bolso—. Si comes una cosa que no te gusta, ¿dejas de comer? No. Eliges otra cosa de la carta. Si visitas un lugar que no te gusta, ¿dejas de viajar? No. Eliges un destino distinto.

—Todo eso es lógico, pero no me impulsa a volver a lanzarme a la piscina de las relaciones.

—No todos los hombres son como Steven.

—Pero ¿cómo descubres cómo son? No confío en mi criterio.

—Pues vas despacio hasta que los conoces mejor.

—Para ti es fácil decirlo.

—No, no lo es. La carretera, Martha. Vas conduciendo por el medio.

—¡Jabalí! —Martha giró el volante de repente y recolocó su posición—. Perdón.

—¿Has visto un jabalí?

—No, es una exclamación. La palabrota que empieza por J.

Kathleen parpadeó.

—Puede que esté casi fosilizada, pero hasta yo sé que esa palabrota no es ningún animal.

—Cuando la digo yo sí —Martha sonrió—. A los nueve años le pregunté a mi abuela qué significaba esa palabra y como no soportaba los juramentos me dijo que era igual que jabalí. La digo desde entonces. Es un hábito.

—Supongo que no pasa nada siempre que no conduzcas un coche de cazadores.

—Ha sido culpa tuya por distraerme con eso de la relación. Espero que no pienses agarrar a algún pobre inocente en el próximo restaurante.

—Tú no necesitas a alguien inocente. Necesitas a alguien experimentado que te enseñe a pasarlo bien.

Martha consiguió no chocar con un coche que se acercaba en dirección contraria.

—No puedo creer que hayas dicho eso.

—Estaré atenta a un candidato apropiado. Como tú dices, nunca sabes qué oportunidades te puede colocar delante la vida.

Martha dudó entre echarse a reír o protestar.

—Ahora mismo no necesito que la vida me ponga un hombre delante, pero gracias por el consejo —dijo. Estaban rodeadas de campos, con la luz jugando entre la hierba y las cosechas—. ¿Liza pensó que debías intentar ponerte en contacto con Ruth? —preguntó Martha, y al no recibir respuesta de Kathleen la miró—. ¿Kathleen?

—Ella no sabe toda la historia, solo que Ruth y yo éramos amigas en la universidad.

—¿No sabe que estuviste prometida ni que tienes cartas? —preguntó Martha, escandalizada—. ¿Nada de eso?

—Liza y yo no hablamos de cosas personales. La culpa de eso es mía.

—No te sientas mal por ello. Tú eres así. No te resulta fácil hablar de sentimientos. Estoy segura de que Liza lo entiende.

—Yo no estoy tan segura. Siempre ha querido más de lo que yo me sentía capaz de darle. Eso es algo de lo que me arrepiento.

—Si puedes hablar conmigo, puedes hablar con ella.

—Tal vez, aunque tu naturaleza encantadoramente espontánea retira todas las barreras.

—Seguramente es distinto por ser madre e hija. Yo tampoco hablo con mi madre, ni siquiera de temas neutrales como libros. No leemos las mismas cosas. A mí me gustan las novelas y ella lee revistas llenas de artículos sobre cómo evitar arrugas, aunque todas sabemos que el único modo de evitar arrugas es morir antes de los treinta.

—Una observación muy pragmática.

—Mi madre no se parece en nada a ti. Estoy segura de que tú puedes encontrar un modo de acercarte a Liza. Nunca es demasiado tarde para esas cosas —aseguró. Había menos tráfico que el día anterior. Estaban pasando por delante de granjas, con los campos extendiéndose en la distancia—. Vamos a parar a almorzar en un lugar llamado Devil's Elbow. Te voy a hacer fotos y a grabar otro vídeo, así que puedes empezar a investigar un poco. Creo que deberíamos abrirte una cuenta en redes sociales. Estoy pensando cómo llamarla. Es una pena que no tengas ochenta y seis años.

—¿Por qué voy a querer acortar mi vida cuando ya me queda tan poca?

—No sabes cuánta te queda. Nadie lo sabemos, ¿verdad? Yo podría morirme mañana.

—Si mantienes la vista en la carretera, puede que las probabilidades de vivir aumenten para las dos.

Martha se echó a reír.

—Esa fue una de las cosas que me encantaron de ver *Destino: final feliz,* lo graciosa que eres. Bueno, pues como decía, podrías vivir hasta los 106 años, en cuyo caso, solo llevas tres cuartos. Lo mejor podría estar por llegar.

—Eso lo dudo, aunque admito que mis ganas de vivir han aumentado considerablemente con la perspectiva de emparejarte con un candidato apropiado para tus afectos.

—Eso no es justo —protestó. Brillaba el sol y Martha se bajó más la gorra de béisbol hacia los ojos—. ¿Se supone que debo tolerar que me busques pareja para animar tus días?

—Eso sería un buen gesto.

—Odio decepcionarte, pero mis afectos no están disponibles en este momento. Como iba diciendo, si tuvieras ochenta y seis, podríamos llamar a nuestra cuenta en redes *86 en la 66* o algo por el estilo —dijo Martha, y pensó un momento—. O quizá *86 se encuentra con 66.* ¿O qué tal *Vieja pero osada*? No, eso es una grosería.

—Podemos llamarla *Martha encuentra un hombre.*

—No la vamos a llamar así.

—¿*El viaje de consolación de Martha*?

—Podemos llamarla *Destino: final feliz.* Es lo que hacemos. Buscamos destinos y vivir aventuras. Coge la guía y empieza a estudiar —sugirió. Martha se sentía más relajada que en mucho tiempo. La confianza de Kathleen en ella había aumentado su autoestima—. No te lo vas a creer, pero empiezo a disfrutar conduciendo. Me siento feliz.

—Se nota. Tu aumento de velocidad parece estar directamente relacionado con tu buen humor. Avísame cuando llegues a un momento de éxtasis para que pueda tomar precauciones de seguridad.

Y en ese momento viajaban por Missouri en dirección a Kansas, con el sol en la cara y la brisa soplándoles el pelo.

—¿Has mirado la guía? ¿Hay algo en particular que quieras ver? Kathleen se ajustó el pañuelo.

—Sí. Me gustaría verte con un hombre.

—Me refiero a paisajes.

—Bueno, eso es algo que me gustaría ver.

—Kathleen, ¿me vas a poner en ridículo cuando paremos?

—Lo voy a intentar. Por cierto, el recorrido de hoy es muy bonito.

Incapaz de cambiar la conversación, Martha giró hacia Devil's Elbow y aparcó el coche.

—Vamos a dar un paseo para ver el puente y el río Big Piney y después comeremos algo. Estamos justo en medio de los Ozarks. Antiguamente los leñadores bajaban los troncos flotando por el río por aquí y tenían que pasar este recodo horrible, que por eso se llama Devil's Elbow, el codo del diablo. Leí que al principio no había una barrera en la carretera. Creo que las dos sabemos dónde habría terminado yo: flotando en el río Big Piney junto con los troncos.

Kathleen miraba la carretera polvorienta.

—Parece que hemos tenido suerte. ¡Y tan pronto! Allí —señaló—. Ese hombre es atractivo, aunque sin duda tú usarías otra palara. ¿Cómo lo llamarías tú? ¿Tío bueno?

—Lo llamaría *desconocido* —contestó. ¿De verdad iba a hacer eso Kathleen? Martha había asumido que hablaba en broma—. ¿Podrías hacer el favor de no señalar?

—Si no señalo, ¿cómo vas a saber a quién he identificado? Sería terrible que te fijaras en el hombre equivocado.

—Sí, bueno, eso se me da bien.

Martha cerró el coche y miró al hombre.

Estaba apoyado en una pared, conversando con otro hombre. El pantalón vaquero se ceñía bien a las sólidas piernas y tenía anchos y fuertes hombros. Su postura mostraba cierta confianza relajada que resultaba innegablemente atractiva. «Sexi», pensó ella. Lo llamaría Sexi, pero no pensaba admitirlo bajo ningún concepto. Kathleen ya estaba suficientemente lanzada sin saber eso. Y en ese momento la estaba observando con atención.

—¿Qué te parece? Necesita un corte de pelo y también un afeitado, pero probablemente esté viajando como nosotras, así que se lo perdonaremos.

Martha guardó las llaves del coche en el bolso.

—Está demasiado lejos para verle la cara.

—Nos acercaremos más.

—De eso nada. Voy a comprar comida y vamos a caminar hasta el río para comer allí. ¿Alguna preferencia? ¿Vienes conmigo?

—Me quedaré en el coche.

Cuando Martha volvió cargada con comida y bebida, Kathleen conversaba animadamente con el hombre al que había definido como atractivo.

—¡Martha! —exclamó llamándola con la mano—. Ven aquí.

—La voy a matar —murmuró la joven.

Intentó buscar una razón para no reunirse con ella, pero no se le ocurrió ninguna que no resultara de mala educación, así que cedió a la presión y se unió a Kathleen y su nuevo amigo.

—Josh dice que tenemos que pasar un día extra en Arizona y ver el Gran Cañón. Él está haciendo también la Ruta 66. ¿Puedes creerlo?

Martha no señaló que, puesto que estaban en la parte vieja de la Ruta 66, aquello resultaba bastante obvio. Tampoco comentó que ya habían planeado una visita al Gran Cañón.

—¡Qué coincidencia! —exclamó.

Los ojos de él sonrieron y le tendió la mano.

—Josh Ryder. Kathleen me estaba contando vuestro viaje. Viajar con ella debe de ser toda una revelación.

—En más sentidos de los que puedas imaginar.

Kathleen le guiñó el ojo.

Martha pensó que la sutileza no era una de sus virtudes.

—He comprado un sándwich de carne de cerdo para las dos —dijo—. He pensado que podemos comer cerca del río. Adiós, Josh. Buen viaje.

—Josh viaja haciendo autostop —dijo Kathleen—. ¿Verdad que es muy intrépido por su parte?

—Mucho —afirmó Martha.

A continuación agitó la bolsa y Josh sonrió.

—Huele bien.

De acuerdo, era muy sexi. Kathleen no se equivocaba en eso.

—Tengo que ir al baño —dijo esta—. Vosotros los jovencitos aprended a conoceros en mi ausencia.

Se alejó y Martha la miró exasperada, sensación que aumentó cuando se giró y vio que Josh se reía.

—Hacía tiempo que no me llamaban jovencito. Es todo un personaje.

«Desde luego», pensó Martha.

—Sí que lo es —dijo entre dientes—. Es alguien único.

—¿Tiene ochenta años? Es increíble. Me estaba hablando de vuestra aventura.

¡Mientras solo le hubiera hablado de eso! Si le había dicho que Martha necesitaba una relación de consolación, la próxima aventura de Kathleen sería un buen baño en el río Big Piney. Y nada de Devil's Elbow, sería el codo de Martha en las costillas lo que la arrojaría allí.

—Sí, tenía el sueño de hacer la Ruta 66 —explicó ella—. Yo contesté a su anuncio buscando una conductora y aquí estamos. ¿Y tú qué?

Tenía que llenar el tiempo hasta que volviera su compañera y prefería que hablaran de él antes que de ella.

—Necesitaba un cambio de escenario —dijo. En ese momento se terminó la lata de soda y la lanzó a la papelera con una puntería perfecta—. Este me pareció un modo tan bueno como cualquier otro.

¿Por qué necesitaba un cambio de escenario? «No es asunto tuyo, Martha.» A ella no le importaba.

—¿Vienes desde Chicago? —le preguntó.

—Vermont. Estaba en casa de unos amigos.

—¿Has hecho autostop todo el camino? ¿Eso no es peligroso?

Él se encogió de hombros.

—Hasta el momento no. Todo el mundo ha sido muy amable.

—Supongo que ayuda tener músculos —dijo ella. Vio que él la miraba con regocijo y se sonrojó—. Quiero decir que probablemente no tengas que preocuparte tanto de… ¡Ah!, olvídalo.

Su mente iba en direcciones en las que no quería que fuera. Definitivamente, mataría a Kathleen.

—¿Y tú qué? —preguntó él apoyándose en la pared, tan cómodo como incómoda estaba ella—. ¿Te está gustando conducir?

—Está siendo genial —mintió ella—. Un poco espeluznante en Chicago, pero cada día es más fácil.

—Lleváis un coche magnífico, eso seguro —Josh lo señaló con la cabeza y Martha se alegró de que Kathleen hubiera insistido en alquilar un deportivo pequeño y no una ranchera grande, pues no había sitio para más pasajeros.

Por fin reapareció Kathleen y Martha decidió que era hora de finalizar la conversación antes de que ocurriera algo embarazoso.

—Buen viaje, Josh.

Él le sostuvo la mirada un momento.

—Quizá volvamos a vernos más adelante.

A ella se le aceleró un poco el corazón. El calor de sus mejillas no tenía nada que ver con el sol.

—Sí, tal vez. Cuídate —se despidió dedicándole una sonrisa incómoda y tomó a Kathleen del brazo. Tiró de ella para que no se quedara atrás—. Vamos a andar hasta el río. Esto es muy hermoso y quiero disfrutar de las vistas de los Ozarks.

Kathleen no protestó, pero miró a Josh por encima del hombro.

—Me pregunto qué hará un hombre así solo. Parece una oportunidad.

—Parece un aviso. Puede ser un asesino en serie al que no le guste tener cómplices —Martha le pasó una bolsa—. Sándwich. Come. La comida ayudará a que te funcione el cerebro y con suerte dejarás de conspirar.

—Me encanta conspirar. Y esto es precioso. Un lugar perfecto para parar, chica lista —Kathleen miró cómo titilaba el sol a través de la superficie del río. Los árboles se extendían en la distancia y colgaban sobre el agua, creando dibujos y ofreciendo sombra—. Esto son los Ozarks, ¿no?

—Sí —respondió Martha.

Tenía la boca llena de tiras de cerdo, pero eso no le impedía disfrutar las vistas.

Las dos comieron guardando un silencio cómodo.

Por fin habló Kathleen.

—Josh parece encantador. Es difícil creer que hayamos tenido suerte tan pronto, ¿no te parece?

Martha consiguió tragar antes de atragantarse.

—No hemos tenido suerte. Hemos conocido a un compañero de viaje. Eso es todo.

—No parece que haya parado nadie a recogerlo. Deberíamos ofrecernos a llevarlo.

—Kathleen, no es ningún pobre hombre y no vamos a recoger a un autoestopista.

—¿Has parado alguna vez a alguno?

—Nunca.

—¿No dijiste que estabas lista para abrazar nuevas experiencias?

—No ese tipo de nueva experiencia —indicó Martha limpiándose los dedos y arrugó la bolsa—. ¿Has terminado?

—Cuanto más lo pienso, más me convenzo de que es una idea maravillosa.

—Cuanto más lo pienso, más me convenzo de que es la peor idea del mundo.

—Pero a mí me alegraría. ¿De verdad le negarías a una anciana frágil un poco de felicidad en lo que pueden ser sus últimos días?

Martha alzó los ojos al cielo.

—No respondo al chantaje emocional. Y si sigues intentando emparejarme con todos los hombres que nos crucemos, estos serán tus últimos días.

—Eso me convence de que tenemos que ser espontáneas. Odio verte tan recelosa —dijo Kathleen dándole una palmada en el brazo—. Nunca se conoce de verdad a nadie, querida. Tú y yo tenemos experiencias que apoyan eso.

—Mmm —asintió Martha, e hizo unas fotos con el teléfono.

—Lo único que podemos hacer es arriesgarnos.

—Kathleen, esto es ridículo —dijo Martha bajando el teléfono—. Lo único que sabemos de él es que «necesitaba un cambio de escenario». A lo mejor ha matado a alguien. Podría estar huyendo.

—Pero ¿lo has visto de cerca? Esos ojos… —señaló Kathleen. Terminó de comer y arrugó la bolsa—. ¡Qué buen modo de morir! Y además, tienes la suerte de viajar con una mujer que golpeó a un intruso con una sartén, así que deberías sentirte muy segura.

—Creo que esa experiencia te ha dado una opinión algo exagerada de tu destreza en defensa propia.

—Este es mi viaje. Yo decido a quién invito.

—Yo soy la conductora. Puedo ponerme en huelga —replicó Martha, pero se dio cuenta de que estaba utilizando los argumentos equivocados—. Además, no hay sitio en el coche. Mide más de un metro ochenta. Piernas largas. No porque me haya fijado…

—Yo te he visto mirarlas.

Martha suspiró.

—Es imposible que entre en el asiento de atrás.

—No tiene que hacerlo. Yo entraré perfectamente en el asiento de atrás y él puede sentarse delante contigo.

—Me sentiría atrapada con él.

—Exactamente. Nunca se sabe. Podríais ser una pareja perfecta.

—Eso sería un milagro.

—Una buena relación no requiere un milagro, solo necesita a la persona indicada en el momento oportuno —afirmó Kathleen, y se empujó las gafas de sol sobre la nariz—. Adelante.

Capítulo 12

KATHLEEN

SAN LUIS – DEVIL'S ELBOW – SPRINGFIELD

Kathleen cerró los ojos y fingió dormir.

No había sido completamente sincera con Martha al decirle que estaba bien. No se sentía nada bien. Le ardían las entrañas y no tenía nada que ver con el sándwich de tiras de cerdo. Pensamientos y sentimientos de los que había conseguido huir durante años la habían alcanzado por fin. Habían atravesado todas las barreras y se habían enterrado en su cerebro, donde no conseguía espantarlos.

Todo había empezado con la conversación con Martha. ¿Por qué no la había silenciado?

Por Martha, por supuesto. Su calidez y su bondad conseguían derretir la reserva habitual de Kathleen. «Gambas en hielo.» Por muy serio que fuera el tema, Martha siempre conseguía hacerle reír.

Y ya no podía dejar de pensar en Ruth.

¿Tendría que haber abierto las cartas?

—¿Vas bien ahí atrás, Kathleen? —preguntó Martha mirándola a través del espejo. Sus ojos mostraron un brillo peligroso antes de que los cubriera con las gafas de sol—. ¿No vas muy apretada?

—Estoy muy bien.

La causa de la incomodidad era algo más difícil de arreglar que la falta de espacio para las piernas en el asiento de atrás.

Sabía que Martha estaba frustrada porque se había ofrecido a llevar a Josh, pero estaba dispuesta a apechugar con la desaprobación de su nueva amiga si eso implicaba sacarla de la burbuja protectora que había creado a su alrededor. Kathleen reconocía el miedo cuando lo veía. No pensaba ni por un momento que Josh fuera un asesino en serie ni una amenaza de ningún tipo. Y lo último que necesitaba Martha durante el siguiente mes era estar atrapada con una mujer de ochenta años, por mucho que ambas disfrutaran de la compañía de la otra. La chica necesitaba juventud y aventura.

Sin embargo, hasta el momento Martha no había mostrado ninguna inclinación a iniciar una conversación con el nuevo pasajero, así que, si se iba a producir, tendría que depender de Kathleen.

Por suerte, siempre había sido una entrevistadora habilidosa. No había razón para no usar esa virtud para descubrir más sobre Josh.

—Vermont, dijiste. Nunca he estado en Vermont, aunque me encanta el sirope de arce. ¿Vives allí, Josh?

—Vivo en California. Fui a visitar a unos amigos en Vermont.

—¿Y la Ruta 66 siempre ha sido uno de tus sueños?

Él tardó un rato en contestar.

—Es algo que llevaba tiempo pensando hacer, pero hasta ahora no había podido.

Kathleen percibió que había algo que él no decía.

Interesante.

Aliviada por tener algo en lo que concentrarse que no fueran sus propios problemas, esperó a que Martha siguiera el camino abierto y preguntara por qué no había podido hacerlo antes, pero la chica guardaba silencio con los ojos fijos en la carretera.

Una Martha silenciosa era algo preocupante. Kathleen casi podía oírla decir: «Tú lo has invitado a venir, ahora le das conversación tú».

Suspiró. Al parecer, tendría que hacer todo el trabajo ella.

—¿Y qué te ha hecho decidir de pronto convertir el sueño en realidad? —le preguntó.

—Distintas cosas, pero la puntilla final fue cuando un amigo me hizo caer en la cuenta de que hacía tres años que no tomaba vacaciones.

—¿Tres años? ¿Por qué?

—Estaba ocupado trabajando. Daba prioridad a mi carrera.

O sea que era un hombre capaz de comprometerse. Eso no era una mala cualidad, siempre que pudiera practicarla en otras situaciones de la vida y no solo en el trabajo.

—¿Tu jefe no te alentaba a tomarte tiempo libre?

Hubo una pausa.

—Él no le veía sentido a tener vacaciones. Estaba muy... centrado en lo suyo.

—¿En qué trabajas?

—En tecnología. Soy ingeniero informático.

Kathleen solo tenía una vaga noción de lo que eso implicaba. Desde luego, sabía demasiado poco como para sentirse segura al entrar en detalles concretos sobre ese tema.

—Sin duda era uno de esos hombres ambiciosos que montaron un negocio desde el dormitorio de la universidad.

Josh se echó a reír.

—Eso es exactamente lo que hizo.

—Y seguro que irritó a sus padres porque no se graduó.

—No, él sí se graduó. Respetaba demasiado a sus padres y los sacrificios que habían hecho como para tirar todo eso por la borda.

—Entonces no puede ser tan malo —repuso Kathleen, contenta de lo bien que iba la conversación a pesar de su lamentable falta de conocimientos—, pero seguro que alguien así es un jefe difícil. Probablemente espera que todos los que lo rodean tengan la misma ambición y compromiso para con la empresa.

—Tenía una visión túnel muy marcada, eso seguro.

—¿Ambicioso?

—Definitivamente.

Kathleen soltó una risita.

—Debe de ser una persona formidable. Sin duda será un tipo

fuerte y duro que trata a la gente como a máquinas. El equilibrio es algo muy importante en la vida —afirmó Kathleen.

No lo decía porque ella hubiera tenido mucho equilibrio de joven. También había trabajado y colocado el trabajo por encima de todo, incluida su vida privada, pero eso era distinto. Ella había vivido una mala experiencia. El trabajo había sido su lugar seguro.

—Pero tú estás aquí de vacaciones. ¿Qué pasó? ¿Al final se hundió la empresa? ¿Fue parte de la burbuja tecnológica?

—La empresa tuvo mucho éxito. Más del que él había soñado.

Kathleen, pensativa, estudió su perfil. Luego intentó ver la cara de Martha, pero ir en la parte de atrás la colocaba en desventaja.

—¿Todavía no cree que sus empleados deban equilibrar la vida con el trabajo? Pues respeto tu decisión de marcharte. No ha debido de ser fácil. Quizá eso le haga pensar, aunque a las personas así no suelen importarles mucho los empleados. Y ahora tú te has tomado tiempo libre para decidir lo que vas a hacer y este viaje te dará tiempo para pensar.

—Algo así.

Kathleen tendió el brazo y le dio una palmadita en el hombro.

—Estoy segura de que no te costará nada encontrar otro empleo cuando estés listo. Mis nietas me dicen que la tecnología es muy importante hoy en día.

Él sonrió.

—Háblame de tus nietas.

La carretera desde Devil's Elbow atravesaba colinas ondulantes con el paisaje plagado de árboles.

—Mi hija tiene dos mellizas: Alice y Caitlin. Son adolescentes en una edad difícil, lo cual resulta complicado —reconoció. ¡Pobre Liza! ¿Qué estaría haciendo en ese momento? Probablemente cocinar para alguien o llevar a alguien a algún lugar de Londres—. Se pasan la vida pegadas a los teléfonos móviles, enviando mensajes a sus amigas. En mis tiempos veíamos a las amigas en persona, pero acepto que yo soy de una época distinta. Unos años más y me pondrán en un museo.

—Estás haciendo la Ruta 66 a los ochenta años. Creo que todavía no estás lista para un museo. ¿Ves mucho a tus nietas?

—No tanto como antes. Cuando eran más pequeñas les encantaba venir de visita. Mi casa está cerca del mar, así que venían con los cubos y las palas, hacían castillos de arena y comían helados. A medida que han ido creciendo, les costaba más separarse de sus amigas. Hoy en día suelen ser solo mi hija y su esposo los que vienen.

Su preocupación por ese tema seguía presente en un rincón de su mente desde el viaje al aeropuerto.

Sintió un aleteo de ansiedad.

—Martha, cuando lleguemos al próximo destino, quizá no te importe enviarle otra foto y un mensaje a mi hija. Quizá incluso un *e-mail*.

Martha la miró por el espejo.

—Por supuesto. Le he enviado muchas fotos. Tenemos una relación en marcha.

Era lo primero que decía desde que habían salido de Devil's Elbow. A Kathleen le alivió confirmar que al menos seguía viva, más allá del hecho de que era ella quien conducía.

—Supongo que tú sabrás mucho de redes sociales, ¿no Josh? Martha ha creado una cuenta para nosotras y nuestras aventuras. A mí me supera, por supuesto, pero es bastante divertido. Hacemos fotografías y vídeos de nuestro viaje por Norteamérica. En mi juventud presentaba un programa de viajes bastante popular llamado *Destino: final feliz*.

—¿Ah, sí? —dijo Josh, y se giró con curiosidad—. Háblame de eso.

Kathleen lo hizo y resultó que Josh era un buen oyente, algo que a ella siempre le había parecido una cualidad importante en un hombre. Confió en que Martha supiera apreciarlo.

¿No pensaba decir nada?

Obviamente Josh pensaba lo mismo porque la miró.

—¿Y tú qué, Martha? ¿Te has tomado el verano libre?

—Sí.

Exceptuando la primera parte del viaje, cuando se acostumbraba al coche, Martha había hablado sin parar, pero en ese momento en que Kathleen quería que charlara con Josh, guardaba silencio.

—Martha también se ha tomado tiempo para pensar —explicó—, así que tenéis eso en común. Josh, tú pareces un hombre muy bien relacionado. Quizá tengas algún consejo de trabajo para Martha. Busca un cambio de dirección.

La chica mantuvo la vista fija en la carretera.

—No necesito ayuda de nadie, gracias —dijo pisando el freno con fuerza cuando el coche de delante frenó para salir de la carretera—. ¡Jabalí!

Josh pareció confuso y Kathleen suspiró con cansancio.

—No preguntes.

Él, claramente, se dio cuenta de que Martha no iba a hablar, pues se volvió de nuevo hacia Kathleen.

—¿Y tú qué? —preguntó—. Este es un viaje ambicioso para...

Se interrumpió de pronto y Kathleen movió una mano en el aire.

—¿Para alguien de mi edad? No tienes por qué ir con tacto. Es ambicioso en algunos sentidos, pero tengo a la querida Martha, que es una conductora maravillosa y me ha tenido distraída con su conversación —enfatizó un poco la palabra, por si a Martha se le había olvidado hablar.

—¿Y qué va a pasar cuando llegues a California?

Kathleen se sobresaltó por dentro. Ruth. Lo había olvidado por un momento, pero ahora volvían todos los pensamientos, dudas, preguntas y remordimientos.

«¿Y si...?»

¿Había dos palabras más torturadoras en el diccionario?

Nunca había sido una persona que se regodeara en ese tipo de ideas, pero, por alguna razón, tenía la sensación de estarse desmoronando. Era culpa de Martha. Su compañía la había alentado a abrirse de un modo que era nuevo para Kathleen y ya no sabía cómo volver a cerrarse.

Josh esperaba una respuesta y ella no sabía qué decir.

—Kathleen todavía no ha decidido que hacer —dijo Martha, llenando el silencio—. Puede que pase algo de tiempo tomando el sol californiano. Parte de la alegría de este viaje es tener una agenda flexible.

Kathleen sintió una oleada de afecto y gratitud. La querida niña sabía exactamente lo que pensaba.

Josh pareció satisfecho con la respuesta.

—California es mi estado natal, así que, si necesitáis alguna sugerencia de lugares a los que ir mientras estéis allí, no dudéis en preguntar.

—Eres muy amable —dijo Kathleen ajustándose el pañuelo—. ¿Hay algún lugar concreto que tú hayas planeado ver en este viaje?

—El Gran Cañón. Me avergüenza confesar que no lo he visto nunca.

—No debe avergonzarte. Es evidente que has pasado demasiado tiempo trabajando gracias a un jefe insensible —Kathleen miró a Martha, pero esta había vuelto a su estado silencioso—. Me complace que por fin puedas explorar el mundo un poco. No tengas prisa en volver al trabajo. Yo tuve suerte, por supuesto, porque viajar era mi trabajo, así hacía las dos cosas.

Pasaron por otro pueblo pequeño, donde olía a barbacoa y poco a poco fueron dejando atrás las colinas y el bosque.

Cuando llegaron a la parada donde iban a pasar la noche, Kathleen estaba cansada y su mente flotaba en direcciones que normalmente no se permitía. ¿Debería contactar con Ruth? No, eso sería muy poco inteligente. Sobre todo porque ni siquiera había abierto las cartas.

Debería haberlas leído. O al menos haberlas llevado consigo, pero le habría pesado saber que estaban en la bolsa. Aquel viaje había sido pensado para aprovechar al máximo el tiempo que le quedaba, no para afrontar el pasado.

¿Estaba Ruth en California? Martha había dicho que la buscaría, pero Kathleen no podía alentarla a hacerlo. Sin embargo ¿y si volvía a casa, leía las cartas y se arrepentía de no haber contactado con ella?

Sintió una oleada de pánico por no haber hecho lo correcto.

Martha aparcó el coche.

—¿Estás bien, Kathleen?

—Perfectamente.

Por primera vez deseó no haber invitado a Josh a ir con ellas. Podría haber dormido un rato en el coche. En ese momento estaba agotada por el esfuerzo de mantener la conversación con el pasado agobiándola y matando cualquier esperanza de relajarse que pudiera tener.

Para mortificación suya, necesitó la ayuda de Martha para salir de la parte trasera del coche.

—Es el ángulo —explicó la joven con gentileza, sujetándola para que pudiera levantarse del asiento.

—Es la edad —señaló Kathleen.

Se enderezó y sintió que el mundo le daba vueltas. Entonces se agarró a Martha.

—¿Kathleen? —musitó la chica sujetándola con firmeza. Apuntó al maletero con la llave y lo abrió—. Josh, ¿te importaría coger nuestras bolsas para que yo ayude a Kathleen a entrar?

Esta intentó enderezarse.

—Llevo mucho tiempo sentada, eso es todo. Mi cuerpo se ha encogido. Necesito un momento y estaré bien.

—¿Habéis hecho una reserva? —preguntó Josh descargando el equipaje—. ¿Por qué no dejáis que pida las llaves de las habitaciones? Os las traeré aquí y así os ahorráis el viaje a la recepción.

¿Kathleen iba a permitir que un pequeño mareo le impidiera disfrutar del viaje? Desde luego que no.

—Gracias, pero podemos arreglarnos —dijo—. ¿Tú también te hospedas aquí, Josh?

—Ese era el plan —afirmó tomando las bolsas—. Y os agradezco que me hayáis traído hasta aquí—. ¿Puedo invitaros a cenar para daros las gracias?

Kathleen solo quería tumbarse, pero sabía que, si sugería que cenaran sin ella, Martha la acusaría de celestina.

La chica la estaba mirando con preocupación.

—Creo que lo que necesitamos en este momento es instalarnos en las habitaciones y tomar una agradable taza de Earl Grey antes de tomar decisiones sobre la velada. ¿Qué te parece eso, Kathleen?

A esta le parecía muy bien.

Llena de gratitud, se agarró al brazo de Martha y caminaron juntas hacia la recepción.

—Nos hemos excedido —le dijo Martha acariciándole la mano—. No te preocupes. En cuanto descanses un poco y tomes un té estarás como nueva.

Kathleen pensó que era increíble lo cómoda que se sentía con Martha.

¿Por qué las cosas no eran así de fáciles con su hija? Quizá fuera porque Liza le recordaba sus fallos. Ya se tratara de negarse a vivir en una residencia, de renunciar al beicon o de sostener una conversación sentimental, siempre sentía que no podía ser lo que Liza quería que fuera.

Martha era rápida y eficiente, los empleados del motel también y, en menos de diez minutos, Kathleen estaba en su habitación, sentada en el borde de la cama mientras Martha hervía agua en la pava que Kathleen había insistido en llevar de su casa. No se podía hacer una buena taza de té sin hervir agua y ella nunca había confiado en las máquinas de las habitaciones de hotel.

Era una habitación bonita, con vistas a los campos que se extendían hasta la lejanía. Siempre que fuera posible, evitaban hospedarse en ciudades ajetreadas.

Kathleen se relajó un poco. Después de un descanso estaría mejor.

—Aquí tienes —dijo Martha dejando una taza de Earl Grey en la mesa cercana a la cama, junto con una galleta de mantequilla—. Estoy en la habitación contigua. Me voy a instalar y vuelvo en una hora.

Hubo una llamada en la puerta abierta. Josh estaba en el umbral.

—¿Cómo te encuentras? ¿Necesitas algo?

—Estoy bien —afirmó Kathleen, y para probarlo se levantó y caminó hacia él con la intención de darle las gracias por su amabilidad.

A mitad de camino se dio cuenta de su error. La habitación empezó a dar vueltas. Extendió el brazo para enderezarse, pero solo sirvió para darse cuenta de que no había nada cerca a lo que agarrarse.

—¿Martha? —gritó.

Se preparó para chocar contra el suelo cuando unos brazos fuertes la sujetaron y frenaron la caída.

—Todo va bien.

La voz de Josh era tranquila y firme como una roca, lo que confirmaba la sospecha original de Kathleen de que era la elección perfecta para Martha. Siempre había pensado que una crisis era una buena prueba del carácter de un hombre. Y también de una mujer, por supuesto.

—Déjala en la cama. ¿Kathleen? —Martha sonaba asustada—. ¿Te duele algo? Voy a llamar al médico.

—No vas a llamar al médico. Vamos a esperar a que se me pase esto.

Kathleen se echó hacia atrás y cerró los ojos, pero la habitación siguió dando vueltas de un modo alarmante, así que volvió a abrirlos.

El té se iba a enfriar y no soportaba el té frío.

¿Sería el fin?

Si moría allí, nunca llegaría a California y nunca sabría lo que decían aquellas cartas.

Ruth.

Su último pensamiento fue para su antigua amiga. Después todo se quedó negro.

Capítulo 13

LIZA

Liza se detuvo en la entrada de la pista. La casa de la playa estaba apartada de la carretera y era casi imposible encontrarla si no sabías dónde hacer el giro.

La casa en sí estaba protegida de ojos curiosos y de cámaras no deseadas por largas verjas de hierro, equipadas con lo último en seguridad. Era la propiedad ideal para un famoso que no quería que lo encontraran.

El sol le quemaba la parte trasera del cuello y sentía los pies calientes e incómodos en los zapatos bajos que había llevado de su casa. La bolsa que transportaba le golpeaba las piernas.

¿Qué hacía allí?

Lo mejor sería olvidar todo el asunto y pasar vergüenza en privado.

Estaba a punto de alejarse cuando sonó una voz a través del interfono.

Liza se quedó paralizada en el sitio.

Se imaginó observada por un grupo de guardias de seguridad en una sala de control.

Había pasado todo el domingo sintiéndose ridícula y combatiendo la tentación de volver a su casa, pero luego había decidido hacer lo que animaba a hacer a sus hijas: asumir la responsabilidad.

—Hola. Soy Liza —dijo acercándose a la cámara y el interfono—. Mi madre es la dueña de la casa de más abajo. Estoy ahí ahora. Quiero ver a Finn Cool, aunque probablemente él no quiera...

Hubo un zumbido y se abrió la puerta.

—¡Oh! Bien.

Como no tenía otra opción, Liza cruzó la verja y esta se cerró con suavidad a sus espaldas, dejándola atrapada dentro.

Recorrió un camino serpenteante, al que daban sombra arbustos enormes de rododendros y azaleas y por fin vio la casa.

Era espectacular, por supuesto, cosa que ya esperaba. La parte delantera parecía construida casi enteramente de cristal, con vistas a los jardines inclinados que caían en pendiente sobre una pequeña playa accesible solo desde aquella propiedad.

«¡Cómo viven los ricos!»

Observó un momento las vistas y luego se abrió la puerta principal.

Esperaba que abriera un guardaespaldas fornido o un mayordomo terrorífico. Lo que no esperaba era ver a Finn Cool en persona apoyado en la jamba.

Con el rostro delgado y atractivo y los ojos adormilados parecía tan disoluto y peligroso como cuando lo había visto en la cocina, aunque en ese momento ella había estado demasiado estresada como para admirarlo. Llevaba pantalones cortos de surf y una camiseta negra. Iba descalzo y en la cara tenía una sombra de barba. Liza no sabía si acababa de despertarse o no se había molestado en afeitarse.

—¿Has venido sola o te sigue la policía? Lo digo por si tengo que volver a abrir la verja.

El calor en las mejillas de ella no tenía nada que ver con el sol.

—He venido a disculparme por llamar a la policía. Obviamente, no tenía ni idea... Mi madre nunca me ha hablado de ti —explicó. No había mucho más que pudiera decir para redimirse, así que levantó la bolsa que llevaba en la mano—. Te traigo una ofrenda de paz.

Había pasado horas pensando qué darle a un hombre que lo tenía todo, y al final había optado por algo casero. Seguramente otro error, pero ¿qué importancia tenía uno más entre tantos?

Él se enderezó.

—Te me has adelantado. Pensaba acercarme esta tarde a pedirte disculpas.

—¿Tú me ibas a pedir disculpas a mí? ¿Por qué?

—Por darte un susto de muerte. Por suerte para mí, eres más gentil que tu madre o estaría en este momento inconsciente en el hospital con una abolladura en el cráneo —dijo sonriendo—. Perdona. Tendría que haber llamado al timbre en vez de entrar en la cocina, pero no sabía que había alguien, así que usé mi llave —explicó. Entonces retrocedió y abrió la puerta del todo—. Pasa.

—Oh, no es necesario que... Solo quería darte... —distraída por su sonrisa, se le atropellaban las palabras. Subió los escalones hasta la puerta y le dio la bolsa—. Es una tarta de merengue y limón y una tanda de *cookies* de chocolate. Dos de mis especialidades. No sabía qué traer.

Todavía no había asimilado que Finn Cool tuviera llave de la casa de su madre. ¿Por qué ella no se lo había dicho?

—¿Tienes más de dos especialidades? En ese caso tienes que llamar más a menudo a la policía por mi culpa para que pueda probar todo el repertorio. Gracias, Liza. Esto es muy considerado. Te diría que no hacía falta que te molestaras, pero nunca rechazo comida. Pasa a la cocina —sugirió tomando la bolsa y entrando en la casa.

Ella esperó un momento y lo siguió. Cerró la puerta a sus espaldas.

Tenía que admitir que sentía curiosidad por la casa y no la decepcionó. La luz fluía a través de un atrio de cristal situado muy por encima de ellos y rebotaba en metros y metros de baldosas blancas. «Italianas», pensó, y casi babeó de envidia. El diseñador había jugado con el espacio y el color, dejando que predominara el blanco pero introduciendo toques de azul que creaban una sensación mediterránea. A Liza le interesaba el diseño de interiores. Incluso había acariciado la idea de trabajar con Sean en su estudio, pero al final habían decidido que no era una buena opción trabajar los dos en el mismo negocio. Y la enseñanza le permitía pasar más tiempo con las chicas.

Sin embargo todavía lo anhelaba de vez en cuando. Era incapaz de entrar en una casa y no ponerse a imaginar cómo cambiaría el interior.

En aquella casa no cambiaría nada.

Era una obra maestra de arquitectura moderna. Sean habría apreciado su sencillez.

Pensar en Sean le dolió. El estado de su matrimonio nunca estaba muy alejado de su mente, amargándola como un dolor de muelas.

Después de la conversación con él, esa mañana solo había recibido un mensaje de texto rápido: *¿Sabes dónde está mi camisa azul?*

Eso había hecho que se preguntara si había hecho bien en retrasar la conversación sobre lo que sentía. En algún momento tendría que ser sincera con su familia y decirles también las cosas que había que cambiar. Ellos no leían el pensamiento. Si lo hicieran, no seguirían poniendo mensajes con la esperanza de que les solucionara todos los problemas triviales. No obstante, cuando hiciera eso, se acabaría cualquier posibilidad de tener espacio para respirar y ella quería tiempo para sí. Se lo merecía.

Así que había ignorado el mensaje de Sean y otros dos de Caitlin preguntando por ropa suya.

Ninguno le había preguntado cómo estaba.

¿Qué habría dicho?

«Estoy preocupada porque no sé si estoy al borde de un colapso nervioso y porque tuve que llamar a la policía porque había un intruso en la cocina, pero no os preocupéis. Me las arreglaré, como hago siempre.»

Dejó a un lado los pensamientos sobre la familia y siguió a Finn Cool por la espaciosa cocina.

—Es perfecta —dijo. Aunque si ella cocinase allí lo quemaría todo por estar mirando las vistas al mar—. Me siento fatal por lo que pasó. No debí llamar a la policía.

—Hiciste bien en llamarlos. Sobre todo después de lo que pasó con tu madre —dijo él dejando la bolsa en la encimera—. No pasó nada.

Tuve que firmar unos autógrafos y sonreír en unos *selfies*, nada más. He pasado por cosas peores.

—No sabía que conocías a mi madre.

—Kathleen es una persona muy discreta. Y toda una campeona —comentó sacando un par de platos de uno de los armarios—. Hace un tiempo que somos amigos. Si fuera unos años más viejo me casaría con ella, y te aseguro que eso es un cumplido porque no soy de los que se casan.

Liza no solía leer la prensa rosa, pero hasta ella sabía que él llevaba una vida social activa e interesante, lo cual hacía que resultara más raro que fuera amigo de su madre, una mujer de ochenta años.

—No puedo creer que te encargara que dieras de comer al gato.

Solo a su madre se le ocurriría pedir a un famoso que pasara por su casa a abrir latas para el gato.

—Popeye y yo somos muy amigos. Viene por aquí a menudo.

—¿Conoces a Popeye?

Él sonrió.

—No hay muchos gatos con tres patas y un ojo por aquí. Lo considero todo un ejemplo de resistencia. Nada le impide explorar, ni siquiera mis perros. Popeye es el amo del mundo.

Mientras hablaba, llegó una cacofonía de ladridos. Una mancha marrón y negra y tres pastores alemanes corrieron desde el fondo del jardín hacia la casa.

Liza los miró nerviosa cuando se deslizaron por las baldosas blancas.

—¿Se van a vengar de mí por llamar a la policía?

—Más bien te matarán a lametazos o te usarán de tobogán. Odian estas baldosas —dijo. Entonces chasqueó los dedos y los perros pararon en seco con las lenguas fuera y lo miraron con aire estúpido—. Sentaos.

Los animales obedecieron, unos con menos ganas que otros.

Liza miró las hileras de dientes afilados.

—Empiezo e entender por qué no necesitas guardaespaldas.

—Estos amigos son disuasorios, eso seguro.

Él se acuclilló y empezó a acariciarlos y ella hizo lo mismo, aunque con más cautela.

Uno de ellos rodó por el suelo, mostrando la tripa y ella lo acarició con gentileza.

—Son fantásticos. ¿Cómo se llaman? Aunque no creo que consiga diferenciarlos.

—Uno, Dos y Tres. En su momento me pareció un modo sencillo de nombrarlos. Tienen terror a Popeye —aseguró levantándose.

Ella hizo lo mismo.

—A todos nos asusta un poco Popeye. Es el gato más despreciativo que he conocido. Y muy distante emocionalmente —comentó, «como mi madre»—. Y solo por curiosidad, ¿cómo conociste a mi madre?

—Es una larga historia. Para eso necesitamos comida —advirtió. Se lavó las manos, abrió la bolsa que Liza le había dado y exploró el contenido—. No he comido tarta de limón y merengue desde que era niño. Cortaré un trozo para cada uno y podemos comerla en la terraza.

—La he hecho para ti.

—Estoy muy a favor de los placeres, pero ni siquiera yo puedo comerme una tarta entera solo.

—¿Vives aquí solo? Yo asumía que tendrías muchos empleados.

—Soy el único residente permanente, aunque estoy sometido a invasiones regulares desde Londres. Mi sufridora asistenta viene de vez en cuando a rescatarme de las profundidades de mi propio desastre. Su esposo se ocupa de los jardines y la piscina. Viven en una casita a cinco minutos andando desde aquí. Están cerca, pero no tanto, ya me entiendes. Me tratan como a un hijo, lo cual es una suerte para mí —afirmó cortando dos trozos grandes—. Esto tiene una pinta increíble.

Su acento era una mezcla de norteamericano con un suave deje irlandés. Ella decidió que podía pasarse todo el día oyéndolo.

—Los huevos son orgánicos. De la granja Anderson —dijo ella.

¿Por qué lo había dicho? Seguramente a él no le interesaría nada.

—Nunca como huevos de ningún otro sitio —la risa en los ojos de él la hizo sonrojarse.

—Te burlas de mí.

—No. Mi congelador también está lleno de su ternera orgánica alimentada con hierba. Prácticamente subvenciono ese lugar, pero aun así a él le encanta conducir el tractor a paso de caracol y hacerme llegar tarde a todo. Está decidido a aflojar el ritmo de mi vida de turbo a tractor. Es la persona que más frunce el ceño en toda la región.

Liza había esperado que Finn Cool se mostrara distante e intentara librarse de ella lo antes posible, no que fuera tan amable y accesible. Había sonreído más desde que había entrado en aquella casa que en toda la última semana. ¿O mes?

Sonó el teléfono de él, pero no le hizo caso.

—¿Bebes algo?

—Es muy pronto para mí, pero gracias.

—Estaba pensando en té o café —aclaró sacando dos tazas de un armario—. A pesar de los rumores injuriosos que oigas en el pueblo, intento pasar sobrio al menos parte del día.

—No quería decir… —Liza retrocedió, avergonzada de nuevo—. Tengo que irme. Esto es demasiado violento.

—No tienes que irte, tienes que relajarte. Ven al jardín. Es imposible fruncir el ceño oyendo el sonido del mar y tomando tarta de limón y merengue. ¿Un capuchino? Mi máquina prepara los mejores que vas a probar nunca.

Ella aceptó la oferta y unos minutos después estaba sentada en una terraza amplia con el sol en la cara y la brisa marina levantándole con gentileza las puntas del pelo. Debajo de ellos estaba la piscina y más allá el mar.

Las palmeras daban sombra a un lado de la terraza y los perros corrían por el césped, rodando unos encima de otros en sus juegos.

—Siempre me sorprende que crezcan palmeras en Cornwall. Mi madre tiene la misma en el rincón del jardín

—Lo sé. Me ha dado muchos consejos sobre este jardín. Y algunos esquejes.

Su madre había dado esquejes a una estrella de rock.

Resultaba irreal. Ella, Liza Lewis, estaba sentada en la que probablemente sería la casa más cara del oeste de Inglaterra con Finn Cool.

Las mellizas se habrían quedado impresionadas, pero no se tomaban la molestia de preguntarle qué estaba haciendo. El hecho de que nadie más conociera esa experiencia que estaba viviendo le provocaba una buena sensación.

—Este sitio es increíble. ¿Mi madre ha estado aquí?

—Muchas veces —contestó probando un trozo de tarta.

—No tenía ni idea. Y lo que no entiendo es por qué insistió tanto en que viniera a echarle un vistazo al gato si sabía que ibas a cuidarlo tú. ¿Por qué no me lo dijo?

—A eso no te puedo contestar —devoraba la tarta de limón y merengue como si no hubiera comido nada en un mes—. ¿Puede ser que tuviera otra razón para querer que vinieras aquí?

Sus gafas oscuras hacían imposible ver su expresión, pero Liza tenía la sensación de que la observaba con atención.

Pensó en las tensas noches que su madre había pasado con ellos antes de que la llevara al aeropuerto. Intentó recordar cuándo le había pedido exactamente que echara un vistazo al gato.

Había sido en el último momento, después de una conversación sobre que Liza siempre ponía a todo el mundo por delante de ella.

¿Era posible que su madre lo hubiera hecho para que estuviera sola? No, ella no haría eso.

¿O sí?

La idea se aposentó en su mente.

—Es posible que quisiera animarme a tomarme un respiro. Y si me hubiera dicho que tú cuidabas de Popeye, yo no habría venido. Esa fue la excusa. Todavía no le he dicho que estoy aquí. Tengo que llamarla.

Su madre había captado que algo iba mal y le había importado lo suficiente como para intentar ayudar, aunque sus métodos fueran un poco torpes.

A Liza le sorprendió lo bien que eso le hacía sentirse.

Un pájaro miró la piscina y se alejó volando. Las abejas zumbaban en los arbustos y una mariposa azul brillante aleteaba en torno a las macetas de terracota que rodeaban la terraza.

Liza sentía cómo el sol le calentaba la cara. Se sentía más en paz y más relajada que en mucho tiempo.

Finn devoró las últimas migajas del plato.

—¿Necesitas una excusa para tomarte un respiro? —preguntó.

—No se me da bien —asintió ella cogiendo el tenedor y tomando un bocado pequeño de la tarta. Se dio un momento para saborearla.

—¿A qué te dedicas? No, espera —se interrumpió, y levantó un dedo—, deja que lo adivine. Diriges una empresa importante y si no la mantienes a flote, miles de personas perderían su empleo.

Definitivamente, esa vez sí se estaba burlando de ella.

—Soy profesora de Arte.

Él apartó el plato.

—Me sorprende. Tienes aire de ejecutiva. Te imagino trabajando en un rascacielos de cristal en la ciudad, no en un estudio. Jamás habría adivinado que eres artista, ni en un millón de años.

—No soy artista. Ya no —dijo. Reclamar ese título la haría sentirse un fraude—. Hace mucho que no pinto. Enseño a otros a pintar.

Les enseñaba espacio, forma, tono, textura y colores.

—Pero ¿sí hubo un tiempo en el que pintabas?

—Sí. Me encantaba.

—Y entonces, ¿por qué no consideras que eres una artista?

Liza pensó en ello.

—Un artista es alguien que crea arte y yo no hago eso.

—¿Por qué no?

La pregunta creaba una especie de intimidad que contrastaba con el poco tiempo que hacía que se conocían.

—Se vio pospuesto por otras cosas. Y ahora seguramente me dirás que siempre podemos sacar tiempo para algo que queremos hacer, pero…

—No, lo entiendo. La creatividad requiere espacio y tiempo, y esas dos cosas resultan escasas en el mundo en el que vivimos. Tu cerebro está aplastado por el peso de las exigencias cotidianas —dijo al tiempo que espantaba a una avispa para que se alejara de la mesa—. Sentirte sobrepasada puede matar hasta la última gota de creatividad en las células.

¿Cómo era posible que aquel hombre que no la conocía la entendiera tan bien?

—Hablas como si lo supieras.

—¿Por qué crees que vivo aquí? Aunque yo también tengo la ventaja de ser intrínsecamente egoísta, lo cual ayuda —aclaró sonriendo, y se levantó—. Ven conmigo. Quiero mostrarte algo.

Liza lo siguió por la terraza y los escalones hasta la zona tranquila de la piscina y después, cruzando el césped, hasta el mar. Un sendero de arena bajaba casi en vertical hasta la pequeña playa protegida a ambos lados por acantilados. Allí el océano Atlántico chocaba contra la orilla, avanzando y retrocediendo. El ritmo era hipnótico, y el oleaje hacía un buen contraste con la extensión de playa protegida del estuario cercano a Oakwood Cottage y sus dunas de arena mojada.

—No sabía que existía esto.

—Esta es la razón por la que compré la casa.

Él echó a andar por el sendero y ella lo siguió.

A mitad de camino, pasaron un salvavidas atado a un poste.

Finn Cool lo señaló.

—Por si alguien sale a bañarse de noche durante una de las fiestas salvajes y alcohólicas que se rumorea que celebro en esta casa.

Liza avanzaba con cautela, intentando no resbalar.

—He visto cómo conduces, así que al menos algunos de los rumores son ciertos.

Él le dedicó una sonrisa.

—Los coches son mi vicio.

—Las carreteras de por aquí son demasiado retorcidas y estrechas para un coche rápido.

—El problema no son las carreteras, son los demás conductores.

Los perros los adelantaron corriendo y habrían tirado a Liza al suelo si él no hubiera extendido el brazo para sujetarla.

—Perdona. No saben lo que es comportarse civilizadamente. Olvidan que nosotros no nos equilibramos a cuatro patas.

Le sostuvo la mano mientras bajaban por el sendero. Ella era muy consciente de la presión de sus dedos. Tenía la sensación de que debía retirar la mano, pero la dejó allí hasta que llegaron al pie del sendero.

Se quitó los zapatos y sintió un alivio instantáneo cuando sus pies desnudos tocaron la arena suave. La playa era privada y estaba aislada. Era como entrar en otro mundo.

—¿La gente nunca escala esos acantilados?

—No. Son demasiado empinados. Intentan venir por los campos, pero por suerte el granjero tiene un toro dos campos más allá en esa dirección —dijo señalando con la mano—, así que es una especie de seguridad integrada. Vienen por carretera, pero Kathleen me protege de ellos.

Liza cerró los ojos brevemente. Respiró el aire salado y sintió el sol. Su vista habitual eran edificios y calles atestadas de tráfico y de gente. Los sonidos de fondo solían ser motores, ruido de cláxones y aviones sobre su cabeza. Allí solo había mar, cielo y aves marinas.

Abrió los ojos.

—¿Cómo te protege mi madre?

—Tiene un montón de estrategias interesantes. Indica mal a la gente. Los envía campo a través o al pueblo de al lado. De vez en cuando finge ser sorda y deja que griten cada vez más alto hasta que se rinden —explicó. Se quitó las gafas. Tenía el pelo revuelto por la brisa y los ojos brillantes de regocijo—. ¿No te lo ha contado nunca?

—¿Te dañaría mucho el ego si te digo que casi no te menciona?

La sonrisa de él se hizo más profunda.

—Confirmaría mi sospecha de que probablemente sea la mejor vecina del planeta.

Liza se enrolló la parte inferior de los pantalones. La pálida piel de sus pies y tobillos era una prueba de que aún no había pasado allí el tiempo suficiente como para que le diera el sol. Tenía que hacer algo acerca de eso y, desde luego, también acerca de su ropa, que era muy poco apropiada para relajarse o para la vida en la playa.

—¿Con cuánta frecuencia os veis? —preguntó Liza.

—Cuando estoy aquí, casi todas las semanas —contestó mientras se agachaba a recoger una caracola—. Tomamos café en su jardín o ella viene a nadar en la piscina y después tomamos alguna bebida fría.

—¿Todas las semanas? —Liza no podía creer lo que estaba oyendo—. ¿Ella nada en tu piscina?

—Solía nadar dos veces al día en el mar, pero después del mareo que sufrió, la convencí de que la piscina era más segura.

«¿Mareo?», pensó Liza.

Si preguntaba detalles, él pensaría que era una hija terrible y no tenía sentido preguntarse por qué su madre no lo había mencionado: temía que Liza la sermoneara sobre la seguridad. Sin duda, eso habría hecho exactamente.

Quizá sí que era una hija terrible. Había intentado ayudarla y protegerla, pero en el proceso se había desconectado de una gran parte de la vida de su madre. Su insistencia constante en que se cuidara no había tenido ningún impacto en ella, que siempre hacía exactamente lo que quería. Lo único que conseguía era alentarla a que le ocultara cosas para evitar sermones. Sin embargo parecía que no le ocultaba cosas a Finn.

—¿Siguió tu consejo y dejó de nadar en el mar?

—Al principio no, pero le dije que si el mar arrojaba un día su cuerpo a la orilla, podía arruinar una de mis fiestas en la playa. Se rio y aceptó usar mi piscina —explicó. A continuación miró a Liza—. Glenys, mi asistenta, siempre está cerca cuando usa la piscina, así que es bastante seguro.

Liza intentó recordar una conversación con su madre en la que las dos se hubieran reído.

—Tú la aprecias —dijo.

Él se encogió de hombros.

—No tengo padres ni abuelos vivos. Veo a Kathleen como a una persona más mayor y más sabia.

—¿De verdad? —Liza no veía así a su madre en absoluto—. Yo tiendo a considerarla imprudente. Me provoca constantes ataques de ansiedad.

—Supongo que es distinto cuando se trata de tu madre —repuso él acercándose al agua—. ¿Siempre ha sido así?

—¿Obstinada?

—Iba a decir aventurera, osada.

—Supongo que sí, sí.

—Eso haría que tu infancia fuera interesante.

Había hecho que su infancia fuera solitaria, pero eso no era algo que pensara hablar con Finn Cool.

—Siempre sacaba buenas notas en Geografía. Soy la persona que querrías tener en tu equipo jugando al Trivial en el pub.

—He visto algunos de sus programas en internet. Son increíbles. ¡Tenía tanta presencia!

Liza no había visto *Destino: final feliz* desde niña. Le recordaba las ausencias de su madre.

—Los tiene todos en DVD.

—No te creo —soltó él. La brisa había hecho que algunos mechones de pelo se le pusieran por la cara—. Pero se rodarían en dieciséis milímetros, ¿verdad?

—No lo sé. Solo sé que se los regalaron en DVD cuando cumplió sesenta años.

Finn Cool enarcó una ceja.

—Es un gran regalo. Por otra parte, ella era una especie de leyenda. Seguro que todos la adoraban. Debía de ser divertido trabajar con ella. ¿Esos DVD están en la casa?

¿Esperaba que lo invitara a ir allí? ¿Y cómo se sentiría ella viéndolos? Siempre se había resentido con aquel programa. De niña le parecía que competía con él por el tiempo y el cariño de su madre.

—No sé dónde los guarda, pero puedo preguntarle.

—Deberías guardarlos bajo llave. Probablemente sean artículos de coleccionista —dijo, y se giró a mirar el mar con la vista fija en el horizonte—. Ella sí que sabe vivir. Y nunca lo hace según las expectativas de la sociedad. Presentaba su programa hasta mucho después de que hubieran apartado a otras personas, presumiblemente porque en ese momento era irremplazable. Y mírala ahora. Mucha gente esperaría que viviera en una especie de residencia y sin embargo está viajando por Estados Unidos —apuntó, y le temblaron los hombros con una risa silenciosa—. Es fantástica. Sabe cómo perseguir hasta la última migaja de felicidad y devorarla. La mayoría de la gente pisotea esas migajas en la alfombra. Debes de estar encantada de que siga todavía tan activa e involucrada con la vida.

Liza se sintió culpable por haber considerado convencer a su madre para que dejara su casa.

—Su estilo de vida me provoca ansiedad —dijo.

Había pensado en sí misma, no en Kathleen. A su modo, había sido tan egoísta como las mellizas.

—Tiene suerte de contar con una hija tan solícita como tú.

¿La tenía? Liza sospechaba que Kathleen habría elegido una hija más aventurera y trotamundos.

Había habido una razón para que no quisiera que fuera ella la conductora en aquel viaje especial.

Cambió de tema.

—Martha me envió una foto de ella tomando cócteles en la azotea de un edificio de Chicago.

Le mostró la foto en el teléfono y él lo cogió e hizo sombra en la pantalla con la mano.

—Brillante. ¿Tienes más?

Ella se inclinó y pasó la pantalla.

—Martha hizo una foto del coche.

La sonrisa de él se hizo más amplia.

—¡Que me condenen! Al final ha alquilado el Ford Mustang.

—¿Tú sabías que pensaba alquilar un deportivo?

—Me preguntó por coches. Quería saber cuál alquilaría yo si hiciera ese viaje. Para mí fue fácil contestar, porque he hecho ese viaje... en ese coche —afirmó devolviéndole el teléfono—. Lo pasará muy bien. ¿Y quién es Martha?

—Es una desconocida a la que contrató sin molestarse siquiera en comprobar sus referencias. Típico de mi madre.

En realidad Martha había resultado ser muy considerada. Enviaba fotos todos los días, junto con actualizaciones divertidas y vídeos. Parecía que su madre había elegido bien a su acompañante.

—Pareces saber mucho de su viaje —comentó Liza.

Él vaciló.

—¿No habló contigo de la planificación?

—No. Esperaba que me pidiera ayuda porque odia internet, pero no fue así —Liza hizo una pausa—. ¿Qué es lo que no me dices?

—Ella es discreta. Creo que yo también debería serlo —dijo frotándose la mandíbula—. Mi equipo la ayudó a organizarlo. Como tú dices, no se siente muy cómoda con respecto a internet.

—¿Le hiciste tú las reservas? ¿Por qué no me lo pidió a mí? Yo lo habría hecho.

—Me ofrecí. Y me habría ofendido si se hubiera negado.

—Supongo que eso explica por qué se hospedó en la suite presidencial en Chicago.

—¿Le dieron esa? Confiaba en que lo hicieran, pero siempre depende de quién se hospede ese día, claro.

—Fue muy considerado por tu parte —dijo ella intentando no sentirse herida por que su madre no le hubiera pedido ayuda—. Te juzgué mal. Pensaba que eras un bribón.

—¿Bribón? Creo que no he oído a nadie usar esa palabra fuera de un drama de época —dijo, y se inclinó hacia ella con un brillo de malicia en los ojos—. Soy un bribón, Liza. Soy egoísta y si he hecho algo que ha ayudado a alguien, probablemente también me haya beneficiado a mí.

Ella no podía imaginar de cuánta ayuda podría haberle sido su madre.

Caminaron por la arena hasta llegar al borde del agua.

—Está subiendo la marea. Podría quedarme aquí sentado todo el día mirando. Y a veces lo hago —aseguró agachándose a recoger otra caracola—. Cuando encontré este sitio, llevaba un año sin escribir nada.

—¿Te refieres a escribir música?

A Liza la avergonzaba saber más de la reputación de él que de sus canciones.

—A escribir música y letras —respondió. Giró la caracola y frotó el interior arenoso—. Es curioso. Puedes pasarte horas sentado intentando esforzarte en producir algo. El esfuerzo también juega su papel, pero al final se trata de un algo mágico tan delicado como un nuevo brote de una planta. Y eso no se puede forzar. Tú eres artista, tú lo entiendes.

¡Oh, sí! Ella lo entendía.

—Ya te he dicho que soy profesora. No me considero artista.

—Pero imagino que te lo consideraste en algún momento, ¿no?

Liza recordó los días en los que dormía con el cuaderno de dibujo debajo de la almohada. Se despertaba al amanecer, bajaba a la playa con sus pinturas y se sentaba en la arena húmeda a intentar capturar la belleza de lo que veía. Había sido su manera de canalizar las emociones que no podía expresar de otros modos y había sido lo único de ella que había atraído el interés de su madre. Nunca habían hecho repostería juntas, ni ninguna de las otras cosas que hacían a menudo madres e hijas, pero Kathleen siempre había mostrado interés por su arte. El día que Liza había ganado el premio artístico en el colegio su madre había estado presente y había aplaudido con fuerza. Teniendo en cuenta lo raro que era que estuviera presente en eventos escolares, para Liza había sido un momento de orgullo. Ese trofeo representaba mucho más que un reconocimiento de su arte, y por eso la decepcionaba tanto que su madre lo hubiera dejado empaquetado en algún rincón.

—Sí —dijo, devolviendo la atención al presente—. Me consideraba una artista.

—¿Con qué materiales trabajabas?

—De todo. Al principio pintaba óleos, pero después me pasé a acuarelas y luego a pasteles. Acrílico en ocasiones. Probaba distintos materiales y todavía me encanta hacer bocetos.

—¿Tienes fotografías de tu trabajo? Me encantaría ver lo que haces.

Nadie había mostrado interés por sus cuadros en años.

—No tengo… ¡Ah, espera! —dijo, y buscó una página web en el teléfono—. Hace años pinté una serie de óleos que se expusieron en una galería cerca de aquí. Todavía tienen las fotos en su web, Dios sabe por qué.

Él tomó el teléfono y guardó silencio tanto rato que ella acabó deseando no habérselas enseñado.

—Probablemente no sean de tu gusto —dijo—. Son de hace mucho tiempo…

—Son asombrosas. Puedo oler el mar. La profundidad del color y el modo en que has captado el movimiento de las olas… Apuesto a que se vendieron todos.

—Sí.

Él le devolvió el teléfono.

—¿Aceptas encargos?

—Ya te he dicho que hace años que no pinto.

—Pues a lo mejor ya es hora. ¿Y qué lugar mejor para volver a empezar? —sugirió frotando la caracola que tenía en la mano—. ¿Echas de menos pintar?

—Sí, aunque hacía tiempo que no lo pensaba —pero en ese momento lo estaba pensando—. Me parecería egoísta pintar cuando hay tanto que hacer.

—Yo lo llamaría autocuidarse. Necesitamos sacar tiempo para las cosas que son importantes para nosotros. Toma —Finn le tendió la caracola—. Como inspiración. Puedes ponerla en tu estudio.

Ella se la guardó en el bolsillo con la sensación de que le había dado algo especial y significativo.

—No tengo estudio.

—¿Dónde te gusta más pintar?

—Cuando era más joven, pintaba en la cabaña de verano que hay al fondo del jardín de mi madre. Tiene grandes ventanales y luz del norte. En Londres no tenemos espacio —explicó. No estaba acostumbrada a hablar de sí misma. Incómoda, se agachó a enrollarse más los pantalones y chapoteó en el mar hasta que el agua le llegó más arriba de los tobillos—. ¿Aquí es donde tú haces mejor tu trabajo?

—Aquí y en Irlanda. Tengo una casa en Galway. Era de mis abuelos maternos.

—¿Eres irlandés?

—Americano irlandés. Nací en California, pero vivimos unos años en Galway cuando era adolescente. Fue allí donde empecé a tomarme en serio la música —recordó. Las olas giraban alrededor de sus pantorrillas—. ¿Y tú? ¿Tu familia no está contigo?

—No. Sean es arquitecto y está metido en un proyecto importante. Y las mellizas no se dejarían arrastrar fácilmente hasta aquí.

No confesó que prácticamente había huido de ellos, ni que las chicas habrían tomado el primer tren de alta velocidad hasta allí si hubieran sabido que había alguna posibilidad de conocer a Finn Cool en persona.

—¿Por eso pareces triste?

—¿Parezco triste?

Él alzó la mano y le apartó un mechón de pelo de la cara.

—Sí. O quizá sería más apropiado decir que te esfuerzas mucho por no parecer triste. Además, no pintas, ni dibujas, ni esculpes. Cualquiera que sea tu forma de expresión, si un artista no crea arte nunca es bueno. Si esa parte de ti está dormida, te conviertes en una sombra de ti misma.

¿Cómo era posible que aquel hombre, un desconocido, viera algo que Sean no veía?

¿Cuánto tiempo hacía que Sean no le preguntaba lo que quería? ¿Cuándo era la última vez que la había mirado como la miraba Finn en ese momento, con atención e interés? ¿Era simplemente que la familiaridad volvía ciegas a las personas? ¿La gente veía lo que había visto siempre y no lo que tenía delante?

—Estoy cansada, eso es todo.

«Cansada. Dolida. Confundida.»

—Pues está bien que Kathleen te alentara a tomarte un respiro.

Liza pensó que hacía falta algún tipo de explicación, pero intentó ser neutral.

—La vida familiar puede ser agotadora, especialmente con hijas adolescentes. No espero que lo entiendas.

—Lo entiendo. ¿Por qué crees que estoy soltero? —afirmó. Su sonrisa era tan cautivadora, que ella también sonrió.

—Pensaba que igual estabas soltero para provocar los máximos cotilleos posibles entre la gente de por aquí.

—Admito que eso me produce cierto placer —confesó metiéndose un poco más en el mar—. ¿Quieres nadar?

—¿Aquí? ¿Ahora?

—¿Por qué no?

—No estoy vestida para eso.

—No sugería que nadaras con ropa. Déjala en la playa. Déjate puesta la ropa interior si eres tímida.

Lo dijo con tal ligereza que, por un momento, ella consideró hacerlo.

Hasta que se impuso el sentido común.

—Eso es ridículo.

—Nadar es lo más natural del mundo. Y nadar en el mar es la mejor sensación. ¿Qué tiene de ridículo? —preguntó observándola—. ¿Nunca haces nada espontáneo, Liza?

—No —respondió, aunque ir a Oakwood Cottage había sido espontáneo, y su decisión de ir a verlo ese día para disculparse en persona también. Ambas acciones le habían hecho pensar—. De vez en cuando.

—¿Y cuál suele ser el resultado cuando lo haces?

Él estaba perturbadoramente cerca y ella retrocedió un paso, aturdida por la provocación.

—No estoy segura. Pregúntamelo otra semana —dijo.

Al instante se sintió avergonzada. Hablaba como si esperara verlo de manera regular.

—Lo recordaré. Ven a nadar a mi playa. Tráete el bañador.

—¿Vas a estar aquí todo el verano?

—Hasta septiembre. Después vuelvo a Los Ángeles.

Ella no podía imaginarse llevando un estilo de vida tan trotamundos.

—¿Por qué llevabas un año sin escribir? —le preguntó.

Tardó un momento en contestar:

—Perdí a alguien muy cercano —contesto, y se volvió y caminó hacia la orilla.

Liza deseó no haber preguntado.

—Lo siento.

—No lo sientas. La muerte es parte de la vida, ¿verdad? Aunque eso no la hace más fácil —Finn se acuclilló al lado de una especie de piscina que se había formado entre las rocas—. El alga marina es un alga, no una planta. ¿Lo sabías?

—No.

Ella se acuclilló a su lado, pero no le resultó incómodo, le pareció cordial.

Se avergonzaba de sí misma por todas las asunciones y juicios previos que había hecho de él.

La piscina hervía de vida. Pequeños cangrejos ermitaños saltaban bajo la protección de las algas. Lapas y mejillones se aferraban a las rocas y flotaban anémonas en el agua inmóvil. Podría pasarse horas allí mirando, pero la marea les lamía los talones, recordándoles que estaba a punto de reclamar la playa.

Finn se incorporó.

—Deberíamos irnos antes de que cambie la marea. Después de un encuentro con la policía, no quiero añadir ahora a los guardacostas a la lista.

—Si tienes que llamar a los guardacostas por mí, te preparé una tarta de limón y merengue mucho más grande.

Él rio.

—Me dan ganas de tirarme al agua. ¿Quién te enseñó a preparar tarta de limón y merengue?

—Me enseñé sola. Mi padre era un cocinero pragmático —dijo, e hizo una pausa—. La verdad es que era un cocinero terrible. Cocinaba con el fuego al máximo, así que todo se quemaba. Mi madre viajaba mucho, así que yo me ocupé de cocinar. Me gustaba, pero para aliviar el aburrimiento; me gustaba experimentar.

Caminaron por la arena hasta el pequeño sendero que subía zigzagueando hasta el jardín.

—¿Todo lo que haces es tan bueno como esa tarta?

—Espero que sí.

El sendero era empinado y ella estaba ya sin aliento. Tenía que sacar tiempo en su vida para hacer más ejercicio.

—En ese caso, invítame a cenar.

Le tendió la mano y tiró de ella el último tramo del sendero.

Liza no tenía pensado cocinar, pero, por alguna razón, le gustó la idea de preparar una cena para Finn. Había tenido una conversación más sincera con él en la última hora que con ninguna otra persona en mucho tiempo. Su compañía le había subido el ánimo. ¿Por qué no? Resultaba obvio que había sido un buen vecino para su madre y ella se lo agradecería preparándole algo delicioso.

—¿Te está permitido salir sin seguridad?

—Puedes protegerme tú —sugirió sonriendo—. Iré a través de los campos. No me verá nadie.

Los perros saltaban por el jardín, gruñendo, ladrando y tropezando unos con otros en sus juegos.

—En ese caso, ven a cenar el viernes —dijo. Sería una oportunidad de disfrutar de su amor por la cocina, cosa que no había hecho en mucho tiempo. Preparar comidas solía ser una tarea más al final de una larga lista—. ¿Cuál es tu comida favorita?

Él tomó las tazas que habían abandonado en la mesa y las llevó a la cocina.

—Como de todo. Yo llevaré el vino. Y podemos hablar del cuadro que vas a pintar para mí.

Liza ya estaba planeando la cena. Estaba previsto que continuara la ola de calor, por lo que comerían fuera. Usaría verduras del huerto de su madre.

—Toma —Finn le tendió la bolsa que había llevado—. Me alegro de que hayas venido.

Ella también. Así había dejado de darle vueltas a lo que ocurría con su familia y había empezado a pensar en la vida de un modo diferente.

Desanduvo el camino de entrada de la casa y cruzó el campo que llevaba a Oakwood Cottage sintiéndose más ligera.

Permaneció en la casa el tiempo suficiente para dejar la bolsa en la cocina y tomar las llaves del coche.

¿Qué había dicho él?

«Tienes aspecto de ejecutiva. Jamás habría adivinado que eres artista, ni en un millón de años.»

Su ropa no reflejaba quien era, reflejaba la vida que llevaba.

Tener un guardarropa neutro con prendas que combinaban bien implicaba que tenía menos decisiones que tomar en un día que estaba plagado de ellas. ¿Qué elegiría ponerse si no tenía que llevar a las chicas de acá para allá, ni correr al supermercado, ni dar clases?

Decidida a averiguarlo, condujo hasta el pueblo, aparcó el coche y caminó por la retorcida calle principal hasta llegar a la pequeña *boutique* enclavada entre una librería y la charcutería.

Empujó la puerta con un gesto de desafío. ¿Cuánto tiempo hacía que no compraba nada para sí misma? Demasiado.

La tienda era fresca y espaciosa, con espejos que cubrían dos de las paredes. Por un momento Liza se vio como probablemente la veían otros: pelo rubio liso que le caía hasta los hombros, un rostro estrecho y ojos azules. Si tuviera que usar una palabra para describir su aspecto sería «corriente». Su ropa no decía: «Mírame», sino «No me mires». Y no porque ella quisiera lanzar un mensaje con su forma de vestir. Bastantes cosas tenían que hacer sin pensar en mensajes.

De una habitación situada en la parte de atrás, salió una mujer joven de cabello corto y rojo y maquillaje inmaculado.

—¿Puedo ayudarla en algo? Hay más prendas dentro si no encuentra la talla que busca.

Liza sintió un momento de inseguridad, pero la descartó. Era una artista. Entendía de color y de forma. Sabía lo que le quedaba bien. No necesitaba ayuda. Lo único que tenía que hacer era darse permiso para ser esa persona y dar libertad a su lado creativo. Ya lo había suprimido durante demasiado tiempo.

Se acercó a los percheros de ropa, observó cada pieza y seleccionó unos cuantos artículos. Y después otros cuantos más.

Cuando salió de la tienda media hora después, llevaba dos bolsas grandes llenas de vestidos de verano, tops de algodón en tonos pastel, pantalones cortos, zapatos, chanclas para la playa y unos pendientes enormes de plata hechos por una artista local.

«Feliz aniversario, Liza.»

Se había probado una prenda tras otras. Y el mero hecho de probárselas la había hecho sentirse veraniega y relajada, aunque esa excusa no servía para su compra más extravagante.

—¿Qué le parece el rojo? —le había preguntado la mujer tendiéndole un vestido—. Quedaría fantástico con su color de piel.

El vestido era rojo, de tirantes y nada acorde con su estilo de vida.

Liza lo había comprado, junto con unos zapatos que decididamente no habían sido diseñados para caminar.

¿Se sentía culpable? No, se sentía aturdida y joven. En lugar de comprar un vestido acorde con su estilo de vida, iba a elegir un estilo de vida acorde con el vestido.

Caminó desde la *boutique* hasta la charcutería que había al lado.

Una de las ventajas de estar allí sola era que no tenía que pensar en cocinar para una familia.

Tomó una cesta y eligió una barra de pan francés todavía caliente del horno. Añadió jamón italiano, un par de quesos franceses, tomates rojos todavía en la rama y un frasco de olivas gruesas.

—¿Liza?

Si hubiera podido esconderse, lo habría hecho. Disfrutaba de su libertad y no quería conectar con nadie. Quería centrarse en sí misma sin considerarse egoísta.

—¡Madre mía! ¿Cuántos años han pasado? —dijo una mujer que

parecía recién salida de una sesión de yoga, con el pelo recogido en una coleta y la cara brillante y sonrosada—. ¿Me reconoces?

A Liza le costó un momento.

—¿Angie? ¡Angie!

—¿Por qué te sorprende tanto? Vivo aquí, ¿recuerdas?

—Te mudaste a… —Liza intentó recordar—. Boston. ¿Por el trabajo de tu esposo? ¿Cómo se llamaba? ¿Jeremy? ¿Jonah?

Angie hizo una mueca.

—Él sigue allí. Estamos divorciados.

—Lo siento —dijo Liza. «Es la vida», pensó. «Nos arranca pedazos a todos»—. Podías haberme escrito o llamado.

—Hacía tiempo que habíamos perdido el contacto. No quería ser la amiga llorona. Fue duro en su momento y durante unos años, pero los dos hemos seguido adelante. John ha vuelto a casarse y tiene un bebé.

«John.»

—¿Un bebé?

Angie alzó los ojos al cielo.

—No tienes por qué cortarte. Tiene cincuenta y tres años. Mi venganza es imaginarlo lidiando con pañales y noches sin dormir. Y no porque hiciera nada de eso la primera vez. ¡Ay, Liza! Me alegro mucho de verte. ¿Tienes tiempo para tomar un café? Hay un sitio aquí al lado.

Su instinto le decía que aceptara. Era lo que hacía siempre con todas las personas de su vida, pero había cosas que quería hacer esa tarde y esa noche y tenía muchas ganas de hacerlas.

—Me encantaría que nos pusiéramos al día, pero esta tarde tengo cosas que hacer —contestó. Le costaba decirlo, pero lo había hecho. Sin embargo, se alegraba sinceramente de ver a Angie—. ¿Por qué no vienes mañana a Oakwood Cottage?

—¿De verdad? ¿Te quedas con tu madre?

—Ella está viajando por Estados Unidos. La Ruta 66.

—Tu madre es increíble. Sigue con la vida de *Destino: final feliz*. Yo no me imagino haciendo eso ahora, así que mucho menos a los ochenta años. Y si ella no está en casa, ¿qué haces tú aquí?

«Estoy huyendo.»

—Cuidar al gato.

—¿Con las chicas y Sean?

—No. Ellos tenían cosas que hacer en casa.

En otro tiempo, Angie y ella habían sido como hermanas. Se lo contaban todo. Pero de eso hacía muchos años. La universidad y la vida las habían separado. Luego Angie había conocido a John, se había mudado a Boston y la comunicación se había ido apagando. La fase en la que Liza se sentía cómoda contando detalles de su vida había quedado muy atrás.

Sintió una punzada repentina. Echaba de menos la amistad profunda que Angie y ella habían tenido en otro tiempo, el tipo de amistad en el que reían hasta que les dolía el costado y sabían todo lo que había que saber la una de la otra. Habían compartido ropa, historias y maquillaje. Cuando Sean la besó, Angie fue la primera persona a la que Liza se lo contó.

Después de tener hijas, la naturaleza de las amistades había cambiado y estas tendían a estar más relacionadas con el nuevo estilo de vida. Al principio el factor común eran los bebés y después el colegio. Eran también amistades, pero no tan profundas ni auténticas como la que había disfrutado con Angie. Y quizá la había atesorado aún más porque no había tenido esa complicidad con su madre.

Aun así, aquellos días se habían acabado y ambas eran dos personas diferentes. El vínculo entre ellas se había roto por el tiempo, la distancia y la experiencia de vida.

—Ven mañana. Nos llevaremos un pícnic a la playa y podemos nadar si nos sentimos valientes. Tenemos mucho que contarnos. ¿Dónde vives?

—En casa de mi madre —Angie tomó un frasco de mermelada del estante—. Ahora es mi casa. Ella murió el año pasado y vine a venderla, pero luego decidí quedármela. Es pequeña pero hay espacio para que venga Poppy a pasar tiempo conmigo. ¿Tú has tenido más hijos?

—No. Con las mellizas tengo bastante.

—Ya me imagino —Angie le dio un abrazo—. Me alegro de verte. Hasta mañana.

Liza sintió el roce del pelo de su amiga en la mejilla e inhaló su perfume floral.

La estrechó contra sí un momento. Echaba de menos la amistad, la intimidad.

Después de llevar sus muchas compras hasta el coche, cuando llegó a Oakwood Cottage se sentía mil veces mejor que cuando se había levantado esa mañana.

Desempaquetó la comida, puso una selección en un plato y guardó el resto en el frigorífico.

Sintiéndose decadente, abrió una botella de vino, se sirvió un vaso y se lo llevó al patio.

Popeye estaba allí, lamiéndose la piel. Se detuvo el tiempo suficiente para lanzarle una mirada de desdén y siguió con su ritual de acicalamiento.

—¿Siempre has sido tan distante o lo has aprendido de mi madre?

Liza se sentó. Se sentía veraniega con la camiseta y los pantalones cortos nuevos, y con los pies por fin cómodos en unas bonitas chanclas.

Su madre tenía razón. Tenía que intentar encontrar esa sensación ligera y de vacaciones todo el año, no solo unas semanas en agosto.

Ante ella se extendían el resto de la tarde y toda la velada.

Probablemente debería limpiar la casa, pero no tenía intención de hacerlo. El polvo podía seguir donde estaba, ella tenía cosas mejores que hacer.

Vio una llamada perdida de su madre en el móvil y empezó a preocuparse. Kathleen la llamaba raramente. Era Liza la que llamaba.

Se sentó en un lugar sombreado del patio y sorbió el vino mientras esperaba que contestara su Kathleen. Cuando lo hizo, su voz sonaba débil y un poco grogui.

—¿Mamá? ¿Te he despertado? —preguntó. ¿Había calculado bien la diferencia horaria?—. ¿Va todo bien?

—Todo va mejor que bien. Estoy viviendo un sueño.

Algo en su voz no sonaba bien del todo. Resultaba perturbador darse cuenta de que no conocía a su madre lo bastante bien como para leer en ella.

—¿Estás segura? Me has llamado —señaló, «y no es propio de ti».

—Estoy segura. ¿Sabes cuánto tiempo hace que quería venir a la Ruta 66? Martha está haciendo fotos maravillosas.

—Las estoy disfrutando. Por favor, dale las gracias. ¿Dónde estáis exactamente?

Hubo una pausa y Liza oyó voces apagadas de fondo antes de que su madre volviera a hablar.

—Martha dice que estamos en las afueras de Springfield y hoy vamos a conducir por Kansas. ¿Qué tal tú? ¿Me llamas desde el coche mientras llevas a las chicas a alguna parte?

—No estoy en el coche —Liza estiró las piernas y admiró sus chanclas nuevas—. Estoy tomando un vino en tu patio, después de haber disfrutado de un almuerzo excelente de la charcutería que me recomendaste en el pueblo.

—¿Estás en Oakwood?

—¿Por qué te sorprende? Me pediste que viniera, ¿recuerdas?

—Sí, pero nunca pensé... —su madre se interrumpió—. ¿Has ido a la charcutería? Prueba las minitartaletas de queso de cabra, son divinas. Y a Sean le encantará el *brownie* de chocolate.

—Sean no está aquí, pero lo compraré la próxima vez que vaya.

Hubo una pausa.

—¿Estás sola?

—Sí. Vine a ver a Popeye, como te prometí que haría —dijo. Miró al gato, pero en sus rasgos felinos no vio nada que pareciera ni remotamente agradecimiento—. Y ayer encontré a un extraño en tu cocina.

—¡No! ¿Otro intruso?

—No exactamente, pero eso no lo supe hasta después de haber llamado a la policía. ¿Por qué no me dijiste que conocías a Finn y que le habías pedido que diera de comer al gato?

—¡Ah!

—También olvidaste mencionar que tomáis café juntos regularmente y que nadas en su piscina varias veces por semana.
—Soy vieja, Liza. Mi memoria no es lo que era.
Liza alzó los ojos al cielo.
—Lo dice la mujer que está cruzando Estados Unidos en un coche deportivo.
—Y es una experiencia tan maravillosa como anticipaba.
—Me alegro. Pero ¿por qué me pediste que viniera a ver a Popeye si ya tenías a alguien que iba a hacerlo?
—Fue algo espontáneo. Pensé que necesitabas un descanso y el aire del mar. Sabía que no lo harías por ti, pero también sabía que lo harías por mí si te lo pedía, porque esa es la clase de persona que eres. Y ahora me vas a reñir por ser una hipócrita y entrometerme cuando jamás permito que te entrometas tú.
Liza sonrió.
—En realidad te iba a dar las gracias.
—Ah.
—Sí. Por alentarme a hacer algo que no habría hecho sin un empujón.
Liza miró a Popeye tumbado al sol. Ella nunca sacaba tiempo en su vida para hacer nada. ¿Por qué se valoraba más una vida ajetreada que una tranquila? Había pasado tanto tiempo corriendo de una tarea a otra que había olvidado andar despacio. Un momento de inactividad la hacía sentirse culpable y agobiada.
—No estaba segura de que fueras a hacerlo. Y como mínimo pensaba que te llevarías a Sean.
Liza se terminó el vino.
—Pues no ha sido así —replicó. Hubo una pausa larga—. ¿Mamá? ¿Sigues ahí?
—Sí. Oye, ¿va todo bien?
La pregunta era tan impropia de su madre, que Liza casi soltó el teléfono.
—Todo va bien. ¿Por qué?
—Por nada. No me hagas caso.

¿Por qué Liza tenía la sensación de que se le escapaba algo?

—¿Estás bien, mamá? ¿Llamabas por algo en concreto?

—Estaba preocupada por ti, eso es todo.

Liza tuvo que comprobar el número en el teléfono. ¿Aquella era de verdad su madre?

—¿Has llamado para ver cómo estoy? ¿Por qué? Tú no sueles preocuparte.

—Me preocupo por muchas cosas: por abandonar este mundo antes de hacer todo lo que quiero hacer, por Popeye… Me preocupo por si debería haber podado el manzano…

—No es el momento del año apropiado —comentó Liza mirando la corteza gruesa y rugosa y las ramas en expansión—. Tomo nota para recordártelo en invierno.

—¿Qué te ha parecido Finn?

—Es… amable —repuso Liza.

La palabra era insuficiente, pero también una descripción neutra que no invitaría a más preguntas. Si lo describía como carismático, encantador o sexi, todo lo cual era, la conversación seguiría un rumbo que no quería.

—No se parece nada a lo que se rumorea de él —comentó Kathleen.

—Ya me he dado cuenta. Hemos tenido una larga conversación.

—¿Sobre qué?

La vida. Pintura. Creatividad. Un centenar de cosas de las que no había hablado en años.

—Nada en particular —contestó. Y además de ser carismático, era posible que fuera el mejor oyente del mundo—. Su casa es espectacular.

—Lo que me encanta es el jardín. Y la piscina, por supuesto. Y esos preciosos perros.

—No sabía que lo conocías. ¿Por qué no me lo dijiste?

Kathleen se echó a reír.

—Para que no me sermonearas por tener amigos poco adecuados.

Liza sintió una presión incómoda en el pecho. ¿De verdad era tan mala?

—Lamento que tengas la sensación de que tienes que autocensurarte conmigo. Si te doy la lata es porque te quiero.

Sabía que su madre no se sentía cómoda con las demostraciones de cariño, pero sentía la necesidad de decirlo.

—Ya lo sé, querida.

Liza contuvo el aliento. Esperó. Confió.

—¿Sigues ahí?

—Sí, estoy aquí.

«Pero no vas a decir que tú también.»

Liza sabía que ya debería tener aquello asumido.

—¿Cómo está Martha? ¿Dónde estáis ahora? Deben de ser... —miró el reloj—, ¿las diez de la mañana allí?

—Las nueve. Vamos a desayunar antes de ponernos en marcha.

Liza sonrió.

—Me alegro de que te diviertas. Por cierto, llamó esa policía tan amable. Teniendo en cuenta que el intruso estaba borracho, pedía perdón y al parecer no tenía delitos previos, cree que es improbable que te llamen por ese tema.

—¿Y eso es todo?

—Creo que sí.

—Me alegro. ¡Pobre hombre! ¿Qué vas a hacer esta tarde? No me digas que vas a limpiar.

—Limpiar no. Voy a ir a la playa con mi cuaderno de bocetos y pinturas.

Hacía años que no sentía el impulso de pintar, pero en aquel momento sí lo sentía. Le ilusionaba la idea y su ilusión aumentó al oír el murmullo de aprobación de su madre.

—¿Me prometes una cosa? Que sea como sea lo que pintes, me lo dejarás a mí.

—¿Por qué?

—Porque quiero tener otro cuadro de mi hija en mi casa.

—¿Otro?

—Para unirlo a los otros, aunque los pintaste hace mucho tiempo, demasiado. Has descuidado ese talento.

¿Su madre había guardado sus cuadros? Liza sintió un calor interno y a continuación se irritó consigo misma por ser tan patética.

—Te dejo que pintes —comentó Kathleen.

Liza no le dijo que Finn le había preguntado si aceptaba encargos ni que iba a ir a cenar el viernes.

—Quería preguntarte algo. ¿Sabes dónde están los DVD de tus programas? ¿Puedo verlos?

—¿Por qué? A ti nunca te interesó el programa. Siempre odiaste esa parte de mi vida.

Liza sintió una punzada de culpabilidad. No podía decir que la conversación con Finn le había despertado el deseo de ver cómo había sido su madre entonces.

—Era pequeña. Echaba de menos a mi madre, eso es todo.

Hubo un silencio y se preguntó qué estaría pensando Kathleen.

—¿Sigues ahí?

—Sí. Perdona, estaba distraída. Los DVD están en mi estudio. En el estante, creo, debajo de las guías de viajes. La llave del estudio está en el cajón de al lado de mi cama. Pero Liza...

—¿Qué?

—No recojas. No tires nada.

—Yo jamás haría eso —dijo, y oyó de pronto un estrépito de fondo—. ¿Qué ocurre?

—Josh, el héroe, nos ha organizado el desayuno. Acaba de llegar. ¡Madre mía, qué festín!

—¿Quién es Josh?

—Alguien a quien recogimos ayer. Un hombre encantador y muy diestro en conseguir desayunos al parecer.

Liza abrió la boca y volvió a cerrarla.

—¿Recogisteis a un desconocido?

—Ya no es un desconocido. Y de no ser por él, yo me... —su madre de repente guardó silencio.

—¿Tú qué?

—Nada. Tengo que dejarte. Sabes que no soporto las gachas de avena frías. Y Liza, sobre Finn…

—¿Sí?

—Algunos de los rumores sobre él son verdad. Es encantador, y absurdamente atractivo, por supuesto, pero un poco peligroso, especialmente para las mujeres. Ten cuidado.

—No puedo creer que tú me digas a mí que tenga cuidado. Tú has recogido a un autoestopista.

—Lo sé. Solo lo digo porque no quiero que hagas algo impulsivo de lo que te arrepientas.

¿Por qué decía eso su madre? Liza había estado con Sean desde la adolescencia. Nunca le había interesado otro hombre. ¿Había captado su madre algo de lo descolocada que estaba?

Se despidieron y dejó el teléfono. ¿Arrepentirse? En aquel momento tenía la impresión de que era más probable que se arrepintiera de no haber hecho cosas que de hacerlas. Y no tenía motivos para sentirse culpable ni incómoda. Había invitado a cenar a Finn, nada más. Era lo que haría una buena vecina en esas circunstancias.

No había ninguna razón para mencionárselo a su madre.

Capítulo 14

MARTHA

SPRINGFIELD – KANSAS – TULSA

Martha dejó en la mesa la bandeja cargada del desayuno y acercó la mesa a la cama mientras Josh servía el café. La joven agradecía la presencia tranquila y firme de él.

—¿Por qué no le has dicho la verdad a Liza? —le preguntó a Kathleen.

—Porque se habría preocupado y esta es la primera vez que mi hija no parece ansiosa desde que tengo memoria. Está sola en mi casa. Va a ir a pintar a la playa. No tengo intención de decir nada que ponga una nube gris en su día de cielo azul.

Martha confió en que fuera la decisión correcta. Ella estaba agitada todavía después de la noche anterior. La responsabilidad recaía sobre ella. Si ella fuera Liza, querría saberlo. No obstante, no era su familia y tenía que respetar los deseos de Kathleen.

—Está bien, pero ya oíste lo que dijo el médico. Ayer te excediste. Demasiado sol e insuficiente agua. Estabas deshidratada. Y la culpa es mía.

—¿Por qué? Soy lo bastante mayor para decidir cuándo tengo sed.

—Pues parece que no. Y hoy te voy a dar la lata para que bebas cada media hora.

—¿La ginebra cuenta?

—No —Martha amontonó frambuesas en un bol, aliviada de que Kathleen pareciera haber recuperado su personalidad habitual—. Este desayuno tiene muy buena pinta, Josh. ¿Dónde has encontrado todo esto?

—He asaltado la cocina. Son muy amables —dijo, y acercó a la cama una silla en la que se sentó con una taza de café fuerte en la mano—. Estoy de acuerdo con Martha. No creo que debas salir corriendo a ninguna parte esta mañana, Kathleen. Tómatelo con calma y a ver cómo te sientes más tarde.

La antipatía y el recelo de Martha hacia él se habían evaporado. Tenía más de un motivo para estar agradecida por haber recogido a Josh Ryder en Devil's Elbow.

Él era el que había sujetado a Kathleen antes de que llegara al suelo, y también el que había encontrado un médico prácticamente en el mismo tiempo que había tardado Martha en acomodar a Kathleen en la cama.

Parecía un hombre de recursos y Martha se sentía agradecida.

No le habría gustado nada estar sola en aquel momento.

Cuando Kathleen estuvo a punto de caer al suelo, se había sentido aterrorizada por ella, vulnerable y muy lejos de casa.

¿Y si le ocurría algo a su compañera? Por supuesto, ya lo había pensado antes, pero había una gran diferencia entre contemplar la posibilidad de algo y que ocurriera de verdad.

El médico la había reconocido concienzudamente en presencia de Martha.

Una vez convencida de que no ocurría nada que no se arreglara con líquidos y descanso, Martha había insistido en que Kathleen siguiera las instrucciones y pasara la velada en la cama. Tenía la intención de hacerle compañía, pero la anciana había dicho que quería quedarse sola para dormir y Martha había consentido de mala gana en pasar la velada en la habitación contigua.

Había asumido que Josh tendría sus propios planes, pero él había querido hacerle compañía.

Al principio había protestado:

—No necesito un canguro.

—Si Kathleen empeora, podrás quedarte con ella mientras llamo al médico.

Él se había negado a ceder y a ella le había aliviado tenerlo allí como apoyo moral, así que no había protestado más.

El drama había roto el hielo entre ellos y retirado las barreras erigidas por ella.

Lo cierto era que la había impresionado. Podía haberse marchado, pero no lo había hecho.

Habían pasado las horas siguientes jugando a las cartas y, a pesar de su ansiedad, él había conseguido distraerla y hacerla reír.

Al final él se había ido a buscar comida y Martha había ido a ver a Kathleen.

Lo había hecho varias veces durante la noche, usando la linterna del teléfono y entrando en la habitación sin hacer ruido.

De todos modos, fue un alivio cuando la luz del sol penetró por fin por las cortinas. A la luz del día, las cosas parecían menos preocupantes y más manejables.

—¿Qué hicisteis vosotros dos anoche mientras yo descansaba? —preguntó Kathleen aceptando el bol de frambuesas que le tendía Martha—. ¿Os arreglasteis y buscasteis un buen restaurante?

¿Creía que habían tenido una cita?

Martha no sabía si reír o exasperarse viendo que el susto no parecía haber alterado el entusiasmo de Kathleen por hacer de celestina.

—Compartimos una pizza y jugamos a las cartas. ¿Yogur?

—Gracias, querida. Todo esto es muy sano y delicioso, aunque echo de menos mi beicon crujiente.

Josh se terminó el café.

—Seguro que puedo encontrar beicon —dijo y salió de la habitación.

Kathleen dejó el bol y tomó la mano de Martha.

—Te pido disculpas. No firmaste para hacer de enfermera. Has sido muy amable, pero si quieres dimitir, lo entenderé.

—¿Dimitir? Ni lo sueñes. No te preocupes por nada. Tienes que beber.

Martha le sirvió otro vaso de agua con hielo y la miró tomar sorbos.

—Estaré perfectamente en unos minutos. Sobre todo si Josh encuentra beicon. ¿Verdad que es una maravilla?

—Ha sido de gran ayuda —repuso Martha. Procuró no mostrarse demasiado efusiva por si la siguiente petición de Kathleen era que reservaran un salón de bodas—. ¿Seguro que no puedo llamar a Liza? Creo que querría saber lo que ha pasado.

—¿Y de qué serviría? Le darías un motivo para preocuparse y ya tiene suficientes. No puedo creer que esté en Oakwood sola. No tienes ni idea del gran paso que es eso, aunque me preocupa un poco lo que pueda significar para su relación con Sean. Espero que ese hombre se dé cuenta de lo que hay. ¿Crees que debo llamarlo?

—No lo creo —se apresuró a responder Martha, que ya conocía por experiencia la enérgica tendencia de Kathleen a entrometerse en las relaciones—. Creo que debes dejarles a ellos. Dime la verdad, ¿cómo te encuentras? Y no te hagas la valiente.

—Estoy mejor. Ya oíste al médico, no es nada serio.

—Los médicos no lo saben todo —dijo Martha sirviéndole un vaso de zumo—. ¿Sabes cuál es mi diagnóstico? Te entrometes demasiado en mi vida amorosa.

Vio con alivio que Kathleen sonreía.

—Esa parte ha sido relajante. Y mira qué bien lo he hecho. ¿No crees que es perfecto? Lo elegí por sus hombros y sus bonitos ojos, pero resulta que el resto de él es igual de magnífico.

—Kathleen...

—Si no me hubiera parado Josh, probablemente me habría dado un buen golpe contra el suelo. Ahora tengo experiencia de primera mano de su tono muscular. Puedes probar a desmayarte con él, eso podría acelerar la relación.

—O matarla.

—¿Crees que conseguirá beicon?

—Seguro que sí. Parece que se le da bien lograr que la gente haga lo que él quiere —Martha se sirvió una taza de café pensando hasta dónde podía escarbar.

—¿Toda esa charla del pasado te alteró, Kathleen?

—Ya oíste al médico, no bebí suficiente, eso es todo. Estaba muy ocupada charlando con nuestro adorable Josh porque tú no le dirigías la palabra.

—Estaba concentrada en conducir. Y si no dejas de intentar emparejarnos, llamaré a Liza.

—Eso es chantaje.

—Lo es. Lo he aprendido de ti —apuntó Martha, y tomó un sorbo de café—. Quizá deberíamos pasar un día más aquí. Puedo cambiar las reservas.

—Hoy toca Kansas y Oklahoma. No hay necesidad de cambiar nada.

¿Era seguro viajar? ¿Y si Kathleen se desmayaba cuando ella iba conduciendo y estaban a kilómetros de la ciudad más próxima? ¿Y si necesitaba buscar otro médico? ¿Por dónde podía empezar?

Josh regresó con beicon y, cuando terminaron de comer, se dirigieron a las habitaciones a recoger sus cosas.

Martha alcanzó a Josh en la puerta.

—¿Te marchas? —le preguntó.

El día anterior se había sentido más inclinada a pasarle con el coche por encima del pie que a ofrecerse a llevarlo, pero eso había sido antes del drama de la noche. Su calma y su amabilidad le habían hecho cambiar de opinión.

—Martha —la voz de él era gentil—, lo último que querías era que yo fuera con vosotras.

—Eso era ayer. Y no era porque no me cayeras bien. Era porque… —aquello resultaba embarazoso. Si le hablaba del intento de emparejamiento de Kathleen, no podría volver a mirarlo a los ojos—, no se me da bien tratar con extraños. Me cuesta un poco adaptarme.

Él la observó un momento.

—Desde que llegamos aquí, has charlado con casi todos los empleados. Si fueras un poco más cálida, serías un peligro para el planeta. Raramente he conocido a una persona tan amistosa como tú. Excepto conmigo.

Muy bien, o sea que su excusa no iba a funcionar.

Martha sintió una oleada de desesperación.

—Tú no lo entiendes. Kathleen tiene la idea equivocada de que necesito su... ayuda.

—¿Ayuda?

—He pasado por una ruptura difícil.

—¿Cómo de difícil?

—Pues acabó en divorcio, así que bastante difícil. Él me engañó —Martha se sonrojó. ¿Por qué le contaba aquello a un extraño?—. Necesitaba alejarme de todo, es decir, de mi vida, y por eso acepté este trabajo. Y Kathleen consiguió hacerme hablar porque ella es así y le conté la verdad y se le ocurrió un plan ridículo para...

—¿Para?

—Emparejarme con alguien que me ayudara a recuperar la autoestima. Sé que suena ridículo, ya se lo he dicho a ella.

—¿Te refieres a una relación de consolación?

Martha apretó los dientes.

—Créeme, no fue idea mía.

—¿Y yo fui el elegido?

Ella pensó que tenía que haberle dejado que se fuera.

—Kathleen pensó que tenías potencial. ¿Te ríes? Porque no tiene nada de gracioso.

Él se quitó las gafas de sol y se frotó el puente de la nariz.

—¿Y por eso no me dijiste ni una palabra ayer en el viaje?

—Estaba furiosa con ella. Y frustrada. Y avergonzada por si te dabas cuenta. Y también un poco nerviosa porque entonces no sabía que eras un hombre muy amable que sabe buscar un médico, comida y una buena botella de vino, que por cierto fue un salvavidas, y en general un tío fantástico. No sé lo que habría hecho si no hubieras... bueno, si no hubieras evitado que se cayera. Se habría golpeado en la cabeza y se habría hecho mucho daño.

—Eso son muchos sentimientos para una persona pequeña —señaló él sonriente apretándole el hombro—. Se pondrá bien. Ya oíste al médico: calor, viaje, deshidratación, cambio horario… Todo influye, en particular en alguien de su edad.

—Tenía miedo. Y tú estuviste maravilloso. Anoche no tuve ocasión de darte las gracias como es debido, así que te las doy ahora.

Era consciente de que la mano de él seguía en su hombro, cálida y fuerte.

—De nada. Me alegro de que se encuentre mejor y espero que el resto del viaje vaya bien.

—Pero de eso se trata. Si te vas ahora, me culpará a mí. Pensará que me he librado de ti. Y eso la estresará. Parece decidida a viajar hoy, ¿puedo convencerte de que nos acompañes? ¿Un día más al menos? —le preguntó, ¿o eso era lo último que querría él?—. O quizá prefieras encontrar otra compañía mejor que la nuestra, sobre todo si llevas muchos años sin vacaciones. Estas seguramente sean especiales y sé que mi forma de conducir no tiene nada de especial. No tengo mucha experiencia, como seguramente habrás notado ya, aunque si te hubiéramos recogido en Chicago habrías tenido más motivos para estar nervioso. He mejorado mucho en pocos días. Cuando lleguemos a Santa Mónica, espero ser competente. Y ahora seguramente pensarás que no quieres arriesgar tu vida. Lo cual es irónico, en realidad, porque era yo la que estaba preocupada por nuestra seguridad al recoger a un desconocido, cuando la persona que debía estar preocupada eras tú…

Dejó de hablar cuando él le cubrió los labios con los dedos.

—Ayer no podía hacerte hablar y hoy no puedo hacer que pares.

—Kathleen se sentiría más segura si vienes tú y, de todos modos, viajamos en la misma dirección —indicó, y respiró hondo—. Di algo.

—Estaba esperando un hueco en el fluir de las palabras.

La risa en los ojos de él hizo que ella se sintiera mejor.

—¿Vendrás con nosotras? Solo un día más. Después, si ya te hemos cansado, te dejaremos marchar.

—¿Puedo hablar? Porque tengo una pregunta.

Ella se cruzó de brazos, nerviosa.

—Adelante.

—¿Por qué pensó ella que yo sería una relación de consolación perfecta?

—Tendrás que preguntárselo a ella. ¿Porque eres hombre y tienes buenos hombros? Su lista de criterios no parecía muy larga. Además, fuiste el primer hombre de una edad apropiada al que vio después de que se le ocurriera su emocionante plan. Pero, sinceramente, no tienes de qué preocuparte. Ella puede conspirar todo lo que quiera y, francamente, si eso la distrae de sentirse mal, por mí estupendo. Ahora sabes la verdad y, por si tienes dudas, te aseguro que estás a salvo. No me interesa ni remotamente una relación en este momento, ni siquiera una de consolación. Solicité este trabajo para alejarme de todo eso. No tienes ni idea de lo mucho que disfruto de no tener complicaciones sentimentales.

Él pareció pensativo.

—¿O sea que no la conoces muy bien?

—Hace menos de una semana que la conozco —respondió Martha.

Aunque, curiosamente, tenía la sensación de conocerla bien. En el tiempo que habían pasado juntas le había contado a Kathleen cosas que nunca había dicho a nadie.

¿A qué se debía eso?

Miró al otro lado del río. Era porque Kathleen se interesaba por ella y nunca la juzgaba. No había hecho que se sintiera un fracaso ni una sola vez, ni siquiera sobre su forma de conducir.

—Tenéis una relación tan relajada que yo pensé que eras su nieta.

Martha sintió una punzada de dolor. Estar con Kathleen le había hecho darse cuenta de lo mucho que echaba de menos a su abuela. Y también de que su vida no tenía nada de malo. Su infelicidad procedía completamente de las personas con las que pasaba el tiempo: su familia, Steven. Jamás sería quien ellos querían que fuera, y ella no quería ser esa persona.

—Si pudiera tener una segunda abuela, la elegiría a ella —dijo.

Con su propia familia estaba siempre a la defensiva y anticipando el conflicto. Con ellos no hablaba como con Kathleen.

En ese viaje podía ser ella misma, y era más feliz de lo que había sido en mucho tiempo.

Josh sonrió.

—Tiene suerte de haberte encontrado para acompañarla. Y ahora entiendo por qué lo haces. Pero ¿por qué lo hace ella?

—¿La Ruta 66? —Martha se esforzó por concentrarse en la conversación—. Fue una gran viajera, una pionera, ya lo sabes. Creo que la Ruta 66 estaba en su lista de deseos.

Aunque empezaba a preguntarse si Ruth no habría tenido algo que ver con esa elección. Kathleen decía que no quería contactar con ella, pero se dirigía a California, así que seguro que eso era algo que se le pasaría por la cabeza. Martha la alentaría a hacerlo, pero aquello no era algo que pudiera comentar con Josh.

—¿Vendrás hoy con nosotras?

—Será un placer.

La sensación de alivio fue para Martha tan placentera como una ducha fría en un día cálido.

—Gracias, gracias, gracias.

—De nada. Hablaré con los empleados de recepción y luego te ayudaré a cargar el coche.

Ella quería abrazarlo, pero después de la conversación que acababan de tener, temía que él confundiera su gesto de gratitud, así que se conformó con un puñetazo amistoso en el brazo.

—Oklahoma, allá vamos —dijo.

Pensó que no estaba equivocada en el tema de los músculos de él, pero eso no significaba que estuviera interesada.

Esa era una mala decisión que no iba a tomar.

Capítulo 15

LIZA

—Hacía diecinueve años que no nos veíamos. ¿Te lo puedes creer? —preguntó Angie.

Estaba secándose sentada sobre la manta de pícnic con una pamela grande que le cubría los ojos después de un buen baño frío en el mar.

Liza yacía de espaldas mirando el cielo azul sin nubes. ¿Por qué había tardado tanto en hacer eso? ¡Y qué suerte tenía de haber hecho su escapada en medio de una ola de calor!

El día anterior, después de hablar con su madre, había caminado hasta la playa y pasado horas dibujando y luego pintando. Al principio la hoja de papel en blanco que la miraba de hito en hito le había resultado amenazadora, casi como una acusación. Había hecho unos cuantos trazos con el lápiz y había sentido la mano rígida e insegura. Se había habituado a guiar y enseñar, pero no a crear. Aunque, ¿quién lo iba a ver? Por suerte, la playa estaba prácticamente vacía y nadie parecía interesado en mirar por encima de su hombro. Al final la mano se había empezado a mover con más seguridad, como si fuera recordando lo que había que hacer. Se había quedado en la playa hasta que empezó a quemársele la piel y entonces había guardado el material en la bolsa y había vuelto a casa. Podría haber seguido pintando en cualquier habitación de la casa, pero buscó en los cajones de la cocina la vieja llave roñosa que abría la cabaña del fondo del jardín. En los últimos tiempos se usaba como almacén, pero en otra época había sido su lugar favorito.

La cerradura estaba tan roñosa como la llave, pero con un poco de aceite y muchas maniobras, consiguió abrir la puerta. Enseguida la habían asaltado los recuerdos. La casita de verano había sido el centro de muchos de sus juegos de infancia, fabricados para llenar las largas semanas en las que su madre estaba fuera. Había sido una librería, un hospital, un barco pirata. Ella había sido una niña salvaje que vivía en el bosque, una princesa de cuento de hadas, una bruja buena...

Y ese día era una artista.

Motivada por aquel proyecto que era solo suyo, retiró telarañas y trozos de macetas rotas, barrió una gruesa capa de polvo del suelo y limpió los cristales sucios para dejar que entrara la luz sin limitaciones. Después de unas horas de trabajo duro, había convertido el lugar en algo que se podía describir como un estudio. Rescató su viejo caballete de la parte trasera del garaje de su madre y colocó sus pinturas en la mesa. Pasteles, acuarelas, óleos... En sus tiempos había trabajado con distintos materiales y tenía ganas de volver a hacerlo. Experimentaría con todos ellos y vería cuál le resultaba más interesante.

Demasiado animada como para parar, volvió a la casa tan solo el tiempo necesario para prepararse un sándwich sencillo de jamón con los restos del pan que había comprado en la charcutería, servirse un vaso de vino blanco frío y llevar ambas cosas a la cabaña.

Con las ventanas abiertas, oía el sonido de los pájaros en el jardín y el balido ocasional de alguna oveja procedente del campo de detrás de la casa.

Pintó hasta quedarse sin luz, absorta en su creación. Cuando al fin cerró la puerta y regresó a la casa, recordó mirar el teléfono móvil.

Tenía dos llamadas perdidas de Sean y un mensaje de Caitlin preguntando cuánto tiempo duraba un paquete de jamón una vez que se abría.

«Pronto.» Pronto hablaría con ellos y les contaría lo que sentía, pero de momento quería centrarse en sí misma.

Se había quedado dormida, agotada pero contenta, y al día siguiente estaba en la playa con su amiga más antigua, preguntándose por qué habían perdido el contacto. Como tantas cosas en su vida, había ocurrido gradualmente, de modo que no había notado el cambio hasta que ya se había producido. ¿Era eso lo que había pasado entre su madre y Ruth?

—No puedo creer que haga tanto tiempo —dijo.

Estiró las piernas. Llevaba pantalones cortos, una camiseta y las piernas y los pies desnudos. Por primera vez desde que podía recordar, no había nada que tirara de ella. Ninguna vocecita le decía que había cosas que hacer, lo cual estaba bien porque lo único que quería hacer era yacer con el sol en la cara y oír las olas romper en la orilla. Confiaba en que la ola de calor no terminaría pronto.

—Fue en nuestra boda —comentó Liza.

—Lo sé. Y tu aniversario fue hace unos días. Es increíble cómo pasa el tiempo.

¿Cómo era posible que una amiga a la que no había visto en dos décadas recordara su aniversario y su esposo no?

—Hacía calor, ¿recuerdas? Tenía el pelo flácido y el maquillaje brillante.

Angie se quitó la pamela y se tumbó a su lado.

—Recuerdo cada momento. Estabas preciosa. Y nunca en mi vida he tenido más envidia.

Liza volvió la cabeza.

—¿Por qué tenías envidia de mí?

—Porque ningún hombre me había mirado nunca como te miraba Sean.

A Liza le dio un vuelco el corazón.

—Era el día de nuestra boda. Todos los hombres miran así a la novia el día de la boda.

—No es verdad. Aquella no era una mirada de las de «Eh, te queda genial ese vestido» ni nada por el estilo. Era una mirada que transmitía que todo lo que deseaba en la vida estaba allí delante de él. Una mirada de las que lees en las novelas de amor y casi nunca ves en la vida real —Angie suspiró—. Sean era un hombre muy sexi. Cerebro y músculos, una combinación mortal. Las mujeres se morían por que se fijara en ellas y él no tenía ojos para ninguna otra. Solo te veía a ti. Fue una de esas bodas raras en las que se nota que estarán juntos para siempre, por muchos años que vivan. ¿Quién no sueña con eso?

Liza se vio envuelta por una marea de tristeza y nostalgia. Angie no se equivocaba. Lo único que ella recordaba de aquel día era a Sean. Había sido su centro aquel día y los diez años siguientes. Al principio estaba aturdida de felicidad, incapaz de creer en su suerte. Incluso cuando la sensación de euforia inicial había decaído, todavía se sentía terriblemente contenta con la vida.

Habían celebrado los momentos buenos y capeado los malos. Habían reído, se habían abrazado, habían hablado, se habían escuchado, habían disfrutado mucho del sexo y planeado el futuro. Tenían mucha historia en común, pero en algún momento del camino la vida había socavado el vínculo que los unía. Olvidaron ser una pareja. ¿Cómo había ocurrido eso?

—Es una lástima para ti que Sean no haya podido venir esta vez, pero para mí es un regalo.

Angie se sentó y se sacudió la arena de las piernas.

Liza se sintió culpable por pensar solo en sí misma.

—Ni siquiera sabía que habías vuelto aquí.

—Solo llevo seis meses y no he salido mucho. Sentía demasiada pena de mí misma. Ya sabes cómo es la vida en el pueblo. No quería que la gente me hiciera preguntas.

—¿Cómo se lo tomó Poppy?

—Le sentó mal que su padre tuviera una aventura. Ninguna adolescente quiere verse obligada a pensar que su padre tiene sexo, y menos con una mujer más próxima a su edad que a la mía. Estuvo meses sin hablarle. Y eso fue difícil porque yo intentaba hacer de madre buena y no decir nada malo de él. Apretaba tanto los dientes que casi tuve que ir al dentista —Angie sacó crema para el sol de su bolsa y empezó a dársela—. Salimos del paso. Poppy tenía ya plaza en una universidad de la costa Este, pero vino a casa por Navidad. Y en febrero, John nos dio la noticia del bebé.

—¡Oh, Angie!

Liza la abrazó.

—Me dolió, lo cual no tiene sentido porque no aceptaría volver con él aunque me lo suplicara. Pero mejor háblame de ti. ¿Sean es un gran arquitecto ahora? ¿Vivís en una gran mansión en Londres con cristales por todas partes?

Liza curvó los dedos de los pies en la arena.

—No es una mansión, pero es verdad que Sean ha aprovechado el espacio al máximo. Amplió la cocina hace unos años y, sí, hay mucho cristal. Hay una sala de estar encantadora que se abre al jardín.

—Y los dos seguís casados y felices. ¿Lo ves? Lo sabía.

Ocho señales de que tu matrimonio puede estar en peligro.

¿Cómo iba a hablar de eso con Angie si todavía no había sacado el tema con Sean?

Tenía que ser con él con quien lo hablara. Y lo haría. Lo haría.

—¿Liza?

La voz de Angie la devolvió a la tierra.

—Perdona. Estaba a kilómetros de aquí.

—Soñando con Sean —bromeó Angie dándole un codazo—. Me alegra saber que la ausencia potencia el cariño incluso después de dos décadas juntos. ¿Cuándo se reunirá contigo? Me encantaría volver a verlo.

—Aún no hemos hecho planes seguros. Está en mitad de un proyecto y no le resulta fácil largarse. Y las chicas tienen actividades de verano…

Aquello era cierto en parte y Liza no quería decir más.

—Vosotros dos sois una inspiración. ¿Sabes lo más absurdo? Que a pesar de todo, todavía sueño con volver a conocer a alguien especial.

—Eso es bueno —musitó Liza, que no sabía si debía ser una inspiración para nadie. Se sentía incómoda por dejarle creer a Angie que tenía un matrimonio perfecto.

Esta se puso las chanclas.

—Después de todo lo que ha pasado, podría estar amargada y odiar a todos los hombres, pero, sinceramente, no es eso lo que siento. La vida es demasiado corta y valiosa para desperdiciar un momento en estar amargada, ¿verdad? Y no es que necesite estar con alguien. Soy independiente económicamente. Tengo una casa, pequeña pero propia. Tengo amigos, un trabajo y aficiones. Puedo estar sola, pero preferiría compartir mi vida con alguien que me quiera y a quien quiera, alguien que se interese por mí y a quien le importe lo que me haya ocurrido durante el día.

Liza tragó saliva. Ella también quería eso.

Pensó en Finn y en lo que había sido sentirse escuchada. La conexión era muy importante para la intimidad y en algún momento del camino Sean y ella habían dejado de conectar en todos los niveles excepto en el más superficial.

—Estoy segura de que lo encontrarás.

—Tal vez —dijo Angie mirándola—. No pongas esa cara de preocupación. Mi desastrosa vida romántica no es contagiosa. Sean y tú sois una pareja eterna.

Liza se levantó con rapidez.

—Hace calor y nos estamos quemando. Volvamos a casa.

Angie se levantó también.

—¿Por qué no vienes a cenar el viernes a mi casa?

El viernes Liza iba a cocinar para Finn. Otra cosa que no pensaba contarle a Angie y no solo porque sería invadir la intimidad de él.

—El viernes no puedo. ¿Qué tal mañana? —preguntó.

—Mañana me parece bien —Angie se colgó el bolso al hombro y caminaron por la arena hasta el sendero que cruzaba los campos y llegaba hasta Oakwood Cottage—. ¿Sabías que Finn Cool vive por aquí?

—¿Mmm?

Liza no estaba habituada a ser evasiva. ¿Cómo lo hacía su madre?

—Poppy casi se volvió loca cuando se enteró. No dejo de esperar encontrármelo un día en el supermercado, aunque asumo que tiene empleados y no se relaciona con humanos normales.

Liza pensó en lo amable que había sido y en cómo había ayudado a su madre.

—Debe de ser difícil intentar llevar una vida normal cuando eres tan conocido —comentó.

Llegaron a la casa y Angie buscó las llaves de su coche en la bolsa.

—Supongo que tienes razón. Pero si lo ves por casualidad, no olvides decirle que estoy libre —dijo riendo mientras abría la puerta del coche y dejaba la bolsa en el asiento del acompañante—. Gracias por el pícnic. Ha sido divertido.

Liza la despidió agitando la mano y se dirigió a la cabaña de verano, desesperada por volver a pintar.

La tarde pasó sin que se diera cuenta y fue el hambre lo que la impulsó a volver a la casa.

Tenía el pelo tieso de nadar en el mar y quería ducharse, pero antes quería ver algún episodio de *Destino: final feliz*.

Se preparó un tentempié rápido, encontró la llave en el dormitorio de su madre y abrió el estudio.

Todo el espacio de la habitación estaba ocupado. En dos de las paredes había estanterías del suelo al techo. Las otras dos estaban cubiertas de mapas. Dos ventanas grandes dejaban pasar la luz y mostraban cada partícula de polvo. Y había muchas. El escritorio del rincón estaba lleno de montones de mapas, guías de viaje y montañas de papeles.

Y allí, en una posición principal, estaba su trofeo de arte.

Su madre lo había sacado de su antiguo dormitorio para colocarlo en su estudio, donde podía verlo.

Liza sintió una opresión en el pecho. No tenía ni idea. Nunca entraba en esa habitación.

Tocó el trofeo, recordando el día que había visto a su madre aplaudir fuerte entre el público.

Había deseado mucho que su madre fuera más expresiva, pero a veces lo importante no es lo que se dice, sino lo que se hace. No habría conservado el trofeo si no estuviera orgullosa, ¿verdad?

Se obligó a concentrarse en los estantes. Encontró las guías, pero no vio ni rastro de los DVD.

Buscando al azar, abrió el cajón más grande de la mesa y allí estaban.

—¡Ajá!

Los sacó y estaba a punto de cerrar el cajón cuando vio algo brillante. Metió la mano para investigar y encontró un anillo. Tenía una piedra enorme. No podía ser un diamante auténtico. ¿O sí?

Lo alzó con cuidado. Tenía que ser falso.

¿Era falso?

Le dio la vuelta en la mano.

¿Quién se lo había dado a su madre? Aquel no era su anillo de compromiso. El anillo de compromiso de su madre tenía una esmeralda y siempre lo llevaba puesto.

Ese anillo estaba suelto bajo un montón de papeles atados con una cinta.

Revisó el cajón y descubrió que lo que le habían parecido papeles eran cartas. El matasellos era de California y habían sido enviadas a intervalos regulares desde principios de los años sesenta. Su madre entonces debía de haber tenido poco más de veinte años.

¿Por qué no las había abierto? ¿Había alguna razón para que las cartas y el anillo estuvieran juntos o era pura coincidencia?

Sonó el teléfono y estuvo a punto de dejar caer las cartas.

Se puso el anillo en el dedo por el momento, devolvió las cartas al cajón y cerró la puerta del estudio. Solo después de eso contestó al teléfono.

Era Sean.

—Llevo todo el día llamándote. ¿Dónde estabas?

—He salido. Me he olvidado el teléfono.

—Tú nunca olvidas el teléfono.

Esos días Liza estaba haciendo muchas cosas que no solía hacer.

—Estaba ocupada.

Se sentó en la cama de su madre. El anillo le pesaba en el dedo. ¿Eso significaba que era auténtico? Si lo era, debía de ser valioso. Y ni siquiera su madre dejaría un anillo valioso suelto en un cajón, ¿verdad?

—¿Ocupada con qué? —Sean sonaba cansado—. Caitlin se está volviendo loca porque lavó su camisa blanca, que al parecer es muy valiosa, y yo había dejado un trapo rojo de limpiar en la lavadora.

Liza observó a un pájaro carpintero aterrizar en el manzano.

—Le dije que revisara que la lavadora está vacía antes de meter nada en ella.

—Pues parece que es culpa mía porque tendría que haberme dado cuenta. Las chicas son agotadoras. La plancha del pelo de Alice se ha roto y me ha dicho que es una tragedia. He intentado hacerle ver que eso no entra en el apartado de crisis, pero antes de cerrarme la puerta en las narices, me ha dicho que yo no puedo entenderlo. El baño huele tanto a laca y perfume que me cuesta respirar. ¿Cuándo vas a volver? ¿Cuánta atención necesita Popeye?

—No me quedo por Popeye, me quedo por mí. Necesito un respiro.

Era lo más cerca que había estado Liza de admitir que algo iba mal.

—¿Un respiro? Conociéndote, probablemente habrás trabajado sin parar desde que llegaste.

¿La conocía? ¿O había asumido que era la misma Liza de siempre? Nadie permanecía igual a lo largo de la vida, ¿verdad? Ocurrían cosas. Ocurría la vida. Y cada suceso y cada experiencia esculpían de una forma ligeramente distinta. Tal vez cuando alguien llevaba mucho tiempo con una persona veía lo viejo, no lo nuevo. Era importante mantener la comunicación, seguir escuchando.

Sin embargo ella no había hecho eso con su madre.

Había asumido que la casa era demasiado para ella y que lo mejor sería que se mudara. No le había preguntado qué quería hacer. No había escuchado. En vez de eso, había planteado un plan que a ella le resultaba sensato sin molestarse en consultarlo con la persona a la que más le afectaba.

Asumía que conocía a su madre y las cartas sin abrir en el cajón y el anillo le habían recordado que había muchas cosas que no sabía. Y no había preguntado. Ella era solo una parte más en la vida rica y variada de su madre.

Liza había creído que tenía todas las respuestas y se daba cuenta de que no había hecho las preguntas apropiadas.

Se sentía culpable. Se levantó y se acercó a la ventana.

—No he hecho gran cosa en la casa —confesó, —aparte de encontrar algo que estaba bastante segura de que no tenía que encontrar.

—Probablemente necesitaremos ayuda profesional para hacer una limpieza cuando por fin decida venderla.

Liza miró el jardín y la mancha de colores brillantes que salían de las macetas del patio. El lugar era idílico. La idea de no volver a estar nunca en esa habitación, de no correr nunca más por los campos hasta el mar, de no volver a sentir la brisa fresca en la piel por las noches, la dejaba huérfana.

—No creo que deba vender.

—¿Ah, no? ¿Por qué has cambiado de idea?

—He tenido tiempo para pensar —dijo, «en muchas cosas».

—Me alegro. Tu vida es muy ajetreada. Por suerte nos iremos a Francia dentro de unas semanas y podrás relajarte.

¿Podría?

—Francia es mucho trabajo para mí, Sean.

—¿Por qué dices eso? Son unas buenas vacaciones familiares que llevamos años haciendo. Te encantan. Siempre nos relajamos.

Era hora de decir al menos una parte de la verdad.

—Os relajáis vosotros, porque yo lo organizo todo. Para mí es relajante unas dos horas al día, cuando estáis disfrutando de deportes acuáticos. Aquí tengo tiempo para mí y no está limitado. Me voy a quedar un poco más —explicó. Era la primera vez que pensaba en lo que ocurriría a continuación—. Tengo que pensar.

Hubo una pausa.

—¿Va todo bien, cariño?

Liza contuvo el aliento. La amabilidad y la calidez de la voz de él parecían las del Sean de antes. Esa era su oportunidad de decirle la verdad, de sincerarse sobre lo que sentía. Sin embargo, ¿era una conversación que se podía tener por teléfono?

No. Tenía que ser cara a cara. Lo haría, pero todavía no.

—Estoy cansada, nada más.

—Después de pasar una semana con las mellizas sin ayuda, te entiendo muy bien —dijo con humor—. Yo voy a necesitar un mes para recuperarme. ¿Y tú qué? Si no has limpiado la casa, ¿qué has hecho?

Ella pensó en Finn, en sus compras, en su pintura.

Por alguna razón que no comprendía, todavía no estaba lista para hablarle de eso.

Miró los DVD.

—He intentado averiguar algo más sobre mi madre. Creo que no he prestado suficiente atención a cómo es ni a lo que quiere. Estoy a punto de ver sus antiguos programas —dijo, sin mencionar las cartas que había encontrado ni que estaba pintando—. Me he encontrado con Angie.

—¿Tu vieja amiga Angie?, ¿la de nuestra boda? ¿Qué hace allí?

—John y ella se divorciaron y ella volvió aquí. Hoy hemos hecho un pícnic en la playa.

No comentó que Angie los consideraba un ejemplo de relación perfecta.

—Suena divertido. Tengo que dejarte. Le he prometido a Caitlin que intentaría rescatar la camisa blanca.

Ya estaban otra vez hablando de la vida y de las chicas. Nunca hablaban de ellos, pero él le había preguntado si estaba bien. Le importaba lo suficiente para preguntar.

Liza pensó en lo que había dicho Angie sobre el día de su boda y sintió una oleada de ansiedad. ¡Habían sido tan felices! Sus ojos se llenaron de lágrimas.

—Sean...

—Diviértete. Te llamaré mañana.

Después de colgar, ella resistió la tentación de volver a llamarlo, devolvió el anillo al cajón del estudio, tomó los DVD y bajó a la sala de estar.

Se preparó un té con menta fresca del jardín, puso un DVD y se acomodó en el sofá.

Empezó por el principio, por el primer programa de su madre.

Destino: final feliz había sido uno de los primeros programas de viajes y su inmediata popularidad había sorprendido incluso a sus creadores. Había estado en antena durante casi dos décadas, con Kathleen siempre como la cara del programa.

Esa noche Liza veía a su madre como probablemente otros la habían visto: una entusiasta llena de energía, ansiosa por explorar todo lo que el mundo ofrecía y compartirlo con un público amplio.

El programa estaba fechado, por supuesto, y en otras circunstancias le habría divertido la ropa, el uso del lenguaje y los lugares elegidos, pero, a pesar del tiempo transcurrido, el programa tenía una energía que hacía que fuera fácil entender sus grandes índices de audiencia. Había sido exclusivo y, sin embargo, de algún modo, también asequible. Su madre atraía a los espectadores hasta que estos sentían que estaban a su lado, viajando con ella y riendo con ella.

En muchos sentidos, Kathleen no había cambiado mucho. Sí, tenía más arrugas y llevaba el pelo más corto, pero conservaba la misma expresión fiera en sus ojos azules y el mismo enfoque optimista de la vida.

¿Cómo podía haber pensado que su madre estaría satisfecha en una residencia?

Vio varios episodios y luego se acercó a los estantes donde estaban guardados los álbumes de fotos familiares. Los amontonó en el suelo al lado del sofá y empezó a revisarlos uno por uno.

Las fotografías ilustraban la vida de su madre, desde la infancia hasta la universidad y sus primeros años de veinteañera. A Liza le interesaban esos días.

Cuando llegó a la foto de Ruth, se paró en ella.

Era obvio que su madre y ella habían sido muy amigas. ¿Por qué habían perdido el contacto?

Angie y ella también lo habían perdido. La vida las había ido separando y no se habían esforzado bastante en volver a juntarse. La explicación más probable era que a Ruth y su madre les habría ocurrido lo mismo.

Las cartas llevaban matasellos de California. ¿Eso quería decir que eran de Ruth?

Liza dejó el álbum, pensando en Sean y en ella.

No todas las relaciones terminaban de un modo brusco. En algunas las personas se iban distanciando lentamente. En cierto sentido, eso era más peligroso, porque podía pasar desapercibido entre las presiones de la vida.

Se sentía culpable por no pedirle a Sean que se reuniera con ella, y más culpable todavía porque no le quedaba más remedio que admitir que no quería que fuera.

Ella era una persona familiar. Su familia lo era todo.

Y sin embargo, allí estaba, más feliz de lo que recordaba haber sido en mucho tiempo.

Sola.

¿Qué quería decir todo eso?

Capítulo 16

KATHLEEN

OKLAHOMA – AMARILLO, TEXAS

Kathleen iba sentada en el asiento de atrás, cubriéndose los ojos con las gafas de sol. Hacía calor y Martha había insistido en dejar el techo cerrado y el aire acondicionado puesto, así que el automóvil resultaba deliciosamente fresco.

Kathleen miraba por la ventanilla, observando el paisaje.

¿La Ruta 66 habría tenido el mismo aspecto en su apogeo? Se preguntó qué experiencias habrían tenido las primeras personas que recorrieron esa carretera. Nada como la comodidad de la que disfrutaba ella, eso seguro.

—¿Vas bien ahí, Kathleen?

Martha la miró por el espejo y Kathleen le dedicó una sonrisa tranquilizadora.

—De maravilla.

No era cierto, pero Martha ya estaba suficientemente ansiosa y confesarle cómo se sentía provocaría una serie de preguntas que no era capaz de contestar. Nunca había sido una persona que compartiera todos y cada uno de sus sentimientos. ¿Y cómo podía compartir algo que ella misma no entendía?

El episodio del mareo la había conmocionado. ¿Y si ese hubiera sido el final? Habría muerto sin saber lo que decían las cartas. Y quizá eso habría sido algo bueno. ¿Y si el contenido la disgustaba? Los sucesos de aquel verano la habían moldeado. Había tomado la decisión más difícil de su vida y había creído sinceramente que había hecho bien.

¿Y si las cartas decían otra cosa? Si no las abría, no lo sabría.

Tendría que haberlas destruido. Si le ocurría algo en ese viaje, las abriría otra persona.

Imaginó unas manos abriendo los sobres cerrados. Curiosidad. Sorpresa, quizá. Revelaciones. Esas manos probablemente serían de Liza, a quien jamás se le ocurriría librarse de las cartas sin leerlas antes por si contenían algo importante. Lo contrario no encajaría con su sentido de la responsabilidad.

Los secretos del pasado de Kathleen quedarían expuestos de un modo que no podía controlar. Mostrarían una imagen que ella todavía no podía ver. Y sabía que, independientemente de lo que dijeran, las cartas solo serían parte de la historia.

Ella conocía el principio de la historia, pero no el final. Podía haber habido distintos resultados y el único modo de averiguarlo era abrir esas cartas.

Esa idea la hacía sentirse incómoda físicamente. Se movió en el asiento.

Brian era la única persona que sabía la verdad. Él había sido el único al que se lo había contado todo, e incluso entonces había requerido tiempo, persuasión y gentileza.

Le dolió el pecho. ¡Cuánto lo echaba de menos! Su irónico sentido del humor, sus maneras tranquilas y sus sabios consejos. Hacía cinco años que había muerto y ella se sorprendía todavía hablando con él por la noche.

Brian era la única persona con la que había compartido todos sus secretos. Con Liza no. Se había protegido a sí misma durante tanto tiempo, que le había resultado imposible romper ese hábito.

Hasta ese momento.

Sintió una punzada de culpabilidad por haberle contado más cosas de su pasado a Martha que a su propia hija.

Martha y Josh charlaban delante de ella sobre dónde debían parar a almorzar y qué debían comer.

—Bagre y bolitas de patata —dijo Josh, y Martha hizo una mueca.

—Ni siquiera sé lo que es eso.

—Es comida típica de Oklahoma. Cubren el pescado con harina de maíz y lo fríen. Está delicioso.

Martha movió la cabeza.

—No me convence. Sinceramente, no soy muy amante del pescado. Y uno que se llama bagre no me anima a cambiar de idea.

—¿Y hamburguesa de cebolla? Empezaron a usar las cebollas para aumentar el volumen de la carne durante la Gran Depresión y sus intentos de ahorro acabaron produciendo una hamburguesa deliciosa.

—Eso suena mejor que el bagre.

—Pediré el bagre y así lo pruebas. Deberías probar de todo al menos una vez.

—Eso pensé del matrimonio y mira cómo salió.

—También vas conduciendo por la Ruta 66 por primera vez y eso está bien, ¿no?

Kathleen vio que Martha le sonreía.

Después del drama de la noche anterior, habían desarrollado una camaradería fácil. Parecía que su mareo los había juntado de un modo que ella no había podido conseguir con sus intentos descarados de emparejarlos.

¡Oh, qué bien recordaba los días de las miradas coquetas y el aire cargado por la tensión sexual y la anticipación!

La animaba pensar que, aunque su vida fuera un desastre, al menos la de Martha parecía esperanzadora.

Se concentró en eso para ver si así podía calmar el torbellino emocional que llevaba dentro.

—¿Cómo te encuentras, Kathleen?

Martha la estaba mirando a través del espejo tras repetir la pregunta que había hecho al menos diez veces desde que habían salido del motel.

—Estoy viva. Me he tomado el pulso para confirmarlo. Puedes continuar.

Martha sonrió.

—Ya vuelves a parecer la misma. ¿Verdad que sí, Josh?

—Sí —contestó él girándose—. Si necesitas parar…

—Tú serás el primero en saberlo.

Era un muchacho amable. Aunque «muchacho» no era la descripción más indicada. Josh era un hombre hecho y derecho.

Igual que a Martha, a Kathleen también le había aliviado que hubiera decidido viajar con ellas un poco más, y no solo porque esperara que aquello pudiera culminar en una relación amorosa para Martha, sino también porque Josh había demostrado ser firme y capaz.

En cierto modo le recordaba a Brian, aunque Josh parecía tener un empuje y una ambición de los que su esposo había carecido.

Si bien, eso no había preocupado a Kathleen. Ella había tenido empuje y ambición por los dos.

Después de Adam, no se había permitido acercarse demasiado a nadie y su trabajo la había ayudado a ello. Tal vez en parte había elegido ese trabajo por ese motivo, pues antes de *Destino: final feliz* ya viajaba por el mundo por trabajo.

Y ya estaba de nuevo habitando en el pasado.

Quizá fuera un rasgo de la edad que el pasado pareciera más relevante que el futuro.

Pararon a almorzar en un restaurante de carretera y Kathleen descubrió que no tenía hambre.

Y, por supuesto, Martha se dio cuenta.

—No comes nada. Tienes que comer.

—He desayunado mucho.

—Desayunas mucho todos los días y eso nunca te ha impedido almorzar. ¿Quieres que te pidamos otra cosa?

Era obvio que Martha estaba muy dispuesta a insistir, así que Kathleen le lanzó lo que esperaba que fuera una mirada gélida.

—Si siento la necesidad de algo más, puedo pedirlo yo.

—Lo sé —Martha, que nunca se dejaba apaciguar fácilmente, le sonrió—, pero he pensado en ahorrarte la molestia.

Kathleen tomó un poco de ensalada para evitar una discusión.

Josh se disculpó para ir al aseo y Martha se inclinó hacia delante.

—He pensado... —empezó a decir.

—¿Ese principio debe ponerme nerviosa?

—Puedes pedirle a Liza que abra las cartas. Así sabrás lo que dicen.

Resultaba perturbador comprobar que la mente de Martha se movía en la misma dirección que la suya.

—Y entonces también ella sabrá lo que dicen.

—¿Qué tiene eso de malo? ¿Por qué no dejas que comparta eso contigo? Dijiste que no estáis muy unidas y da la impresión de que a ti te gustaría que lo estuvierais. Quizá le guste ver que cuentas con ella. Puede que eso os acerque.

O podría tener el efecto contrario.

—Si hubiera querido abrir las cartas, lo habría hecho.

—No querías abrirlas antes, ya lo sé, porque estabas muy enfadada con Ruth y querías pasar página. Sin embargo las cosas cambian, ¿verdad? Si me preguntaras ahora si quiero casarme con Steve te diría que de ningún modo, pero hubo un momento en el que quise, obviamente, o no lo habría hecho. A la gente le está permitido cambiar de idea.

No era eso. No era eso en absoluto.

Kathleen sintió que algo aleteaba en su interior.

Martha no tenía ni idea.

No entendía que la razón por la que no había abierto aquellas cartas no era por un infantil deseo de venganza ni tampoco por un deseo de dejar el pasado atrás. Era porque había tenido miedo de lo que dijeran.

Y seguía teniéndolo.

Martha creía que debía leer las cartas, pero ella solo sabía un pedacito de la historia, lo poco que Kathleen le había contado.

—Agradezco tu interés.

—Pero quieres que me calle —dijo Martha sonriendo—. Es que no quiero que te preocupes, eso es todo. Y sé que te preocupas aunque no lo admitas.

—No sé por qué piensas eso.

—Estás callada. Y has dejado de intentar emparejarme con Josh.

—Considero que he completado mi trabajo en ese aspecto. Si no ves qué experiencia de consolación tan perfecta podría ofrecerte ese hombre, no se me ocurre qué más puedo hacer para convencerte.

—No voy a tener una experiencia amorosa, Kathleen —aseguró Martha terminándose las patatas fritas—. Pero admito que está bien que venga con nosotras.

El día anterior Martha no le había dirigido la palabra a Josh, pero ese día charlaba como de costumbre, volvía a ser ella misma.

Kathleen pensó que a veces se tardaba un poco en acostumbrarse a una idea. Había que plantar la semilla, regarla y dejarla crecer.

Josh regresó a la mesa y Martha y él enseguida empezaron a discutir sobre el postre.

«Adorable», pensó Kathleen.

Intentó dejar de pensar en Ruth, pero su antigua amiga planeaba sobre ella como una nube oscura en un día por lo demás brillante y esa presencia no deseada amenazaba con oscurecerlo.

Se recordó que podía ignorar aquellas cartas. No tenía por qué leerlas.

Pero Liza podía leerlas.

Si supiera lo que decían, sabría si necesitaba leerlas o no.

Lo ridículo de esa idea le hizo reír.

—¿Qué tiene gracia? —preguntó Martha levantando la vista de la carta con una sonrisa.

—Nada.

Martha pidió helado y Josh la imitó.

—¿Cuál era la comida favorita de Brian, Kathleen? —Martha devolvió la carta—. ¿Eres buena cocinera?

—Soy una cocinera horrible. Y Brian tampoco tenía mucho talento en ese terreno. Liza ha sido siempre la única que ha mostrado habilidad en la cocina. Y aún lo hace. Trata la comida como si fuera arte. Todo lo que pone en el plato resulta bonito.

¿Alguna vez había elogiado a su hija por su habilidad como cocinera? El día que había ido corriendo hasta Oakwood Cottage con un asado, después del incidente con el intruso, ¿le había dado las gracias? Tuvo la incómoda sensación de que se había mostrado impaciente.

Liza seguramente la había considerado grosera y desagradecida. Solo ahora, con la distancia, entendía Kathleen el motivo de su poco admirable comportamiento. Había estado aterrorizada por la idea de que la quisiera persuadir de vender la casa y mudarse a una residencia. Se había sentido horrorizada, además, por que esa pudiera ser, de hecho, la mejor decisión.

La casa había sido el mejor regalo que le había hecho Brian, aparte de su amor.

Cuando por fin aceptó su proposición, él la llevó a Oakwood y aparcó en el curvo camino de entrada.

—He encontrado una casa donde no hay nada entre el mar y tú —dijo.

El hecho de que entendiera tan bien su necesidad de independencia y libertad había cimentado su decisión de casarse con él.

Odiaba la idea de estar en un solo lugar, pero se había enamorado de su casa al lado del mar. Le hacía sentir que estaba a punto de viajar, que podía alejarse navegando en cualquier momento.

¿Por qué no lo había expresado? ¿Por qué no había dicho: «Liza, tengo miedo»?

Porque controlaba su vida no dejando que nadie se acercara mucho.

En su última conversación telefónica, Liza había dicho «Te quiero», ¿y qué había hecho ella? No le había dicho «Yo también te quiero», aunque quería muchísimo a su hija. Había dicho: «Ya lo sé».

Que Liza no se hubiera rendido todavía con ella probaba lo mucho que quería a su madre.

A Kathleen le dolió el corazón.

Tenía que hacerlo mejor. Y lo haría mejor.

Observó a Martha hundir la cuchara en el helado de chocolate de Josh, quien a su vez probó el de fresa de la joven.

Compartir. Compartir era una parte esencial para fomentar una buena relación. No bastaba con decirle a Liza que la quería, tenía que mostrárselo. Los actos eran mucho más importantes que las meras palabras, aunque, por supuesto, estas también importaban.

Necesitaba mostrarle a Liza que confiaba en ella y valoraba su opinión.

Y había un buen modo de hacer eso.

Tenía que pedirle a su hija que leyera las cartas de Ruth.

Debía sincerarse sobre el pasado.

Capítulo 17

MARTHA

AMARILLO – SANTA FE, NUEVO MÉXICO

Martha miró por el espejo retrovisor. Habían pasado la mañana visitando el distrito histórico de Amarillo y en ese momento Kathleen estaba dormida en la parte de atrás del coche mientras cruzaban la zona norte de Texas en dirección a Nuevo México.

Desde su mareo, había estado más apagada. El día anterior habían conducido desde Oklahoma City hasta Amarillo y Kathleen había dormitado casi todo el camino. Martha le había preguntado si se encontraba bien y le había contestado que sí, pero había insistido en retirarse temprano, dejando que Martha y Josh pasaran otra velada juntos.

Él había sugerido un asador, pero ella no había querido alejarse mucho de Kathleen, así que habían vuelto a pedir pizza y jugar a las cartas y habían visto una película.

—¿Crees que está haciendo de celestina? —le había preguntado Josh en cierto momento.

Pero Martha había negado con la cabeza.

—¡Ojalá hiciera eso! Esto es muy impropio de ella. De todos modos, yo no podría estar con alguien que no se come la corteza de la pizza —comentó mirando las cortezas en el plato de Josh.

Él se encogió de hombros.

—Odio las cortezas. Prefiero el queso fundido. Este viaje es muy cansado para ella. Podría ser eso.

—Tal vez —contestó, pero Martha no lo creía así.

Estaba intranquila. Tenía la sensación de que la razón del decaimiento de Kathleen no era física sino emocional, y no le parecía bien comentarlo con Josh.

¿Estaba pensando en Ruth? ¿En las cartas? Habían hablado suficiente para que Martha supiera lo importante que era eso para Kathleen.

Volvió a mirarla por el espejo y vio que apoyaba la cabeza en el respaldo del asiento. ¿Estaba dormida?

Martha devolvió la atención a la carretera.

Para dejar de preocuparse por Kathleen, se concentró en Josh.

—¿Qué vas a hacer después de este viaje? ¿Te preocupa no tener un empleo al que volver? —le preguntó.

—No.

—Te admiro. Debe de ser estupendo poder largarse y darle con la puerta en las narices a un jefe, metafóricamente hablando. No mucha gente haría eso. Supongo que no te dará referencias —dijo, y lo miró. Vio algo en el rostro de él y de pronto lo adivinó—. ¡Oh!

—¿Oh, qué? ¿Por qué me miras así?

—Eres tú, ¿verdad? Ese jefe horrible tuyo…

—Yo no dije que fuera horrible.

—Terrorífico y obsesivo. Eres tú. Tú eras el jefe —dijo sintiéndose tonta y avergonzada—. Ahora lo veo claramente. Por eso tardaste un poco en contestar cuando Kathleen te dijo lo que pensaba de tu «jefe», como si no supieras si defenderlo o no. ¿Por qué no dijiste nada?

—Porque esto son unas vacaciones —contestó. Parecía cansado—. Necesitaba un respiro de todo aquello, del trabajo, de ser el jefe, de todo. No quería hablar de ello.

Martha pensó que aquel coche iba lleno de cosas de las que nadie quería hablar. ¿Y de qué servía eso? Kathleen claramente había acarreado el peso de su pasado durante décadas. Y la chica no creía que algo pudiera arreglarse enterrándolo.

—O sea que, básicamente, aunque hagas autostop, eres multimillonario.

—Yo no dije eso.

—Pero tienes mucho éxito y saber de dónde va a salir tu próxima comida no es algo de lo que tengas que preocuparte.

Casi deseaba no haberlo descubierto porque en ese momento se sentía intimidada.

Bajo ningún concepto iba a tener una aventura con alguien como él.

No se parecían en nada, y no solo porque él no se comiera la corteza de la pizza. Era un hombre con una carrera, ambicioso, probablemente despiadado. Era el tipo de hombre que prefería el trabajo a pasarlo bien, el tipo de hombre que le gustaría a su madre para cualquiera de sus hijas.

Solo eso ya bastaba para desalentar a Martha. Probablemente él estaría muy cualificado. La juzgaría, igual que la juzgaba su familia. Le diría que buscara un buen trabajo y se tomara la vida en serio. Con él nunca se sentiría lo bastante buena.

—La vida no es cuestión de dinero.

Josh parecía relajado y ella alzó los ojos al cielo porque era normal que lo estuviera. No era él el que había hecho el ridículo.

—Es fácil decirlo cuando se tiene mucho. Créeme, cuando no lo tienes, se convierte en una especie de obsesión. No es que yo sea avariciosa. No necesito diamantes ni nada de eso, aunque no diría que no a los diamantes, pero el dinero, incluso una cantidad pequeña, te da opciones. Si yo tuviera dinero, no tendría que vivir con mi familia y eso sería estupendo para la salud mental de todos. Tú puedes tomarte un respiro porque tienes resuelto de dónde va a salir tu próxima comida.

Bajo la capa de vergüenza de ella, había también otra de envidia.

Josh la miró largamente.

—Espero que mi próxima comida venga de ese restaurante de ahí delante, porque está recomendado en la guía.

Martha apenas consiguió sonreír.

—Tú puedes bromear, pero esto lo cambia todo.

—¿Qué cambia? —preguntó. Estaba tranquilo—. ¿Quieres que

pague yo las hamburguesas? Lo iba a hacer de todos modos. Es mi contribución.

—El problema es algo más profundo que el hecho de que pagues las hamburguesas. Yo estaba cómoda contigo y ya no lo estoy.

—¿Por qué? ¿Qué tiene que ver mi trabajo con esto?

Probablemente era más fácil tomarse el éxito con ligereza cuando uno lo había conocido.

—Háblame de tu empresa —le pidió.

—¿Por qué?

—Porque quiero saberlo.

Josh suspiró.

—Diseño y vendo DBMS.

—No sé qué es eso.

—*Software* de gestión de bases de datos.

—Sigo sin tener ni idea de lo que es. Es hora de parar esta conversación. No hace que me sienta bien conmigo misma. Ni siquiera entiendo lo que haces, ni mucho menos cómo lo haces.

—Básicamente diseño *software* que hace que las bases de datos funcionen sin contratiempos.

—O sea que no haces algo que es probable que usemos las personas corrientes.

—No directamente. Nuestros productos los usan grandes empresas.

—Y tú montaste tu empresa.

—Sí.

Martha sintió que se encogía.

—De la nada.

—Sí.

—Y ahora vale… mucho.

—Supongo. El restaurante del que hemos hablado está aquí, a la derecha, así que tienes que girar.

Martha giró y aparcó fuera del restaurante.

—No sé si puedo conducir sabiendo que llevo a un magnate tecnológico en el asiento de al lado.

La invadió la depresión. Había disfrutado mucho del viaje, pero era todo una ilusión. O quizá *delirio* fuera una palabra más acertada. Aquello no era una nueva vida. Era una pausa en su vida anterior. Sí, se divertía, pero no era real. No podía pasarse el resto de la vida conduciendo a ancianas a través de Estados Unidos. Lo que tenía por delante no era una aventura bañada por el sol en California, sino un regreso a casa, a los poco acogedores brazos de su familia. Estaba muy bien darse cuenta de que necesitaba distanciarse de la gente que le hacía sentirse mal consigo misma, pero ¿cómo?

—¿Qué tiene que ver mi trabajo aquí? —preguntó él.

—Digámoslo de este modo: si mi cuerpo fuera mi ego, ahora mismo sería muy flaca.

—No tengo ni idea de lo que hablas.

¿No era evidente?

—Estar contigo hace que me sienta pequeña. Tú me amedrentas.

—¿Te amedrento? —preguntó. Parecía atónito—. ¿Cómo?

El hecho de que él pudiera burlarse hacía que fuera aún peor.

—Puede que a ti te resulte gracioso, pero a mí no —dijo Martha.

Cuando estaba con su abuela no había visto la importancia de esforzarse en tener una carrera, pero hasta ella tenía que admitir que lo que había logrado hasta entonces en la vida no podía describirse como impresionante.

—Quizá deberías ser un poco más sensible —añadió.

—Y quizá tú deberías tener un poco más de autoestima. Te dejas intimidar fácilmente, Martha.

—Eso es fácil decirlo cuando tienes mucho éxito.

—Hay muchas definiciones del éxito, y no todas tienen que ver con dinero. Tú estás haciendo asunciones sobre mí basadas en tus prejuicios. Voy a pedir una mesa.

Josh salió del coche con un portazo.

Martha se encogió. ¿Prejuicios? ¿La acusaba de tener prejuicios? Su éxito era un hecho, no una opinión.

¿Qué motivo tenía para enfadarse?

Lo observó cruzar el aparcamiento y detenerse un momento en

la puerta del restaurante. Se pasó la mano por la nuca y ella vio que sus hombros se movían al respirar profundamente para serenarse.

Kathleen se movió detrás de ella.

—¿Qué le pasa a Josh? —preguntó.

—Cuando habló del jefe que no le dejaba tomarse vacaciones, se refería a sí mismo. Él es el jefe.

—Lo sé.

—¿Lo sabes? —Martha se volvió para mirarla—. ¿Y no te ha parecido que valiera la pena compartir esa información?

—Sabía que te sentirías amedrentada y no quería que pasara eso. Quería que os conocierais un poco mejor antes. ¿Os habéis peleado?

—Más o menos —repuso Martha.

¿Por qué se sentía culpable? Porque lo había disgustado y él siempre había sido muy amable con ellas. Era una situación extraña porque ir encerrados juntos en el coche creaba una intimidad falsa. Estaban cerca y, sin embargo, no lo estaban. El hecho de haberle enojado y no saber por qué le recordaba que no se conocían en absoluto.

Eso no debería haberle importado, pero le importaba.

Kathleen extendió el brazo y le dio una palmadita en el hombro.

—Te gusta, ¿verdad?

—Ya no.

—Te gusta.

—Está bien, me gusta, pero no voy a tener algo con alguien que hace que me sienta mal conmigo misma.

—Nadie te puede hacer sentir mal contigo misma a menos que tú se lo permitas.

—Eso es una gran teoría. En la práctica no es tan fácil.

—El carácter es más importante que la cuenta bancaria. Josh se ha mostrado heroico hasta ahora.

—¿Porque encontró un médico?

—También encontró beicon, lo cual indica que es un hombre que tiene claras sus prioridades —Kathleen se bajó las gafas de sol y miró a Martha—. Habla con él. Yo tengo que ir al baño y voy a tardar al menos quince minutos.

—¿Quince? ¿Estás pensando en redecorarlo o qué?

—Pienso darte tiempo para que hables con Josh.

—Prefiero hablar contigo —repuso Martha—. Llevas dos días cansada y callada. Debería ir contigo.

—Eres mi chófer, no mi enfermera, aunque después del episodio del desmayo comprendo que puedas pensar que tus deberes se han ampliado —Kathleen cogió su bolso y su chal y salió a la luz del sol—. Vete. Es el momento perfecto.

¿Lo era? Él se había alejado. Eso se podía tomar como una indicación clara de que estaba enfadado con ella y no quería continuar la conversación. Por otra parte, estaba reservando una mesa, lo que implicaba que esperaba que se reuniera con él.

Y Martha creía firmemente que no se debían ignorar los problemas. Si había algo que no podía soportar era una atmósfera enrarecida.

Tomó a Kathleen del brazo y caminaron hasta la puerta del restaurante.

—¿Es por las cartas? —preguntó—. ¿Por eso estás callada? ¿Estás pensando en ellas? —sintió un tirón en el brazo y dejó de andar—. Sé que un aparcamiento no es el mejor lugar para esta conversación, pero no quiero decir nada delante de Josh y estoy preocupada por ti. Sé que esas cartas son importantes para ti. Seguro que te preguntas qué es lo que dicen. Y no entiendo por qué no las has leído hasta ahora.

—Porque tengo miedo de que no me guste lo que dicen.

Kathleen tenía miedo.

¿Por qué Martha no se había dado cuenta antes? La fiera e indómita Kathleen tenía miedo. Ella también tenía sus debilidades. Era humana.

Le cubrió la mano con la suya.

—Pero si las lee Liza, podréis hablar de ello.

—Lo estoy considerando. Ya te dije que no tenemos esa clase de relación. No estamos muy unidas... Por mi culpa, claro.

«Porque Kathleen se protege», pensó Martha. Y nadie entendía eso mejor que ella.

Sin embargo sabía lo mucho que le había costado a la anciana admitirlo, así que se apresuró a infundirle confianza.

—Liza te quiere. Lo vi cuando fui a tu casa. Y lo veo en los mensajes que envía y en el modo en que habla por teléfono cuando pregunta cómo estás. No tienes que protegerte de alguien que te quiere. Ella es adulta, Kathleen. Haya lo que haya en esas cartas, ella lidiaría con ello. Y seguramente le gustará que le des la oportunidad de apoyarte.

—No necesito apoyo.

—Todos necesitamos apoyo —Martha miró hacia el restaurante, donde su acompañante estaba sentado solo. ¿Necesitaba él apoyo?—. Haré lo que has dicho y hablaré con Josh, pero si tardas más de quince minutos, enviaré a un equipo de rescate.

Kathleen le apretó la mano.

—Eres una joven muy especial. Tienes una inteligencia emocional muy elevada.

Martha sintió una opresión en la garganta.

—Dices unas cosas muy amables.

Kathleen suspiró.

—Solo digo la verdad y cuanto antes dejes de relacionarte con personas horribles que hacen que te menosprecies, mejor. ¿Has borrado a Steven de tus contactos?

—Aún no.

—Pues hazlo mientras todavía te quede autoestima suficiente para salir de la cama por la mañana.

¿Por qué no lo había hecho ya? Él no añadía nada a su vida excepto tensiones. Ella no lo quería en su vida.

—Quizá tengas razón.

Martha se detuvo en el umbral del restaurante y vio a Josh de espaldas en un reservado al lado de la ventana.

—Vete —le dijo Kathleen dándole una palmadita en el brazo—. Eres más lista de lo que crees.

Kathleen se dirigió al cuarto de baño y Martha se reunió con Josh.

Él le pasó la carta a través de la mesa.

—Gracias —dijo cogiéndola, pero volvió a dejarla en la mesa. Si iba a hacer aquello, tenía que ser antes de que se les uniera Kathleen—. Sé que te he enojado y lo siento. Si quieres hablar de ello, me gustaría escucharte —aclaró. Se detuvo cuando llegó la camarera con café y agua con hielo—. No estás haciendo la Ruta 66 por diversión, ¿verdad?

Suponía que, si quisiera, podría tomar un avión privado o pagarse un chófer. Tenía que haber una razón para que alguien como él hiciera autostop.

Josh cogió un vaso de agua. La condensación nublaba el lateral del vaso.

—Se suponía que iba a hacer este viaje con mi hermano.

Era la primera cosa personal que había dicho.

—¿Y él no ha podido venir?

—Está muerto.

—¡Oh, Josh!

Martha extendió el brazo y le cubrió la mano con la suya. Recordaba cómo se había sentido cuando había muerto su abuela: vacía y sola. Notó que él se ponía tenso y creyó que iba a apartar la mano, pero un momento después, sus dedos apretaron los de ella.

—Ha sido… difícil. El periodo más duro de mi vida.

Cuando había muerto la abuela de Martha, la gente le había dicho torpezas. Algunas personas no la habían llamado porque no sabían qué decir, y eso también había estado mal. En conjunto, todo había contribuido a su sensación de aislamiento.

Sabía que era importante decir algo, pero también sabía que era importante elegir las palabras.

—La pena es algo horrible y cruel. La gente habla de pasar fases, pero, sinceramente, para mí no fue así. Yo lo considero como un océano. En ocasiones está todo en calma, empiezas a relajarte, te sientes casi segura y crees que ya lo has dominado, y al momento siguiente te envuelve una ola y te estás ahogando e intentando tomar aire.

—¿Tú has perdido a alguien cercano?

—A mi abuela. Es distinto, lo sé, porque ella tuvo una vida completa, pero era la persona a la que más quería en el mundo. Ella me entendía. Cuando murió fue como si hubiera perdido una capa de protección. Me sentía en carne viva. Mi mundo cambió de forma por completo. Perderla fue lo peor con lo que he tenido que lidiar, peor que mi divorcio si te soy sincera. Y ella no estaba allí para ayudarme en el proceso.

—Pero lo superaste.

Martha miró las manos de ambos, todavía unidas.

—No creas. No de un modo que me haga sentir orgullosa. Me sentía sola, vulnerable, desesperada por conectar con alguien, por sentirme unida a alguien y comprendida, como me había sentido con ella. Cuando Steven me propuso matrimonio, le dije que sí. Pensé que eso lo arreglaría todo, pero no fue así. Todo empeoró. Estar sola en un matrimonio es mil veces peor que sentirse sola fuera de él. En realidad fue todo un error. Supongo que él también piensa lo mismo.

¿Por qué había sido tan dura consigo misma? Se había machacado por tomar decisiones equivocadas, pero cuando las explicaba, esas decisiones cobraban más sentido.

Él asintió.

—Tu abuela debía de ser una persona especial.

—Sí que lo era —afirmó Martha, e hizo una pausa—. ¿Llevabas mucho tiempo planeando este viaje con tu hermano?

Josh dejó el vaso en la mesa.

—Él llevaba dos años amenazándome con él, pero yo siempre estaba muy ocupado.

—¿Amenazando?

Él sonrió débilmente.

—Red y yo éramos muy… diferentes.

—¿Red?

—Su nombre era Lance, pero todos lo llamábamos Red porque siempre estaba donde había peligro. Yo era el serio: adicto a la tecnología, centrado, ambicioso. Él era un surfista guay y relajado. Amaba el agua. Yo la odio. Cuando éramos adolescentes, creé un juego de surf al que podía jugar en el ordenador para así poder conectar con él. Era una de nuestras bromas, que yo era capaz de encontrar un modo de surfear en tierra firme mientras él lo hacía de verdad en el mar.

Josh miró el interior de su vaso de agua.

—Yo le preguntaba cuándo iba a hacer algo serio con su vida y él siempre me decía que la seriedad estaba sobrevalorada y que solo tenía que verme a mí para darse cuenta de que él elegía correctamente. Pensaba que mi vida era una locura. Y yo opinaba lo mismo de la suya. A pesar de todo, estábamos muy unidos. Probablemente eso te resulte raro.

—No. No hay una vida que le sirva a todo el mundo, es un poco como la ropa. Que tú te pongas algo que yo jamás me pondría no significa que no piense que te queda bien.

Él sonrió.

—Es un modo interesante de verlo.

Martha pensó por qué no se le habría ocurrido antes eso. Que sus decisiones le parecieran malas a su familia no significaba que lo fueran. Por alguna razón que no entendía, estaba programada para pensar que su familia tenía razón en todo.

Devolvió su atención a Josh.

—¿Por eso haces autostop? ¿Por llevar su ropa y actuar a su modo?

—En cierto modo sí. Él decía que había olvidado conectar con la vida real. No tenía razón, pero… —Josh soltó la mano de ella—. Murió en un accidente de surf, que es exactamente como habría elegido irse. Han pasado dos años y lo echo de menos todos los días.

Hacía aquel viaje solo, pensando en su hermano, echándolo de menos.

Martha había creído que tenía su vida bien planeada y no era así en absoluto.

—Creo que es genial que hagas este viaje. Es el modo perfecto de honrarlo y de recordarlo —dijo, y sintió una opresión en la garganta—. ¿Qué había en su lista? ¿Qué le habría gustado convencerte de que hicieras?

Josh se echó hacia atrás en la silla y sonrió.

—Tienes razón, los dos habríamos querido cosas muy distintas. Yo habría intentado llevarlo a museos y a los lugares históricos de la ruta. Él habría usado mi tarjeta de crédito para pagar una excursión de *rafting* cara. Y yo me habría quejado todo el tiempo.

Martha tomó nota mentalmente de investigar un poco. Conseguiría que Josh hiciera algo de lo que habría hecho con su hermano.

—¿Tienes alguna foto de él?

Josh metió la mano en el bolsillo y sacó su billetero.

—Esta nos la hicimos cuando vino a verme a mi oficina. Fue uno de los pocos días que yo llevaba traje. Él no me permitió olvidarlo, aunque casi siempre voy con vaqueros —explicó, y pasó la foto a Martha por la mesa—. Él bromeaba diciendo que llevaba su única camisa limpia.

Martha tomó la foto y vio a un hombre sonriente de pelo rubio desgreñado y sonrisa maliciosa.

—Os parecéis.

—No nos parecemos en nada, Martha. Aparte de mi aversión al agua, él es vegano y yo conduciría horas por un bistec decente. Él puede nombrar todas las especies de tiburones y yo puedo construir un ordenador desde cero. No creo que haya ni una sola zona en la que coincidamos. Y ya estoy otra vez hablando como si él estuviera vivo.

Josh hizo una pausa, emocionado, y ella sintió una punzada de empatía. Había hecho lo mismo muchas veces.

—No me refiero a lo que os gusta ni al modo de vestir, sino a que tenéis la misma sonrisa y los mismos ojos.

—¿Eso es lo que ves en la foto?

Ella veía amor y también orgullo en los ojos de ambos. Pero quizá no fuera el momento de decir eso.

—Veo a dos hermanos.

La invadió la tristeza. Ella no tenía ni una sola foto así con su hermana. Josh y su hermano se habían sentido cómodos juntos. Pippa y ella nunca habían aparecido juntas en una foto voluntariamente.

Nunca se habían sentido cómodas juntas. Quizá debería dejar de intentar arreglar eso y aceptarlo.

—¿Tienes más? —le preguntó.

Él buscó en la cartera y sacó un par de fotos más.

—Estas nos las hicimos cuando me llevó a surfear. Bromeaba con que el mar era su oficina. Yo nunca he sido muy deportista. Puedo arreglarte un portátil, pero no me pidas que atrape una pelota ni una ola.

Y sin embargo, había ido a surfear con su hermano. Y se le iluminaban los ojos cuando hablaba de él.

Martha le devolvió las fotos.

—Os divertíais.

—Pasar tiempo con él era divertido, aunque yo habría elegido hacerlo en tierra firme. ¡Ojalá lo hubiera hecho más a menudo! ¡Ojalá hubiera pasado menos tiempo centrado en el trabajo y más divirtiéndome con Red! No suelo dar consejos de vida, pero si diera uno, sería «hazlo ahora, porque puede que no haya un mañana».

En ese momento Martha entendió por qué él había reaccionado de aquel modo a la conversación sobre el éxito. Su éxito era una herida. Se sentía torturado por todos los momentos que había pasado trabajando en lugar de estar con su hermano.

Veía arrepentimiento en sus ojos.

—¿Puedo hacerte una pregunta?

—Adelante —contestó guardándose las fotos en el bolsillo.

—No pretendo entender lo que haces, pero a mí me parece que te gusta. Es tu pasión, ¿no?

—Sí, desde que era niño. Estaba tan loco con mi ordenador como mi hermano con su tabla de surf. Me divertía tanto con mi juego de surfear como él con la actividad real.

Martha tomó un sorbo de agua.

—Los dos seguisteis vuestra pasión. Tú no elegiste ese camino porque buscaras dinero ni éxito empresarial, aunque ninguna de ambas cosas tiene nada de malo. El dinero es una necesidad, eso es un hecho, pero la cuestión es que tú amabas el trabajo. Y él también. Los dos hacíais lo que amabais. Dices que no teníais nada en común, pero teníais eso. Yo no pretendo saber gran cosa de nada, pero hacer lo que a uno le gusta es la definición de una vida bien vivida, ¿no? Tal y como yo lo veo, el éxito es eso, no el dinero. Y creo que eso es algo de lo que estar orgulloso, no algo de lo que arrepentirse.

Josh guardó silencio un momento largo.

—Eres sabia, ¿lo sabes? —dijo al fin.

—No. Normalmente me dicen que no sé nada de la vida real.

—Yo creo que sabes mucho más de la vida de lo que crees, Martha. Quizá deberías pasar menos tiempo escuchando a otros y escucharte más a ti misma.

Kathleen le había dicho lo mismo.

Martha dejó el vaso en la mesa. ¿Tenía la suficiente seguridad para hacer eso, ignorar a la gente que la rodeaba y seguir su instinto?

¿Qué haría si la gente no estuviera desanimándola continuamente y menospreciando sus ideas?

Algo relacionado con conectar con la gente, pero eso no era una pasión, ¿verdad? No era como surfear o dar clases.

Josh parecía a punto de decir algo más, pero Kathleen se reunió por fin con ellos.

Había calculado tan bien su entrada que Martha se preguntó si habría estado escuchando o leyéndoles los labios.

—¿Tienen tacos? —Kathleen se sentó al lado de Martha y sacó la guía del bolso—. Planeando el tiempo. Josh, espero que te unas a nosotras en la fase siguiente del viaje.

Martha contuvo el aliento y se concentró en la carta. Había asumido que él se marcharía, pero ahora que conocía su historia, deseaba mucho que continuara viajando con ellas. Quería hacer lo que habría hecho su hermano y animarlo a divertirse. Percibía que lo necesitaba y quería ser la persona que lo ayudara a conseguirlo.

Josh alzó la vista de la carta.

—Agradezco la oferta, pero hay cosas que tengo que hacer.

Y después de saber por qué hacía aquel viaje, Martha estaba decidida a que no hiciera esas cosas solo.

—Que te llevemos en el coche no significa que tengas que pegarte a nosotras como pegamento —dijo Martha—. Kathleen y yo probablemente saldremos por nuestra cuenta a meternos en líos.

—Eso no lo dudo —contestó él con una sonrisa—. Pero me gustaría estar más tiempo en el Gran Cañón de lo que vosotras habréis planeado.

—No tenemos planes cerrados —dijo Kathleen agitando una mano en el aire—. Tómate todo el tiempo que quieras. Martha adaptará nuestras reservas. No se me ocurre un lugar mejor para pasar tiempo.

Josh vaciló.

—Si lo hacemos, insisto en ocuparme yo del alojamiento.

—Eso lo discutiremos más adelante.

—¿Entonces está decidido? —preguntó Martha.

Su mente funcionaba ya a toda velocidad. Tenía que investigar viajes por el río Colorado. No quería dejar mucho tiempo sola a Kathleen, así que tendrían que ser excursiones de un día. Y además, si Josh se iba a quejar continuamente de estar mojado, un día sería más que suficiente para los dos.

Llegó la comida: platos cargados de alubias refritas, enchiladas picantes y tacos para Kathleen.

—Confieso que tenerte cerca me da confianza, Josh —musitó Kathleen—. ¿Y si me desmayo otra vez? Fuiste muy útil a la hora de buscar un médico.

Martha cogió el salero.

—Yo podría buscar un médico si lo necesitamos —señaló.

Sin embargo ella también quería que Josh siguiera acompañándolas, sobre todo después de entender lo mucho que ese viaje significaba para él. No debería hacerlo solo, ¿verdad? Era evidente que le resultaba difícil. Podía necesitar una persona amiga y daba la impresión de ser un poco como Kathleen, tan acostumbrado a lidiar solo con los retos de la vida que no sabía buscar ayuda. Y si seguía solo, ¿quién iba a hacer la tarea de su hermano y empujarlo a hacer cosas que no haría normalmente?

Ella dejaría de pensar en su trabajo y en que tenía mucho éxito. Al igual que en el caso de Kathleen, había una persona detrás del éxito, un ser humano que sentía las mismas cosas que las demás personas. Era un hombre que lloraba a su hermano, un hombre confundido que tenía la sensación de haberle fallado en algo a su hermano.

A una persona no la definía su trabajo y ella tenía que procurar no olvidarlo.

Terminaron de comer y volvieron al coche.

Martha se sentó al volante con una determinación nueva.

—Tienes suerte de viajar con nosotras, Josh. Probablemente no lo hayas oído, pero soy una gran conductora.

—Lo he oído —repuso él acomodándose en el asiento del acompañante—. He oído que las glorietas y la marcha atrás son las cosas que más te gustan, así que intentaré buscar una ruta llena de ambas cosas.

—Muy gracioso.

Él le sonrió y a Martha le latió con fuerza el corazón. Le había sonreído otras veces, sí, pero aquella había sido diferente. Aquella sonrisa era más lenta, más íntima, era una sonrisa entre dos personas que se conocen.

Su estómago inició un baile elaborado que incluía una voltereta y posiblemente una pirueta.

«No, Martha. No, no, no.» Sí, simpatizaba con él y era un hombre sexi, pero nada de eso cambiaba el hecho de que Josh Ryder no era en absoluto su tipo.

Era planificador y ella espontánea. Quizá debería abrazar esa faceta suya en lugar de intentar continuamente convertirse en la persona que otros querían que fuera. Jamás sería una oficinista. Era más bien como Red, más de vivir el momento, pero Josh pensaba que era sabia.

Sabia.

Martha se concentró en la carretera. Era consciente de la presencia de Josh a su lado, de la cercanía de su rodilla y de su mano, que descansaba a poca distancia de la de ella. Eso hacía que concentrarse resultara más difícil.

Seguía pensando en Kathleen, tan herida por su experiencia temprana del amor que había marcado una distancia de seguridad respecto a los sentimientos hasta que conoció a Brian. La anciana la alentaba a no cometer el mismo error.

Martha no quería tener remordimientos, no quería tomar otra decisión equivocada, pero ¿cuál de las dos opciones sería la equivocada: tener una aventura con Josh o no tenerla?

Nunca había sentido esa química con ninguna otra persona.

Miró a Kathleen por el espejo y esta le guiñó el ojo con malicia. No le dijo nada, pero no era necesario; Martha sabía lo que pensaba.

Capítulo 18

LIZA

Liza estaba en la cocina, tarareando para sí mientras rallaba jengibre y machacaba citronela para los filetes de salmón.

Había pasado el día pintando, experimentando con un lienzo grande y aplicando grandes manchas de verde y aguamarina para reflejar los colores de esa parte de la costa.

A mitad del día había interrumpido la tarea y había ido a la playa. Se había bañado en el mar helado y había regresado corriendo. Era algo que hacía todos los días. Se sentía en muy baja forma, con el rostro rojo y el corazón latiéndole con fuerza. Sean era socio de un gimnasio e intentaba ir al menos dos veces a la semana. Durante tres meses Liza también había pagado la cuota, pero había conseguido ir en dos ocasiones, y una de ellas tuvo que abreviarla porque la llamaron del instituto para que fuera a recoger a Alice, que se había caído en un partido de hockey. Había cancelado su subscripción tras decidir que no tenía sentido pagar para patrocinar el ejercicio de otras personas. Pensó en probar una clase de yoga o salir a correr por las mañanas, pero siempre había algo más urgente que hacer. Y cuando por fin encontraba media hora para sí misma, no se decidía a pasarla corriendo.

Mientras se duchaba para quitarse el agua salada, dándose tiempo para acondicionarse el pelo, había pensado en su sueño de acabar viviendo en un lugar como aquel. Sean y ella habían hablado de eso en otros tiempos, pero, como tantas otras cosas, ese sueño había quedado aplastado por la realidad. ¿Por qué?

Pasar tiempo con Angie le había hecho preguntarse por ello. La vida de su amiga había cambiado radicalmente en los últimos años, y había sido un cambio obligado. Pero ¿por qué había que esperar a pasar por una crisis de vida para repensar el modo en que se vive?

En ese momento estaba en la cocina preparando la cena para un hombre que no era su esposo.

¿Debería sentirse culpable? ¿Se sentía culpable?

No. Finn había sido generoso con su madre. Además, ella disfrutaba de su compañía y Sean no se enteraría. Si surgía en la conversación, se lo contaría, pero si no ¿para qué sacar el tema? Aquello era de lo más inocente.

Devolvió el salmón al frigorífico, batió las claras de los huevos con azúcar para hacer merengue y las introdujo en el horno.

Se sentía distinta. Puso una canción del último disco de Finn y bailó por la cocina.

Cuando terminó la canción, se detuvo sin aliento, pensando lo avergonzadas que se habrían sentido sus hijas si la hubieran visto. Ellas creían que era demasiado mayor para bailar.

Y ella pensaba que su madre era demasiado vieja para hacer un viaje por carretera.

El comportamiento no debía dictarlo la edad. Si quería bailar, bailaría. Si su madre quería viajar, viajaría.

Y si quería quedarse en su casa, se quedaría en su casa.

Las puertas y ventanas estaban abiertas al jardín y Liza olía las rosas trepadoras que se amontonaban en la pared al lado de la ventana. Se le ocurrió una idea, pero la rechazó. Era ridículo. Estaba entrando en el país de la fantasía.

Cuando estuvo satisfecha de que la preparación de la cena iba bien encaminada, subió arriba a cambiarse.

Revisó su nuevo guardarropa. El problema de tener tantas opciones era la elección en sí.

Al final se decidió por el vestido rojo, porque no se le ocurrió otra ocasión en la que podría llevarlo y un vestido así no estaba diseñado para pasar la vida colgado en una percha.

Sonó el teléfono y bajó para cogerlo.

Era su madre.

—¿Cómo está la aventurera? —preguntó Liza abrochándose el reloj. Había empezado a esperar con impaciencia las llamadas de su madre—. ¿Cómo están Martha y Josh? ¿Tus intentos de casamentera funcionan?

—Tengo esperanzas, pero no he llamado para hablar de ellos.

—Ah —Liza miró el reloj. Tenía media hora antes de que llegara Finn—. ¿Va todo bien?

Hubo una pausa.

—Liza, necesito que hagas algo por mí.

Su madre nunca le pedía nada.

Liza se sentó con decisión en una de las sillas de la cocina.

—Por supuesto.

—Es... difícil.

¿Física o emocionalmente?

—Sea lo que sea, lo arreglaremos.

—Querida Liza, siempre tan sensata y responsable.

Liza observó sus zapatos de tacón alto. Por suerte, aquello no era una videollamada o su madre vería que la Liza sensata y responsable se había quedado en Londres.

—¿Qué es lo que te preocupa? —le preguntó.

—Hay unas cartas...

Liza se sentó más recta.

—¿Las de tu estudio?

—¿Las has visto?

—Las encontré cuando buscaba los DVD. No estaban donde dijiste, así que miré en tu escritorio. Las cartas estaban con un anillo. ¿Asumo que es un diamante falso?

Hubo una pausa.

—No es falso.

Liza sintió escalofríos.

¿Debía mencionar que era un objeto demasiado valioso para tenerlo en casa? No. El anillo obviamente tenía un significado emocional que ella no comprendía. Eso era asunto de su madre, así que se tragó las palabras de advertencia.

—¿En qué te puedo ayudar?

Kathleen tardó tanto en contestar que Liza miró la pantallita del teléfono por si había cortado la conversación.

—¿Hola?

—Sí, estoy aquí. Antes de conocer a tu padre estuve prometida. Se llamaba Adam.

Liza miró al otro lado de la cocina.

Su madre había estado prometida con alguien que no era su padre. Su madre había estado enamorada.

—El hombre que está con Ruth y contigo en la foto.

—Tienes buena memoria.

—¿Rompió él el compromiso? —preguntó Liza.

No podía creer que su madre le estuviera contando aquello, que hablara con ella de ese modo. Tenía miedo de dar la respuesta errónea y provocar que Kathleen volviera a alejarse.

—No, lo rompí yo, cuando descubrí que tenía una aventura con Ruth.

Ruth. La mejor amiga de su madre.

—¡Oh, no! Eso es horrible —Liza no tenía ni idea. Su madre era tan introvertida con sus cosas, que jamás había pensado mucho en lo que podía haber en su pasado—. ¿Papá lo sabía?

Quizá no debería haberlo preguntado. Sabía cuánto le costaba a su madre hablar de temas personales.

—Olvídalo —añadió—. No tienes que hablar si no...

—Tu padre lo sabía. Por eso se me declaró tres veces. Comprendía lo difícil que me resultaba afrontar ese compromiso. Después de aquello, nunca se me dio bien intimar con la gente —Kathleen, normalmente tan serena, parecía vacilante—. Prefería las relaciones ligeras y fáciles.

—No me sorprende —murmuró Liza.

Tampoco le sorprendía que hubiera roto el contacto con Ruth. Lo que le sorprendía era que su ultraintrovertida madre le contara por fin aquello.

—Me costaba mucho confiar. No quería volver a arriesgar mi corazón. Lo protegía con mucho empeño, ¿sabes? Tuve mucha suerte de conocer a tu padre. Él era todo lo que yo necesitaba. Es la única persona que me ha conocido de verdad.

«Tu madre necesita eso.»

Liza sintió una punzada de emoción al pensar en su padre, tan amable y paciente. Una relación perfecta era eso, ¿verdad? Conocer a la otra persona y aceptarla. Permitirle ser como era.

—¿Las cartas son de Adam o de Ruth?

—De Ruth. No sé lo que dicen. Tomé la decisión de no mantener el contacto.

—Eso debió de ser muy duro —comentó Liza. Seguramente sería imposible olvidar algo así, ¿no? Eso rompería cualquier amistad—. ¿Nunca tuviste tentaciones de abrir las cartas?

—Nunca.

Liza miró la hora. Lo último que quería era que llegara Finn en mitad de la conversación más profunda que había tenido jamás con su madre.

—¿Por qué has cambiado de idea?

—Tuve un mareo. Me hizo darme cuenta de que, si me ocurría algo, tú abrirías esas cartas. Sea lo que sea lo que digan, quiero que conozcas la historia. Y ahora me vas a preguntar por el mareo.

Finn también había mencionado algo de mareos.

Liza ignoró las preguntas ansiosas que amenazaban con subir a la superficie.

—Estoy segura de que lidiasteis bien con lo que pasó. Si me hubieras necesitado, me habrías llamado.

—Te necesito, por eso te llamo. Quiero que me leas esas cartas. Sé que es mucho pedir. No sé lo que dicen. Son muy personales. Probablemente perturbadoras.

Pero su madre se las confiaba a ella.

Liza se irguió más en la silla.

—¿Quieres que las lea yo primero y las filtre? Puedo intentar ver si creo que te van a alterar mucho antes de leértelas en alto.

—¡Ay, Liza! —exclamó, y hubo una pausa—. Eres la persona más amable del mundo. Siempre lo has sido. No, si las vamos a leer, las leeremos juntas.

«Las leeremos juntas.»

Liza sintió un nudo en la garganta y un peso en el pecho. Su madre y ella casi nunca habían hecho nada juntas.

—Vale. ¿Crees que Adam siguió con ella?

—No lo sé. Creo que es muy probable que le hiciera a ella lo mismo que a mí, pero yo no pretendía que esto fuera una conversación sensiblera.

—¿Quieres que las traiga ahora? —preguntó Liza. Todavía podía anular lo de Finn.

—No, no estoy preparada. Quería tantearte a ti, pero quizá mañana podamos abrir las dos primeras y luego iremos viendo.

—Por supuesto —repuso Liza.

Sabía que para su madre había sido muy difícil decirle aquello y probablemente estuviera agotada.

—Háblame de ti —dijo. El modo brusco en que Kathleen había cambiado de tema indicó a Liza que tenía razón—. ¿Estás disfrutando de Cornwall?

Liza miró la luz del sol en el jardín. La mesa pequeña de fuera ya estaba puesta para la cena.

—Me encanta.

—Me alegro. Esa casa está hecha para ser disfrutada. Disfrútala y te llamaré mañana por la tarde, horario de allí, si te viene bien.

Liza desconectó la llamada y permaneció un momento sin moverse.

Su madre quería su ayuda. Su madre «necesitaba» su ayuda.

Tras la conversación se sentía más cerca de ella de lo que se había sentido nunca.

—Hola —sonó la voz de Finn en el umbral—. ¿Va todo bien?

Liza se puso de pie.

—Hola. Me ha llamado mi madre y he perdido la noción del tiempo.

—¿Malas noticias?

—No —respondió Liza.

Aunque no sabía lo que decían las cartas, así que era posible que hubiera malas noticias. Sin embargo, fuera lo que fuera, su madre y ella lidiarían juntas con ello.

«Juntas.»

—Me alegro —Finn se quitó la gorra de béisbol pero se dejó puestas las gafas de sol—. Estás… fantástica.

Liza vio admiración en sus ojos y se sintió avergonzada. ¿Y si él creía que se había vestido así para intentar seducirlo? La idea le resultaba espantosa. Se arrepintió de haber comprado aquel vestido. Era demasiado para una cena informal en el jardín, aunque el invitado fuera Finn Cool, pero era demasiado tarde para subir corriendo a cambiarse.

—Adelante. Como no vas a conducir, he preparado cócteles. He pensado que podemos tomarlos fuera.

Él se adelantó y cogió las bebidas. Ese movimiento lo acercó más a ella. Olía a sol, a sal y a verano y ella sintió un calor desconocido extendiéndose por su cuerpo. Luego él empezó a contar una historia de los perros saltando al mar y ella consiguió reír y comportarse como si no acabara de verse envuelta por una llamarada de atracción sexual.

Aunque solo habían pasado unos días, había olvidado lo fácil que era hablar con él. Rieron, charlaron y disfrutaron la cena que había preparado. Se alegró de haberse puesto el vestido.

Finn se sirvió más espárragos.

—¿En qué piensas?

«En que mi madre estuvo enamorada.»

—En nada. Estoy relajada, eso es todo.

—Te ha dado el sol.

—Me he dejado la crema solar cuando he ido a nadar hoy —repuso tocándose las mejillas con los dedos—. Seguro que tengo la cara tan roja como el vestido.

—Estás muy bien. Pareces más feliz que cuando te vi a principios de semana.

—Eso es lo que pasa cuando te escapas al campo.

—¿Y de qué te has escapado?

Liza dejó el tenedor en el plato.

—Es solo una frase.

Él la miró a los ojos.

—¿De verdad?

Ella suspiró.

—No. Sí ha sido una huida. Más o menos.

—Si quieres hablar de ello, adelante —dijo él sirviéndose más pan—. Y si te preocupa hacerle confidencias a alguien que es casi un desconocido, déjame recordarte que yo vivo sabiendo que cada cosa que hago puede acabar saliendo en las noticias del día siguiente. Debido a eso, probablemente soy la persona más digna de confianza que puedas conocer.

—¿Cómo te las arreglas para llevar una vida de relativa normalidad si no sabes en quién puedes confiar y en quién no?

—Me dejo llevar por mi instinto —contestó alzando el vaso—, que está muy entrenado después de múltiples traiciones y decepciones.

Ella pensó en su madre.

—¿Las malas experiencias no te desaniman? ¿No sientes tentaciones de ir sobre seguro?

—Tenía ocho años cuando perdí a mi padre. Hay muchas cosas que no recuerdo de él, pero una que recuerdo claramente era su habilidad para disfrutar de cada momento fueran cuales fueran las circunstancias —explicó, y dejó el vaso en la mesa—. En ese sentido se parecía mucho a tu madre. Yo hago lo mismo. No es fácil. La gente piensa que eres frívolo y superficial...

—Pero se necesita mucho valor.

Él sonrió.

—Así es. Permitirse amar… vivir… requiere valor.

Él no entendía en absoluto a Kathleen, aunque creyera que sí. Liza veía ya que los viajes, la distancia emocional y el modo en que vivía su madre no era egoísmo sino autoprotección. Aunque todavía no conociera los detalles, por primera vez en su vida tenía la sensación de comprenderla y eso lo cambiaba todo.

—Sí, requiere valor.

—Intentar algo sabiendo que puedes fracasar requiere valor. Amar cuando sabes que hay muchas probabilidades de que te rompan el corazón, también —dijo él.

—Sí —contestó Liza.

¿Cuánto valor había necesitado su madre para permitirse amar a su padre después de lo que había ocurrido antes?

—Siempre es más fácil protegerse, pero cuando construyes muros a tu alrededor, no solo dejas fuera lo malo, sino también lo bueno. Creo que por eso me inspira tanto tu madre —comentó Finn—. Sabe lo que quiere y va a por ello. No deja que se interponga el miedo. De mayor quiero ser como ella.

Liza había pensado lo mismo de su madre, pero ya sabía la verdad.

Kathleen sí había dejado que se interpusiera el miedo.

Se levantó y recogió los platos.

—No te hagas mayor —dijo—. Creo que estás bien así.

—Lo dice la mujer que intentó matarme con una mirada cuando estuve a punto de empujarla a una zanja.

—¿Me reconociste?

—Por supuesto. Eres bastante inolvidable, Liza.

Echó hacia atrás la silla. Las gafas de sol le ocultaban los ojos, pero ella no necesitaba ver cómo la miraba. Lo sentía.

La piel le ardía como si le hubieran acercado una tea encendida. Hacía tanto tiempo que nadie coqueteaba con ella que no estaba segura de reconocerlo. Y desde luego, no sabía qué hacer al respecto.

Ningún hombre le había dicho que era inolvidable. Eso era como echarle agua a una planta sedienta.

Sonrojada, llevó los platos a la cocina y se concentró en el postre y el café.

La luz natural iba decayendo y las lucecitas que había enroscado su madre alrededor de los árboles brillaban como estrellas. A Liza las guirnaldas de luces siempre le habían parecido un toque sorprendentemente romántico en una mujer a la que nunca había considerado romántica. Sus padres jamás se habían tocado mucho ni habían sido efusivos. Nunca los había visto abrazarse. Sin embargo, su padre había vivido entregado a su madre y Liza entendía ya que ese amor profundo había sido correspondido.

—¿Y disfrutas de tu nueva vida? —preguntó Finn.

Su modo de mirarla la desconcertaba. Liza sabía que estaba al borde de algo deliciosamente peligroso. No estaba segura de si quería dar un paso al frente o retroceder.

—No es una nueva vida exactamente —respondió—. Solo un descanso de la vieja.

Se sentía sin aliento. ¿Percibía él eso en su voz?

—¿Quieres decir que vas a dejar de pintar cuando vuelvas a casa?

Ella pensó en lo mucho que había disfrutado la última semana. Se había despertado cada mañana impaciente por volver al lienzo que había abandonado de mala gana la noche anterior.

En Londres sería diferente. No tendría la cabaña de verano, ni el sonido del mar, ni espacio, ni tiempo, pero aun así...

—No voy a dejarlo.

Aunque la idea de volver bastaba para enfriar su buen humor, y no solo por el tema de la pintura. Echaría de menos llevar chanclas a la playa, comer comidas sencillas que no requerían que pasara tiempo en la cocina, los vestidos de verano y un buen libro. Sobre todo, echaría de menos la sencillez. Tenía cosas en las que pensar y lo sabía; cosas que aclarar. Lo había estado aplazando, pero se le acababa el tiempo.

Entonces oyó el ruido de un coche que se acercaba a la puerta.

Finn dejó el vaso, inmediatamente alerta.

—¿Esperas a alguien?

—No —Liza se levantó—. Quédate ahí. Voy a ver quién es.

—Puedo...

—No, no hace falta —dijo ella alzando la mano para detenerlo—. Es mejor que no te dejes ver.

¿Quién podía ser? Si era Angie, tendría cosas que explicarle.

Se dijo que no había ninguna razón para sentirse culpable y cruzó el jardín hasta la puerta principal.

Allí había dos mujeres jóvenes.

—Buscamos a Finn Cool —dijo una de ellas.

Liza adoptó una expresión de sorpresa.

—¿Cómo dices?

—Finn Cool —repitió la otra chica sonriendo—. Supongo que es demasiado mayor para saber quién es.

«Maleducada.»

—¿Es famoso?

—¿En serio? Solo es el mejor músico de todos los tiempos —dijo la primera chica apartándose el pelo rubio de la cara y haciendo que el montón de pulseras que llevaba en el brazo tintinearan.

—¡Oh! Pues creo que, si viviera al lado de una leyenda de la música, lo sabría.

—Hace unas semanas lo vieron en un pub cerca de aquí.

—¿En qué pub?

—The Smuggler's Arms.

—Probablemente le hablarían de su famoso pescado con patatas fritas. Ya que estáis aquí, deberíais probarlo. La gente viene desde lejos para comer ahí. Pedid el pudín de chocolate de postre.

La segunda chica miró a su compañera.

—¿Seguro que era ese pub? Si viviera por aquí, ella lo sabría.

—Probad más arriba por la costa —indicó Liza señalando vagamente con el brazo—. Y cuidado con la carretera, es muy estrecha.

—Lo sé. Nos hemos perdido dos veces. Gracias de todos modos. Intente oír algo de él.

—Lo haré —contestó Liza, y pensó que, si hubieran llegado unas horas antes, la habrían pillado bailando en la cocina.

Esperó hasta que el ruido del coche se perdió en la distancia y volvió al jardín.

La mesa estaba vacía y al principio pensó que Finn se había escondido, pero luego vio la puerta de la cabaña abierta.

Cogió el vaso de vino y cruzó el jardín.

El aire resultaba espeso y pesado por el calor, pero nubes de mal agüero empezaban a agruparse en el horizonte. Habían anunciado una tormenta.

—No me sorprende que te hayas escondido. Dan miedo —dijo. Se detuvo en la puerta cuando vio que él estaba estudiando su cuadro. Sintió una ráfaga de inseguridad—. ¿Tienes que lidiar continuamente con esto?

Él no se volvió.

—No. La mayoría de las veces es mucho peor.

—¡Qué horrible! ¿Cuál es la tarifa normal de un guardaespaldas?

—Principalmente es un trabajo voluntario, pero conlleva mucha gratitud. Toma, sujeta esto —dijo Finn volviéndose, y le tendió su vaso de vino para tener las manos libres—. Esto es increíble.

—Lo sé. De niña casi vivía aquí, pero mi madre casi nunca la usa. La limpié después del día que fui a tu casa y desde entonces la he usado como estudio.

—No hablo de la casita, lo digo por el cuadro. ¿Este va a ser mío?

—No estaba segura de que hablaras en serio.

—Sí, va en serio. No puedo creer que hayas hecho todo esto desde el fin de semana.

Sin molestarse en disculparse, empezó a revisar los lienzos que ella había apilado contra la pared.

—Algunos son antiguos. Había olvidado que estaban aquí —comentó.

Le daba cierta vergüenza que él los mirara.

—¿Cómo puedes olvidar un trabajo así? Por cierto, gracias por despistar a esas mujeres.

—De nada. Ha sido más emocionante de lo que me suele pasar en un día normal. ¿Crees que tengo futuro en espionaje?

—No, pero creo que tienes futuro como artista —afirmó, y se agachó para ver mejor uno de los lienzos—. Son fantásticos. Tienes un auténtico don, Liza.

—Gracias. Eres muy amable.

—Nunca soy amable. Pregunta a quienquiera que me conozca —dijo sacando uno de los lienzos más grandes para apoyarlo en la mesa—. ¿Me vendes este?

—¿En vez del otro?

—No, quiero los dos —contestó observando el cuadro que estaba pintando en ese momento—. Este quedará perfecto en mi vestíbulo.

—No está terminado.

—Pues termínalo y ponle un precio.

Ella tragó saliva.

—¿Estás siendo educado?

Finn sonrió.

—No soy amable ni educado. Lo compro porque lo quiero y cuando quiero algo...

Guardó silencio y la pausa fue creciendo y creciendo, alimentada por la tensa atmósfera.

Liza jamás habría creído que se pudiera decir tanto sin que ninguno de los dos pronunciara una palabra.

El rostro de él se acercó al suyo y ella tuvo la loca idea de que la iba a besar allí mismo, en las sombras frondosas del jardín.

Casi no podía pensar. Tenía la mente confusa por el deseo y el vino.

—Estoy casada.

—Lo sé.

La sonrisa de él se hizo más amplia, seductora y cómplice.

Ella negó con la cabeza, reconociendo las diferencias entre ellos. Y por supuesto, esas diferencias y el embrujo de lo prohibido eran lo que lo hacían tan atractivo. Era difícil no sentirse halagada. Y más difícil aún no sentirse tentada.

—A lo mejor eres tan malo como sugieren los rumores.

—A lo mejor sí —repuso él bajando la mirada a la boca de ella. El calor de sus ojos casi le quemó la piel—. ¿Y tú, Liza?

¿Y ella?

Siempre había creído que era el tipo de mujer que jamás miraría a otro hombre, pero estaba mirando a Finn.

Se sentía empujada por un hilo invisible hasta el borde de un precipicio, y sería imposible recuperarse de la caída.

La boca de él estaba peligrosamente cerca de la suya.

—Piénsalo.

Ella se tambaleó, desorientada.

—¿Te refieres a lo de vender los cuadros? —preguntó.

—Eso también —afirmó acariciándole la mejilla despacio con un dedo—. Gracias por una velada estupenda. Ven a mi casa mañana.

¿Que fuera a su casa? ¿A cenar? ¿Para tener sexo?

—¿Qué es lo que me estás ofreciendo exactamente?

—Eso depende de ti.

Él estaba tan cerca, que un leve movimiento por parte de ella implicaría que se besarían.

—Finn...

—Ven a las siete de la tarde. Así tendremos tiempo de nadar antes.

¿Antes de qué?

Liza abrió la boca para preguntarlo, pero él se alejaba ya por el sendero.

Ella permaneció en el sitio, sin saber si llamarlo o dejarlo ir.

¿Qué estaba haciendo?

Por supuesto, podía no ir a su casa al día siguiente. No era ninguna ingenua. Era evidente que no la invitaba para que probara la cocina.

No la había tocado, pero tenía la sensación de que sí. Se frotó los brazos. Tenía la piel caliente y el cuerpo entero bañado por una deliciosa sensación de debilidad.

Movió la cabeza, cerró la puerta de la casita de verano y caminó vacilante hasta la casa, pero Finn se había ido.

Se sentía distinta, y no era por el vestido ni por los tacones. Era por el modo en que la había mirado Finn. Le había hecho sentirse atractiva, consciente de sí misma como mujer, pero no iría a su casa al día siguiente.

¿O sí? Al día siguiente por la tarde abriría las cartas de Ruth con su madre. Eso podía resultar doloroso. Una velada con Finn le daría algo que esperar con ilusión.

Sonó el timbre de la puerta y se le aceleró el pulso.

Finn.

Había cambiado de idea y no quería esperar hasta el día siguiente.

Se alisó el pelo, respiró hondo y se acercó a la puerta sintiéndose alta y elegante con sus zapatos de tacón nuevos.

Abrió la puerta con una sonrisa y casi se cayó desmayada.

Sean estaba allí, con el pelo revuelto, sin afeitar y con los ojos cansados. Llevaba en la mano el artículo de la revista, arrugado y roto por algunas partes. *Ocho señales de que tu matrimonio puede estar en peligro.*

—Hola, Liza.

Capítulo 19

LIZA

Liza durmió mal, algo bastante normal cuando llegaba el esposo de alguien sin avisar y ese alguien estaba contemplando la posibilidad de acostarse con otro hombre.

No se habría acostado con Finn, o al menos eso era lo que se decía mirando el techo y pensando en Sean, al que había enviado al dormitorio del otro lado del pasillo.

Era la primera vez en su largo matrimonio que dormían separados estando en la misma casa. Ella había usado la excusa de que él debía de estar cansado después del viaje y necesitaba descansar, pero en realidad era porque no estaba segura de que hubiera suficiente sitio en la cama para ellos dos y su culpabilidad. Necesitaba pensar y no podía hacerlo con Sean tumbado a su lado.

¿Por qué se iba a sentir culpable? No había hecho nada. Pensar en hacerlo no contaba, ¿verdad? O quizá sí.

Antes había sentido que era la que tenía razón y en ese momento le parecía que no la tenía, consecuencia lógica de haber pospuesto algo que tendría que haber hecho.

Debía haber hablado con Sean inmediatamente, en el momento en el que se habían colado en su mente las primeras dudas. Igual que al divisar una mala hierba en el jardín, debería haber dicho: «Mira eso. Vamos a arrancarlo ahora antes de que se extienda». Sin embargo, no lo había hecho y había dejado que se extendiera hasta que las malas hierbas eran tantas que ya casi no podía ver entre ellas.

Entendía que ella era tan responsable de los problemas como él, porque no había dicho nada. Había esperado a que él se diera cuenta, como si tuviera que leerle el pensamiento después de tantos años o como si tuviera poderes mágicos.

Pero la vida no era mágica, era desordenada y real, y nunca más real que cuando Sean había aparecido en la puerta, frenético porque había encontrado el artículo y no quería que hubiera problemas en su matrimonio. Ella tampoco lo quería, pero su respuesta había sido enterrar la cabeza en la arena, huir y pulsar el botón de Pausa en su vida, mientras que él había ido corriendo a su lado.

Liza siempre había pensado que no se parecía nada a su madre, pero se había dado cuenta de que no era cierto. Era fácil ser sincera sobre los sentimientos cuando estos eran positivos y claros, pero no lo era tanto cuando había que mantener conversaciones difíciles.

Había yacido despierta casi toda la noche, con la cabeza llena de Finn y del casi beso, de Sean, de su boda, sus esperanzas, las chicas y la vida real. Todo eso formaba una especie de sopa fea en su cabeza que le producía náuseas.

Se sintió agradecida cuando la luz empezó a entrar lentamente en la habitación porque la oscuridad parecía volver sus pensamientos también sombríos.

El tiempo había cambiado la noche anterior y una tormenta ruidosa había dado paso a una lluvia fuerte, que había golpeado el tejado y los cristales y rebotado en el jardín, dejando las plantas encorvadas y asustadas bajo su fuerza. El clima reflejaba el cambio en la situación de ella. Sus días de sol y verano solitario habían quedado atrás.

Entró en la cocina y encontró a Sean sentado en la mesa. Un vistazo a su rostro le dijo que él tampoco había dormido.

Su conversación de la noche anterior había sido incómoda, por no decir otra cosa. Ella había empezado a sudar al abrir la puerta y encontrarlo allí, no por el calor, aunque era intenso, sino por lo que habría pasado si él hubiera llegado media hora antes y la hubiera encontrado riendo y coqueteando con Finn en la cabaña del jardín.

Lo había invitado a entrar, sorprendida de que llevara el estúpido artículo en la mano. No se le había ocurrido que él pudiera encontrarlo.

—¿Has venido solo? ¿Dónde están las chicas?

—En casa. He pensado que esto es algo que tenemos que hablar sin espectadores —había dicho mirando el vestido y la pila de platos que todavía no había metido en el lavavajillas—. ¿Has tenido compañía?

—Sí, en la cena —contestó ella. No había dicho nada más, pero se había puesto muy roja y sabía que él lo había notado. Era curioso que, cuando quería que él notara cosas, no lo hacía y cuando prefería que no se diera cuenta, él se la daba—. Ese artículo no es…

—¿No es qué, Liza?

—No significa nada.

—Si no significa nada, ¿por qué lo llevabas en el bolso? Cuando dijiste que venías a Oakwood Cottage, pensé que ibas a dar de comer al gato. No me di cuenta de que me estabas dejando. Me habría gustado saberlo.

Ella se había sentido invadida por el pánico. Eso no era lo que quería, y la situación parecía haberse descontrolado.

—No te he dejado. No en ese sentido. Necesitaba espacio, Sean, eso es todo. Necesitaba pensar.

Había imaginado que tendría tiempo para planear lo que iba a decir, de modo que sus palabras resultaran meditadas y plenas de significado, pero en ese momento se sentía atrapada y a la defensiva. Y también cansada, lo cual no era bueno.

—Si necesitabas pensar en nuestro matrimonio, ¿no crees que yo debería haber participado en eso? Hasta un acusado tiene un juicio.

—No te estoy acusando de nada, Sean.

Él había cogido la botella de vino, en la que aún quedaba algo.

—¿Te importa que acabe esto?

—Adelante.

Ella le había pasado un vaso y él había vaciado en él lo que quedaba en la botella.

Sean siempre había sido firme y estable. Era una de las cosas que primero la habían atraído de él y eso no había cambiado. Se había mostrado sereno cuando las mellizas habían nacido prematuramente, y también cuando había muerto el padre de ella, pero en ese momento no parecía nada sereno.

—He venido todo el camino ensayando un gran discurso y ahora que estoy aquí, no se me ocurre nada que decir —confesó mirándola con ojos cansados—. Nunca ha sido tan importante decir lo correcto después de tantas cosas equivocadas. He estado tan ocupado viviendo la vida, que no me he detenido a examinar cómo la vivía.

Liza entendía eso, porque, a su modo, ella había hecho lo mismo.

—Pareces agotado.

—Ha sido una semana dura y hoy había mucho tráfico —había dicho, y se había terminado el vaso de vino—. Viernes por la noche.

—Sí.

Viernes por la noche y ella había cenado con Finn. Sabía que ese no era el momento de hablar de todo. Ella tenía que pensar y él necesitaba descansar.

—Es tarde y ha sido un viaje largo. ¿Por qué no te vas a la cama, yo recojo esto y hablamos debidamente por la mañana?

—¿En serio? Esta es probablemente la conversación más importante de nuestro matrimonio, ¿y tú quieres retrasarla?

—Quiero retrasarla solo porque es muy posible que sea la conversación más importante de nuestro matrimonio y probablemente no debamos tenerla cuando estamos cansados y nerviosos.

—Tú no pareces cansada ni nerviosa. Pareces llena de energía —había dicho mirándola desde los tirantes del vestido rojo hasta los tacones de los zapatos—. Estás... fantástica. Diferente.

—Me he comprado un vestido nuevo.

—No es el vestido. «Tú» pareces diferente.

Probablemente fuera la culpa. Liza se sentía como si la llevara pintada en la piel. Aunque no había hecho nada para sentirse culpable. A menos que los pensamientos contaran. ¿Contaban?

—He pasado una semana relajándome al sol. Y he olvidado la crema solar, se me está pelando la nariz.

Él casi había sonreído.

—Yo te imaginaba vaciando la casa de tu madre y trabajando sin cesar. ¿En qué has empleado el tiempo?

—He visto a Angie. He pasado tiempo en la playa. He nadado todos los días. He pintado —«y he flirteado».

—¿Has pintado? Bien. No lo haces lo suficiente, y supongo que en parte es culpa mía.

Ella había negado con la cabeza.

—Yo tendría que haber sacado tiempo.

—¿Cómo? Te hemos exigido tanto que es un milagro que tuvieras tiempo de cepillarte los dientes —había dicho con un suspiro y se había pasado la mano por la nuca—. El tiempo está húmedo y pesado.

—Vamos a tener tormenta —«en más de un sentido».

Liza había reprimido el impulso de tener la conversación ya y acabar con eso. Necesitaba tiempo para pensar lo que quería decir. No quería hablar ataviada con un vestido rojo sexi que se había puesto para prepararle la cena a otro hombre. Aunque no había hecho nada, le parecía mal.

—Vete a la cama, Sean.

Al final, él había accedido y había llevado su bolsa de viaje al dormitorio que usaban cuando iban de visita, mientras que ella se había acostado en la habitación que había usado toda la semana, rodeada de los recuerdos de su infancia.

Y en ese momento, a la mañana siguiente, se miraban mutuamente de un lado a otro de la mesa de la cocina, con la lluvia mojando el patio.

—Has madrugado —señaló Sean. Le sirvió una taza de café y se la pasó—. ¿Has dormido algo?

—No mucho. ¿Tú?

—No. ¿Por qué decidiste dormir en tu antigua habitación?

—No sé —contestó tomando un sorbo de café. Sentía los ojos irritados—. Estaba cansada cuando llegué y elegí esa habitación. Creo que necesitaba un cambio completo.

—¿De mí?

—No —repuso dejando la taza en la mesa. Allí, entre ellos, estaba también el artículo, junto con las muchas cosas que había que decir—. No planeé esto, Sean. Ese último día y los meses anteriores pasaron muchas cosas y algo explotó en mi interior. Me sentía abrumada constantemente, y sola, como si para mi familia solo fuera la que arregla las cosas, la que os lleva lo que olvidáis, quien reserva las mesas que no queréis reservar vosotros o quien prepara comidas para que no os molestéis en hacerlo. Había dejado de ser una persona. Y era culpa mía, porque había permitido que ocurriera sin decir nada.

Era un alivio decirlo por fin. Era un alivio sacarlo a la luz.

Él parecía sombrío.

—Tendría que haberme dado cuenta. He sido un condenado egoísta.

—Yo tampoco me daba cuenta. Cada momento del día estaba ocupado por cosas que había que hacer. No había tiempo para la reflexión. Pintar solía ser para mí un poco como meditar, un momento para estar concentrada y tranquila. Cuando dejé de hacerlo, perdí eso. Nunca tenía tiempo, o no me lo tomaba, para parar y preguntarme si estaba viviendo como quería. El día que me fui solo quería espacio para pensar.

—He repasado ese día en mi cabeza. Tú propusiste salir a cenar y te pedí que reservaras en algún sitio, después de haber empezado por asumir que querías que vinieran las chicas. Y era nuestro aniversario —dijo lanzándole una mirada mortificada—. Ni siquiera sé por dónde empezar a pedir perdón.

—No fue tu mejor momento, pero, por suerte, un matrimonio está formado de muchas partes y tú has tenido muchos momentos buenos.

—Tenías que haberme dado en la cabeza con una sartén, como

hizo tu madre con ese intruso. Si no hubiera encontrado el artículo, ¿habrías dicho algo?

—Sí. Solo necesitaba tiempo para aclararme, eso es todo.

—No querías volver a casa. Eso dice mucho.

Él tenía los ojos cansados, la barbilla oscurecida por la barba y nunca en la vida había estado más sexi.

O quizá es que a ella le asustaba tanto la idea de perderlo, que notaba cosas que había dejado de notar antes. El tiempo tiene ese efecto, ¿verdad? Te hacía fijarte en cosas que deberían haberte llamado la atención antes.

—Claro que pensaba ir a casa, Sean. Y te iba a contar cómo me sentía. Simplemente no había planeado cómo ni cuándo. No sabía que encontrarías el artículo.

—No lo encontré yo. Fueron las chicas.

—¡Ah! —la culpa de Liza se mezcló con ansiedad—. ¿Cómo?

—Les pedí que buscaran las llaves de repuesto del coche. Miraron en tu bolso y lo encontraron.

A Liza no se le había ocurrido ni por un momento que pudiera leerlo alguien que no fuera ella.

—¿Qué dijeron?

—Al principio nada. No sabían qué hacer, así que guardaron el secreto unos días y me hicieron muchas preguntas que a ellas les parecían sutiles. Y luego, ayer, empezaron a hacerme un montón de preguntas que yo no podía responder, lo cual no me dejó en muy buen lugar. Si hay problemas en mi matrimonio, se supone que yo debo saberlo.

—¿Estás enfadado?

—No. Al menos no contigo. Quizá conmigo, por no ver cómo te sentías, o por no ser más considerado para que no hubieras tenido que llegar a sentirte así. Principalmente estoy... —movió la cabeza—. No sé. Atónito. Me siento impotente y asustado porque te quiero y no vi lo que ocurría. Creía que éramos felices y es terrorífico saber que tú pensabas todas esas cosas y ni siquiera lo decías. No me tengo por un experto en relaciones, pero hasta yo sé que no se puede arreglar algo que no sabes que existe.

«¡Oh, Sean!»

Liza sintió un nudo en la garganta.

—Yo también te quiero.

—Entonces, ¿por qué esto? —preguntó tocando el ofensivo artículo con los dedos—. ¿Por qué no hablaste conmigo?

—¿Cuándo? ¿Cuándo hablamos de nosotros mismos o de nuestra relación, Sean? Hablamos de la vida, de las chicas o de política.

Él jugueteó con el papel.

—Ocho señales. ¿Cuántas nos afectan? Las leí y no estaba seguro. Lo cual tampoco dice mucho, ¿verdad? Por ejemplo, la número dos —dijo señalando el papel—. *Nunca pasáis tiempo a solas*. Eso es verdad. Ahora lo veo.

—Sean.

—Antes teníamos noches de citas. ¿Qué pasó con nuestras noches de citas?

—Creo que desaparecieron entre el momento en que despegó tu negocio y en el que Caitlin consiguió la beca para estudiar interpretación —recordó Liza curvando las manos alrededor de la taza—. La vida es cuestión de prioridades, ¿no? Y no les dimos prioridad. Nosotros no éramos prioritarios.

—Para mí en la vida no hay nada más importante que tú, así que, si fue ese el caso, pasó por descuido, no por designio —aseguró él extendiendo el brazo y tomándole la mano—. Te perdonaría que no lo creyeras, pero tú eres mi prioridad. El trabajo y todo lo que hago es por nosotros.

—Lo sé —respondió. Estaba cansada, emocionada y muy, muy contenta de verlo y hablar con él por fin—. Fue culpa mía tanto como tuya. Estaba demasiado centrada en el conjunto de la familia y nos descuidé a nosotros. Creo que todo parte de mi infancia y de querer estar siempre presente. Y ahora me doy cuenta de que he ido demasiado lejos en la otra dirección.

Fuera había dejado de llover y había aparecido un trozo de cielo azul. Eso dio esperanzas a Liza; eso y la mano de él apretando la suya.

—Tú eres la mejor madre y las chicas tienen suerte.

—Eso no es verdad —replicó. Era difícil admitirlo, pero Liza sabía que era preciso—. Hago cosas por ellas en vez de alentarlas a asumir responsabilidades. El conflicto con Caitlin hace que me sienta una mala madre, así que hago todo lo que puedo por mantener la paz. Quiero que esté contenta y dejo que me manipule. Eso es un error mío y tengo que enmendarlo.

—No creo que vaya a ser necesario. Las chicas también han pensado mucho desde que encontraron el artículo —apuntó. En ese momento su teléfono pitó anunciando un mensaje y él miró la pantalla—. Es Caitlin. Quiere saber si nos vamos a divorciar.

—¿A divorciar? ¿Eso es lo que piensan?

—Es lo que dice el final de ese artículo. ¿Puedes arreglar las cosas o debes ponerles fin?

—Nunca lo leí hasta el final.

El artículo la había asustado. Había sido como cuando uno lee síntomas de enfermedades en internet y se convence de que está muriendo de algo odioso. No había querido creer que su matrimonio estuviera terminal.

—De camino aquí, no dejé de pensar en aquel último día. Estaba distraído, pensando en los clientes, el trabajo, en todo menos en nosotros dos. Y tú intentabas convencerme de salir a cenar. Hiciste todo lo que pudiste por recordarme que era nuestro aniversario.

—Tendría que habértelo recordado.

—No deberías tener que recordármelo. Me tocaba a mí recordarlo. Tendría que haber reservado una mesa y haberte ofrecido una velada romántica sin pedirte que la reservaras tú. Siento que las cosas llegaran al punto en el que tuviste que explotar. Tendrías que haber sentido que podías hablar conmigo, contármelo. Es culpa mía que no fuera así. Yo iba corriendo, quería llegar al trabajo… Como dices tú, daba prioridad a todo lo demás.

—Quizá yo necesitaba este tiempo a solas. Me ha venido bien.

Hablar con Finn también le había sentado bien. La había ayudado a clarificar lo que era importante para ella.

—¿Seguro que pensabas volver a casa?

—¡Por supuesto!

La consternaba que Sean sintiera la necesidad de preguntarlo. Un rayo de sol atravesó la cocina y ella se puso de pie.

—Vámonos a la playa.

—¿Ahora?

—¿Por qué no? Antes nos encantaba ir después de una tormenta.

—Éramos adolescentes.

—¿Y qué? La diversión no es solo para los jóvenes —dijo Liza pensando en su madre—. No hay reglas que digan que ya no puedes disfrutar las cosas que disfrutabas antes. Habrá oleaje y mucho viento y no habrá nadie.

Él se terminó el café.

—¿Piensas vestirte? ¿Y no quieres desayunar antes?

—Nos llevaremos el desayuno. La luz será maravillosa después de la tormenta. Voy a hacer fotos que pueda usar luego para pintar.

Se vistieron rápidamente. Liza tomó algo de fruta y un par de magdalenas que había comprado el día anterior y las guardó en una bolsa.

Sean apareció con el pelo mojado de una ducha rápida y una sudadera sobre los hombros.

—Hacía años que no te veía con pantalón corto. Parece que te has comprado todo un guardarropa nuevo.

—No tenía la ropa apropiada —contestó ella deslizando los pies en las chanclas.

Caminaron juntos por el campo hasta llegar a la playa.

Aparte de un hombre que paseaba a un perro en la distancia, tenían el lugar para ellos solos.

Liza se quitó las chanclas y caminó descalza hasta el borde del agua. El mar estaba picado, pero las nubes de tormenta se habían despejado y prometía ser otro día de sol.

—Nos conocimos en esta playa —dijo Sean rodeándola con el brazo—. Tú me intimidabas mucho.

Ella se apoyó en él.

—Eso es ridículo. Tú eras el chico guay, el que querían todas las chicas.

—Y tú no me miraste dos veces.

—Te miré, pero era tímida.

El agua le bañaba los pies y los tobillos, un agua muy fría que adormecía la piel.

—Eras pensativa. Eso me gustaba. Daba la impresión de que vivías gran parte de tu vida en tu mente.

—Había aprendido a ser reservada.

Él la miró, comprensivo.

—¿Has hablado con tu madre?

—Todos los días —contestó, y vio que eso le sorprendía—. Hemos hablado más en la última semana que en meses. Sí, es probable.

—¿De qué?

—De todo. De su vida. Martha cuelga detalles del viaje en las redes sociales. Fotos, vídeos... Han llamado a su cuenta *Destino: final feliz*. Luego te la enseño. Es evidente que se lo están pasando muy bien —le contó. ¿Debía hablarle de las cartas? Tal vez más tarde—. Empiezo a comprenderla y eso ayuda.

Liza le rodeó la cintura con el brazo y siguieron caminando juntos por la orilla del agua.

—Me encanta esto —señaló ella.

—A mí también. ¿Recuerdas cuando hablábamos de comprar un sitio? ¡Teníamos tantos sueños! ¿Qué pasó?

Liza lo recordaba. Creía que él había olvidado aquellas conversaciones, pero no era así.

Su espíritu se animó aún más.

—Maduramos. Nos volvimos sensatos.

—Pues quizá sea hora de hacer algo sobre eso.

Él la tomó en brazos sin avisar y ella gritó cuando él entró en el agua con ella en brazos.

—Sean. Si me tiras, te...

—¿Si te tiro? Te voy a tirar, encanto. La pregunta es cuándo, no si lo voy a hacer.

—Me vas a estropear los pantalones nuevos —advirtió, y soltó un grito cuando los golpeó una ola y el agua le salpicó la cara—. Está muy picado.

—Yo estoy a tu lado —dijo él, y la besó—. Siempre estoy a tu lado.

Ella volvió la cabeza. ¿Cuánto hacía que no se decían cosas así el uno al otro? Ya no se acordaba.

Su ropa estaba mojada y se les pegaba al cuerpo.

—Eres ridículamente irresponsable —dijo Liza.

—Lo sé. Y ya era hora. Si quieres saber mi opinión, últimamente hemos sido demasiado adultos. Como tú dices, la diversión no es solo para los jóvenes —dijo. Entonces la bajó al agua y la atrajo hacia sí—. Vamos a hacer más cosas de estas, Liza Lewis.

—¿Pasar tiempo mojados y congelados? ¿Ahogarnos?

—Ser espontáneos —contestó él apartándole el pelo mojado de la cara—. Estás temblando. Vamos a llevarte a casa y a darte una ducha caliente.

Corrieron de la mano y fueron dejando un rastro de arena por la cocina de camino arriba.

—Tendríamos que habernos aclarado los pies —musitó Liza, riendo cuando subían las escaleras.

—Luego lo limpiaremos.

Sean la besó y se metieron juntos en la ducha del cuarto principal de invitados.

—Esto no está hecho para dos —comentó Sean.

Ella cerró los ojos cuando el agua le cayó encima llevándose la arena, la sal y el estrés de las últimas semanas. Sean acercó sus labios a los de ella y le dio besos y esperanza.

Constreñido por lo reducido del espacio, él cerró el grifo, la envolvió en una toalla y la llevó en brazos hasta el dormitorio.

Sus manos eran osadas y seguras, su cuerpo duro y familiar. La tocaba con un conocimiento de experto, deshaciendo los nudos y las dudas, retirando la última distancia que quedaba entre ellos. Y por una vez, a ella no le preocupaban ni el pasado ni el futuro. Solo existían el presente y Sean, y la intimidad de ser conocida y amada.

¿Cómo podía haber olvidado esa sensación? ¿Cómo podía haber cuestionado los sentimientos de él hacia ella cuando eran tan evidentes? Aquello no era sexo, era amor, y él se lo demostraba con cada caricia, con cada beso, con cada embestida lenta y hábil, hasta que el placer se fue intensificando y se disparó fuera de control, dejándola débil y saciada.

«Es amor», pensó cuando yacía sin aliento en los brazos de él. Amor.

—Echaba de menos esto —confesó Sean, estrechándola contra sí.

—¿El sexo? No hace tanto que lo hicimos.

—Hace mucho tiempo que no lo hacíamos así. Sexo que parece intimidad.

Liza sabía lo que quería decir. La intimidad era mucho más que contacto físico.

—Quiero conservar esta sensación y no sé cómo —musitó ella.

—Creo que, si los dos intentamos conservarla, lo lograremos. Te quiero, Liza.

—Yo también te quiero —susurró ella, y se movió para verle la cara—. ¿Y ahora qué?

—Ahora te preparo uno de mis famosos sándwiches de beicon —le dijo antes de besarla—. Y luego vamos a pasar el resto del día compartiendo sueños y haciendo planes, como hacíamos antes. Quiero saber todo lo que piensas. Quizá deberíamos volver a la playa.

Se puso los vaqueros y salió de la habitación. Liza permaneció en la cama, demasiado aletargada para moverse.

Oyó trinos de pájaros a través de la ventana abierta y, cuando se acercó, vio que el sol había secado los últimos rastros de lluvia del jardín. Escuchó a Sean haciendo ruido en la cocina y le llegó el tentador olor a beicon frito.

Se dio otra ducha rápida, se secó el pelo y se puso uno de los vestidos de tirantes que había comprado en el pueblo. A continuación se sentó en el borde de la cama y envió un mensaje de texto a Finn diciéndole que no podía ir a cenar.

Ya no sentía culpa ni remordimientos. Sabía que el tiempo que había pasado con Finn para él había sido solo una breve distracción, pero a ella la había ayudado a recuperar el foco. Y estaba agradecida por ello.

Cuando entró en la cocina, Sean tenía preparadas una pila de sándwiches de beicon generosamente cortado y una cafetera de café recién hecho.

—Tenemos que llamar a las chicas —dijo ella mordiendo uno de los sándwiches—. ¿Cómo se han portado esta semana?

—Como siempre, hasta que encontraron ese artículo. Luego de pronto empezaron a mostrarse muy cariñosas. Si te soy sincero, ha sido un poco perturbador —recordó Sean sonriendo—. Ayer Caitlin me trajo el desayuno a la cama. La alarma de humos saltó cuatro veces porque quemó las tostadas. Y las dos han pasado una hora al día trabajando en el jardín de los vecinos, aunque Alice y las lombrices no se llevan bien.

—¿Y esa transformación ocurrió sin una sola conversación? —preguntó Liza terminándose el sándwich—. Muy rico. Esta semana no he cocinado gran cosa. La mayoría de los días he comido de la charcutería del pueblo.

—¿Pero cocinaste para Angie anoche? Parecía una cena elaborada.

Liza podía mentir, pero no quería que su nuevo comienzo empezara con una mentira.

—Cociné para Finn Cool —dijo, y vio la mirada interrogante de él—. Es una larga historia.

—No tengo prisa —repuso Sean.

Escuchó en silencio mientras ella se lo contaba todo, desde la primera aparición de Finn en la cocina hasta la cena.

—Es típico de mi madre no haberme dicho que lo conocía tan bien.

—Siempre ha sido muy hermética.

—Creo que es más introvertida que hermética.

Sean dejó el sándwich en el plato a medio comer.

—¿Y cuánto debo preocuparme? —preguntó.

—¿Por qué?

—Porque te arreglaras tanto para cenar con otro hombre. Disfrutaste de su compañía, eso se nota.

Liza sintió que se sonrojaba.

—Hablamos. Me hizo sentirme... interesante. Me sentí como una persona en lugar de una esposa de alguien, una madre o una profesora. A menudo pienso en mí misma en relación con otras personas, y eso es algo que tengo que cambiar. Hablamos mucho de creatividad y de perseguir la pasión.

Sean la miró a los ojos.

—¿Pasión?

—Por el arte y la música —aclaró ella.

Había estado a punto de besar a Finn, pero no lo había hecho. Había tomado una decisión y no era necesario hablar de ello. Toda la semana había ido de eso, de tomar sus propias decisiones y que estas no estuvieran dictadas por las necesidades de otros.

—Hablar con él me hizo pensar más profundamente en las cosas. Esta semana me he despertado todas las mañanas con ilusión. He caminado por la playa. He leído libros sin sentir que debería estar haciendo otra cosa. Me he sentado a disfrutar del jardín sin pensar en las tareas que se iban amontonando. He comido cosas que no he cocinado. Y he pintado, y no te imaginas lo bien que me ha hecho sentir eso.

Sean asintió.

—¿Qué has pintado? ¿Óleos? ¿Pasteles?

—Un poco de todo —contestó, y pensó en cuánto debía contarle—. Finn quiere comprar dos de mis cuadros para su casa de la playa.

Sean guardó silencio un momento y después sonrió brevemente.

—Claramente es un hombre con buen gusto. ¿Cómo sabe lo de tus cuadros?

—Hablamos de eso. Y le mostré fotos de mis trabajos antiguos.

Él respiró hondo.

—Hacía mucho tiempo que no te veía tan entusiasmada e ilusionada.

—Nuestras conversaciones me ayudaron a entender lo que quería.

Sean apartó el plato.

—Siento no haberte facilitado tener esas conversaciones conmigo. Ese es el número cuatro del artículo, ¿verdad? ¿Compartes todavía tus sueños con tu pareja? Ese me afectó mucho. Me di cuenta de que no sé cuáles son tus sueños y en otro tiempo lo sabía. Recuerdo la primera vez que me dijiste que querías ser artista. Nunca se lo habías dicho a nadie y me sentí el rey del mundo por que compartieras ese secreto conmigo.

—Era un sueño poco práctico. Es difícil ganar dinero así y nunca quise ser una artista muerta de hambre.

—Pero a medida que la vida se volvió ajetreada, yo no hice nada por nutrir tu lado creativo. Me siento fatal por eso.

—Eso era mi responsabilidad.

Sean se levantó y le tendió la mano.

—Enséñame lo que has pintado.

Liza le tomó la mano y lo llevó a la casita.

—Tuve que limpiarla antes de volver a convertirla en mi estudio.

Abrió la puerta. Sean entró primero y miró los lienzos apoyados en la pared.

—¿Todos estos son nuevos?

—Algunos los he pintado esta semana. Otros son cuadros viejos que he desempolvado.

No mencionó el que había pintado en un rapto de inspiración y que estaba en ese momento arriba, en el dormitorio de su madre, para sorprenderla a su vuelta.

Sean se situó delante del lienzo que había admirado Finn.

—¿Es este?

—Sí. Le gusta el mar.

—Es espectacular.

—Su casa también. El sueño de un arquitecto. Te encantaría.

—Tenemos que buscar el modo de hacerte un estudio en Londres.

Ella recogió algunas pinturas, más por hacer algo que porque fuera necesario. La caracola que le había dado Finn descansaba en el estrecho alféizar, un recuerdo de aquella mañana en la playa. ¿Hacía mal en guardarla? No. No le recordaba a Finn, sino al momento en el que había decidido volver a pintar.

—No tenemos espacio para un estudio.

—Pues lo sacaremos —afirmó él acercándose más al lienzo, estudiando los brochazos—. Tienes mucho talento.

La envolvió una oleada de placer.

—Gracias.

Él se volvió y la atrajo hacia sí.

—¿Y cuál es el sueño, Liza? Si pudieras diseñar tu vida perfecta ahora mismo, ¿cómo sería?

—¿Fantasía o realidad?

—Empieza por el sueño grande y ya veremos cómo podemos hacerlo realidad.

Hacía años que no jugaban a ese juego. *Sueños grandes, sueños pequeños.*

El sueño grande. Ella apoyó la cabeza en su pecho.

—Quiero que nos vayamos de la ciudad. Me gustaría vivir en una casa como esta, con carácter, cerca del mar. Quiero llevar una vida al aire libre, llena de buenos amigos, buena comida y buenos libros. Quiero pintar. No quiero preocuparme de las mellizas todo el tiempo. Quiero saber que tú también te sientes realizado y feliz. No quiero que mi sueño de vida se cumpla a expensas de la felicidad de otro.

Él le acarició el pelo.

—Siempre hemos querido vivir cerca de la playa. Es culpa mía que estemos en Londres.

—No es culpa de nadie —repuso ella mirándolo—. Fue una decisión conjunta. Tú has trabajado mucho para hacerte con una base de clientes y yo estoy agradecida por la seguridad que eso nos ha dado.

—Pero... —él se apartó de ella—. La vida que llevamos no es como la que ninguno de los dos queríamos hace veinte años.

—Dudo que lo sea la de nadie. Y a los cuarenta años no quieres lo mismo que a los veinte.

—No estoy seguro. Yo podría vivir aquí sin demasiado esfuerzo —dijo mirando el jardín—. Quizá cuando las mellizas se vayan a la universidad.

A Liza se le aceleró el corazón en el pecho porque la mente de él se movía en la misma dirección que la suya.

—¿Lo dices en serio? —preguntó sintiendo una chispa de excitación que intentó atemperar—. Pero no es práctico, ¿verdad? Están mis clases y tu estudio. No veo cómo podríamos hacerlo.

—A lo mejor tenemos que esforzarnos por verlo. Lo pensaremos —aseguró besándola—. Hasta entonces, sigamos compartiendo estos sueños para que al menos sepamos los dos cuál es el objetivo.

Ella lo abrazó y por un momento tuvo la sensación de que estaban solos en el mundo, igual que hacía tantos años.

Se dio cuenta de que no quería fantasía. Quería su realidad, pero en una versión mejorada.

—Me alegro de que hayas venido.

—¿De verdad? Cuando me abriste la puerta anoche, pensé que había sido un error —recordó, y la abrazó con más fuerza—. No renuncies a lo nuestro, Liza. No te dejaré rendirte. Podemos hacerlo mucho mejor.

Ella lo había echado de menos, no a la parcela de Sean a la que había tenido acceso últimamente, sino a todo él. Había echado de menos al hombre del que se había enamorado.

—Jamás renunciaré a lo nuestro —dijo apoyando la cabeza en el pecho de él—. Tenemos que llamar a las chicas. Y hay algo que debo hacer antes de hablar luego con mi madre.

—Eso suena misterioso.

—Lo es, un poco —afirmó Liza. Entonces le tomó la mano y volvieron al jardín—. Nunca le he preguntado gran cosa a mi madre sobre su vida antes de conocer a mi padre. Tiene unas cartas que quiere que le lea… Aunque lo cierto es que probablemente debería consultarlo con ella antes de contártelo todo.

—Lo entiendo. Me alegra que te sientas más próxima a ella. Sé lo mucho que lo deseabas. Tú céntrate en tu madre y yo llamaré a las chicas para que dejen de sufrir. Y estaba pensando… ¿Podemos quedarnos aquí unos días más? ¿Considerarlo nuestro regalo de aniversario mutuo?

Liza había asumido que volverían a Londres.

—¿Qué haríamos? —preguntó.

—Tengo algunas ideas —contestó él sonriendo con malicia—. Irnos pronto a la cama, levantarnos tarde, pasear por la playa, cenar fuera juntos. Tú puedes pintar y yo te miro. Podemos leer o no hacer nada. Hablar. ¿Qué me dices?

Ella no necesitaba pensarlo.

—Digo que sí —replicó. Se puso de puntillas y lo besó—. Probablemente debería hablar también con las chicas.

—Ya habrá tiempo para eso. Ve a por esas cartas y llama a tu madre.

Liza, que se sentía más fuerte y serena que en mucho tiempo, llevó las cartas al dormitorio de su madre y desató la cinta que las mantenía juntas. Separó la primera y la segunda y dejó las otras con cuidado en la mesita de noche.

De una en una.

Resultaba tentador abrirlas por adelantado para buscar el modo de preparar a su madre para lo que había dentro, pero sabía que Kathleen no quería eso.

Popeye entró en el dormitorio, la miró con algo menos de desdén que de costumbre y luego saltó a su regazo.

Liza se quedó tan sorprendida que no se movió. El gato le empujó la mano con el hocico y ella lo acarició con cautela. Era la primera vez que Popeye le pedía atención o afecto.

—¿A ti qué te pasa? —dijo acariciándolo.

Él ronroneó. Quizá el gato empezaba a buscar su cariño por fin, como su madre.

Esa idea le hizo reír.

Popeye seguía en su regazo cuando Kathleen llamó, exactamente a la hora que habían acordado.

—¿Tienes las cartas?

—Sí. Me he asegurado de que estén ordenadas por fechas y tengo las dos primeras justo aquí —Liza se quitó los zapatos y se tumbó en la cama, con cuidado de no molestar al gato—. ¿No has cambiado de idea? Me preocupa que esto pueda ser duro o te haga sufrir.

No podía ser fácil asimilar que el hombre al que amabas y con el que planeabas casarte tenía una aventura con tu mejor amiga. No era de extrañar que su madre se hubiera alejado. Y tampoco tenía nada de raro que no hubiera estado en contacto con Ruth ni hubiera abierto las cartas.

—Estoy segura. Martha y Josh han salido a desayunar y a explorar algunas de las vistas que recomienda la guía, así que estoy aquí sola.

Liza abrió la primera carta. Estaba fechada en septiembre de 1960.

Queridísima Kate:
No estoy segura de que leas esto. No te culparé si no lo haces, pero lo voy a escribir de todos modos. Hay cosas que yo necesito decir aunque tú no las vayas a oír. Es irónico, ¿verdad?, que la única persona a la que siempre podía decirle cualquier cosa, tú, ya no esté aquí para escuchar. Es una gran pérdida y la culpa de esa pérdida es solo mía. Tú fuiste la mejor amiga que podía tener desde aquel primer día en la universidad y seguiste siéndolo hasta el final.

Por supuesto, esto no tendría que haber ocurrido, y si yo hubiera sido tan buena amiga tuya como siempre has sido tú mía, no me encontraría ahora en la posición de tener que escribir estas palabras. Pero yo no soy tú, por muchas veces que haya deseado en el pasado ser bendecida con algunas de tus cualidades.

Debería desear que esto no hubiera pasado y, sin embargo, ¿cómo podría hacer eso? No puedo ni empezar a explicar el torbellino emocional y la confusión que me produce saber que mi mayor alegría llegó a cobrarse tu felicidad y nuestra amistad. Saber que te hice mucho daño es algo con lo que tengo que vivir todos los días.

Sé que mis sentimientos por Adam superan en mucho los suyos por mí. Quizá eso debería importarme más, pero, a diferencia de ti, nunca tuve expectativas de suscitar una gran pasión o un gran amor. Sé que se casa conmigo porque se siente obligado. Sus sentimientos por mí son una mera fracción de los que tiene por ti, y no nos encontraríamos en esta posición de no ser por el bebé...

Liza se detuvo. «¿Bebé? ¿Un bebé?»
—¿Liza? —preguntó su madre en el teléfono—. ¿Por qué has parado?
—¿Ruth estaba embarazada?
—Sí. Por favor, sigue leyendo. Quiero oírlo todo.
Embarazada.
No era de extrañar que su madre se hubiera alejado y no hubiera intentado arreglarlo.
Liza se forzó a seguir leyendo.

Sabes que siempre he querido un hijo y una familia. Tú te burlabas de mí por eso. ¿De qué servía una carrera universitaria si no tenía intención de hacer nada con ella? ¿Dónde estaba mi ambición? Pero yo nunca he sido como tú. Sé que Adam fue a verte después de enterarse...

Liza oyó que su madre respiraba con fuerza. Esa parte la había pillado por sorpresa. ¿Debía parar? No. Solo si se lo pedía.

Me dijo que había ido a verte y te había suplicado que volvieras con él, que lo perdonaras. Y me dijo que te negaste a escucharlo y que le dijiste que cumpliera con su responsabilidad. Intentó volver a verte, pero ya te habías marchado. Te fuiste para darnos una oportunidad. Te apartaste por elección propia. Incluso en nuestra separación fuiste mejor amiga para mí que yo para ti.

Liza se interrumpió. Tenía la garganta oprimida por las lágrimas.
—Mamá...
—No pares. Cuesta mucho oírlo y quiero que lo hagamos lo antes posible. No te imaginas cuánto me alivia no ser yo la que lee.

Liza tragó saliva. Su tarea no era juzgar ni pedir más detalles. Su madre necesitaba leer las cartas.

Se secó las lágrimas de las mejillas y se concentró en las palabras.

Y ahora está resentido conmigo y no lo culpo aunque él tiene al menos la mitad de la responsabilidad en este niño que hicimos. No tengo esperanzas de que vaya a ser fiel y la próxima vez que te escriba, y lo haré, aunque tú no leas estas cartas, puede que sea una madre soltera.

Liza carraspeó.

—Él quería volver contigo. Tú lo amabas y podías haberlo recuperado.

—Lo amaba más que a nada en el mundo y tenía el corazón roto, pero sabía que yo sobreviviría sin él. De Ruth no estaba tan segura. Siempre fue vulnerable. La protegí desde el primer día que nos conocimos en la universidad.

¿Su madre quería decir algo más? Ese tipo de conversación era nueva para las dos.

—Debió de ser una amistad especial —comentó Liza con cautela, queriendo mostrarse sensible—. ¿Cómo era ella?

—Había tenido una infancia difícil. Solitaria. De padres muy estrictos. Eran mayores, creo, aunque nunca los conocí. No iban a verla.

Liza dejó las cartas en la cama.

—¿Cómo conociste a Adam?

—En el club de teatro. Arrastré a Ruth conmigo. Adam estaba allí. Era estudiante de Medicina y bastante pagado de sí mismo, supongo, pero me resultaba entretenido —Kathleen hizo una pausa—. Nunca le he contado esto a nadie.

Liza captó incertidumbre en la voz de su madre.

—Me alegro de que me lo cuentes a mí.

Sentía una opresión en el pecho, una marejada de emoción que amenazaba con desbordarse.

—Yo también. ¿Por dónde iba? Ah, sí, Adam. Era una de esas personas irritantes que lo hacen todo bien. Parecía lograr lo que quería con muy poco esfuerzo. Recuerdo que hicimos *Mucho ruido y pocas nueces* el verano siguiente. Yo era Beatriz y él era Benedicto. Ya sabes que me encanta esa obra, los diálogos, la energía. Era una copia de nuestra relación en la vida real. Ruth siempre estaba interviniendo y suplicándonos que dejáramos de discutir. Era un alma gentil.

Liza se relajó en la cama, imaginando aquello.

—No sabía que te gustaba el teatro —dijo.

Estaba descubriendo muchas cosas sobre su madre.

—Solo en la universidad. Después ya nunca estaba el tiempo suficiente en ningún sitio como para comprometerme a ensayar.

Eso se debía a Adam y Ruth. Por ellos su madre se había alejado de esa parte de su vida. Esa conversación debía de resultarle difícil.

—Apuesto a que eras una Beatriz magnífica.

—Creo que *peleona* fue la palabra que apareció en más de una crítica.

Liza podía imaginarla fácilmente en ese papel.

—Debe de ser de ti de donde Caitlin ha sacado su sentido del melodrama.

Difuminó parte de la emoción apartando unos minutos la conversación de lo personal. Su madre no era la única que necesitaba respirar, ella también. Se esforzaba por no derrumbarse, pero sabía que era importante que no mostrara una reacción exagerada ni hiciera que su madre se sintiera incómoda mostrando sus sentimientos. Y eran complicados, por supuesto. No solo por lo que leía, sino por sentir que por fin tenía la confianza de su madre.

—Podemos culpar a su ADN de esos momentos dignos de un escenario.

—Tal vez. Aunque ella parece hacer sus mejores interpretaciones fuera del escenario.

Rieron las dos y Liza acercó un poco más el teléfono. Estaba riéndose con su madre. ¡Riendo! Y era una buena sensación.

—Desde luego que sí. Háblame más de Adam y de ti.

—Éramos un tópico, la verdad. Nuestro amor en el escenario se prolongó fuera de él. Sin embargo Ruth y yo éramos inseparables. Yo no iba a ser una de esas personas que pasan de sus amigos cuando se enamoran, así que terminábamos invariablemente haciendo cosas los tres juntos. El día que Adam se me declaró en la orilla del río, Ruth había ido a comprar un pícnic. Ese día habían terminado los exámenes, yo había tomado un par de vasos de champán y me sentía excesivamente animada y optimista sobre la vida. Él me dio un anillo.

Liza captó un deje de nostalgia en la voz de su madre.

—El anillo que hay en el cajón.

—Sí. Creo que es valioso, aunque no lo sé seguro. Supongo que te preguntarás por qué lo tengo todavía —Kathleen hizo una pausa, como si ella misma no supiera la respuesta—. Se negó a aceptar que se lo devolviera y no me decidí a venderlo. No sé por qué. Quizá pensé que podía servirme de advertencia.

En algún momento, Liza le pediría que lo guardara en un lugar más seguro, pero eso no era lo prioritario. En aquel momento solo podía pensar en su madre.

—Os prometisteis. ¿Y dónde entra Ruth en la historia? ¿Cómo ocurrió?

Su madre no contestó inmediatamente.

—Fui una ingenua. Creía que Ruth era impermeable a sus encantos. Ella era la única a la que parecía que él no podía impresionar. Y teniendo en cuenta cómo era Adam, se sentiría obligado a convertirla en una admiradora. Estoy segura de que él haría todo el trabajo, porque Ruth jamás habría ido activamente a por él. No es que la absuelva de culpa, pero veo cómo pudo ocurrir. Adam era una especie de dios y ella se sentiría halagada, pero resultó que sus sentimientos por él eran más profundos de lo que yo creía.

A Liza se le oprimió el corazón al pensar en lo que debía de haber sentido su madre. Su prometido y su mejor amiga. La traición había cambiado drásticamente su vida en todos los sentidos.

—¿Lo suyo duró tiempo?

—No. Fue después del baile de verano. Yo iba a ir con Adam. Ruth no pensaba ir, no le gustaban esas cosas, pero luego yo comí algo que me sentó mal. Imagino que no te sorprenderá saber que entonces tampoco cuidaba mucho lo que comía. La cuestión es que tuve una gastroenteritis terrible. Y Adam fue al baile con Ruth.

Hubo una pausa y Liza oyó a su madre tomar aliento.

—Y entonces pasó. No me lo dijeron de inmediato, aunque yo sospeché algo porque los dos se comportaban de distinta forma delante de mí. Y luego, unas semanas después, Ruth descubrió que estaba embarazada. En aquellos tiempos ser madre soltera se veía como un estigma.

—¡Ay, pobrecita tú! —dijo Liza. Le costaba mucho imaginarlo—. ¿Cómo te lo tomaste?

—Fue difícil. Había perdido a mi amor y a mi mejor amiga. Ruth estaba asustada, preocupada por decírselo a sus padres, preocupada por cómo iba a sobrevivir… Se sentía culpable por haberme hecho daño. Adam vino a verme y me suplicó que lo perdonara. Hasta que no has leído la carta, no sabía que se lo había dicho a Ruth. Dijo que había sido un error estúpido.

En la voz de Kathleen había un amago de irritación.

—Pero aquel «error estúpido», aunque fuera eso, no se podía deshacer fácilmente. Ruth estaba embarazada. Necesitaba ayuda. Sus padres no se la darían. Difícilmente podría dársela yo. Solo quedaba Adam. Le dije que tenía que ser responsable. Luego recogí mis cosas y me marché. No creía que su relación fuera a mantenerse, ni que Adam seguiría a su lado, pero sabía que era más probable que eso ocurriera si yo no estaba en escena.

Liza cerró los ojos. De niña había percibido a su madre distanciada, casi separada, haciendo de su vida con su familia un apéndice de su vida propia. Para vergüenza suya, a menudo había pensado que Kathleen rozaba el egoísmo en su toma de decisiones, y sin embargo, allí tenía un ejemplo del comportamiento más altruista que podría haber imaginado. ¿Ella habría sido igual de fuerte en las mismas circunstancias? No lo sabía. Solo sabía que la opinión que tenía sobre su madre había cambiado.

—¿Papá sabía todo esto?

—Sí. Después de eso evité las relaciones íntimas, como puedes imaginar, tanto masculinas como femeninas. Fue una suerte encontrar un trabajo que me gustaba y luego llegó *Destino: final feliz.* Tenía una vida que no me dejaba tiempo para otra cosa que no fueran amistades superficiales y que además me absolvía de la necesidad de reflexionar sobre mi vida. Si tu padre no hubiera sido tan firme y perseverante, dudo mucho que me hubiera casado.

—Me alegro de que me lo hayas dicho. Me alegro de que leamos estas cartas juntas.

—Tendría que haberlo hecho antes, pero prefería dejar atrás el pasado. Te he dado la impresión de que fue fácil y no lo fue. Fue terrible. Por supuesto, entonces no teníamos teléfonos móviles ni correo electrónico y la comunicación no era tan instantánea y continua como lo es ahora. Eso lo hacía más fácil. Martha tiene que ver el nombre de Steven en su pantalla todo el rato. Yo no tuve que pasar por eso. No me extraña que la pobre chica necesitara escapar.

¿Martha estaba huyendo de una relación?

Liza había sospechado que había algo. Sabía que su madre probablemente no debería hablar de un tema tan personal, así que no preguntó nada más. Todo el mundo tenía su historia, ¿verdad? Las cosas casi nunca eran lo que parecían.

Su madre obviamente disfrutaba de la compañía de Martha y esta había hecho posible el viaje. Liza le estaba agradecida.

—Seguro que tienes razón en que era más fácil romper del todo.

—Estaba muy preocupada por Ruth. También enfadada, claro, no soy ninguna santa, pero me preocupaba. Tenía miedo de que Adam la dejara sola con el bebé, de que perdiera al bebé. No sé... No quería saberlo. Pero ahora, supongo que estoy a punto de enterarme.

Liza captó vacilación en la voz de su madre y apretó con fuerza el teléfono.

—«Estamos» a punto de enterarnos.

Ella ya formaba parte de la historia. Quería saber cómo terminaba.

—Tengo miedo de que leerlas me haga arrepentirme de algo. ¿Y si no hice lo que debía, Liza?

Su madre, que nunca le preguntaba ni parecía valorar su opinión sobre nada, le estaba preguntando lo que pensaba y buscaba que le infundiera confianza.

Liza pensó cuidadosamente su respuesta.

—Haya lo que haya en las cartas, no cambia la decisión que tomaste. Los remordimientos no consiguen nada y ni siquiera son válidos porque mirar hacia atrás con distancia no es lo mismo que mirar hacia delante cuando estás cerca —dijo.

Era un consejo que ella también pensaba seguir. No tenía sentido mirar atrás y desear haber sido una madre distinta. No tenía ningún sentido arrepentirse de no haber hablado antes con Sean. Había hecho lo que le parecía mejor en cada momento.

—Tú hiciste lo que creías que era mejor para todos y eso es lo que vamos a recordar mientras leemos las cartas.

—Sí. Tienes razón, claro. Gracias. Siempre has sido sensata. Eres como tu padre, y eso es algo bueno.

Liza nunca había oído a su madre hablar así. Después de la muerte de su padre, se había mostrado triste pero práctica. Después del episodio del intruso, había estado peleona. En ese momento, sin embargo, afrontando el pasado, mostraba una faceta de sí que su hija no conocía, un lado vulnerable.

—Quizá deberíamos ir despacio —sugirió mirando la pila de cartas y preguntándose qué más sorpresas y revelaciones acecharían en esos papeles doblados—. Podemos leer una o dos al día. O puedo leerlas todas y resumírtelas.

—¡Ah, Liza! —a su madre le tembló la voz—. No sé qué he hecho para merecer una hija como tú.

Esas palabras desbordaron la emoción que Liza intentaba controlar.

—Tú deberías haber tenido una hija aventurera, que quisiera recorrer el mundo. Yo quería que te quedaras en casa y me leyeras libros.

—Tú te mereces una madre que no te dé continuos ataques de ansiedad.

Liza consiguió sonreír.

—Estoy trabajando en eso. Con el tiempo puede que hasta me convierta en lo que Caitlin llamaría «tranqui».

—No cambies mucho. Admiro cómo eres. Sé que estuve muy ausente cuando eras niña. Las razones son complicadas. Sí, amaba mi carrera, pero fue mucho más que eso. Una parte de mí nunca ha dejado de tener miedo de querer demasiado. Por supuesto, eso no significa que no ame profundamente, pues lo hago, pero siempre he temido dar a ese amor un sitio demasiado grande en mi vida. Es como tener miedo a la altura y no mirar abajo cuando estás al borde de un precipicio.

Liza siempre había pensado que ella tenía la culpa de no estar más unida a su madre, pero empezaba a ver que no era así.

Por fin lo entendía.

El carácter de su madre se había forjado mucho antes de que ella apareciera en escena. Las creencias y el comportamiento surgían de sucesos no conocidos. Algo que le había ocurrido a su madre sesenta años atrás había seguido teniendo repercusiones en su vida. Su madre había sufrido y por eso se había distanciado, y esa sensación de distancia había hecho que Liza decidiera estar más cerca de sus hijas, pero ella también se había equivocado y necesitaba rectificar.

Si Adam se hubiera casado con Kathleen, esta habría sido un tipo de madre diferente, lo cual era una idea ridícula porque, si hubiera pasado eso, ella, Liza, no habría existido. Aquello era un recordatorio de que todo estaba moldeado por los acontecimientos y sus hijas también se verían moldeadas por sucesos. Quizá siempre serían cautelosas con las relaciones porque recordarían haber encontrado un artículo titulado *Ocho señales de que tu matrimonio puede estar en peligro*. O quizá decidieran no casarse, o tal vez se casarían y estarían pendientes de esas ocho señales y serían más felices en sus relaciones gracias a eso.

—Tú has vivido la vida que necesitabas vivir —dijo Liza—. Eso lo respeto. Es inspirador y yo pienso hacerlo a partir de ahora.

—¿Ah, sí? Cuéntame más sobre ello.

—Después —repuso Liza. Habría tiempo de sobra para eso—. Vamos a centrarnos en estas cartas. ¿Qué quieres hacer?

—Léelas. Todas. Ahora que hemos empezado, no creo que pueda soportar el suspense de no saber. ¿Tienes tiempo?

Liza miró a Sean, que entraba en la habitación con un vaso de vino y un plato de queso.

Dejó ambas cosas en silencio en la mesa de al lado de la cama, enarcó las cejas cuando vio a Popeye acurrucado en su regazo y le tendió un papel que decía *Te quiero*.

Ella le sonrió y volvió a centrarse en su madre.

—Tengo todo el tiempo del mundo. Vamos a hacerlo.

Capítulo 20

KATHLEEN

ALBUQUERQUE – WINSLOW, ARIZONA

Hoy ha nacido nuestra bebé. Es una niña. La hemos llamado Hannah Elizabeth Kathleen. Quizá te resulte estúpido, o incluso desconsiderado, pero es importante para mí. Adam se resistió. Supongo que no quería que eso se lo recordara, pero yo siempre pensaré en ti como en mi mejor amiga, una amiga de verdad, aunque ya no tenga derecho a llamarte así.

Kathleen miró por la ventanilla mientras cruzaban los desiertos del norte de Arizona y tomaban un desvío pintoresco a través del Parque nacional del Bosque Petrificado para ver las vistas.

Habían salido temprano para que Martha y Josh pudieran hacer una marcha corta que la información que habían encontrado recomendaba hacer pronto. A Kathleen la hora le daba igual, pues no había dormido nada.

De algún modo, el ritmo del coche y el paisaje resultaban más relajantes que una habitación de hotel silenciosa llena tan solo de sus pensamientos.

Condujeron hasta la cabeza del sendero Blue Mesa, que se extendía hasta el fondo del valle.

—No está lejos, no tardaremos mucho, Kathleen. ¿Te parece bien?

Aunque era temprano Martha se puso la pamela y se cubrió los brazos con crema protectora.

—Tardad lo que queráis y disfrutadlo.

La anciana estaba deseando quedarse a solas con sus pensamientos y sus recuerdos.

Despidió a los dos con un gesto y le gustó ver que Josh tomaba la mano de Martha y se acercaba más a ella al señalarle algo en el horizonte.

La vista era espectacular, pero Kathleen solo la miró unos segundos antes de cerrar los ojos.

Hannah Elizabeth.

Ruth había sido madre con veintiún años, y Adam padre.

¡Qué reto debía de haber sido eso para él! Y sin embargo, al parecer había estado a la altura de las circunstancias.

Kathleen había yacido toda la noche despierta pensando en las cartas que Liza le había leído en voz alta. Su memoria era poco fiable y frustrante la mayor parte del tiempo, pero, por alguna razón, había conseguido recordar cada palabra y repasado el contenido línea por línea.

Había podido imaginarse claramente a Ruth. Había oído la voz de su amiga en las palabras de la página, unas palabras mesuradas y consideradas. Al final se notaba en ella una seguridad que le faltaba en las primeras cartas.

Kathleen había absorbido los hechos, entregados por orden cronológico. Cada carta era una actualización de la vida de Ruth y mostraba otro trozo de la imagen.

Sabía que Hannah había nacido con un problema de corazón que había requerido una operación cuando tenía pocos meses de vida. Eso había alimentado la ansiedad maternal de Ruth, aunque la niña había sido fuerte y sana desde entonces. La condición de Hannah había empujado a Adam a optar por convertirse en cirujano cardiaco. «Cardiotorácico», pensó Kathleen, imaginándolo con mascarilla y pijama quirúrgico y con la vida de otra persona en sus manos.

En esos primeros tiempos, Ruth había dudado del amor de Adam hacia ella, pero nunca había dudado del amor de él por su hija. Asumía que Hannah era la razón de que Adam no se hubiera ido. Él adoraba a su hija.

Hannah había sido lista y creativa, una violinista de talento, con un amor por el deporte que la había acercado a su padre. En invierno esquiaban en el lago Tahoe y en verano alquilaban un barco y navegaban por la costa del Pacífico.

En esa carta había incluido fotografías, que Liza le había descrito y había ofrecido enviarle a su teléfono, pero Kathleen se había negado. Una cosa era oírlo y otra verlo. Lo que podía absorber del pasado en un día tenía un límite.

La carrera de Adam los había llevado un año a Australia y después a Boston, antes de regresar a California y asentarse allí.

Las cartas estaban llenas de noticias de Hannah y Adam. El orgullo de Ruth por su familia resultaba tan evidente como su amor. Describía una vida satisfecha, cimentada por la familia.

Kathleen sentía alivio. Había hecho lo correcto. Al apartarse, les había dado la oportunidad de hacer que su relación funcionara y ellos lo habían conseguido.

Estaba contenta. También triste, por haberse perdido tantos de esos años.

Si hubieran mantenido el contacto, quizá habría podido apoyar a Ruth cuando le diagnosticaron un cáncer, o cuando Adam murió de repente diez años atrás.

Pero Ruth tenía otros apoyos, por supuesto.

Tenía a Hannah, que vivía cerca y trabajaba de pediatra. Había estudiado medicina, como su padre.

Kathleen se imaginó a una mujer que era en parte Ruth y en parte Adam y se arrepintió de haberle dicho a su hija que no le enviara las fotos.

Ruth estaba orgullosa de Hannah, igual que ella estaba orgullosa de Liza.

¿Le había dicho a su hija que estaba orgullosa de ella?

Sintió un momento de pánico. ¿Lo sabía Liza?

La puerta del coche se abrió de pronto y Kathleen se sobresaltó y abrió los ojos.

—Perdona. ¿Estabas dormida? —Martha le sonreía con el rostro sonrosado por el sol—. Ha sido increíble. Aunque me alegro de que hayamos venido tan pronto, no me gustaría nada subir esa colina con el calor del día.

Kathleen tardó un momento en recuperarse.

—La palabra «increíble» no expresa nada. No puedo imaginarme tu experiencia a partir de esa descripción —dijo.

Se sentía nerviosa y sensible. Deseó por un momento que Liza estuviera allí. Ella lo entendería.

Leer las cartas no podía haber sido fácil, pero su hija se había mostrado compasiva y sensible. Liza había comprobado cómo se sentía su madre sin agobiarla en ningún momento ni obligarla a expresar los sentimientos que bullían en su interior. Había hecho pocas preguntas, aunque seguramente se le habrían ocurrido cientos.

A Kathleen le picaron los ojos. Lo que más lamentaba no eran los años que no había estado cerca de Ruth, sino los que había perdido cuando podía haber estado más unida a Liza. Eso le preocupaba más que la relación perdida con Ruth. Se había apartado de la gente que más le importaba.

Intentó concentrarse en Martha, que subió al coche a su lado.

—¿Lo habéis pasado bien? —preguntó.

—Es magnífico. Hay múltiples capas de piedra, todas de distintos colores. Azules, violetas… Espera —Martha sacó el teléfono y le mostró las fotografías—. Esto te dará una idea mejor que mis pobres descripciones. ¿Ves el Bosque Petrificado?

A Kathleen la conmovía la insistencia de Martha por incluirla en las partes del viaje que estaban más allá de sus capacidades.

—Es el resultado de una gran erosión —comentó Josh inclinándose hacia ella desde el asiento del acompañante, tan entusiasmado como Martha—. Lo que ves son capas de piedra arenisca y arcilla de bentonita. Los depósitos minerales tienen cientos de millones de años de antigüedad. Se formó a finales del Período Triásico.

—Tu hermano ahora te acusaría de friki empollón —dijo Martha.

Josh sonrió.

—Cierto. Y yo le diría que no es políticamente correcto llamarle eso a nadie.

—Y él alzaría los ojos al cielo y abriría otra cerveza.

A juzgar por la risa de Josh, Kathleen asumió que Martha había adivinado correctamente. Evidentemente, habían hablado del hermano durante la marcha.

Ella sabía que los muertos nunca se iban. Caminaban al lado de los vivos.

¿Qué habría dicho Brian si hubiera podido estar con ella en ese momento?

«¿Has leído las cartas? Bien. Tu mente estará más ordenada después de haber completado ese capítulo.»

Kathleen sonrió. Nunca había sido una persona ordenada.

—Unos cientos de millones de años —repitió mirando las rocas de las fotos que le mostraba Martha, porque eso le parecía más seguro que analizar sus sentimientos—. Me siento joven en comparación con ellas. Los colores son espectaculares. Como la paleta de un artista —dijo, y pensó cuánto le habría gustado eso a Liza. Sintió que vacilaba por un momento—. Tienes que mandárselas a mi hija. Ha vuelto a pintar. Usa mucho azul. Le gusta el azul. Siempre le ha encantado pintar el mar.

La embargó una nube asfixiante de nostalgia. ¡Cómo le gustaría estar de vuelta en Oakwood Cottage sintiendo el sol de la tarde en el rostro y oliendo el mar en el aire! Allí todo era árido, seco por el sol abrasador. En su casa el jardín estaría verde y exuberante, y sus rosas favoritas estarían floreciendo con una gran profusión de olores. Popeye estaría tumbado en el patio, tomando el sol.

—¿Se las mandarás a Liza?

—Lo haré en cuanto tenga más cobertura —confirmó Martha. Ya no sonreía—. ¿Va todo bien, Kathleen? ¿Estás bebiendo suficiente?

—Me gustaría que alguien me dijera eso poniéndome una ginebra en la mano —comentó, pero tomó el agua que le ofrecía Martha y dio un sorbo mirando las vistas—. ¿Vas a subir las fotos a nuestra cuenta?

—Mira cómo hablas ya: «subir las fotos» —señaló Martha dándole un codazo—. Acabarás convertida en una amante de la tecnología.

Kathleen se estremeció, pero más porque era lo que se esperaba de ella que porque sintiera una aversión concreta. La tecnología era lo que le permitía hablar con su hija.

—He pensado que quizá llame a Liza cuando paremos a almorzar.

—Puedes llamarla cuando quieras. Josh y yo nos vamos a dar un paseo y te dejamos intimidad.

Kathleen hizo un esfuerzo por serenarse.

—La hora del almuerzo servirá. Ahora seguramente estará en la playa con Sean y allí no hay buena cobertura.

—¿Sean está en tu casa? ¿Liza no estaba allí sola?

—Él ha ido también y están pasando unos días juntos.

—Eso es bueno.

Era bueno. ¿Liza era feliz? Kathleen solo quería que su hija fuera feliz. Siempre había querido eso, por supuesto, pero después de haber retirado las barreras entre ellas era como si la felicidad de ambas estuviera relacionada de algún modo.

—¿Grabamos un vídeo? —propuso Kathleen.

Sería una excusa para enviarle algo a Liza sin parecer muy necesitada.

Salió del coche con ayuda de Martha y se puso la mano en la frente para proteger los ojos del sol.

—Ya hace calor.

—Lo haremos rápidamente —dijo Martha. Buscó el ángulo correcto, le hizo señas de que empezara a hablar y grabó el vídeo—. Eres toda una profesional. Nunca dudas ni te tropiezas.

—¿A dónde vamos ahora?

—Nos dirigimos a Winslow, Arizona.

Martha empezó a cantar y Kathleen alzó la mano.

—Teníamos un acuerdo. Yo soporto tu lacerante lista de canciones, siempre que no cantes tú con ellas.

—No es lacerante. He elegido cada canción especialmente por su relevancia respecto al lugar al que vamos. Y después de Winslow, iremos al Gran Cañón, a través del cráter Meteoro, que tiene cincuenta mil años de antigüedad y es mucho más viejo que tú. Hemos reservado un día extra en el Gran Cañón. ¡Yuju! Y Josh nos ha conseguido habitaciones con vistas, para que puedas sentarte en la terraza a ver el amanecer y el atardecer.

Kathleen pensó que hablaría con Liza. Encontraría un modo de compartir las vistas con su hija.

—Parece un día perfecto —comentó Josh y Martha movió la cabeza.

—Tú no estarás sentado en ninguna parte. Tú harás *rafting* por el río.

—Yo no haré *rafting*.

—Ya está pagado. Me he gastado mis últimos ahorros, así que sería muy grosero por tu parte echarte atrás ahora.

—¡Martha! —Josh parecía exasperado—. Odio el agua. Sabes que odio el agua.

—Red habría querido que lo hicieras.

—Yo me habría negado.

—Y él habría encontrado el modo de convencerte —Martha se puso de puntillas y lo besó en la mejilla—. Es increíble lo que puedes disfrutar cuando sales de tu zona de confort.

«Eso es verdad», pensó Kathleen, encantada de ver que habían llegado a la fase de los besos. Aunque, técnicamente, Josh no la había besado, había sido al contrario. Martha era una persona táctil y extrovertida por naturaleza, pero aun así…

¿Le habría pedido a Liza que le leyera las cartas de no ser por Martha?

Probablemente no. Le estaría eternamente agradecida y solo le deseaba cosas buenas.

Hechas las fotografías y el vídeo, volvieron a subir al vehículo y siguieron el viaje por Arizona.

Kathleen sugirió probar la lista musical, para alegría de sus acompañantes más jóvenes.

Martha movía la cabeza a ritmo de la música y de vez en cuando empezaba a cantar. Luego recordaba que no tenía que hacerlo y cerraba la boca de golpe.

Kathleen sonrió. Aunque fuera por poco tiempo, habían encontrado una rutina cómoda y eso resultaba tranquilizador.

Por suerte, la ola de nostalgia había pasado y estaba ilusionada con el día que tenía por delante. Vería Arizona y California, como siempre había querido. Oakwood Cottage la estaría esperando cuando terminara el viaje y ella valoraría aún más su casa después de su ausencia.

Entretanto, era un consuelo saber que Liza estaba allí, caminando por la playa que ella consideraba suya, revisando el jardín y cuidando las plantas.

En Winslow, Martha encontró fácilmente el hotel. Aparcaron y entraron a registrarse.

Estaba construido al estilo de una hacienda, con un toque español y mexicano.

Kathleen, reanimada después del almuerzo, se unió a los dos jóvenes para explorar la ciudad de Winslow.

De pronto Martha agitó el teléfono delante de la cara de Kathleen, hirviendo de excitación.

—¡Mira esto! Eres *trending topic*.

—¿*Trending*?

Kathleen, que luchaba contra el calor, sacó un abanico anticuado del bolso y lo abrió.

—En las redes sociales. Nuestra última publicación la vio una presentadora de televisión, seguramente por el *hashtag*. La ha compartido y te ha escrito para ver si puede cubrir la historia y entrevistarte. Ahora está en... —Martha volvió a mirar el teléfono—. En FOX. Eres famosa, Kathleen. Vas a necesitar un agente.

—Ahora mismo te nombro para el puesto —replicó Kathleen, y se abanicó mientras Martha revisaba los mensajes.

—No puedes dar entrevistas a toda esta gente o no disfrutarás nada del viaje. ¿Por qué no ofrecemos de momento una exclusiva al canal para el que trabajaste? Y luego ya valorarás si te apetece hacer más cuando vuelvas a casa. Yo puedo encargarme de eso. ¡Eh! A lo mejor te ofrecen escribir un libro.

—Prefiero hacer algo a escribir sobre ello.

—Yo lo escribiré por ti —aseguró Martha mientras seguía pasando mensajes.

Josh, divertido, movió la cabeza.

—¿Has pensado en buscar trabajo relacionado con relaciones públicas o relaciones con los medios? —preguntó.

—No. Ya tengo trabajo, gracias. Soy la ayudante personal de Kathleen. Me ocuparé de sus relaciones con los medios —contestó Martha, y escribió una respuesta a alguien. Movía los dedos con tanta rapidez que a Kathleen le parecía magia—. Soy su primera línea de defensa.

—¿Defensa contra qué?

—Cualquiera que intente darle té que no sea Earl Grey. Y contra los *paparazzi* —Martha envió un mensaje y después otro—. No podemos dejar que se enteren de las vulnerabilidades de Kathleen.

—Hablando de vulnerabilidades, este calor me sienta un poco mal.

Kathleen se agarró del brazo de Martha, quien guardó el teléfono inmediatamente.

—¿Hace demasiado calor para ti? ¿Quieres volver al hotel?

—No. Caminemos un poco —propuso Kathleen.

¿Qué habría hecho en aquel viaje sin Martha?

Josh se adelantó, pero la chica se quedó con ella.

—Le pediste a Liza que te leyera las cartas, ¿verdad? —dijo en voz baja—. No tienes que contarme nada. Pero si necesitas un gran abrazo o algo así, estoy aquí.

Un gran abrazo.

Martha seguía dispuesta a entregarse emocionalmente a pesar de lo que le había ocurrido. Kathleen se sintió esperanzada por ella.

—Era lo que había que hacer. Gracias por haberme alentado.

Adam no había dejado a Ruth.

Y Kathleen sabía ya con certeza que había hecho lo correcto.

Ruth había tenido una vida feliz. Adam había seguido con ella, aunque algo en las frases que su amiga había usado con cautela había hecho preguntarse a Kathleen si no había habido una aventura en algún momento. No le habría sorprendido, como tampoco le sorprendía que Adam hubiera tenido una carrera distinguida.

Lo imaginaba seguro de sí mismo delante de un atril, un poco más grueso en la parte media quizá y con unas cuantas hebras plateadas en el pelo, pero con presencia. Adam siempre había tenido presencia.

Martha le apretó la mano.

—¿Te ha disgustado? —preguntó.

¿Disgustado? No.

—Me ha perturbado un poco, pero había que hacerlo.

—¿Te vas a poner en contacto con Ruth?

—Eso no lo he decidido aún.

Kathleen lo estaba sopesando desde que Liza la había leído la última carta.

Martha asintió.

—Supongo que depende de si quieres que esto sea el final o un principio. Podría ser cualquiera de las dos cosas.

Kathleen no dijo nada. El calor la oprimía.

Un final o un principio. Martha tenía razón.

¿Qué iba a ser? ¿Debía considerar las cartas como un modo de cierre o debía ponerse en contacto con Ruth?

No había contestado a ninguna de las cartas. Su antigua amiga no sabía nada de su vida, ni siquiera si vivía todavía.

Pensó en ello toda la tarde y mientras se vestía para cenar. Su habitación era encantadora, con muebles antiguos, una alfombra zapoteca tejida a mano y una bañera de hierro fundido.

Cuando terminó de prepararse, se sentó en la silla que había al lado de la cama y llamó a Liza, que contestó de inmediato, aunque allí sería más de medianoche.

—¿Te he despertado? —le preguntó Kathleen.

—No. He estado terminando un cuadro en la cabaña de verano y Sean y yo hemos cenado tarde. Acabamos de recoger. Te hemos robado una botella de vino de la bodega.

Kathleen sonrió.

—Me parece bien. Ya sabes cuánto apruebo esos vicios.

—He pensado en ti todo el día. ¿Estás bien, mamá?

—Sí. Aunque, por supuesto, he pensado en esas cartas.

—Yo también —repuso. Se oyó ruido de platos al fondo—. Ha tenido una vida feliz. Y tú fuiste parcialmente responsable de eso.

—Yo no lo veo así, pero me alegro de que fuera feliz.

—¿Cómo es Arizona?

—Cálida —contestó Kathleen mirando por la ventana—. Mañana llegaremos al Gran Cañón y tengo esperanzas de que Martha y Josh acaben juntos.

—¿Sigues haciendo de casamentera?

—Desvergonzadamente.

Liza se echó a reír.

—Tenme informada de eso. Parece que a Martha le viene bien algo de diversión. ¿Y tú qué? ¿Has decidido si vas a contactar con Ruth?

—Sigo pensándolo.

—Pues si quieres hablar de ello o pensarlo en voz alta, sabes que estoy aquí.

—Gracias —dijo. La oleada de nostalgia volvió y desequilibró a Kathleen—. No sé lo que habría hecho sin ti.

—Te habrías arreglado perfectamente, siempre lo has hecho.

—No repuso Kathleen. Oyó tintineo de cristal y pensó en Liza sentada en la cocina de Oakwood Cottage tomando vino blanco en una de las bonitas copas que había comprado en un viaje a Venecia—. Te echo de menos. Me gustaría que estuvieras aquí.

—Yo también te echo de menos —la voz de Liza sonaba extraña. Carraspeó—. Estás mucho mejor con Martha. Sabes que yo te reñiría por el alcohol que bebes, por las hamburguesas que comes y por trasnochar.

—Tengo suerte de tener una hija que se preocupa tanto.

Hubo una pausa.

—¿Seguro que estás bien? No pareces la misma.

¿Estaba bien? Kathleen no lo sabía.

—Estoy bien, pero... Te quiero, Liza. Te quiero mucho. No te lo digo lo suficiente.

Y después de decirlo, se preguntó por qué había tardado tanto. Sus sentimientos no habían cambiado ni se habían hecho más profundos. Lo único que había cambiado era su habilidad para comunicarlos.

Su hija tardó tanto en contestar que Kathleen se preguntó si habría colgado.

—¿Liza?

—Sí, estoy aquí. Yo también te quiero, ya lo sabes —contestó, y hubo otra pausa—. ¿Seguro que estás bien? Si quieres puedo volar hasta allí mañana. Iré en el primer avión.

Kathleen sintió que la emoción le oprimía el pecho. ¡Cómo deseaba que su hija estuviera allí! Pero no podía pedirle eso.

—Tú irás pronto a Francia. Seguro que tienes mucho que hacer.

—¿Tú quieres que vaya?

«Sí, sí. Por favor, ven.» Kathleen pensó lo reconfortante que sería tener a Liza a su lado si decidía ver a Ruth después de tantos años, pero su hija tenía que pensar en su familia, en Francia, en Sean. Sería egoísta pedirle que fuera y Kathleen ya había puesto sus necesidades por delante demasiadas veces.

—No —respondió con firmeza—. No es necesario, pero gracias. Tengo que dejarte. Hemos reservado una mesa y el restaurante es muy popular.

—Disfruta la velada. Te quiero, mamá.

—Yo también te quiero.

Kathleen, que se sentía mejor por la conversación, se dirigió al restaurante. Estaba atestado de gente y el aire olía a chili, ajo y carne asada.

Comió pozole de maíz rojo y aquello le recordó el viaje a México para grabar *Destino: final feliz*. ¿Cuándo había sido eso, en 1975? No, después.

Martha y Josh charlaban animadamente sobre su viaje al Gran Cañón, lo cual dejó a Kathleen tiempo para disfrutar de la comida y de la vista del hermoso jardín.

Ruth había mencionado su jardín de California y una terraza con vistas al océano Pacífico.

Me encanta cocinar y todavía tomo té Earl Grey, como hacíamos entonces.

A menudo pienso en ti y me pregunto dónde estarás.

Me pregunto si alguna vez piensas en mí igual que yo en ti. Escribir estas cartas ha sido mi modo de seguir unida a ti. Cuando las escribo, tengo la sensación de que estás escuchando.

Kathleen dejó el tenedor en el plato.

—Quiero verla.

Martha y Josh dejaron de hablar.

—¿A Ruth?

—Sí, a Ruth —afirmó. El corazón le latía con más fuerza y tomó un sorbo de agua—. Ahora estoy aquí. Puede que nunca más vuelva a California.

Martha le sonrió.

—Creo que estará mucho más que encantada de saber de ti.

—Ya estás otra vez. Hipérbole.

—Vamos a valorar su reacción antes de que corrijas mi gramática —dijo Martha extendiendo el brazo por encima de la mesa—. Créeme, estará encantada.

—O puede que le resulte raro que me ponga en contacto con ella después de tanto tiempo —Kathleen estaba un poco temblorosa—. A lo mejor no me recuerda.

—Nunca ha dejado de escribirte —musitó Martha con gentileza—. Si no quisiera saber de ti, habría dejado de escribir. Si me pides que adivine algo, yo diría que lleva mucho tiempo esperando noticias tuyas.

—Puede haber muerto.

—O puede estar viva y pensando en su antigua amiga —Martha dejó la servilleta y se puso de pie—. Hemos terminado aquí. ¿Por qué no vamos a la habitación y lo hacemos ahora mismo?

Josh agarró su cerveza y la bebida de Kathleen.

—Buen plan.

Y así fue como Kathleen se encontró sentada en el borde de la cama, entre aquellas dos personas a las que tanto había llegado a apreciar. Martha estaba a un lado y Josh al otro, apoyándola como dos sujetalibros.

—Esto puede ser una tontería. Nunca se puede retroceder en el tiempo.

—Esto no es retroceder, es ir hacia delante —repuso Martha.

Abrió el mensaje que le había enviado Liza con la dirección y el número de teléfono de Ruth.

—Para ti es fácil decirlo. Yo puede que me arrepienta.

Esa vez fue Josh el que habló.

—Creo que en la vida solemos arrepentirnos más de las cosas que no hacemos que de las que hacemos. Al menos a mí siempre me ha pasado eso.

Kathleen sabía que estaba pensando en su hermano. Le apretó la mano, pero no dijo nada. Su dominio del idioma y su dicción podían ser mejores que los de Martha, pero su habilidad para decir lo correcto en situaciones emocionales era muy inferior. Lo último que quería era hacer daño a Josh con sus torpes intentos de consolarlo.

—Y porque no quiero que te arrepientas luego es por lo que vamos a hacer *rafting* en el río Colorado —dijo Martha, ganándose una mirada de Josh.

Luego este se volvió hacia Kathleen:

—Si la llamas, nos tomaremos la mejor botella de vino que has probado jamás.

—¿Francés?

Josh hizo una mueca.

—Californiano.

Kathleen se estremeció exageradamente.

—¡Qué vida tan pobre la tuya! Pero tienes razón, por supuesto. Vamos a hacerlo —afirmó, y se sentó un poco más erguida—. Martha. Haz la llamada.

Se agarró con fuerza a la mano de Josh mientras Martha marcaba el número y contuvo el aliento cuando la chica habló con alguien al otro lado del teléfono.

Hubo una pausa larga, durante la cual a Kathleen le dolió el pecho y concluyó que su capacidad para gestionar emociones fuertes no había mejorado con la edad.

Por fin Martha le tendió el teléfono. Le brillaban los ojos.

—Es Ruth. Está deseando hablar contigo.

Kathleen tomó el teléfono y deseó haber pedido a Josh y Martha que la dejaran hablar a solas con su amiga, pero ellos debieron intuir que era eso lo que quería porque él se levantó y le apretó el hombro y Martha le dio un beso en la mejilla y le susurró que estarían «justo ahí fuera».

Cuando la puerta se cerró en silencio tras ellos, Kathleen se quedó sola.

La mano le temblaba tanto, que casi no pudo acercarse el teléfono a la oreja.

—¿Hola? ¿Eres tú, Ruth?

Capítulo 21

MARTHA

GRAN CAÑÓN

—No me gusta dejarla.

Martha y Josh habían viajado las dos horas y media hasta Peach Springs, dejando a Kathleen dormida en el maravilloso hotel rústico con vistas al Gran Cañón.

Kathleen le había asegurado a Martha que podía pasar fácilmente un mes admirando las vistas desde su suite y que pasar un día sola sería un placer, no un problema, pero la chica no estaba tranquila.

¿Cómo era posible que hubiera tomado cariño a Kathleen tan pronto? En parte por las circunstancias de estar encerradas juntas en un coche y porque le recordaba un poco a su abuela, pero sobre todo porque la anciana le había devuelto la confianza en sí misma.

Ya no dudaba de su habilidad como conductora, sino que le gustaba conducir. Había dejado de castigarse por decisiones pasadas. Gracias a Kathleen había dejado de considerarlas equivocadas. Eran sus decisiones y si su familia no las aprobaba, era su problema.

Sin embargo esa mañana se sentía dividida entre su cariño por Kathleen y su deseo de hacer algo para ayudar a Josh.

—Sé que está preocupada por su encuentro con Ruth. Tengo la intuición de que le gustaría que Liza estuviera aquí.

Habían abierto el techo y Josh se bajó la gorra para protegerse los ojos del ardiente sol de Arizona.

—¿Y no puede pedirle que venga?

—No es una opción. Tiene familia propia y van a ir a Francia.

—Pues iremos nosotros con Kathleen a ver a Ruth. Si nos da la impresión de que se arrepiente de su decisión, la sacamos de allí y nos la llevamos a dar un paseo por la playa. O podemos llevarla a casa.

—¿A casa?

—A mi casa. Vivo en la costa al norte de Santa Mónica. Desde mi porche hay una gran vista del mar.

Martha tuvo una visión perturbadora de él tumbado en el porche vestido únicamente con un pantalón corto de surf. Su imaginación siempre había sido su perdición y en ese momento le presentaba imágenes claras de Josh desnudo. Intentó desconectar de ellas y cambiarlas por imágenes menos provocativas de Josh encorvado sobre una pantalla de ordenador y con rostro serio. Pero no funcionó porque él no tenía joroba y, aunque a menudo estaba serio, cuando sonreía era como si alguien hubiera encendido todas las luces imaginables.

—¿Vives cerca del mar? —le preguntó. Su voz le sonó rara. Carraspeó—. ¿Tú no odias el agua?

No pensaría en él saliendo del mar con gotas de agua pegadas a sus anchos hombros.

—Me gusta verlo. No vivirlo.

—¿Y si me estuviera ahogando, no me salvarías?

—Te salvaría avisando al socorrista.

—Eso no cuenta.

—Estarías viva, así que cuenta. El secreto del éxito es la habilidad de delegar una tarea en la persona más cualificada. Si intentara salvarte yo, nos ahogaríamos los dos. Hablando de lo cual, puede que tengas razón en lo de hoy. No hemos debido dejarla sola. Vamos a volver. De todos modos, ¿a quién le apetece hacer *rafting* en el río Colorado?

¿Por qué tenía que hacerle reír? Martha pensó que estaba perdida.

—A nosotros —contestó.

—A ti. A mí siempre me ha parecido una mala idea. Y me lo sigue pareciendo. Incluso más ahora, que sé que esperas que te salve. Da media vuelta.

¿Hablaba en serio?

Un brote súbito de empatía atravesó las imágenes perturbadoras de antes.

—¿Te cuesta mucho hacer esto sin tu hermano?

—Me cuesta estar sin él, haga lo que haga.

Ella quería parar el coche y darle un gran abrazo, pero en lugar de eso, optó por charlar con ligereza.

—En ese caso, es mejor que vayamos. No puedes echarte atrás ahora. Me he gastado los ahorros de mi vida en darte esta experiencia. Al menos dame las gracias.

—Eres muy insistente, Martha. Eres una pesada.

Ella le dio una palmadita en el muslo, y se arrepintió en el acto porque en cuanto sus dedos entraron en contacto con los músculos duros de él, volvieron las imágenes, acompañadas de una ola caliente de atracción.

«Eres una tonta, Martha.»

—No hay nada que temer —dijo—. Y no te preocupes por salvarme, yo te salvaré a ti.

Aunque tenía la impresión de que probablemente sería ella la que necesitaría que la salvaran, y no del agua. Pero no se arrepentía de hacer eso fuera cual fuera el precio a pagar. Odiaba pensar que él hiciera aquel viaje solo, en autostop de un lugar a otro, charlando con las personas que lo recogían y pensando todo el tiempo en su hermano. Llevaría encima su tristeza sin que nadie le ayudara a soportar la carga.

Aunque no tenía más remedio que admitir que en ese momento no parecía especialmente encantado de que ella estuviera a su lado. Lo sentía mirándola de hito en hito por debajo de su gorra de béisbol.

—¿Estás entrenada en rescate en aguas dulces? —preguntó Josh.

—No específicamente, pero la gente a la que pago para que nos acompañe sí, y soy una mujer de recursos. Si prometes dejar de quejarte, prometo rescatarte si te caes de cabeza al agua. Esto te va a encantar. Y creo sinceramente que te sentará bien —dijo, y si la llama de la atracción sexual no se apagaba pronto, aceptaría encantada esa excusa para abrazarlo.

—Los copos de avena me sientan bien y eso no significa que me gusten.

—¿Estarías así si ahora mismo fueras en este coche con Red?

Josh rio de mala gana.

—Sería peor. Red jamás se habría conformado con una excursión de un día. Habría pagado una semana entera en la parte más difícil del río. Y probablemente sin guía.

—Tengo entendido que el terror puede unir a la gente.

—¿Por eso haces esto? ¿Para que me agarre a ti?

—Para eso no necesito una excusa. Cuando esté lista para agarrarte, lo haré.

Y a ese paso, eso ocurriría más pronto que tarde.

—Un poco de aviso previo puede estar bien. Por ejemplo, ¿lo vas a hacer cuando vas conduciendo? Teniendo en cuenta que eres una conductora relativamente inexperta, quizá quieras parar antes.

—Era inexperta en Chicago. Ahora tengo mucha experiencia. Y no sé cuándo va a pasar —señaló ella lanzándole una mirada—. Lo haré cuando sea el momento. En lo referente a la toma de decisiones, todavía voy a tientas.

—En cualquier momento que quieras avanzar a tientas conmigo, no te cortes.

«¡Ay, Martha, Martha!»

—¿Estás flirteando conmigo? —preguntó.

—Posiblemente. O es posible que intente apartar de mi mente la pesadilla que tan generosamente has planeado para mí.

—Yo tengo que asegurarme de que pasar al contacto físico contigo es lo que quiero yo y que no lo hago solo para complacer a Kathleen.

Él volvió la cabeza.

—Comprendo que me dejaras unirme a vosotras en este viaje para complacer a Kathleen, pero ¿te acostarías conmigo también para complacerla?

—Generalmente soy una persona complaciente. Eso es algo que debo tener en cuenta cuando tomo decisiones —Martha consiguió mantener una expresión seria—. Ella es vulnerable en este momento y la haría feliz saber que su plan de unirnos ha funcionado. Cree que tengo que recuperar mi autoestima.

—¿Yo no tengo nada que decir en esto?

Martha pensó que era bueno que no pudiera leerle el pensamiento o probablemente decidiría que era más seguro recorrer a pie el resto de la Ruta 66 que seguir atrapado en el coche con ella.

—Ninguno de los dos tenemos nada que decir aquí. Somos peones inocentes en el juego de Kathleen —contestó. Pensar en ella le provocó otro punto de ansiedad—. Quizá tengas razón y deberíamos dar media vuelta. Ayer se hizo la valiente, pero no ha dormido bien. ¿Has visto las ojeras que tenía?

—Tiene ochenta años. Y ayer fue un día ajetreado.

Él consiguió tranquilizarla un poco. Era cierto que había sido un día cansado. Habían ido desde Winslow hasta Flagstaff, parando en el cráter Meteoro.

—Y tú le llenaste la cabeza de datos científicos que probablemente la agotaron —dijo Martha, aunque sabía que la verdadera causa de la fatiga de Kathleen era otra más profunda, la ansiedad que le producía ver a Ruth—. Tengo la sensación de que ahora que ha tomado la decisión quiere hacerlo cuanto antes. Ahora en serio, ¿crees que deberíamos habernos quedado a distraerla?

—No. Ella quería que hiciéramos esto —repuso Josh frotándose la barbilla—. Me ha dado instrucciones claras de que haga que te lo pases bien, lo cual será un desafío dada mi falta de afecto por los deportes acuáticos.

Martha apretó el volante.

—¿Tú tienes que hacer que me lo pase bien? ¿Y qué es exactamente lo que entraña eso?

—Lo sabrás cuando lo veas.

Estaba segura de que solo tenía que estar con Josh para pasarlo bien.

—¿Y si no me divierto? ¿Y si tu idea de pasarlo bien no coincide con la mía?

—Pues tendrás que mentir para hacerla feliz.

Martha observó la carretera.

—No mentiré, así que ya puedes procurar que me lo pase bien, Josh Ryder. Nada de protestas y nada de sarcasmo, ni de deslumbrarme con datos sobre lo viejas que son las rocas ni sobre cuándo se formó el Gran Cañón.

—¿Quieres saber cuántos desventurados turistas se ahogan todos los años haciendo *rafting* en el río Colorado?

—No.

—¿La temperatura del agua?

—Definitivamente, no.

—Esto es como ir con Red.

Martha lo miró y le gustó ver que estaba sonriendo.

—¿Tenía el pelo rizado y salvaje, un trasero enorme y piel con tendencia a quemarse por el sol?

—Mmm —él señaló un lado de la carretera—. Para.

—¿Ahora? ¿Por qué?

—Puedo establecer con confianza que tu pelo rizado es tan lindo como tus pecas, pero necesito ver mejor tu trasero antes de dar una respuesta definitiva sobre tamaños comparativos.

—¡Josh Ryder! No voy a parar para que tú me veas el culo.

—Yo me lo pierdo —dijo él.

Estaba sonriendo, y ella también.

Quizá eso debería haberla sorprendido puesto que habían hablado de su hermano, pero después de la muerte de su abuela había aprendido que la risa y la tristeza podían darse juntas.

—¿Y en qué se parece esto a estar con Red?

—¿Quieres decir aparte de las risas? Como a ti, a él nunca le interesaban estas cosas y yo intentaba que le importaran. A menudo intentaba convencerlo de cambiar de vida y hacer algo más serio y maduro, pero él solo quería perseguir olas y divertirse. Curiosamente, él nunca intentaba cambiarme a mí, aunque mis elecciones de vida le parecían tan locas como a mí las suyas.

—Pero a pesar de eso estabais unidos —dijo Martha.

Eso se notaba en el modo en que él hablaba de su hermano.

—Sí. Cuando coincidíamos en el mismo lugar, quedábamos a tomar unas cuantas cervezas. O más de unas cuantas.

—Me sorprende que tu malvado jefe te diera tiempo libre. Tendrías que haberte llevado a juicio a ti mismo por crueldad con los empleados.

—Me gusta pensar que he sido justo con todos los demás —repuso él mirando a un lado de la carretera—. Gira a la derecha. Si estás decidida a hacer esto, el giro es aquí.

Ella giró y encontró el aparcamiento.

—Desde aquí vamos en autobús hasta el fondo del cañón. Me hace ilusión, ¿y a ti?

—Ni la más mínima —replicó él.

Sin embargo se mostró cordial cuando el autobús bajaba por la carretera y seguía sonriendo cuando entraron en la lancha.

Martha presionó su muslo contra el de él cuando el guía se presentó.

—Preparaos para un viaje tipo montaña rusa mojada por ocho rápidos.

Josh alzó los ojos al cielo.

—Gracias, Martha.

—¿A qué viene el sarcasmo? Según el folleto promocional vamos a quedar encantados. Si no fuera verdad, no lo dirían.

—Se me ocurren otros modos más seguros de quedar encantados.

—Deja de gruñir. Tú, señor magnate, estás a punto de entablar una relación íntima con el poderoso río Colorado.

Y ella tendría una relación íntima con él, si él estaba de acuerdo. Había tomado la decisión y estaba segura. Josh era el hombre más excitante que había conocido en mucho tiempo, quizá en toda su vida. Le gustaba cómo trataba a Kathleen y cómo hablaba de su hermano. Le gustaba su sentido el humor. Sobre todo le gustaba lo que sentía cuando estaba con él. Con Josh nunca se sentía inferior, nunca tenía la sensación de que debía ser más o diferente. Él nunca la criticaba, no intentaba cambiar quien era ni hacerla de menos. La vida le había arrancado trozos de confianza en sí misma, pero estar con él sanaba esos lugares irritados.

Era feliz y con eso bastaba.

Daba igual que no supiera lo que pasaría en el futuro. En realidad, nadie lo sabía. Algunos creían saberlo, pero había una gran parte que estaba fuera de control. Si su abuela no hubiera enfermado, ella quizá habría terminado de graduarse, pero entonces habría iniciado otro camino, ¿y quién podía decir que habría sido feliz? Para empezar, no habría conocido a Kathleen. Si no hubiera necesitado tanto alejarse de su familia y de Steven, jamás habría aceptado un trabajo de conductora y no estaría sentada ese día sobre el poderoso río Colorado con las paredes del Gran Cañón elevándose a su alrededor y al lado de un hombre que hacía que se le acelerara el corazón. Básicamente, no cambiaría nada del pasado, excepto quizá buscar un modo de lograr que la gente a la que quería viviera para siempre. El presente era lo único que tenía todo el mundo y ella estaba decidida a aprovechar el suyo al máximo. Y sin duda su familia no aprobaría sus decisiones, pero si había aprendido algo en aquel viaje era que la única opinión que le importaba era la suya.

Alzó la cara al sol y sonrió. Por primera vez en siglos se sentía bien con la vida. Se sentía casi ella misma.

—Espero que sigas sonriendo cuando te sumerjas en agua helada —dijo Josh atrayéndola hacia sí—. La temperatura media del río Colorado en esta época del año es…

—¡No me lo digas! Seguramente lo descubriré sola.

Le encantaba su sentido del humor y el modo en que podía recitar datos de memoria.

—Empiezo a valorar la tarea que tenía tu hermano. Esto, amigo mío —dijo agarrándole el chaleco salvavidas y tirando de él hacia sí—, va a ser la aventura de tu vida. No tengas miedo. Nuestro guía es un experto en rescate en aguas rápidas. Esto te va a sentar bien. Te va a encantar.

—Hablas exactamente igual que Red.

Martha no supo qué decir, así que le cogió de la mano y sintió los dedos de él cerrarse sobre los suyos.

—Han pasado dos años y todavía oigo su voz continuamente —dijo Josh—. Le oigo decirme que salga al aire libre, que deje de leer datos, que me coma las cortezas de la pizza y que no deje el brócoli en el lateral del plato.

—¿Dejas el brócoli a un lado del plato? ¿No te comes la verdura? Me sorprendes. En esto estoy con Red.

—A mí me parece que estás con Red en casi todo —repuso, pero a juzgar por su tono de voz, eso no le importaba. Tal vez incluso le gustara.

—Yo también sigo oyendo a mi abuela, aunque, curiosamente, solo cuando estoy sola.

Se daba cuenta de que la voz de la única persona cuyos consejos habría seguido quedaba ahogada cuando estaba con otras personas como su madre, su hermana o Steven. Había escuchado las voces equivocadas.

—¿Qué habría pensado tu abuela de esto?

—¿Del viaje o de ti? —replicó ella, y vio cómo los ojos de Josh se arrugaban al sonreír—. Habría dicho que sí a ambas cosas —dijo, y soltó un gritito cuando el agua la cubrió, dejándola empapada y riendo—. ¡Qué frío!

Se agarró a Josh y él murmuró algo que Martha no consiguió oír pero asumió que no era elogioso, aunque incluso él sonrió mientras el guía navegaba los rápidos con habilidad.

Después almorzaron en la orilla del río, donde devoraron sándwiches deliciosos y galletas de chocolate caseras.

Martha se guardó una en el bolsillo para Kathleen.

Su pelo estaba más rizado que nunca, le ardía la cara bajo el sol de Arizona y ella nunca había sido tan feliz.

Cuando por fin volvieron al hotel, ya se ponía el sol.

Kathleen había dejado el mensaje de que había pedido servicio de habitaciones y se iba a retirar temprano, así que ellos pidieron pizza. Josh dejó la corteza y Martha se comió la suya.

Después encontraron un lugar con vistas al Gran Cañón y vieron la puesta de sol.

—Este es el tipo de vista que te hace pensar en la vida; en lo pequeños que somos comparados con el mundo; en cómo todas esas pequeñas cosas que parecen tan enormes, en realidad no son tan grandes —comentó Martha.

Estaba cerca de Josh y él le pasó un brazo por los hombros.

—Gracias por lo de hoy. Lo digo sin sarcasmo —dijo con voz suave—. En serio, gracias. Me alegro de que lo hayamos hecho. A él le habría gustado.

Martha apoyó la cabeza en su hombro.

—Os habríais divertido juntos haciendo esto.

Él la acercó más a sí.

—Tú le habrías gustado.

Ella sintió un calor interior.

—A mí me habría gustado conocerlo.

—Habría flirteado contigo y habría señalado que él era mucho más interesante que yo.

Martha lo miró y el corazón le latió más deprisa porque estaba totalmente convencida de que su hermano no le habría parecido más interesante que él.

—Seguro que sí —dijo—. Nos habríamos reído juntos y él no me habría aburrido con datos ni habría dejado la corteza de la pizza. El brócoli nos habría unido.

Josh le acarició el hombro.

—Mi hermano se reía de mí por planearlo siempre todo por adelantado. Él perdía vuelos porque no conseguía llegar al aeropuerto a tiempo. Un año llegó un día tarde a Acción de Gracias porque había dejado el viaje al azar. «Ve a donde te lleven las olas» era su lema.

El sol poniente volvía las rocas de color naranja y el cielo de un rojo feroz.

Ella se volvió hacia él y le echó los brazos al cuello.

—¿Eso es lo que estamos haciendo? —preguntó—. ¿Dejándonos llevar por las olas?

—Tal vez —contestó él. Entonces puso los dedos debajo de la barbilla de Martha y le alzó la cara hacia la suya—. ¿Tú qué crees? ¿Te vas a dejar llevar por esta ola, Martha?

—Sí —susurró ella—. Para recuperar mi autoestima, ya sabes.

—Claro. ¿Qué otra razón podría haber?

Sus bocas estaban tan cerca que casi se besaban, pero no del todo.

El suspense de ese casi beso y la anticipación resultaban más eróticos que ningún beso de los que ella había vivido.

Él alzó la mano y le acarició la mejilla.

—¿Mi habitación o la tuya?

—¿Cuál está más cerca?

—La tuya, pero está al lado de la de Kathleen.

—Cierto. Mi habitación. Por si viene a buscarme durante la noche.

Él enarcó las cejas.

—Esa sería una conversación interesante.

La besó un instante, una pequeña muestra de lo que estaba por venir, y luego le tomó la mano. Prácticamente fueron corriendo hasta llegar a la habitación de ella. Martha saboreaba la urgencia en el aire y la sentía en la fuerza con que le apretaba la mano. Lo deseaba con una desesperación que cruzaba los límites de la decencia.

La desesperación la volvía torpe y cuando por fin llegaron a la puerta, hurgó en la cerradura con la llave. Esta cayó al suelo.

—Odio las llaves. No puedo…

—Déjame a mí —dijo él tomando la llave. La giró en la cerradura, pero antes de que pudieran entrar le apretó el hombro a Martha—. Espera. ¿Estás segura? Contesta deprisa.

Su mandíbula tensa era una muestra del autocontrol que ejercía, y eso hizo que ella se sintiera mejor con su reacción descontrolada.

—Sí. Soy genial tomando decisiones, ¿no lo sabías? Nunca dudo de mí misma —dijo, y tiró de él hacia la habitación. Cerró la puerta con el pie y lo abrazó—. Ven aquí, comedor de carne, *odiador* de brócoli, huidor del agua pero sexi como ninguno.

Él le tocó el pelo y le besó el cuello, la mejilla y la frente.

—¿Crees que soy sexi?

Ella buscó los botones de la camisa, no acertó con ellos y concluyó que le pasaba algo en los dedos.

—No, hago esto para complacer a Kathleen.

Gimió cuando él le tomó el rostro entre las manos y la besó con lentitud en la boca. Ella pensó que la palabra *beso* era demasiado genérica, porque la habían besado otras veces y nunca había sido así. Jadeó, desarmada por la intimidad del beso y por sus caricias seguras y expertas. El corazón le latía con fuerza y pensó que él seguramente podría sentirlo porque tenía una mano en su pecho, acariciándolo. Después llevó la boca allí y ella cerró los ojos. Se sintió inundada de sensaciones cuando él se arrancó la ropa con impaciencia y a continuación hizo lo mismo con la de ella.

No se habían molestado en encender la luz, pero la de la luna, que entraba por la ventana, les permitió acercarse tambaleantes hasta la cama sin golpearse espinillas ni lastimarse codos. Ella cayó sobre el colchón y le agarró los hombros cuando él se situó encima. Percibía el rostro de Josh en sombra en la semioscuridad y veía los detalles borrosos por la falta de luz.

Martha sintió su peso, la firmeza de sus hombros cuando se incorporó y la presión hábil de su boca al besarla. Clavó los dedos en los hombros de Josh, desesperada, animándolo a no contenerse, pero él no se dejó apresurar.

Su boca pasó de los labios a la barbilla de ella y de allí a la piel del cuello y luego a los hombros. Allí se entretuvo, inhalándola, saboreando cada segmento de su piel como si ella fuera una comida que solo fuera a probar una vez en la vida. Martha nunca había sentido tantas cosas a la vez y empezó a moverse debajo de él a medida que subía la excitación. Su cuerpo se estremecía con los contrastes entre el frío del aire acondicionado y el calor de sus manos, entre el roce lento de la lengua de él por su pecho y los latidos rápidos de su corazón. Y lo exploró a su vez, tocando y saboreando, oyendo el cambio en su respiración y el suave murmullo de sus palabras.

Las caricias de él la desarmaban, pero Josh mantuvo la exploración íntima hasta que no quedó ni una sola parte de ella sin examinar, hasta que ella temblaba y se retorcía y estaba centrada únicamente en lo que sentía. Músculo y fuerza. Calor y besos. Excitación y necesidad.

Y entonces él la penetró con una gentileza infinita y ella dejó de respirar por un momento porque, bajo la excitación eléctrica, estaba el conocimiento de que nada en su vida le había parecido nunca tan bien. Jamás había experimentado nada como aquella mezcla intrincada y apasionante de algo físico y a la vez sentimental. Nunca se había sentido tan conectada con nadie. Estaba atrapada en un torbellino mareante de necesidad y él respondía con urgencia propia hasta que no hubo otra cosa que calor y excitación a medida que ambos subían juntos a la cima y caían juntos por el precipicio.

Y después, incluso cuando lo más fuerte de la tormenta había cesado, permanecieron unidos, con los cuerpos abrazados mientras hablaban en voz baja, con palabras sazonadas por la nueva intimidad.

En el pasado, ella a menudo había cuestionado sus decisiones, pero no dudaba de esta. Y aunque solo tuvieran esa noche, sabía que no se arrepentiría.

Él la colocó a su lado y ella se sintió segura, necesitada, deseada y muchas cosas buenas a la vez.

Entonces Josh guardó silencio y ella alzó la cabeza después de un momento.

—¿Estás bien?

—Mmm.

Él tenía los ojos cerrados y ella se preguntó si habría entendido mal todo aquello y él se estaría arrepintiendo.

—¿En qué piensas?

Josh se movió y abrió los ojos por fin.

—En que Steven fue un tonto por dejarte marchar, pero lo que él se pierde yo lo gano, así que no puedo enfadarme mucho con él.

Martha sonrió.

—Casarme con él no fue una buena decisión, pero también tomo decisiones acertadas.

—Yo cuento al menos cinco en la última hora.

Ella sonrió aún más.

—Josh Ryder. ¿Estás siendo sinvergüenza?

—No lo sé —replicó, y se colocó encima de ella con un movimiento rápido—. Dime lo que hacen los sinvergüenzas y te diré si encajo con la descripción —propuso. Bajó la cabeza y la besó—. Eres fantástica, Martha.

Nadie le había dicho nunca que era fantástica.

—Solo por curiosidad, ¿qué parte de mí es fantástica?

—Toda tú, desde tu hermoso pelo rizado hasta tu admirable culo. Sobre todo tu naturaleza. Eres la persona más amable y generosa que he conocido.

Ella le pasó los dedos por el pelo sintiendo su suavidad.

—¿Estás diciendo que soy un felpudo?

—¿Felpudo?

—Una pusilánime, una débil.

—La bondad no es debilidad. La bondad es una cualidad que a menudo se subestima —afirmó colocándose de espaldas y llevándola consigo—. Excepto yo. Siempre se me ha dado bien reconocer algo valioso. Es uno de mis talentos.

—Tienes otros talentos —afirmó ella deslizando los dedos por su pecho y su abdomen—. ¿Quieres que los enumere?

Se había machacado por tomar decisiones equivocadas, pero todas las que había tomado la habían llevado a aquel punto. Si en algún momento de su vida hubiera tomado una diferente, no habría estado allí ese día. Y por nada del mundo habría querido perderse ese momento.

Él le pasó la mano por la espalda desnuda.

—Y ahora que has recuperado la autoestima, supongo que querrás volver a tu habitación.

—Esta es mi habitación.

—Ah. Cierto. Bien.

—Y siempre he pensado que la autoestima es una cosa curiosa —dijo ella bajando más la mano. Oyó cómo él respiraba con fuerza—. Es frágil. Probablemente todavía me falte camino por recorrer. Quizá quiera utilizarte algo más de tiempo. Tienes los dientes apretados. ¿Estás bien?

Él gruñó y a continuación la colocó de espaldas y la cubrió con su cuerpo.

—Tengo una proposición.

—Nada de proposiciones. Con un divorcio es suficiente.

—No es ese tipo de proposición. Es una que entraña que recuperes autoestima en varios lugares a lo largo de la costa del Pacífico.

Ella lo besó desde el cuello hasta el pecho.

—¿Qué es lo que sugieres exactamente?

—Si quieres que te dé una respuesta coherente, vas a tener que dejar un momento lo que estás haciendo.

Ella alzó la cabeza, pero dejó la mano izquierda donde estaba.

—¿Te estoy distrayendo?

—Un poco —respondió entre dientes.

Ella sonrió.

—Esto es divertido.

—Para ti. Para mí es un ejercicio de autocontrol y frustración sexual. Cuando hayamos llevado a Kathleen y averiguado lo que quiere hacer, he pensado que podríamos viajar un poco por la Autopista 1. Te enseñaré California. El Gran Sur. Monterrey. Los parques nacionales Cliffs y Redwood...

El corazón de ella volaba como si le hubiera tocado la lotería.

—¿No tienes que volver a trabajar?

—Debería. Y si dices que no, probablemente regrese a mis costumbres de adicto al trabajo.

—Eso es chantaje.

—Se llama negociar.

—¿Y qué excusa le vas a poner a tu jefe para no volver?

—Le diré que he conocido a una chica —explicó él colocándola sobre sí y bajando sus manos por la espalda de ella—. ¿Qué me dices? ¿Tú tienes que volver?

¿Volver a qué? Ella necesitaba hacer planes, pero eso podía esperar. Todo podía esperar.

—Pues siento cierta responsabilidad por asegurarme de que no vuelvas a tu modo de vida serio, así que... la respuesta es sí.

—¿Estás segura?

—Totalmente.

Nunca en su vida había estado tan segura de una decisión.

Capítulo 22

LIZA

Sean corrió por la arena hasta Liza, empapado por ese último baño de primera hora de la mañana.

—Revitalizador —dijo tiritando y extendiendo la mano hacia la toalla—. A pesar de todas las cosas emocionantes que nos esperan, confieso que no quiero irme. Había olvidado cuánto me gusta esto. Cuando venimos, no nos relajamos, sino que siempre es para hacer trabajos.

Liza sintió una punzada de culpabilidad.

—Eso es culpa mía. Siempre priorizo otras cosas antes que la diversión. Eso va a cambiar, lo prometo. A partir de ahora, la diversión será lo primero.

—Para los dos —afirmó él, y se tumbó a su lado en la manta de pícnic, con gotas de agua por la pierna—. Es muy fácil caer en la rutina y no cuestionarse nunca una alternativa. Estoy imaginando cómo podría ser la vida si viviéramos aquí. Yo terminaría de trabajar y en vez de meterme en el tráfico y llegar a casa tarde y cansado, iríamos a nadar un rato. En invierno daríamos paseos ventosos por una playa vacía y cenaríamos en el Tide Shack.

Habían hablado de eso, pero ¿él lo estaba considerando en serio?

—Tienes un negocio próspero en Londres.

—Mmm. Tal y como yo lo veo, hay dos opciones. Una es dejar el trabajo como está e ir desde aquí unos días a la semana. Delegar más.

—Te pasarías la vida en la carretera y viviendo entre dos lugares.

—Podría funcionar. Iría a Londres el lunes por la noche y estaría allí de martes a jueves por la tarde o algo así.

Ella extendió el brazo y le secó las gotas de agua de la mejilla con el pulgar.

—Entonces tendríamos que conservar la casa de Londres y no podemos permitirnos las dos.

Él le agarró la muñeca y tiró de ella para darle un beso.

—Estás poniendo obstáculos.

—Estoy siendo práctica. Yo soy así.

—Pues no lo seas —sugirió él sentándose en la manta—. La otra alternativa es hablar con mis socios y explorar la idea de abrir una sucursal aquí, centrándonos en propiedades costeras. Hay mucha gente que quiere cambiar el espacio en el que vive y a mí se me da bien esa faceta.

Liza pensó en cómo había transformado su casita adosada de Londres en un espacio lleno de luz.

—Sí, eso es verdad.

—Todavía tendría que ir a Londres de vez en cuando, pero el grueso de mi trabajo lo desarrollaría aquí.

Ella pensó en cómo sería su vida viviendo allí. Tendría la playa. Podría concentrarse más en el arte. Vería más a su madre y también a Angie.

Había ido a visitarla el día anterior, pues no había querido marcharse sin despedirse.

Al final había sido tan sincera con su antigua amiga como Angie con ella y esa conversación le había recordado por qué siempre había habido una conexión tan fuerte entre ellas. Había pocas personas en su vida a las que pudiera confiarle sus secretos más íntimos, pero Angie era una de ellas.

Volvió a centrarse en Sean.

—¿Crees que conseguirías trabajo suficiente para justificar abrir un estudio aquí?

—No sé, pero me hace ilusión intentarlo.

Era divertido hacer planes, pero ella todavía no podía verlos como algo real.

—Es imposible que las mellizas se quieran ir de Londres. ¿Y de verdad queremos trasladarlas ahora, cuando les faltan los exámenes más importantes antes de la universidad?

—La vida no son solo las mellizas, Liza. Nuestras vidas también son importantes. Pero sea lo que sea lo que elijamos, llevará un tiempo hacer que ocurra. ¿Por qué no acordamos pasar el próximo año pensando en cómo vamos a conseguir que funcione con el objetivo de mudarnos aquí cuando Caitlin y Alice se vayan a la universidad?

El futuro que poco tiempo atrás parecía agobiante y lleno de nubes oscuras, se mostraba ahora más brillante.

—Me encanta esa idea —dijo ella.

—Así tendré tiempo de buscar la propiedad adecuada —comentó él guardando la toalla mojada en la bolsa—. Idealmente una casa descuidada con vistas a la playa que pueda convertir en un proyecto para los dos próximos años.

—Y yo puedo amueblarla —dijo Liza. Se imaginó eligiendo muebles en las muchas tiendas locales que vendían artesanía de Cornwall a lo largo de la costa atlántica. Y también improvisaría porque eso le encantaba. Recogería caracolas, arena y madera de la playa y pondría los suelos de la casa de un blanco inmaculado—. Es divertido hacer planes.

Y lo más divertido de todo era hacerlos juntos. Habían dejado de hacer cosas juntos y habían empezado a llevar vidas paralelas, pero eso se había terminado.

—Volveremos pronto.

Sean le pasó un brazo por los hombros y miró el mar. Su piel era del color del bronce. Liza había olvidado lo rápidamente que se bronceaba.

—Sí —dijo. Se levantaron y empezaron a recoger las cosas juntos—. ¿No has cambiado de idea sobre lo que decidimos anoche? A la fría luz del día parece impulsivo y extravagante.

—La impulsividad es buena. Tenemos que practicarla más.

Sean tomó la bolsa y caminaron hasta la casa. Se ducharon y cargaron sus cosas en el coche.

Habían decidido dejar el automóvil de ella aparcado en la casa por el momento y recogerlo más adelante durante el verano.

Liza revisó la puerta principal por última vez. Había dado de comer a Popeye y la tarde anterior Sean y ella habían ido a casa de Finn a llevarle los cuadros.

Para Liza había sido un momento incómodo, pero los dos hombres se habían mostrado sorprendentemente relajados. Finn le había guiñado el ojo con buen humor y Sean y él habían comentado el diseño arquitectónico de la casa mientras tomaban una copa en el jardín.

El otro cuadro que había pintado Liza en esa visita, el más personal, estaba apoyado en la pared del dormitorio de su madre. Aunque había muchas posibilidades para ese cuadro, ella supo desde el comienzo qué era lo que quería hacer exactamente con él, y cuando por fin se lo había mostrado a Sean, la respuesta de este la había animado.

—Oakwood —había dicho él mirando el cuadro del sol poniéndose sobre la casa—. Es perfecto.

Liza confiaba en que su madre opinara igual.

Y ese día iban a volver a Londres.

Sean le tomó la mano.

—¿Te entristece marcharte?

Liza volvió la vista a Oakwood Cottage. Le había ofrecido un santuario cuando más lo necesitaba.

—Volveremos pronto. He echado de menos a las chicas.

El día anterior habían tenido una larga conversación y ella había sido sincera sobre lo que pensaba. No le había resultado fácil decirlo, pero al parecer a las chicas les había asustado tanto el artículo que habían encontrado y la idea de que el matrimonio de sus padres pudiera estar en peligro, que se habían mostrado reflexivas y pesarosas.

—Tú haces mucho —había dicho Caitlin con voz apagada—, y siento no haberme dado cuenta ni haberte dado las gracias más a menudo. Voy a mejorar.

—Dar las gracias estaría bien —había contestado Liza—, pero lo que necesito es que empecéis a asumir más responsabilidades.

—Lo haré. Lo haremos.

Alice se había mostrado de acuerdo y Liza tenía que admitir que, en conjunto, la conversación había ido mejor de lo que esperaba. Quedaba por ver si las buenas intenciones durarían.

—Si llegamos a casa esta tarde, podré llamar a mi madre antes de que inicien el recorrido del día —comentó Liza abrochándose el cinturón—. Es raro, ¿verdad? No esperas que la relación con tus padres cambie tan tarde en la vida. Tenía asumido que ya nunca estaríamos unidas.

Sin embargo su madre y ella habían hablado de todo lo concebible. Todas las barreras que las separaban se habían caído.

—Me alegro por ti. Es curioso pensar que Kathleen tenía un secreto así en su pasado. ¡Qué vida ha llevado!

Liza se despidió mentalmente de la casa cuando Sean salió del camino de entrada.

—He pensado en cómo habría sido su vida si se hubiera casado con Adam.

—Todos podemos jugar a eso. ¿Dónde estaría yo ahora si no te hubiera conocido aquel verano en la playa? ¿Qué habría sido de nuestra familia si tú no nos hubieras dejado y hecho que nos despertáramos?

—Yo no os dejé, Sean.

—Perdona. Si no hubieras venido a dar de comer al gato —dijo mirándola y sonriendo—. A partir de ahora solo tendrás que amenazar con irte a darle de comer al gato para que yo empiece a reservar mesas para cenar y a comprar regalos elaborados.

—Lo recordaré.

—Seguramente deba advertirte de que la pared de la cocina ahora es una hoja de cálculo gigante. Alice distribuye ahí las tareas.

Liza hizo una mueca.

—No me parece un elemento decorativo de muy buen gusto.

—No lo es, pero si les recuerda que tienen que hacer su parte, el sufrimiento visual merece la pena.

Paró de pronto el vehículo en la verja de entrada a un campo. En la distancia, el mar era una mancha azul contra el cielo nublado.

—¿Por qué paras?

—Porque los últimos días han sido especiales y me pone nervioso irme de aquí —confesó Sean, y se giró en el asiento—. Se me da fatal recordar aniversarios. Eso no es excusa y a partir de ahora lo haré mejor. Es uno de mis defectos, lo sé. Puedo concentrarme en el trabajo, pero no tengo ni idea de dónde está mi camisa azul. Intento enfocarlo todo con calma, lo cual sé que te irrita porque tú trabajas a un ritmo que avergonzaría a un piloto de carreras, pero lo que importa es que te quiero.

Tomó el rostro de ella entre sus manos.

—Te quiero y te he querido todos y cada uno de los años que hemos pasado juntos, aunque a veces olvide celebrar el momento. Y parte de la razón de que lo olvide es que me siento afortunado todos los días que estoy contigo y elegir un día al año para celebrarlo es casi como decir que los demás días no son especiales. Todos son especiales.

Era imposible dudar de la sinceridad de su voz.

—Sean...

—Déjame terminar —dijo él apartándole el pelo de la cara—. Sí, estamos inundados de tareas. Mi trabajo lleva tiempo, las mellizas siempre nos han dado mucho trabajo y la mayoría lo has hecho tú, y los dos tenemos mucho que hacer y tenemos que priorizar, pero ¿desde cuándo nuestra relación ha pasado a ser lo último de la lista? Debería ser lo primero, no lo último. Tiene que ser a lo que más caso hagamos, no a lo que menos.

—Lo sé. Y lo vamos a hacer.

¿Cómo había llegado ella a anteponer lavar un top de tirantes de Caitlin a tener una conversación con Sean? Hacía listas de todas las cosas que tenía que hacer, pero pasar tiempo con Sean en el que no hacer más que concentrarse el uno en el otro no estaba en esa lista.

Sean la besó con gentileza y volvió a poner el coche en marcha.

Cuando llegaron a su casa en Londres, Liza estaba nerviosa. Se sentía rara, como si llevara una vida entera fuera en lugar de un par de semanas.

Entonces se abrió la puerta y Caitlin y Alice salieron corriendo a recibirlos, como hacían cuando eran pequeñas.

—¡Mamá!

Caitlin la abrazó con tanta fuerza que Liza no podía respirar. Y Alice hizo lo mismo.

—Te hemos echado de menos.

—Y no solo porque no encontremos nada cuando tú no estás —dijo Caitlin soltándola por fin—. Estás genial. Ese vestido te queda precioso. ¿Es nuevo? Ven adentro, os hemos preparado una sorpresa.

Alice y ella se miraron y tiraron de sus padres hasta la cocina.

La casa estaba reluciente y la mesa de la cocina estaba llena de platos de comida con sándwiches minúsculos, bizcochos de mantequilla, magdalenas, galletas de chocolate...

Liza dejó el bolso.

—¿Todo esto lo habéis hecho vosotras?

—Hemos pensado que tendríais hambre después del viaje. Alice ha hecho casi toda la comida. Yo he hecho la limpieza —explicó Caitlin. Parecía nerviosa—. He limpiado los espejos y hasta la cama de vuestra habitación. Y te ayudaremos a preparar lo de Francia. Lo haremos todo nosotras, así podrás relajarte.

—¡Ah! —Liza miró a Sean—. Tenemos que hablaros de eso.

Caitlin puso cara larga.

—¿No vamos a ir a Francia?

—Me temo que no.

—¿Porque es mucho trabajo para ti? —preguntó Alice con cierta ansiedad—. ¿Es culpa nuestra?

—No tiene nada que ver con vosotras. Y todo esto es maravilloso, y la limpieza de la casa también. Estoy conmovida. Y parece todo delicioso —afirmó Liza tomando una magdalena. ¿De verdad sus hijas eran capaces de hacer eso? Las había subestimado. O quizá era simplemente que nunca les había dado la oportunidad de hacerlo—. Pero tenemos malas noticias sobre lo de Francia. Nos llamaron ayer. Ha reventado una tubería y el piso de abajo está inundado.

—¡Oh, no! —Alice se derrumbó en la silla más cercana—. Pero es nuestro tiempo de viaje en familia. Queríamos mimarte y... ¿No podemos encontrar otro sitio? Lo haremos Caitlin y yo.

—Eso fue lo primero que pensamos, pero después tuvimos otra idea —anunció Liza tomando la mano de Sean—: tenemos otro plan que esperamos que os guste. No es Francia.

—¿No es Francia? —Caitlin miró a su hermana—. Lo que penséis que puede ser divertido nos gustará seguro, mamá. Queremos pasar tiempo en familia, eso es todo.

Familia.

Liza sonrió.

—Podemos garantizaros el mejor tiempo en familia posible.

Capítulo 23

KATHLEEN

BARSTOW – SANTA MÓNICA

Kathleen estaba de pie en el muelle de Santa Mónica contemplando las olas.

Había cruzado praderas y desiertos, había visto el Gran Cañón y las luces brillantes de Las Vegas y ya estaba allí, en su destino final.

Notó que la mano de Martha aferraba la suya.

—Lo hemos hecho, Kathleen. Y no he chocado contra una farola.

Kathleen no dijo nada, pero le apretó la mano. No encontraba palabras para describir todo lo que sentía.

Josh le tomó la otra mano y la llevaron más cerca de la playa.

—Ese es el océano Pacífico, Kathleen.

—Sí, ya lo veo. Mis ojos son la única parte de mí que todavía funciona —aseguró. El océano Pacífico. Kathleen sentía el sol en la cara y el calor de la brisa, pero no podía relajarse. Solo podía pensar en Ruth—. ¿Vive cerca de aquí?

—No muy lejos.

Kathleen se volvió hacia el coche.

—Pues vámonos. Vamos a hacerlo. No quiero esperar más —dijo, pero vio que Martha y Josh se miraban como calculando algo—. ¿Qué tramáis vosotros?

—Nada —respondió la chica.

Kathleen sabía que mentía, pero estaba demasiado ansiosa por su encuentro con Ruth para seguir indagando.

¿Y si se sentía incómoda? Hacía casi sesenta años que no se veían. No tendrían nada en común excepto el pasado, y ese no era precisamente un lugar cómodo.

Entró en el coche que había sido su hogar desde que salieron de Chicago. Le había tomado un cariño ridículo. Como también a Martha y a Josh.

Había una intimidad nueva entre ellos. Se notaba en las sonrisas compartidas, en el roce de sus dedos y en la promesa de sus miradas. Se alegraba mucho por ellos, pero su nueva cercanía la hacía sentirse sola.

Siempre había sido una persona independiente. ¿Por qué, pues, tenía la necesidad de apoyarse en alguien en ese viaje?

Hizo un esfuerzo supremo por controlarse. Si la visita a Ruth resultaba ser una experiencia perturbadora, solo tenía que poner alguna excusa. Tomaría una taza de Earl Grey, diría que había sido un placer ver a Ruth y después se registraría en un hotel con vistas al mar y fingiría estar en su casa.

Una vez decidido eso, quería ponerlo en práctica cuanto antes.

—¿Seguro que vamos por buen camino? —preguntó agarrándose a la parte de atrás del asiento de Martha y sujetándose con la otra mano el sombrero que llevaba para protegerse del sol de California.

Había accedido a que viajaran con la capota subida en esa última parte del viaje.

Debería resultar relajante, pero ¿cómo se iba a relajar sabiendo que estaba a punto de ver a Ruth después de tantos años?

—Sí —Josh revisó el GPS—. Tienes que girar a la izquierda más adelante, Martha. Y después parar y esperar.

¿Esperar a qué?

—Los giros ya no me dan miedo, aunque nunca me gustarán las glorietas —afirmó Martha, y miró a través del espejo—. ¿Estás bien?

—No —contestó Kathleen, cediendo al pánico—. Creo que es un terrible error. Nunca se debe revisitar el pasado. No gires a la izquierda. Baja directamente por la costa.

Vio que Martha miraba a Josh.

—Kathleen...

—Si te vas a poner a razonar conmigo, no pierdas el tiempo. Sé lo que quiero.

Martha entró en el aparcamiento con tanta determinación que Kathleen se vio obligada a agarrarse para no perder el equilibrio.

—Creía que tu modo de conducir había mejorado mucho, pero parece que mi valoración era prematura. No sé por qué has parado. Te he dicho que sigas adelante.

Martha se desabrochó el cinturón de seguridad y giró hacia ella.

—Vamos a ir a ver a Ruth. Nos está esperando, pero vamos a esperar aquí unos minutos.

—¿Para qué? Tú trabajas para mí, yo decido el itinerario.

Martha extendió el brazo entre los asientos y le tocó la rodilla.

—Sé que tienes mucho miedo...

—No me tranquilices. Resulta muy condescendiente.

—Intento ser tu amiga. Igual que tú has sido una amiga para mí en este viaje.

Kathleen sintió que le escocían los ojos. La arena, por supuesto. Habían estado demasiado tiempo cerca de la playa.

—Tonterías.

—De no ser por ti, no habría conocido a Josh. Estaba tan empeñada en protegerme, que me habría perdido toda la diversión que hemos vivido juntos —dijo con brillo en los ojos—. Por no hablar del mejor sexo de mi vida.

Josh carraspeó y se hundió en el asiento.

—¿Crees que esto es...? —preguntó.

—Sí, lo es —afirmo Martha pasando por alto la incomodidad de él—. Todos hemos hecho cosas en este viaje que nos parecían difíciles. Yo recogí a un autoestopista y bloqueé a Steven en mi teléfono.

—Ya era hora —murmuró Kathleen.

—Josh fue a hacer *rafting*.

Él hizo una mueca.

—No estoy seguro de que quiera revivir eso.

Kathleen suspiró.

—¿Desde cuándo se ha convertido esto en una competición?

—No lo es. Esto va de apoyar a los amigos. Y hoy no estarás sola. Nosotros te cubrimos las espaldas, ¿sabes?

Kathleen sintió una opresión extraña en el pecho.

—Tú no me cubres las espaldas. Ni tampoco cuidas mucho el lenguaje.

—Sé que te da miedo ver a Ruth —comentó Martha—. Te da miedo sentir cosas que no puedes controlar, pero sí puedes, Kathleen. ¡Has lidiado ya con tanto! Y si no haces esto, es posible que te arrepientas.

—No me arrepentiré. Tengo por costumbre no mirar atrás nunca.

—Pero esto no es mirar atrás. Es mirar al frente. Ruth y tú construiréis algo nuevo.

—Tengo ochenta años. Es un poco tarde para construir algo nuevo.

Martha enarcó las cejas.

—¿Eso lo dice alguien que acaba de recorrer dos mil ochocientos kilómetros a través de Norteamérica? Si no es demasiado tarde para una aventura así, ¿cómo va a ser demasiado tarde para llamar a una amiga?

—Es una extraña, Martha. Hace casi sesenta años que no la veo, así que no idealices la relación.

—Teníais una amistad profunda y especial. Esa clase de vínculos no desaparecen.

—¡Tu generación es tan emotiva! —repuso Kathleen jugueteando con la correa del bolso y retorciéndola—. Muy bien, vamos allá. Será un desastre y tendré un gran placer en despedirte.

Martha sonrió.

—Si sale mal, me necesitarás como conductora para salir huyendo.

—Si tengo que confiar en tu destreza como conductora para escapar, estamos perdidas —replicó. ¿Qué debía hacer? Martha tenía razón, por supuesto. Estaba aterrorizada. Ver a Ruth lo reabriría todo—. Por si acabamos peleadas a lo grande, será mejor que te dé esto ahora.

Se inclinó a sacar el paquete que había escondido en el coche unos días atrás.

—Es un regalo de agradecimiento.

—¿Agradecimiento por qué?

—Por no cantar aunque te morías de ganas de hacerlo. Por seguirle la corriente a una vieja cascarrabias en el viaje de su vida. Por ser la mejor compañera. Y por sonreír incluso cuando estabas muerta de miedo.

Vio que los ojos de Martha se llenaban de lágrimas y movió una mano en el aire.

—No, no llores.

Martha se pasó la mano por los ojos y abrió la caja que le había dado.

—¡Oh, Kathleen! —exclamó. Sacó una tetera de la caja y la miró maravillada—. Es perfecta. ¿Dónde la has encontrado?

—Soy lo bastante afortunada para tener amigos bien relacionados que pueden hacer que ocurran cosas.

Envió unas gracias silenciosas a Liza, que la había localizado, y a Finn, que había solucionado las increíbles complejidades del transporte.

—Cerezas rojas —la voz de Martha sonaba estrangulada—. Es igualita que la de mi abuela.

—Tu abuela estaría orgullosa de ti.

—La guardaré siempre. No la usaré nunca.

—Eso sería una lástima. Una tetera está hecha para contener té, igual que un ser humano está hecho para vivir la vida por muy difícil que parezca a veces —Kathleen sintió que su voz vacilaba y supo que sus compañeros también lo notaban.

Vio que Martha miraba a Josh.

—¿Puedes irte a dar un paseo? —le preguntó—. De todos modos llegamos cinco minutos temprano.

—¿Temprano para qué? Vamos a tomar té, no a ver una ópera —contestó Kathleen. Sus dedos estaban blancos en la correa del bolso. Había llegado el momento, no podía retrasarlo más—. ¿Y por qué tiene que irse Josh? Teniendo en cuenta que ya estoy en posesión de demasiados detalles en relación con la extraordinaria regeneración de tu vida sexual, no consigo imaginar ninguna conversación que requiera su ausencia.

Martha se volvió hacia ella.

—Sé que estás nerviosa, pero en realidad aquí solo hay dos resultados. Uno es que ya no tengas ningún vínculo con Ruth, la encuentres aburrida y nos vayamos después de una taza de té muy dolorosa.

—El té no puede ser doloroso a menos que lo derrames muy poco después de servirlo.

Martha no le hizo caso.

—Y la segunda es que os llevéis tan bien como la primera vez y no podáis dejar de hablar. Entonces pasarás la mejor tarde que has tenido en mucho tiempo. Yo voto por eso.

—Un tercer resultado es que el encuentro reabra una parte de mi vida que he mantenido en el pasado por buenos motivos.

—¿Cómo va a pasar eso? —la voz de Martha era gentil—. No te vas a arrepentir de tu decisión, Kathleen. Tú no querrías retrasar el reloj aunque pudieras. Y lo sabes. Porque debido a lo que pasó, tuviste una carrera increíble.

—Sabes lo poco que me gusta la palabra *increíble*. No transmite nada.

—Transmite incredulidad —continuó Martha, contumaz—. Y tu carrera fue increíble.

—Es cierto —intervino Josh—. Lo fue.

Martha asintió.

—Si te hubieras casado con Adam, te habría vuelto loca.

Kathleen arrugó la nariz.

—*Loca* es otra palabra que no me gusta. ¿Podemos intentar usar un lenguaje más descriptivo? ¿No te he enseñado nada en estas últimas semanas?

—Me has enseñado perseverancia —Martha se inclinó más hacia delante—. Si hubierais seguido juntos, habrías querido matar a Adam. Piensa en esos artículos que leímos. Estoy segura de que fue una eminencia, pero probablemente tenía un ego exagerado. A lo mejor no le habría gustado que fueras una gran estrella. Quizá no habrías podido viajar. Tal vez *Destino: final feliz* no hubiera ocurrido.

—No estoy segura de que haya pruebas que apoyen eso —dijo Kathleen quitándose una pelusa inexistente de la falda—. Puede que tengas razón. No diría que se mostraba muy comprensivo cuando yo expresaba mis ambiciones.

—Pero Brian sí. Un momento —Martha tomó el teléfono y jugueteó con él antes de ponérselo a Kathleen delante de la cara—. Ahí está Brian cuando te dieron aquel premio importante en Londres a la Presentadora del año o como se llamara.

Kathleen sintió que se le humedecían los ojos. «¡Oh, Brian!»

—No sé por qué me enseñas esto.

—Mírale la cara. ¿Qué ves? Orgullo, alegría y mucho amor. Yo daría algo porque un hombre me mirara así solo una vez.

—Quizá si usaras otra cosa aparte de vaqueros...

—Estamos hablando de ti, Kathleen. Y de Brian, al que quisiste mucho y quien te quiso a ti. Él no fue un segundón. No fue tu premio de consolación. ¿No fue eso lo que me dijiste cuando paramos en Devil's Elbow? Una buena relación no necesita un milagro. Lo que necesita es a la persona indicada en el momento oportuno. Lo cual, en realidad, es mucho más difícil de lo que parece, pero no es relevante en este momento.

—Yo usé la palabra *requiere,* no *necesita.*

—Es lo mismo.

—En realidad no es...

—¡Kathleen!

—Dame un momento —pidió ella.

Cerró los ojos y pensó en Brian. Pensó en su paciencia; en su capacidad para hacerla siempre reír; en cómo discutían el mejor modo de marcar una página en el libro; en el amor de ambos por el mar; en su casa; en su hija.

Sin ninguna duda, él había sido lo mejor que le había pasado en la vida. Mejor incluso que *Destino: final feliz.*

Él había sido su aventura más importante, la mejor.

Martha tenía razón. Ella no cambiaría nada. No canjearía ni un solo momento de su vida por más tiempo con Adam, ni de su vida de soltera ni de cuando había estado casada con su querido Brian.

Le dolió la garganta. ¡Cómo lo echaba de menos! Añoraba su firmeza y lo bien que la conocía. No había mejor regalo en la vida que ser conocida y, aun así, amada.

Y Brian la había conocido y la había querido.

Abrió los ojos.

—Un té, pues, pero solo un té. Y tenemos que acordar algún tipo de señal, por si necesito apoyo moral o una salida rápida, aunque no estoy segura de que pueda hacer una salida rápida tal y como están mis caderas. Puede que tengas que cargarme a hombros, Josh —dijo, y vio que los jóvenes intercambiaban una mirada—. ¿Y ahora qué?

—Tendrás todo el apoyo moral que necesites, Kathleen.

Martha volvió la cabeza para mirar a la calzada.

Un coche largo se acercó y se detuvo delante de ellos.

—Ya está aquí.

Josh salió del coche, seguido por Martha.

—¿Quién está aquí? —preguntó Kathleen.

Pero hablaba sola. Antes de que pudiera llamarlos y decirles que tanto drama y tantos subterfugios resultaban frustrantes, se abrió la puerta del coche y salió una mujer.

Se parecía muchísimo a Liza.

Kathleen sintió un aleteo en el pecho. No. No podía ser. Liza estaba en Francia con Sean y las chicas,

pero sí era ella, aunque una Liza diferente que había recuperado los hombros y sonreía con seguridad y confianza. Estaba feliz allí, en California, con un vestido que revoloteaba en torno a sus piernas. Abrazó a Martha, le estrechó la mano a Josh y luego se acercó deprisa al coche y sonrió a Kathleen.

—Hola, Buscadora de destinos. Tengo que admitir que tenía mis dudas con el coche, pero va contigo.

Kathleen no podía encontrar palabras. Quería salir del automóvil, pero al final no hizo falta porque su hija se sentó a su lado e hizo una mueca cuando intentaba acomodar las piernas en el pequeño espacio.

—¿Has cruzado ocho estados con las piernas así de apretadas? Es un milagro que te puedas mover —dijo inclinándose para abrazar a su madre—. Espero que no te importe que haya venido. Quería estar contigo en esta parte. Se me ocurrió que podíamos ver a Ruth juntas.

Juntas. Kathleen no estaba sola. Tenía a Liza.

Había tenido mucho miedo de perder su independencia, pero por fin entendía que era posible apoyarse en alguien y aceptar su sostén sin ceder ni una parte de sí misma. Admitir ayuda no la volvía débil sino humana. Quizá incluso fuera una fuerza porque significaba que podía afrontar cosas que quizá fuera incapaz de hacer sola.

Kathleen la estrechó con fuerza, vagamente consciente de que Josh y Martha volvían a entrar en el coche.

—¿Por qué no estás en Francia?

—Es una larga historia. ¿Por qué no te la cuento después de que tomemos el té?

—¿Y Sean y las chicas?

—También están aquí —dijo Liza abrochándose el cinturón—. Cambio de planes de última hora. Seguramente no te sorprenderá saber que a las chicas les encantó la idea de que viniéramos a California en lugar de ir a Francia. En este momento están en un apartamento al lado de la playa que hemos conseguido en el último momento gracias a Josh, planeando un futuro que les permita vivir aquí permanentemente. Puede que incluso sea el empujón que necesitaba Caitlin para centrarse en sus estudios. Por cierto, están deseando verte. Esta noche preparan ellas la cena.

A Kathleen le costaba trabajo no perderse.

—¿Has dicho que las mellizas van a preparar la cena?

—No te asustes —Liza le dio una palmadita en la pierna—. Resulta que se les da mejor de lo que sugerían experiencias pasadas. Tengo mucho que contarte, pero ahora vamos a casa de Ruth. No tiene sentido retrasarlo ni un momento más. ¿Está lejos?

—No mucho —contestó Josh mirando el teléfono móvil y le dijo a Martha que girara a la izquierda—. Está a mitad de esta calle. Cerca de la playa. A Adam no le debió de ir muy mal si compraron una propiedad aquí.

A Kathleen le daba vueltas la cabeza. Tenía mucho que decir y necesitaba decirlo ya.

—No puedo vender Oakwood, Liza.

—Tienes razón. No puedes.

—Sé que crees que tendré un accidente allí, pero… —Kathleen se detuvo—. ¿Qué has dicho?

—He dicho que no puedes venderla. No creo que debas y siento mucho haberlo sugerido. Quédate y, si llega un momento en el que necesites ayuda allí, ya pensaremos en algo juntas.

Kathleen miró a su hija.

—No voy a llevar una alarma.

—Lo sé —dijo Liza sonriendo—. Ni a quitar la alfombra, ni a dejar de usar la escalera de mano. Es tu decisión. Tu vida. Tu aventura.

Kathleen nunca había visto a su hija tan relajada.

—Puede que deje de usar la escalera —dijo.

Cuando el coche se detuvo al lado de una verja grande de hierro, volvió a sentir un aleteo nervioso, pero ya era demasiado tarde porque en cuanto Martha habló por el portero automático y las puertas se abrieron lentamente, allí, de pie al final del camino de entrada, ayudada por una mujer que presumiblemente sería su hija, estaba Ruth.

«No ha cambiado nada», pensó Kathleen. Ni un poco.

Martha aparcó y Josh salió del vehículo en el acto, pero fue Liza quien ayudó a su madre, la que le tomó el brazo y no lo soltó. Fue Liza la que caminó a su lado al recorrer la corta distancia hasta donde estaba su antigua amiga.

Y resultó que no había habido necesidad de que Kathleen perdiera tiempo pensando lo que iba a decir ni de que se pusiera nerviosa porque Ruth se adelantó y la abrazó con fuerza y ella se dio cuenta de que a veces no hacían falta palabras y era posible comunicarse de otro modo.

Hasta que no oyó sorber a Ruth, no se dio cuenta de que ella también tenía las mejillas húmedas.

Había expresado más sentimientos esa mañana que en toda su vida.

—Soy Martha —la chica tendió la mano a la mujer que acompañaba a Ruth, quien la saludó con calor.

—Yo soy Hannah, la hija de Ruth. Hemos hablado por teléfono. Y tú debes de ser Liza. Bienvenidas. Nos alegramos mucho de que hayáis venido —dijo, estrechándole la mano a Liza—. ¿Por qué no venís todos? Hemos preparado té. Podemos sentarnos en el porche a la sombra.

Los guio hacia la casa y Kathleen y Ruth se soltaron por fin.

—¡Mira esto! —Ruth se tocó las mejillas húmedas con los dedos—. ¡Qué glamurosa! No has cambiado nada. Es como tener a una estrella de cine en mi casa. Quiero que me cuentes todos los detalles de tu vida. Debes de tener muchísimas historias. No me perdía ni un episodio de *Destino: final feliz*.

A Kathleen no se le había ocurrido la posibilidad de que Ruth estuviera al tanto de su carrera.

—¿Cómo es posible? —preguntó.

—Adam me buscaba los vídeos. Estaban en el formato equivocado, pero conseguía convertirlos.

Resultaba extraño y un poco incómodo imaginar a Adam y a Ruth sentados juntos viendo *Destino: final feliz*.

Ruth la tomó del brazo y caminó con ella hasta la casa.

—Adelante. Tengo Earl Grey y Hannah ha preparado mantecados caseros.

Hannah.

La hija de Ruth. La hija de Adam.

Y allí estaba Liza, su hija, observándola con atención y lanzándole sonrisas tranquilizadoras. Y Kathleen comprendió que aquel viaje no solo le había devuelto a Ruth, también la había acercado a su hija. Tenían mucho de lo que hablar y tiempo para hacerlo.

Su viaje épico por carretera le había aportado muchas experiencias nuevas, pero ninguna tan satisfactoria como estar allí sentada con su vieja amiga y su hija, tomando té y mirando el océano Pacífico. El pasado había encontrado por fin acomodo en el presente y ella estaba plenamente satisfecha con su vida.

Tal vez ese hubiera sido el destino desde el principio.

AGRADECIMIENTOS DE *DESTINO: FINAL FELIZ*

La historia de *Destino: final feliz* se me ocurrió hace unos años cuando iba conduciendo durante un fin de semana de asueto. Mi primer agradecimiento y el más importante es para mi familia, que pacientemente guardó silencio cuando grité: «¡Que nadie diga nada en un minuto porque tengo una idea y necesito pensar!», y obedeció también con calma cuando pedí: «Por favor, que alguien anote esto para que no se me olvide». En ese momento estaba ocupada con otro libro, así que archivé la idea en mi cerebro, donde creció y creció hasta que por fin supe que era el momento indicado de contar la historia. El hecho de haber esperado unos años a escribir este libro puede que sea parte del motivo de que haya disfrutado tanto haciéndolo.

Todas las ideas que tengo mejoran siempre gracias a mi talentosa editora Flo Nicoll, quien aporta percepción, calma y su marca especial de pensamiento positivo a todos los proyectos en los que trabajamos juntas.

Estoy muy agradecida a los equipos de publicación, que tratan mis libros con tanto entusiasmo y entrega. Hacer llegar un libro a las manos de los lectores es un esfuerzo en equipo de gran complejidad, en el que participan muchas personas y departamentos. Si los nombrara a todos, probablemente habría que publicar este libro en dos volúmenes, pero quiero dar gracias especiales a Lisa Milton, Manpreet Grewal y todo el equipo de Reino Unido, y también a Margaret Marbury, Susan Swinwood y el equipo de HQN books.

Dudo que pudiera terminar ningún libro sin el apoyo de mis amigas, y envío un abrazo extragrande a RaeAnne Thayne, Jill Shalvis y Nicola Cornick.

Mi agradecimiento final es para mis lectoras, que siempre me apoyan y siguen comprando mis libros. Me siento afortunada de que, con tantos libros en los estantes, elijáis los míos. Espero que os guste *Destino: final feliz*.

Besos

Sarah

www.ingramcontent.com/pod-product-compliance
Lightning Source LLC
LaVergne TN
LVHW091619070526
838199LV00044B/854